마...

수...

인... (...유인은 없음)

쥬라... 배하는 소국 중의
족... 출신이지만, 수 하나로, 공예 등의 전통산업 외에 금융 및
도에는 고블린과 오크를 중심으로 수천 무역이 번성하고 있다.
만 명이 살고 있다.

무장국가 드워르곤

수도 : 센트럴
인구 : 드워프 5천만 명
　　　 + 그 외 5천만 명

통칭 드워프 왕국. 대륙 북부에 펼쳐진 거
대산악지역의 내부에 지어진 드워프의
나라. 광공업이나 무기 및 방어구, 공예품
의 생산 등을 주된 산업으로 삼고 있다.

블루문드 왕국

수도 : 론도
인구 : 100만 명
　　　 + 자유민 50만 명

쥬라의 대삼림에 인접한 소국. 농경과 목
축이 행해지고 있지만, 자국에서 소비하
는 정도의 생산량이며, 그 외에 눈에 띄는
산업은 없다.

파르무스 왕국

수도 : 마리스
인구 : 국민 3천만 명
　　　 + 자유민 1천만 명

서방열국 중에서도 1, 2위를 다투는 대국.
귀족의 힘이 강한 봉건적인 나라지만 대
륙의 동쪽으로 연결되는 현관문이며, 무
역중계국으로써 번성하고 있다.

잉그라시아 왕국

수도 : 룰러
인구 : 국민 2천만 명
　　　 + 자유민 2천만 명

파르무스 왕국과 어깨를 나란히 하는 대
국으로, 대륙 서쪽의 문화적 중심지 중 한
곳. 서방평의회나 자유조합 등, 국제적인
조직의 본부도 위치하고 있다.

신성교황국 루벨리오스

수도 : 룬
인구 : 2천만 명(자유인은 없음)

서방성교회 = 루미너스 교의 본거지로서,
교황이 통치하는 종교적 공산주의국가.
밀의 곡창지대에 있어서 서방열국 중에
서도 풍요로운 나라.

마도왕조 살리온

수도 : 에르민 살리온
　　　 (신수에 감싸인 도시)
인구 : 1억 명 + 자유민 2천만 명

13왕가를 거느리는 엘프의 제국. 국민의
대부분은 엘프의 피를 이었으며, 마법의
소양을 지니고 있다. 서방평의회에는 참
가하지 않았다.

우르그레시아 공화국

수도 : 가르트
인구 : 1천만 명 미만
　　　 (그중에 자유민은 100만 명)

농경 외에 살리온과의 무역으로 생계를
유지하는 공화제 국가. 국민 전원이 정령
마법을 다룰 줄 안다.

동쪽 제국

수도 : 수도 '나스카'
인구 : 8억 명
　　　 + 자유민 수천만 명(추측)

대륙 동부에 광대한 영토를 지니고 있는
제국. 동쪽 제국은 외부에서 사용되는 통
칭으로, 정식 명칭은 나스카 나무리움 우
르메리아 동방연합통일제국.

괴뢰국 지스타브

수도 : 암리타
인구 : 다양한 아인이나 마...
　　　 1억 명 + 노예 다수

마왕 클레이만이 절대적인 공포...
으로 지배하는 영역.

잊힌 용의 도시

수도 : 용의 마을
인구 : 용을 모시는 자,
　　　 10만 명 미만

마왕 밀림 나바를 받들어 모시는...
살고 있다. 국가라기보다 원시적...
에 가까운 공동체.

수왕국 유라자니아

수도 : 라우라
인구 : 상급 국민은 300만...
　　　 그 외의 약소종족,
　　　 인간이랑아인을 포함...
　　　 3억 명

마왕 칼리온이 실력지상주의...
스러운 수인족 중심의 나라. 온화...
이기에 과수원이 많다.

천익국(天翼國) 프루브로...

수도 : 지아
인구 : 100만 명 미만

마왕 프레이가 여왕으로서 군림...
피(유익족)의 나라. 고산지대에서...
희귀한 금속이나 보석류가 산출된...

빙토의 대륙

바다 너머 북방에 떠 있는 얼음의...
마왕 기이가 머무르는 성이 있다고...
어지고 있지만, 상세한 사항은 불명...

by Fuse, Illustration by Mitz Vah

지음

바 일러스트

명 옮김

전생했더니
슬라임이
었던건에 대하여 8.5

Regarding
Reincarnated to Slime

TEMPEST
RIMURU

전생했더니 슬라임이 었던건에 대하여 8.5

Regarding Reincarnated to Slime

공식 설정 자료집

목차 CONTENTS

갑작스러운 슬라임으로의 전생 전설의 개막

●전생과 용과의 만남

'묻지 마' 살인범의 칼에 찔려서 죽은 회사원 미카미 사토루는, 정신을 차려보니 이세계의 동굴에서 슬라임으로 전생한 상태였다. 거기서 '베루도라'라는 거대한 용과 만난 사토루는 그와 친구가 되고, 서로에게 이름을 지어주면서 '리무루 템페스트'라고 자신을 칭하게 된다.

'용사'의 능력으로 이 땅에 봉인된 베루도라에게, 리무루는 자신의 스킬 '대현자'와 '포식자'의 힘을 사용한 탈출방법을 제안한다. 베루도라는 일시적으로 리무루의 위장에 들어가 해방될 때를 기다리게 된다. 이후 리무루는 자신을 공격해 오는 마물을 잡아먹고 새로운 스킬을 얻으면서 동굴 밖으로 향한다.

●마물의 통솔자가 되다?!

바깥세계로 나온 리무루는 고블

봉인의 동굴에서 손에 넣은 주된 능력

마물에게서 뺏은 스킬	자연스러운 스킬	익힌 스킬	대현자
독브레스			포식자
열원감지			
마비브레스			
끈끈한 거미줄,			
강한 거미줄			
흡혈	습득한 스킬	연통별 스킬	수압추진
초음파			수류이동
신체장갑		통해	수인

정신을 차려보니 슬라임이 되어 있다니. 이건 평범하게 놀라고 말 수준의 얘기가 아니잖아. 베루도라가 말하기로는 이세계인의 전생자는 아주 희귀한 케이스라고 하더군!

전생했더니 슬라임이 었던 건에 대하여 1

발매일 : 2015년 4월 15일
정 가 : 9,500원

10

름을 지어준다. 그러자 놀랍게도 고블린이 '홉 고블린'으로, 아랑들이 '람아랑족'으로 진화한 다! 마물에게 이름을 지어주는 것이 진화를 촉진하는 행위임을 알 고 리무루는 놀란다.

린 집단과 마주친다. 자신도 모르게 강한 요기를 발산하던 리무루에게 도움을 요청한 고블린들.

'아랑족'에게 마을이 위협받고 있다는 고블린의 말에, 리무루는 그들을 구해주기로 약속한다. 그리고 덫과 스킬로 아랑족의 보스를 요령껏 살해한다. 그 결과, 고블린과 아랑족을 다스리게 된다.

리무루는 이름이 없다는 고블린과 아랑들에게, 자신이 불편하다는 이유로 이

마물들은 건축이나 의복을 비롯해 전반적인 기술력이 부족했다. 쾌적하게 살고 싶은 리무루는 기술자를 모아 드워프의 왕국 '무장국가 드워르곤'으로 향한다. 거기서 우연히 마물 발생 사건에 회복약을 제공함으로써, 리무루는 드워프 왕국 경비대장인 카이도와 약으로 목숨을 구원받은 가름, 도르드, 미르드 3형제의 신뢰를 얻는다. 또한 무모한 납기 요구에 쫓기던 대장장이 카이진의 고민을 '포식자'로 검을 복제해 해결해 주면서 큰 감사도 받는다.

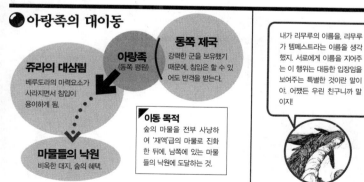

🌀아랑족의 대이동

쥬라의 대삼림
베루도라의 마력요소가 사라지면서 침입이 용이하게 됨.

아랑족
(동쪽 평원)

동쪽 제국
강력한 군을 보유했기 때문에, 침입은 할 수 있어도 반격을 받는다.

이동 목적
숲의 마물을 전부 사냥하여 '재액'급의 마물로 진화한 뒤에, 남쪽에 있는 마물들의 낙원에 도달하는 것.

마물들의 낙원
비옥한 대지, 숲의 혜택.

내가 리무루의 이름을, 리무루가 템페스트라는 이름을 생각했지. 서로에게 이름을 지어주는 이 행위는 대등한 입장임을 보여주는 특별한 것이란 말이야. 어쨌든 우린 친구니까 말이지!

카이진은 뒤풀이라는 명목으로 밤에 열리는 가게에 리무루를 초대했고, 환대를 받은 리무루는 크게 기뻐한다. 그러나 그곳에 카이진을 적대시하는 대신인 베스터가 나타나 리무루를 모욕한다. 분노한 카이진은 베스터를 구타해버린다.

결국 가젤 드워르고 국왕 앞에서 재판이 열린다. 베스터는 거짓 증언을 준비해두고 있었다. 하지만 가혹한 형량이 내려지기 직전, 가젤은 그걸 만류하고 리무루

일행을 국외 추방만 할 것을 명한다.

베스터의 책략을 꿰뚫어 보았던 국왕은 그에게 왕궁 추방을 명한다. 왕의 신뢰를 잃은 베스터는 의기소침하여 왕궁을 떠난다.

●시즈와 이플리트 (불꽃의 정령)

무사히 카이진과 3형제를 데리고 마을로 돌아온 리무루는 늘어난 부하들까지 이끌고 장소를 옮겨 본격적으로 마을 짓기에 착수한다.

그러던 중, 경비대가 숲속에서 마물에게 공격받던 네 명의 인간을 구한다. 모험가 트리오인 에렌, 카발, 기도는 블루문드 왕국의 길드 마스터인 휴즈의 명령으로 숲을 조사하러 왔다고 했다.

나머지 한 사람…… 가면을 쓴 여성 시즈가 갑자기 괴로워하면서 날뛰기 시작했다. 그녀의 몸에는 '이플리트'가 깃들어 있

흡고블린의 리더가 슬라임?! 여행이 익숙한 모험가 3인조도 놀라지 않을 수가 없었다.

카발이 자이언트 앤트의 둥지에 칼을 꽂는 바람에 습격을 받았지 뭐야…… "수상한데, 바로 이거야!"가 아니라고요!

저를 두고 밤의 가게에 가다니 너무하십니다요. 저도 아름다운 누님들에게 대접받고 싶었단 말입니다요~!

12

는데, 그게 폭주를 해버린 것이다.

이플리트는 작은 도시 정도는 없앨 수 있을 정도로 엄청난 위력을 가진 위협적인 존재다. 리무루는 한순간 망설이지만 '열변동내성'을 지닌 그에게 불꽃의 힘은 효과가 없었다. 리무루는 이플리트를 잡아먹으면서 시즈를 구하지만, 노령인 그녀의 생명의 불꽃은 이미 꺼져가고 있었다.

●소원을 대신 짊어지다

시즈는 어릴 적 마왕 레온 크롬웰에 의해 이 세계로 소환된 일본인이었다. 이 세계가 싫은 시즈는 죽음을 눈앞에 두고 이 세계에 흡수되기 싫다고 말하면서, 리무루에게 자신을 먹어주기를 부탁한다.

리무루는 그 부탁을 받아들이고, 언젠가 레온에게 크게 한 방 먹여 시온의 원한을 갚아주겠다고 약속한다. 시즈는 리무루 안에서 편안히 잠에 든다. 시즈를 잡아먹은 리무루는 새롭게 인간으로 변신할

수 있게 된다.

●막간 시즈의 과거

소환되었을 때 공교롭게도 공습으로 화상을 입고 죽어가는 중이었던 시즈는, 레온에 의해 이플리트에 빙의당하면서 겨우 살아날 수 있었다.

이플리트에게 육체의 지배권을 빼앗겼음에도 점차 자신의 의지로 움직일 수 있게 되었을 무렵, 시즈는 피리노라는 마물 소녀와 그녀의 애완동물인 바람여우 피즈와 친해진다. 하지만 어느 날, 피즈의 행동을 적대 행위로 판단한 이플리트가 멋대로 그들을 공격한다. 시즈는 친구를 자신의 손으로 죽여버린 것이다.

이윽고 레온의 성에 여자 용사가 찾아왔다. 레온은 무슨 이유에서인지 시즈를 남겨두고 퇴각했고, 홀로 남겨진 시즈는 용사의 보호를 받게 된다.

시즈가 소환되었을 때, 마왕 레온은 "또 실패로군"이라고 중얼거렸다. 아무래도 그는 다른 누군가를 소환하고 싶었던 것 같은데……

시즈 씨의 가면은 요기도 억누를 수 있는 우수한 거야! 깨진 걸 포식해서 재생했지. 시즈 시의 유품이니까, 소중히 다루고 있어.

그 후로 시즈는 이 세계에서 살아가기 위해 필요한 것을 필사적으로 학습한다. 용사에게 받은 '항마의 가면'은 마력저항을 높여주는 효과가 있었으며, 이플리트를 제어하는 데도 도움을 주었다. 용사가 어딘가로 여행을 떠나버린 뒤에도 시즈는 인간들에게 도움이 되기 위해 계속 활동했다.

수십 년 후, 시즈는 잉그라시아 왕국에서 전투기술을 가르치는 교관이 되어 있었다.

그곳에서 같은 고향 출신으로 보이는 이세계인 아이들인 카구라자카 유우키와 사카구치 히나타와의 만남도 가졌다. 어느새 히나타는 더 배울 것이 없다며 그녀 곁을 떠났고, 유우키는 그랜드 마스터(자유조합 총수)가 되었다. 늙은 시즈는 죽기 전에 자신을 소환하고 버린 마왕 레온에게 복수하고 싶다는 생각을 하게 된다.

그리하여 여행을 떠난 시즈는 마침 쥬라의 대삼림으로 향하던 카발의 팀과 동행하게 된다. 그 후에 마물과 싸우던 차에 리무루의 부하들에게 구조를 받은 것이다.

평화로운 마물의 도시를 다스리는 신기한 슬라임에게 호감을 느끼는 시즈. 이세계인들끼리의 운명적인 만남. 하지만 시즈의 마지막 순간은 곧바로 찾아왔다……

외전
고부타의 대모험

단행본 끝부분에 게재된 외전 줄거리를 소개.
고블린 족과 리무루의 첫 만남이 있기 몇 년 전, 뒤에 나올 고부타는 도구를 매매하러 드워프 왕국으로 혼자 여행을 떠났다. 블레이드 타이거의 습격을 받거나 아름다운 고블리나에게 반하는 등, 그 여행길은 해프닝의 연속!
고부타는 무사히 임무를 마칠 수 있을까?
멍청하지만 실은 우수(?!)한 고부타의 작은 모험담.

LEVEL UP!
리무루

전생했다!
베루도라가 맹우가 되었다!
마물의 주인이 되었다!
시즈 씨와 운명의 만남을 이루었다!
여러 가지 능력을 손에 넣었다!
도시 건설을 시작했다!

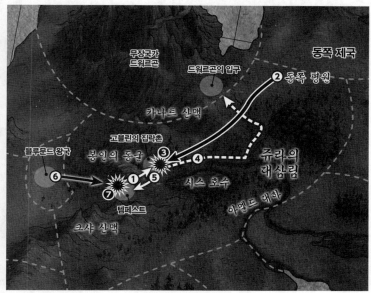

무장국가
드워르곤

드워르곤의 입구

동쪽 제국

② 동쪽 평원

카나트 산맥

고블린의 집락촌

봉인의 동굴

블루문드 왕국

③

④

쥬라의
대삼림

⑥

①

⑤

시스 호수

⑦

텐페스트

아멜드 대하

그샤 산맥

① 리무루, 고블린의 집락촌에 가다.　　⑤ 리무루 일행, 신천지로
② 아랑족이 쥬라의 대삼림으로 침공　　⑥ 카발 일행과 시즈의 경로
③ 리무루 VS 아랑족　　　　　　　　　⑦ 리무루 VS 시즈
④ 리무루 일행, 드워르곤으로

고부타의
리무루

간단 회상록 ❶

「오늘부터 마물의 통솔자」

 베루도라 님이 사라지시자마자 동쪽 평원에서 아랑족이 쳐들어오는 바람에 그때는 살아도 산 것 같지 않았습니다요!

 지금은 사이좋게 지내게 되었으니 결국 잘된 거 아냐? 드워프 왕국에 갔을 때는 재판도 받았지만 즐거웠지. 주로 밤의 가게…… 어흠. 걸어서 2개월이 걸리는 거리가 늑대를 탔더니 3일 만에 도착했어. 정말 대단하다니까!

그리고 동굴 근처로 이주해서 새롭게 도시를 만들게 되었습니다만…… 리무루 님이 이 도시에 그런 가게는 언제 만드실 겁니까요?

 후후후…… 고부타 군! 슈나랑 시온이 무시무시한 미소를 지으며 보고 있으니, 그런 이야기는 그만하자고!

쥬라의 대삼림에 쳐들어온 오크의 무리
격돌! '기아자' 대 '포식자'

●여섯 명의 오거

도시 건설을 계속하던 중에 리무루와 동료들은 갑자기 오거들로부터 공격을 받았다.

살기등등한 여섯 명을 겨우 달래서 얘기를 들어보니, 그들의 마을이 갑자

기 공격해 온 오크군에게 전멸을 당했다고 한다. 오거들은 커다란 요기를 지닌 리무루도 적의 동료가 틀림없다고 착각했던 것이다.

오해가 풀린 후, 오거들은 리무루에게 이름을 받으면서 '키진(鬼人)족'으로 진화한다. 리무루의 믿음직스러운 부하가 된 것이다.

●오크의 침공

오크군은 무려 20만이나 되는 대군으로, 쥬라의 숲의 중앙부이자 리저드맨이 지배하는 습지대 방면으로 진격해 왔다. 리저드맨의 두령은 이 대규모 행군 뒤에 모든 것을 먹어치우는, 저주받은 존재 '오크 로드'가

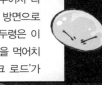

오거 잔당		고블린 경비대
푸른색 머리 & 흑발	△ - 연계로 공격해도 항복하지 않았다	● 란가
보라색 머리 백발	○ - 일섬에 부상을 입고 전투 불능이 됨 -	× 리그루
	× - 강한 공격을 맞고 버텨내지만 기절 -	× 고부타
분홍색 머리 붉은색 머리	○ 요술에 의해 졸도함	× 그 외의 홉고블린들

───── 리무루 참전 ─────

오거 잔당		리무루 & 란가
흑발	× 마비 브레스로 전투불능	
보라색 머리	× 강하고 끈끈한 거미줄로 구속	○
푸른색 머리	× 신체장갑으로 막으면서 추격	○ 리무루
붉은색 머리 & 백발	× 연계에 오른팔을 잃으면서도 '검은 번개'를 사용하여 위협	○
분홍색 머리	△ 술법을 사용하지 못하게 견제	△ 란가

오해라는 것을 알고 전투를 중단

리무루군 VS 오거 잔당

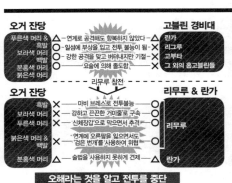

발매일 : 2015년 7월 15일
정 가 : 9,500원

있음을 알아차린다.

오크 로드는 존재하는 모든 것을 먹어 치우는 '굶주린 자(기아자)'라는 스킬을 지닌다. 먹어치운 상대의 능력을 흡수해 아군에 반영하는 무시무시한 힘이었다.

두령은 부하 중의 한 명이자 아들인 가비루를 불러서 고블린의 집락촌을 순례해 원군을 요청하라고 지시한다.

과거에 게르뮈드라는 마족에게 이름을 받은 가비루는 자존심이 강하며 자신의 힘을 과신하고 있었다. 오크군의 존재에 겁을 먹고 있던 고블린들로부터 구세주처럼 숭상받으면서, 그는 이 소란을 기회로 삼아 두령의 자리에 오르겠다는 야심을 키워간다.

가비루는 리무루가 있는 도시에 왔지만, 거만하게 굴던 끝에 고부타에게 깨끗하게 당해 기절해버리고 도시에서도 쫓겨난다.

●반란과 개전

리저드맨과 마찬가지로 오크 로드의 존재를 알아차린 리무루와 부하들도 위험성을 깨닫고 리저드맨의 마을로 사자를 보낸다. 오크군에게 대항하기 위해 동맹을 맺자는 리무루의 제안은 두령의 입장에선 바라 마지않던 것이었다. 하지만 마을로 돌아온 가비루는 그 판단을 겁쟁이의 행동이라 결론내고, 끝내 모반을 일으킨다.

오크 로드의 무시무시한 실력을 우습게 보고, 원군 없이 이길 수 있다고 자신만만하게 생각하는 가비루와 그 부하들. 갇힌 두령은 이대로는 리무루에게도 폐를 끼칠 수 있다고 생각해, 틈을 보고 친위대장을 탈출시켜 전령으로 보낸다.

습지대에 오크들이 도착하자, 가비루는 고블린까지 동원해 공격에 나섰다. 하지만 우세하다고 생각했던 전황이 순식간에 역전되고, 결국 가비루와 부하들은 궁지에

리무루 님께 타드린 차를 고부타가 마시는 바람에 엄청 화가 났습니다. 망할 고부타 녀석! 그건 그렇고 왜 입에 거품을 물었던 걸까요?

제멋대로 오해하고 칼을 들이댄 우리를, 리무루 님은 용서해주셨지. 그 너른 도량에 강대한 힘…… 당연히 따를 수밖에 없잖아?

PICKUP

눈 깜짝할 사이에 리무루에게 푹 빠진 슈나와 시온. 그를 돌보는 자리를 둘러싸고 불꽃이 파직거릴 정도!

빠진다.

질퍽거리는 땅에서의 전투는 분명 압도적으로 리저드맨에게 유리하다. 그러나 오크는 리저드맨의 시체를 먹고 그 특성을 흡수했다. 순식간에 습지대에 적응해버린 것이다.

절망적인 상황. 가비루가 '오크 제너럴'에 살해당하기 바로 직전인 그때, 리무루와 부하들이 구해주기 위해 나타난다.

바로 조금 전, 전쟁 준비를 마치고 습지대로 향하던 리무루는 도중에 오크의 공격을 받은 친위대장을 구해주었다. 그녀에게서 현재의 전황을 들은 리무루는 먼저 두령을 구출하기 위해 소우에이와 친위대장을 보냈고, 남은 자들과 함께 전쟁터로 달려갔다.

란가와 고부타를 필두로 한 고블린 라이더는 물론, 베니마루와 시온 등의 키진들도 본격적으로 힘을 쓰면서 적들을 차

저를 구해주신 소우에이 님의 늠름한 모습은 지금도 잊을 수가 없습니다. 네, 그분을 평생 따를 것입니다!

PICKUP

킥 한 방으로 가비루를 KO시키는 고부타. 실은 제법 강했던 걸까?!

절망적인 상황에 빠지면서, 나는 겨우 자신의 어리석음을 깨달았습니다. '구멍이 있다면 숨고 싶다'는 것은 바로 이럴 때 쓰는 말이죠.

례로 쓰러뜨린다. 다시 극적으로 변하는 전쟁터의 상황을, 한 명의 마인 게르뮈드가 멀리서 초조한 심정으로 감시하고 있었다.

●오크 로드와의 싸움

마왕 클레이만의 부하인 게르뮈드는 뜻대로 부릴 수 있는 '마왕'을 의도적으로 만들어내라는 명령을 받고, 몇 년 전부터 암약해왔다. 오크의 진군은, 자신이 이름을 지어준 오크 로드 '게루도'를 마왕으로 진화시키기 위해서 그가 꾸민 일이었던 것이다.

전황이 열세로 기운다는 것을 깨달은 게르뮈드는 당황하면서 전쟁터로 달려갔다. 좀처럼 마왕으로 진화하지 않는 게루도를 힐책한 뒤, 그 자리에 있는 모든 자를 죽이려는 게르뮈드. 하지만 그 실력은 리무루의 입장에서 보면 변변찮은 수준. 오히려 리무루에게 밀리고 만다.

공황상태에 빠진 게르뮈드는 게루도에게 도움을 요청한다. 그때 놀라운 일이 일어난다. 놀랍게도 게루도는 게르뮈드를 돕기는커녕 그를 죽여 먹어버린 것이다. 이름을 지어준 자의 요망에 따라 마왕이 되기 위해 벌인 행동이었다.

그리고 게루도는 무시무시한 '오크 디

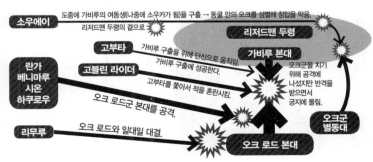

리무루 & 리저드맨 연합군 VS 오크 로드군

소우에이 — 도중에 가비루의 여동생(나중에 소우카가 됨)을 구출 → 동굴 안의 오크를 섬멸해 침입을 막음. 리저드맨 두령의 곁으로

리저드맨 두령

고부타 — 가비루 구출을 위해 단신으로 움직임. 가비루 구출에 성공한다.

가비루 본대 — 오크군을 치기 위해 공격에 나섰지만 반격을 받으면서 궁지에 몰림.

란가 베니마루 시온 하쿠로우

고블린 라이더 — 고부타를 쫓아서 적을 혼란시킴.

오크 로드군 본대를 공격.

리무루 — 오크 로드와 일대일 대결.

오크 로드 본대

오크군 별동대

재스터'로 진화한다.

시온 이상의 괴력에 엄청난 회복력, 시체를 먹어서 능력을 흡수하는 힘. 터무니없이 강한 힘을 얻은 마왕 게루도에 대항할 수 있는 것은 이제 리무루뿐이다. 리무루는 강적과 싸우게 된 기쁨에 전율하면서, 게루도와 대치한다.

두 사람의 싸움은 서로를 잡아먹는 것으로 발전했다. 하지만 잡아먹는 힘이라면 시체만 흡수할 수 있는 '기아자'보다 살아 있는 것에서도 정보를 얻는 리무루의 '포식자'가 더 뛰어나다. 리무루는 천천히, 그러나 확실하게 게루도를 침식해나간다.

한편, 마왕 게루도도 지지 않기 위해서 필사적으로 저항했다. 동족을 잡아먹으면서 버티고 살아남았던 게루도는 자신이 죽으면 그 죄를 동료 오크들이 지게 된다는 것을 느꼈던 것이다. 게루도에게 리무루는 그가 짊어진 죄도 모두 먹어 치워주겠다고 선언한다. 게루도는 겨우 안도하면서, 조용히 소멸해 사라진다.

●대동맹의 결성

전쟁이 끝난 후, 전쟁에 휩쓸렸던 자들에 의해 회의가 열렸다.

오크의 진군이 대기근으로 인한 멸망을 피하기 위한 어쩔 수 없는 일이었음을 알게 된 리무루는 그들을 숲 안으로 받아들이겠다고 제안한다. 게다가 숲에 거주하는 수많은 종족이 상호 협력하며 사는 대동맹의 구상을 피력한다.

회의의 참가자들은 즉각 이 아이디어에 찬성하며, 당연하다는 듯이 맹주가 될 자로 모두가 리무루에게 뜨거운 시선을 보내는데…….

그리하여 쥬라의 숲에 리무루를 정점으로 하는 '쥬라의 숲 대동맹'이 결성되었다.

LEVEL UP!
리무루

오크의 진군!
마왕 게루도를 쓰러뜨렸다!
키진들, 트레이니, 게루도(마왕 게루도의 이름을 이은 오크 제너럴) 등이 동료가 되었다!
리무루, '폭식자' 등을 획득!
쥬라의 숲 대동맹이 발족되었다!

리무루 님이야말로 숲의 맹주에 걸맞은 분입니다. 쥬라의 숲 대동맹…… 정말 훌륭한 구상이에요.

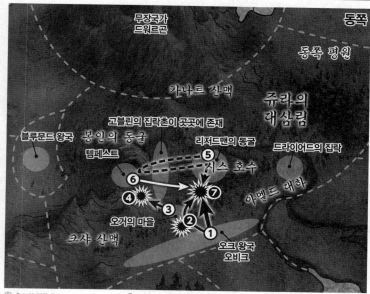

무장국가
드워르곤

동쪽

동쪽 평원

카나트 산맥

쥬라의
대삼림

고블린의 집락촌이 곳곳에 존재

블루문드 왕국

봉인의 동굴
템페스트

리저드맨의 동굴

드라이어드의 집락

⑤

시스 호수

⑥

⑦

④

③

오거의 마을

②

①

그샤 산맥

오크 왕국
오비크

아멜드 대하

① 오크의 진군 루트
② 오거의 마을, 소멸
③ 오거 잔당의 진행 루트
④ 리무루군 VS 오거 잔당

⑤ 가비루의 경로
⑥ 리무루군의 원군
⑦ 리무루군 VS 오크군

고부타의
리무루

간단 회상록 ❷

「오크군 대(對) 숲의 거주자들」

오크군이 남쪽에서 숲으로 침공해 왔습니다요. 마을이 전멸당한 오거들은 분노에 전부 제정신이 아니었습니다요!

오거들이 착각을 하는 바람에 내가 공격을 받았지. 뭐, 다행히 금방 오해가 풀렸지만. 가비루는 원군을 모으기 위해 숲 곳곳을 돌아다니고 있었고.

고블린의 원군 정도로 어떻게 해볼 만한 적이 아니었지만 말입죠. 습지대에서 마왕 게루도와 리무루 님의 격돌은 굉장했습니다요! 그런 싸움은 리무루 님이 아니면 무리입니다요.

평소에는 인간이 쓰러뜨릴 수 있는 수준이라던데? 어찌 됐든 오크는 숲의 동료가 되었고 대동맹도 성립되었으니 다 잘됐다고 할 수 있겠네.

21   전생했더니 슬라임이었던 건에 대하여 8.5

템페스트(마국연방) 탄생과 마왕의 습격
재액 급의 마물 카리브디스(폭풍대요와)의 목표는?

STORY DIGEST

마왕내습 편

● 마왕들의 밀담

자신의 힘을 강화하기 위해 게르뮈드를 이용해 꼭두각시 마왕을 탄생시키려고 했던 마왕 클레이만. 낯선 마인들의 등장으로 계획은 실패했지만, 그는 조금이라도 자신에게 유리한 상황을 만들어내기 위해 한층 더 열심히 머리를 굴리고 있었다.

클레이만은 예전의 작전에 두 명의 마왕을 끌어들인 상태였다. '디스트로이(파괴의 폭군)'라는 이명을 가진 최강의 드라고노이드(용마인) 밀림 나바. 라이칸스로프(수인족)의 왕

발전하는 리무루의 도시

개벽기(開闢期)
작은 고블린 집락촌에서 이사. 각 부문의 책임자를 두고 마을 건설을 시작. 아직 텐트 생활.

발흥기(勃興期)
의료, 무기, 군사 등의 각종 개발연구. 대량의 노동력(오크들)을 얻으면서 건설 붐, 주민에게 집을 공급해주다. 상하수도 완비, 1만명 규모의 도시로 발전.

발전기(發展期)
새로운 시설 정비 및 건물의 건설, 혼인제도 제정. 식량 공급도 안정되면서 요리의 질도 향상. 동굴에서 회복약 양산에 착수.

발매일 : 2015년 9월 1일
정　가 : 9,500원

클레이만의 의도대로 두 사람이 리무루에게 흥미를 가진다. 특히 밀림은 빠른 자가 쟁취하는 법이라고 기쁜 표정으로 말하며 곧바로 회담 장소에서 날아가버렸다.

회담 장소에는 밀림이 억지로 끌고 온 하피(유익족)의 마왕 프레이도 있었지만, 그녀는 리무루에게 그다지 흥미가 없다. 프레이에게 고민이 있음을 민감하게 감지한 클레이만은 그녀의 약점을 쥘 수 있을지도 모른다는 생각에, 무슨 사정이 있는지 알아내기로 한다.

●마왕 습격

오크 로드 사태 후, 마물의 도시로 드워프 왕국의 가젤 왕이 페가수스 나이츠(천상기사단)를 이끌고 찾아왔다.

오크 로드를 쓰러뜨린 힘을 가진 마물의 집단이 선량한지 아닌지 알아보기 위해 가젤은 리무루와 검을 맞대보고, 그 본성이 사악하지 않다고 판단한다. 그리고

이자 '비스트 마스터(사자왕)'라는 이명을 가진 칼리온이다. 클레이만은 그들에게 계획이 실패했음을 알리면서도 그들의 흥미를 끌만한 정보…… 정체불명의 마인 리무루의 존재를 가르쳐주고, 신용을 얻으려고 한다.

해설 **정찰자 뮬란**

클레이만의 부하이자 마인인 뮬란이 템페스트를 조사하기 시작한다. 클레이만에게 심장을 뺏긴 상태라 그를 거역할 수 없다.

그 옛날에 검을 가르친 애송이가 지금은 드워프의 왕이라니. 이거 참 정말로 훌륭하게 자랐구먼.

마물의 도시 '쥬라 템페스트 연방국(마국 연방)'과 우호관계를 맺기로 한다.

그런 때에 마치 돌풍처럼 찾아온 자가 바로 마왕 밀림이었다. 압도적인 실력을 느낀 리무루는 그녀를 경계하지만, 금방 단순하고 어린아이 같은 성격임을 알아차린다. 리무루가 최고 품질의 벌꿀을 살짝 맛보여주자 곧바로 회유되는 밀림. 아예 두 사람은 친구가 되어버린다.

싸움보다 재미있는 것을 알고 있으면 가르쳐달라는 마왕 밀림에게, 리무루는 도시를 안내한다. 리무루랑 템페스트가 완전히 마음에 든 밀림은 그대로 도시에 정착하고 말았다.

뒤이어 마왕 칼리온의 부하인 포비오가 찾아온다. 하지만 오만하게 굴다가 리그루도에게 폭력까지 휘두른 포비오를 보고 격노한 밀림이 그에게 철권제재를 내린다. 굴욕을 당한 포비오는 밀림에게 복수심을 품는다.

자유조합 블루문드 왕국 지부의 길드 마스터인 휴즈 또한 마국(魔國)에 주목했다. 카발 일행 3인조로부터 이미 듣긴 했지만, 직접 확인해야겠다고 느낀 휴즈는 마국을 방문한다. 그리고 도시에 체류하면서 마물들을 관찰하게 된다.

그리고 우연한 기회에 템페스트를 찾아온 변경조사단. 리무루는 리더인 요움을 구슬려서, 그에게 오크 로드를 물리친 영웅의 역할을 맡겨버린다.

'오크 로드를 쓰러뜨릴 만큼 강한 마물이 있다'는 것보다 '오크 로드를 쓰러뜨린 영웅을 도운 우호적인 마물이 있다'는 것이 더 좋은 이미지를 줄 것으로 판단한 것이다.

●카리브디스의 부활

마국의 주변에 잠복한 채 복수의 기회를 노리던 포비오. 그의 앞에 자칭 '중용

포비오를 부추긴 중용광대연합의 광대들. 클레이만의 협력자이다.

잔챙이 악당이었던 우리가 변경조사단이 된 것도 인과응보인 셈이지만 영웅 역할을 맡으라니, 진심으로 하는 말이야?!

'광대연합'이라는 광대들, 티어와 풋맨이 나타난다. 그들은 포비오의 복수심을 교묘하게 선동하여, 그를 재액 급의 마물 '카리브디스'의 빙의체로 만들어버린다.

핵이 된 포비오의 분노에 따라, 카리브디스는 밀림이 있는 템페스트를 향해 움직였다. 습격을 한발 먼저 알아차린 리무루 일행은 대책 회의를 연다.

얘기를 들으면 들을수록 카리브디스는 강적이었기에, 의욕을 앞세우며 싸우고 싶어 하는 밀림에게 처리해달라고 부탁할지 고민하는 리무루. 그러나 이건 자신들의 문제라고 시온이 멋대로 거부하고 마는 바람에, 밀림과 리무루는 실망한다.

이리하여 리무루 일행은 총력을 기울여 카리브디스와 그 권속인 메갈로돈 무리에 맞서 싸우게 된다.

내구력이 높은 카리브디스는 상상 이상으로 번거로운 상대였다. 초속재생에 단단한 비늘을 온 방향으로 발사하는 '템페스트 스케일(폭풍의 비늘 소나기)'이 맹위를 떨친다. 드워프 왕궁의 페가수스 나이츠도 응원차 달려와 주었지만, 그러고도 장시간 싸워야만 했던 리무루.

이리저리 싸우던 중에 리무루는 적의 빙의체가 포비오이며, 그 목표가 밀림이라는 것을 눈치챈다.

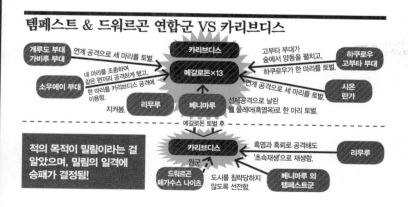

템페스트 & 드워르곤 연합군 VS 카리브디스

		카리브디스		
게루도 부대 가비루 부대	연계 공격으로 세 마리를 토벌.		고부타 부대가 숲에서 양동을 펼치고, 하쿠로우가 한 마리를 토벌.	하쿠로우 고부타 부대
소우에이 부대	네 마리를 조종하여 같은 편끼리 공격하게 했고, 한 마리를 카리브디스 공격에 이용함.	메갈로돈×13	연계 공격으로 세 마리를 토벌.	시온 란가
	지켜봄.	리무루 베니마루	선제공격으로 날린 헬 플레어(흑염옥)로 한 마리 토벌.	

- - - - - - 메갈로돈 토벌 후 - - - - - -

적의 목적이 밀림이라는 걸 알았으며, 밀림의 일격에 승패가 결정됨!		카리브디스	흑염과 흑뢰로 공격해도 '초속재생'으로 재생함.	리무루
	드워르곤 페가수스 나이츠	원군	도시를 침략당하지 않도록 선전함.	베니마루 외 템페스트군

그렇다면 자신이 쓰러뜨리겠다고 고집할 필요가 없다. 리무루는 다시 밀림에게 공격을 맡긴다. 밀림은 기뻐하면서 받아들였고, 큰 기술인 드라고 버스터(용성확산폭)로 카리브디스를 한 방에 쓰러뜨린다.

●새로운 음모

카리브디스에서 분리된 포비오는 그럭저럭 살아남아, 냉정함을 되찾은 상태였다. 그리고 리무루는 이번 일의 뒤에 아무래도 중용광대연합과 마왕 클레이만이 존재하는 것 같다고 느낀다. 리무루 일행은 앞으로 그의 동향에 주의를 기울이기로 한다.

한편, 클레이만은 자신의 성에서 프레이와 회담을 가지고 있었다.

프레이의 고민이 하피의 천적인 카리브디스의 존재라는 것을 파고든 클레이만은 그것을 물리칠 수 있게 이번 일을 꾸미면서, 프레이에게 빚을 하나 만든 것이다.

이번 일의 보답으로 클레이만의 부탁을 딱 하나 들어주기로 약속하고 사라지는 프레이.

그리고 클레이만은 강대한 힘을 지닌 밀림을 자신의 손에 넣을 수 있는 방법을 떠올리고는, 새로운 책략을 짜면서 음흉한 미소를 짓는다…….

LEVEL UP! 리무루

대동맹은 템페스트로 진화했다!
드워프 왕국과 국교를 맺었다!
요움에게 억지로 영웅 역할을 떠넘겼다!
가비루, 베스터, 야피트와 제기온 등이 동료가 되었다!
카리브디스를 밀림이 날려버렸다!

리무루가 내게 멋진 드래곤 너클을 선물해줬어! 역시 절친한 친구야!

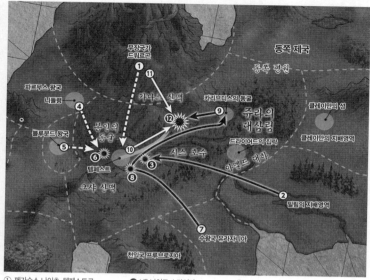

① 페가수스 나이츠, 템페스트로
② 밀림, 템페스트로
❸ 템페스트 정예 VS 밀림
④ 요움 일행, 템페스트로
⑤ 휴즈 일행, 템페스트로
⑥ VS 나이트 스파이더
⑦ 포비오의 경로
⑧ 밀림 VS 포비오
⑨ 카리브디스의 침공 루트
⑩ 템페스트군의 이동
⑪ 페가수스 나이츠의 원군
⑫ 템페스트군 VS 카리브디스

고부타의
리무루

간단 회상록 ❸

「마국(마물의 나라)의 성립과 과수대결전」

 대동맹이 드디어 나라가 되었네요! 그리고 가젤 왕에다 밀림 님에…… 어—. 여러 사람이 차례로 찾아오는 바람에 정말 큰일이었습니다요.

 와— 사악한 얼굴입니다요. 그건 그렇고, 카리브디스의 출현에 정말 놀랐습니다요. 저렇게 거대한 과수가 숲에 봉인되어 있었군요.

 크게 봐서 유익한 교류를 할 수 있어서 다행이었지. 희생양…… 아니, 마물 토벌의 영웅 역할을 맡아준 요움에게도 감사하고 있어.

 도시에서 떨어진 장소에서 격퇴할 수 있어서 다행이었네. 가젤 왕이 페가수스 나이츠를 보내줘서 살았어. 마무리를 지은 것은 밀림이었지만!

리무루, 인간의 나라로
최강의 마인 히나타와의 사투

●인간의 나라로

국가가 된 템페스트는 다양한 외교를 벌이게 되었다.

수왕국 유라자니아와는 서로 사절단을 보냈으며, 간부인 삼수사로부터 국교를 맺기에 충분한 나라라고 인정을 받는다.

드워프 왕국으로 외유를 갔을 때에는 기술제공 등의 유익한 교섭을 체결한다. 수뇌연설도 했으며, 종족을 불문하는 우호관계를 목표로 삼겠다는 뜻도 표명한다. 가젤 왕으로부터 너무 겸손했다, 정에 지나치게 호소했다 등등 아주 박한 평가를 받았지만……

바쁘게 지내는 중에 리무루는 낯선 어린아이들과 시즈의 꿈을 반복해서 꾸게 된다. 과거에 자신이 잡아먹은 시즈가 뭔가를 호소하는 것이 아닐까? 그렇게 느낀 리무루는 과거에 시즈가 살았던 나라에 가보기로 결심한다.

카발 일행에게 안내를 부탁한 뒤, 리무루는 우선 블루문드 왕국을 방문한다. 그곳에서 회복약 판매 계약 외에 상층부와의 회담에서 상호간의 안전보장 및 통행허가 등의 협정을 체결한다.

인간으로서의 신분증을 얻기 위해 자유조합에서 모험가 등록도 했는데, 실기시험에서 지나치게 실력을 내보여 구경꾼들을 술렁거리게 만든 것은 애교로 치기로 했다.

테스트인지 뭔지 모르겠지만, 리무루 님에게 폭언하는 것은 제가 용서하지 않을 겁니다!

PICKUP

수왕국의 사절단은 템페스트의 실력을 시험해보기 위해 일부러 싸움을 걸어왔다.

전생했더니 슬라임이었던 건에 대하여 ④
Regarding
Reincarnated to Slime

발매일 : 2015년 11월 1일
정 가 : 9,500원

이윽고 블루문드 왕국을 떠난 리무루는 드디어 여행의 본래 목적지인 시즈가 살았던 서쪽의 선진국 잉그라시아 왕국으로 향했다.

●리무루 선생 탄생

잉그라시아의 왕도에서 리무루를 기다리고 있던 자는 그랜드 마스터이자 시즈의 제자였던 카구라자카 유우키라는 소년이었다.

리무루와 같은 일본 출신으로 싹싹한 성격인 유우키와 리무루는 곧바로 의기투합한다. 꿈의 내용을 얘기하면서, 시즈가 걱정했던 아이들에 대한 상세한 사항을 전해 듣는다.

그 이야기를 들어보니, 아이들은 불완전한 상태에서 이 세상에 불려온 '소환자'라고 한다. 하지만 아이들의 어린 육체는 몸 안에 소용돌이치는 마력요소를 제어할 수 없기 때문에, 몇 년도 버티지 못하고 죽을 운명이라고 했다.

그 운명에서 구해주고 싶다는 것이 시즈의 바람이었을까. 유우키에게 아이들을 부탁받은 리무루는 그들이 다니는 학교의 교관으로 취임하지만…….

정작 만난 아이들은 대단히 반항적이었다. 시즈가 여행을 떠난 뒤에 꽤나 난폭하

유우키에게 갑자기 공격을 받았지만 뭐, 내 얼굴은 시즈 씨랑 똑같이 생겼으니까 그녀를 집아먹은 것으로 생각했겠지. 그 생각이 맞긴 하지만.

리무루 씨와 탄 낭차(狼車) 말인데, 여행이 너무 쾌적해서 깜짝 놀랐지 뭐예요…….. 방해되는 마법식물도 한방에 제거해버리고요, 앞으로도 계속 같이 모험을 하고 싶어요—!

꿈꾸던 가게인 '밤나비'에 들른 것이 부하인 고부조 탓에 슈나 님이랑 시온 님에게 들켰지 뭡니까요. 리무루 님과 같이 엄청 빌었습니다요…….

게 굴어서 다른 교사들은 감당하지 못했던 모양이다.

그러나 다행히 리무루는 평범한 인간이 아니다. 그는 우선 자신의 실력을 아이들에게 보여준 뒤, 반드시 구해주겠다고 진지하게 약속하며 겨우 신뢰를 얻어낸다.

하지만 시즈 또한 이 세계에 왔을 때는 분명 어린아이였을 터. 그녀는 어떻게 살아남은 것일까? 리무루는 문득 어떤 생각을 떠올렸다. 마왕 레온이 그녀의 몸에 이프리트를 깃들게 한 일이 그녀를 살린 게 아닐까 하고. 그 지론은 '대현자'의 의견과도 일치했다.

레온이 왜 그런 짓을 했는지는 확실하지 않지만, 상위정령을 아이들의 몸에 깃들게 하면 분명 몸 안의 마력요소를

제어할 수 있을 것이다. 리무루는 그렇게 결론을 내린다.

교관으로서 지내는 한편, 리무루는 정령이 있는 곳을 찾는다. 그러던 중에 스카이 드래곤(천공용)이 왕도를 습격하는 사건이 일어나고, 거기서 리무루는 블루문드 왕국의 대상인 묘르마일과 만난다. 이 만남이 행운을 가져왔고, 우여곡절 끝에 리무루는 '정령이 사는 집'으로 가는 입구

방대한 힘을 지닌 마스터(소환주)에, 훌륭한 빙의체. 마스터와의 계약은 악마로 태어난 것에 보람을 느낄 정도였습니다.

수호거상을 박살 냈을 때는 '어떡해—!' 싶었지만, 베레타를 만들어줬으니 없던 일로 치고 넘어가줬어! 나는 원래 관대하잖아?

휴즈 님에게 의뢰받은 마국과의 회복약 거래를 받아들이길 정말 잘했습니다! 판매 상황을 조사하러 간 잉그라시아에서 설마 드래곤의 습격을 받을 줄은 생각 못 했지만요.

가 우르그레시아 공화국에 있음을 알게 된다. 장소를 알았다면 서두르는 게 좋다. 리무루는 곧바로 아이들을 데리고 그곳으로 향한다.

●작은 마왕 라미리스

정령이 사는 집으로 이어지는 미궁으로 들어가는 일행. 그런데 누군가가 리무루 일행을 농락했고, 결국 수호거상을 부려서 공격해 왔다. 리무루는 재빠르게 그것을 분쇄한다. 그 결과에 경악하면서 등장한 것은 작은 요정 라미리스.

겉모습도, 속내도 어린아이 같아서 도저히 그렇게 보이진 않지만, 라미리스는 사실 마왕 중의 한 명이며, 원래는 정령여왕이었다. 성스러운 자의 인도자이기도 하다는 라미리스의 협조를 얻으면서, 아이들은 무사히 정령소환의 장소에 도착하고, 상위정령을 몸에 깃들게 해 몸속 마력요소 제어에 성공한다.

하지만 단 한 사람, 클로에의 정령소환에서 해프닝이 일어난다. 상위정령이 아니라 라미리스도 모르는 정체불명의 존재가 강림한 것이다.

여성의 모습을 한 그 존재는 리무루에게 호의적이었지만, 방대한 에너지를 지닌 정신생명체라는 것 외엔 아무것도 알 수 없었다. 라미리스가 경고했을 때는 이미 늦었고, 여성은 클로에의 몸에 깃들고 말았다. '대현자'로 클로에를 해석해봐도 아무런 반응이 없었기에 리무루는 난감하기만 했다.

●히나타의 함정

아이들의 마력요소 문제를 무사히 해결한 리무루는 수호거상을 대신할 것을 요구하며 난리치는 라미리스에게 악마가 깃든 골렘, 즉 '베레타'라는 아크 돌(마장인형)을 만들어주고 왕도로 돌아온다.

리무루는 템페스트로 돌아가기로 하지

리무루 선생님은 자상하고 아름답고 강해서 정말 좋아! 헤어질 때 너무 아쉬웠어……. 훌쩍.

아이들의 계약정령

게일	유사 상위정령 '땅'
앨리스	유사 상위정령 '하늘'
켄야	빛의 정령
료타	유사 상위정령 '수풍'
클로에	흑은발을 가진 여성의 정신체.

● 유사 상위정령 : 하위의 정령을 리무루가 포식한 뒤에 상위정령 대신 유사하게 만들어낸 것.

만, 그에게 완전히 정이 든 클로에가 헤어지기 싫다고 울먹인다. 리무루는 클로에에게 시즈의 유품인 '항마의 가면'을 주며 달랜다.

그런 뒤에 잉그라시아 왕도를 떠나려고 할 때, 갑자기 정체불명의 결계가 리무루를 붙잡는다.

결계를 펼친 것은 마물을 적대시하는 서방성교회의 성기사. 그리고 그에게 다가온 것은 유우키와 함께 시즈의 제자였던 이세계인, 사카구치 히나타였다.

히나타의 말을 들어보니, 마국을 방해물로 여기는 누군가가 그곳을 박살 내기 위해 움직이는 모양이었다. 리무루는 자신도 일본에서 온 전생자라고 말하면서 어떻게든 히나타와 대화로 해결하려 하지만, 성기사에게 마물은 전부 적. 게다가 누구에게 전해 들었는지, 히나타는 리무루를 시즈의 원수로 믿고 있어서 그의 얘기에 전혀 귀를 기울이지 않았다.

강력한 결계와 마물에 대한 절대적인 효과를 지닌 히나타의 공격에 몰리기 시작하는 리무루. 시즈의 제자와는 싸우고 싶지 않았다. 하지만 빨리 돌아가지 않으면 템페스트가 어떻게 되어 있을지 알 수가 없다.

결국 리무루는 각오를 굳히고 히나타와의 대결에 전력으로 임하기로 한다…….

LEVEL UP!
리무루

리무루, 인간의 나라로!
유우키, 라미리스,
베레타 등이 등장!
아이들을 구했다!
마국으로 돌아가려고 했다!
그러나 히나타에게 실컷
당하고 말았다!

● **리무루의 작전**
분신체를 히나타와 싸우게 하고 그 틈에 퇴각.

성기사단 멤버 여러 명이 홀리 필드를 형성

성기사

리무루 VS 히나타

성기사

성기사

● **홀리 필드(성정화결계)란**
내부의 마력요소가 사라지기 때문에 마력요소를 사용하는 마법이나 스킬은 사용 불능. 마물은 능력이 약해진다

● **히나타의 작전**
데드 엔드 레인보우(칠채종언자돌격)를 동원한 정신체의 파괴.

성기사

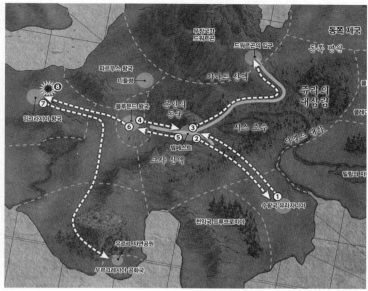

① 수왕국의 사절단, 템페스트로.
② 템페스트의 사절단, 수왕국으로.
③ 리무루 외유, 드워프곤으로.
④ 카발 일행 세 명, 템페스트로.
⑤ 리무루 일행, 블루문드 왕국으로.
⑥ 리무루 일행, 잉그라시아 왕국으로.
⑦ 리무루와 학생들, 우르그 자연공원으로.
⑧ 리무루 VS 히나타

간단 회상록 ❹

「여행에서 여행으로, 그리고 습격」

수왕국과 사절단을 교환하고, 리무루 님은 드워프 왕국을 방문. 본격적인 국가 교류가 시작되었습니다요!

저희들 마물은 강함이 곧 정의니까 말입죠. 그건 그렇고, 인간의 나라로 떠난 여행에서도 많은 일이 있었다고 들었습니다요.

베니마루 녀석, 수왕국에서 칼리온에게 싸움을 걸었다더군. 엉망진창으로 당했다고 웃더라고. 삼수사도 그렇고, 정말 뇌까지 근육으로 이뤄진 거 아냐?

블루문드를 경유해서 잉그라시아로 갔고, 아이들의 목숨을 구할 방법을 찾아서 남쪽의 우르그레시아 공화국으로 가기도 했고…….그래도 그때까진 평화로웠어. 설마 귀국할 때 매복 기습을 당할 줄이야. 히나타는 정말 무서워.

템페스트를 덮친 최악의 비극, 동료를 위해서 리무루는 마왕으로 진화한다

●덮쳐온 재앙

대국인 파르무스 왕국에선 에드마리스 왕이랑 귀족들이 템페스트의 존재에 위기감을 느끼고 있었다. 템페스트가 새로 도입한 도로와 산업에 자국의 경제가 위협받기 시작한 것이다. 교활한 에드마리스 왕과 신하들은 마물에게 자국의 국민이 피해를 입었다고 위장해, 그것을 대의명분으로 마국을 침략하려고 획책한다.

클레이만의 부하인 뮬란은 인간으로 변장해 요움이 이끄는 집단에 참가한 뒤 템페스트를 계속 정찰하고 있었다. 뮬란은 어느새 요움에게 이끌리지만, 그런 그녀에게 클레이만은 '안티 매직 에어리어(마법불능영역)' 결계로 도

시를 덮으라는 지령을 내린다.

그런 짓을 하면 뮬란의 정체는 즉시 도시 주민들에게 들통이 난다. 하지만 '사랑하는 자의 위험'을 암시하는 클레이만의 말을 뮬란은 거역할 방법이 없었다.

파르무스 왕국은 왕궁 마술사장 라젠이 소환한 세 명의 이세계인 쇼고, 쿄야, 키라라를 행상인으로 위장해 템페스트로 투입시킨다.

자기중심적인 세 사람은 마국이 번영한 모습에 '마물 주제에'라고 이유 없이 증오한다. 키라라는 도시 가운데에서 소동을 일으키는 스킬(능력)을 써서 마물의 습격을 받은 것처럼 꾸며보지만

PICKUP

요움을 사랑하게 된 나에겐 명령을 따르는 것 말고는 다른 길은 없었어. 필요가 없어지면 버림받을 걸 알지만, 요움을 지키기 위해서라면……

요움과 수인 그루시스. 뮬란을 둘러싸고 본격적인 삼각관계가 된다. 아직 도시가 평화로웠을 때의 일.

발매일 : 2016년 1월 1일
정 가 : 9,500원

슈나의 '깨닫는 자(해석자)'에 간파당해버린다.

이렇게 된 이상 실력 행사로 굴복시킨 뒤에, 아름다운 슈나를 노예로 삼겠다고 말하는 쇼고. 쿄야는 재미있다는 표정으로 고부타를 공격하고…… 이세계인과 시온을 포함한 마국의 주민들이 무력으로 격돌하려던 그때. 갑자기 두 개의 결계가 발생해 도시를 덮친다.

뮬란이 펼친 안티 매직 에어리어로 모든 마법효과가 사라지고, 서방성교회의 대사제인 레이힘이 펼친 '프리즌 필드(사방인봉마결계)'의 영향으로 도시의 마물들이 약해진다. 템페스트에 미증유의 위기가 도래한 것이다.

●마왕 탄생

한편, 잉그라시아에선 히나타와 격돌했던 리무루가 분신을 미끼로 겨우 위기에서 탈출한다. 서둘러 마국연방으로 돌아

간 리무루는 파르무스 왕국과 서방성교회의 습격으로 사망자가 나온 것. 그리고 그 중에 시온이 있다는 것을 알고 충격을 받는다.

비탄에 잠긴 리무루에게 에렌이 오래된 전래동화를 가르쳐준다. 애완동물인 용을 잃은 어떤 소녀가 분노로 대량 살육을 저

마왕이 되면 인격이 바뀌는 일이 있다고 하던데요. 하지만안 리무루 씨라면 분명 괜찮을 거라고 전 믿고 있었어요오.

해설 **라젠의 무자비한 의도**

자아가 강한 자가 더 강한 스킬을 발생시킨다는 것을 알고 있던 라젠은 일부러 자기중심적인 자들을 소환했다. 처음부터 때가 오면 그들의 스킬을 빼앗을 생각이었던 것이다.

지르면서 마왕으로 진화했다. 영혼이 서로 이어져 있던 용도 죽은 상태에서 진화하면서 소생했다…… 그런 내용의 얘기를. 그 이야기를 들은 리무루는 자신이 마왕으로 진화하면 죽은 자들이 되살아날지도 모른다고 생각한다.

대현자가 말하길, 마왕으로 진화하려면 1만 명 이상의 '양분(산 제물)'이 될 영혼이 필요하다고 했다. 그 수에 맞는 병사를 죽여버리겠다고 리무루는 결의한다.

또한 리무루는 뮬란을 책망하지 않고 새로운 심장을 주면서 클레이만으로부터 해방시켰다. 뮬란은 리무루에게 감사하면서, 새로운 협력자가 된다.

시온을 포함해 죽은 자들을 되살리기 위한 회의를 연 리무루는 자신이 이세계의 인간의 전생자라는 것을 밝힌다. 이번 같은 일이 두 번 다시 일어나지 않도록 적대하는 자와는 단호하게 싸우겠다. 또한 시간을 들여 자신을 이해하는 자를 늘려가고 싶다고 말하는 리무루. 리무루의 말에 그를 경애하는 동료들은 찬성해주었다.

그리고 전쟁이 시작되었다. 베니마루를 포함한 부하들은 도시를 둘러싼 약체화 결계를 파괴한다. 혼전 중에서 파르무스 왕국의 이세계인 세 명은 각자 비참한 운명을 맞게 된다.

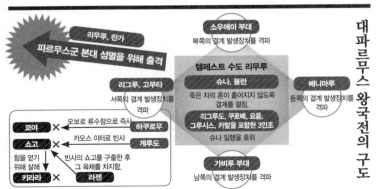

대파르무스 왕국전의 구도

리무루, 란가
파르무스군 본대 섬멸을 위해 출격

소우에이 부대
북쪽의 결계 발생장치를 격파

템페스트 수도 리무루
슈나, 뮬란
죽은 자의 혼이 흩어지지 않도록 결계를 펼침.
리그루도, 쿠로베, 요움, 그루시스, 카발을 포함한 3인조
슈나 일행을 호위

리그루, 고부타
서쪽의 결계 발생장치를 격파

베니마루
동쪽의 결계 발생장치를 격파

쿄야 ✕   ← 오보로 류수참으로 즉사   하쿠로우
소고 ✕   ← 카오스 이터로 빈사   게루도
힘을 얻기 위해 살해 ↓   빈사의 쇼고를 구출한 후 그 육체를 차지함.
키라라 ✕   라젠

가비루 부대
남쪽의 결계 발생장치를 격파

하기 위해 나섰으며, 살육마법인 '메기드(신의 분노)'로 병사들을 차례로 살해한다. 몰래 달아나려던 라젠은 리무루가 소환한 악마−후에 '디아블로'−에 의해 붙잡힌다. 에드마리스 왕, 레이힘 대사제, 왕궁 마술사장 라젠을 제외하고 파르무스 측은 전부 죽음을 맞게 되고, 전쟁은 끝난다.

●부활, 그리고 회의로

대량의 영혼을 얻은 리무루는 '하베스트 페스티벌(수확제)'을 거쳐 진정한 마왕으로 다시 태어난다. '대현자'는 얼티밋 스킬 '라파엘(지혜지왕)'로, '글러트니(폭식자)'는 '벨제뷔트(폭식지왕)'로 통합, 진화했다.

죽은 자들도 완전히 소생했으며, 리무루의 영향하에 있던 모든 자들이 진화한다. 새롭고 강력한 힘을 손에 넣고, 무엇보

쿄야는 하쿠로우를 얕보다가 기나긴 괴로움을 맛보면서 사망한다. 쇼고는 살아남기 위해 키라라를 제물로 살해하지만, 쇼고 자신도 라젠에게 살해당하면서 육체를 빼앗기고 만다.

리무루는 홀로 파르무스의 군을 섬멸

우리를 되살리기 위해, 리무루 님뿐만 아니라 여러분도 열심히 노력해주셨군요. 감개무량입니다! 감사의 마음으로 맛있는 요리를 잔뜩 만들겠어요♥

해설 자아의 각성

모두가 진화의 잠에 빠져드는 중에, '라파엘'은 리무루의 몸을 움직여서 반혼의 비술을 실행하려 한다. 있을 수 없는 스킬의 자율행동. 리무루의 혼의 한쪽 구석에서 '라파엘'의 자아가 조금이나마 확실히 태어나 있었다.

다 동료를 잃지 않고 일을 마무리한 리무루 일행은 기쁨에 들끓는다.

그러던 중에 수왕국에서 피난민이 테페스트에 도착했다. 이때 리무루는 밀림에 인해 수왕국이 멸망했다는 것은 알게 된다.

하지만 칼리온을 쓰러뜨린 밀림, 그리고 그 자리에 있었던 프레이의 움직임에는 아무래도 수상한 점이 있었다. 칼리온이 살아 있다고 예상한 리무루는 그를 구출하기로 결심한다.

얼마 지나지 않아, 베루도라를 봉인한 무한뇌옥의 해석이 드디어 끝났다고 '라파엘'이 보고해왔다. 리무루는 몰래 베루도라를 부활시키면서 부하들을 여러 의미로 경악하게 만들었다.

전후 처리랑 서방제국에 대한 대응, 일련의 사건의 흑막이라는 것을 알게 된 마왕 클레이만도 어떻게든 처리해야 한다. 문제는 산더미처럼 쌓여 있다.

리무루는 간부들을 모아 대회의를 연다. 동료들에게 손을 댄 자는 그 보답을 받도록 만들 것이다. 그렇게 마음속으로 맹세하면서……

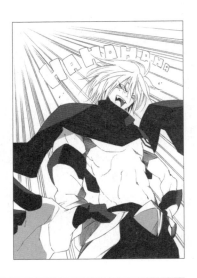

LEVEL UP!
리무루

수왕국이 소멸했다!
파르무스 왕국과의 전쟁에 이겼다!
리무루는 진정한 마왕으로 진화했다!
'라파엘' '벨제뷔트' '혼식' 등등, 여러 스킬을 손에 넣었다!
디아블로가 동료가 되었다!
베루도라를 해방시켰다!

내가 부활했다! 감동의 재회로군, 크아하하하!
위장 안에서 성전(만화책)을 읽느라 정신이 팔려서 해석이 늦어진 건 절대 아니거든?

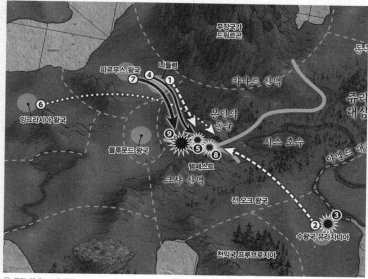

① 뮬란, 템페스트에 잠입.
② 수왕국 주민, 템페스트로 피난.
❸ 칼리온 VS 밀림.
④ 쇼고 일행, 파르무스 선발대로 진군.
❺ 파르무스 선발대에 의한 템페스트 습격.

⑥ 리무루, 봉인의 동굴로 전이.
⑦ 파르무스 본대, 진군.
❽ 사방의 결계장치를 파괴.
❾ 리무루 VS 파르무스 본대

간단 회상록 ❺

고부타의
리무루

「템페스트 대 파르무스 왕국」

뮬란 누님은 인간인 척하면서 요움 씨의 동료로 들어갔다더군요. 유능합니다요!

그 유능함 때문에 나라에는 큰일이 일어났지만. 파르무스 왕국과의 전쟁은 정말 간담이 서늘했다고. 두 번 다시 그런 경험은 하고 싶지 않아.

모두 살아 돌아와줘서 다행이었습니다요. 리무루 님이 잉그라시아 왕국에서 급히 전송으로 돌아와주신 덕분입니다요.

동굴의 마법진을 사용할 수 있어서 다행이었어. 전쟁 후에는 수왕국 유라자니아로부터 피난민이 왔었지. 나라가 통째로 날아갔다니 대체 뭐가 어떻게 된 거야, 했어.

클레이만과의 싸움과 '발푸르기스(마왕들의 연회)'
리무루, '옥타그램(팔성마왕)'의 일원으로

●마인들의 책략

서방성교회의 성지, 루벨리오스의 '깊은 곳의 사원'에 마왕 발렌타인으로 보이는 남자가 있다. 그런 보고를 한 명의 '소년'에게 전하는 라플라스.

이 소년이야말로 클레이만이 일으킨 수많은 사건의 흑막이었다.

밀림을 조종하는 마술도구 '오브 오브 도미네이트(지배의 보주)'를 클레이만에게 주고, 파르무스 왕국의 침략 전쟁을 유도한 것도 모두 소년과 그 부하…… 클레이만의 주인이자, 부활에 성공한 '커스 로드(주술왕)' 카자리무였던 것이다.

리무루의 처리에 클레이만의 마왕으로의 진화. 어떻게 진행되어도 괜찮도록 꾸몄다고는 하나 작전은 실패의 연속. 상황이 바뀐 지금, 그들의 최우선은 정체가 모호한 서방성교회에 대한 조사였다.

하지만 거기서 문제되는 것이 방금 전의 라플라스가 한 보고이다. 조사에 방해가 되는 발렌타인을 어떻게 처리할 것인가? 소년은 클레이만에게 '발푸르기스'…… 즉 모든 마왕이 참가하는 회의를 열어 마왕들을 소집한 뒤 발렌타인을 밖으로 끌어내라고 시킨다.

지시대로 클레이만은 발푸르기스를 발동시킨다. 하지만 그만 욕심을 부리고 만다. 이참에 칼리온의 영토를 빼앗고 잔당의 영혼으로 진정한 마왕으로 각성하려고 한 것이다.

소년과 중용광대연합의 관계

```
        소년
   ┌─────┴─────┐
부활했을 때의    불완전하지만
약속에 의해     부활시킴.
따름.
        ↓↑
   카자리무(커스 로드(주술왕))  회장
        ↑
   중용광대연합   주종관계이자
             동료
   ┌─────────┐  부회장
 클레이만   라플라스
           풋맨
           티어
```

카자리무의 부활을 보수로 협력

발매일 : 2016년 3월 1일
정 가 : 9,500원

40

동지인 라플라스로부터 쓸데없는 짓 하지 말라는 충고를 받았음에도……

●인마회담

그 무렵, 리무루 일행은 다른 외국 대표들과 나중에 '인마회담'이라고 불리게 되는 대회의를 개최하고 있었다. 마국의 간부 외에 드워프 왕국의 가젤 왕, 마도왕조 살리온에서 상황을 보러 온 에라루도 공작 등 참가자들은 다들 쟁쟁한 멤버들이다.

성기사 히나타에 대한 대책, 얼마 전의 전쟁에 대해 외부로 흘릴 표면적인 정보, 요움을 옹립시킨 뒤 새로운 국가 수립 공작 등등, 회의는 다방면을 다루었다. 마도왕조 살리온도 이 회의를 계기로 마국과 국교를 맺기로 한다.

그때 회의에 갑자기 난입자가 나타난다. 요정 라미리스가 "이 나라는 멸망할 거야!"라는 끔찍한 소리를 외치며 날아든 것이다.

라미리스에 의하면, 클레이만이 발푸르기스를 발동했다. 마왕 칼리온을 배신자로 고발했으며, 또한 리무루를 '클레이만의 부하를 살해하고 마왕을 참칭했다'는 이유로 처리하려 든다고 한다.

'라파엘'은 클레이만의 노림수가 수왕국에 남은 사람들을 죽여서 진정한 마왕으

발푸르기스 전야. 서로 얘기를 나누는 가장 오래된 마왕 기이와 마왕 레온. 기이의 곁에는 베루도라의 누나인 '백빙룡' 베루자도의 모습도 보였다.

정령여왕 시절의 시종인 트레이니와 다시 만날 수 있게 됐지 뭐야. 여러모로 쾌적하고, 이 도시는 정말 최고인걸?! 잠깐 여기서 사는 것 정도는 딱히 문제없잖아~!

리무루 님이 에렌을 납치했다고 생각했기에 나도 모르게 공격마법을 날리고 말았지요. 이거 정말 부끄럽습니다.

그리하여 시작된 전쟁은 마국 & 수왕국 연합군에 의한 일방적인 섬멸전이 되었다. 리무루 일행은 몰래 대군을 전송한 뒤에, 사전에 펼쳐둔 덫으로 적의 군대를 유도한 것이다.

한편, 일부 마인들은 격전을 벌였다. 포비오, 게루도는 중용광대연합의 풋맨, 티어와 교전을 나눈다. 패배하긴 했지만, 적의 데이터를 기록하는 데 성공한다. 스피어와 가비루는 '용을 모시는 자들'의 신관 미도레이와 시합에 가까운 승부를 벌였다. 그리고 클레이만의 군대를 이끌던 마인 '중지(中指)'의 야무자는 도망치려 했지만 고부타와 알비스에게 저지받아 실패한다. 마지막에는 클레이만에 의해 억지로 카리브디스로 변했고, 결국 베니마루의 '헬 플레어'에 완전히 불타버린다.

슈나, 소우에이, 하쿠로우는 클레이만의 본거지로 잠입한다. 그곳은 '와이트 킹(사령의 왕)' 아다루만이 지키고 있었지만, 슈

로 각성하는 것이라고 추측했다. 그런 짓을 허용할 수는 없다. 리무루 일행은 적을 박살 내기 위해 전쟁 준비를 시작한다. 또한 리무루는 발푸르기스에 참가해 클레이만과 직접 대결하기로 결심한다.

●개전

마국 & 수왕국 연합군 VS 클레이만군

수왕국 전사

클레이만군 본대
함정과 포위망으로 제압.

도망치는 야무자를 저지하기 위해 추격해 제압한다.

알비스, 고부타
VS
야무자군

야무자는 클레이만의 계략에 의해 카리브디스로 변모한다.

베니마루
군의 지휘자. 때때로 도와줌.

태워버리다 헬 플레어로

카리브디스

포비오, 게루도
VS
풋맨, 티어

클레이만의 작전이 실패했다는 걸 알고 후퇴

스피어, 가비루 부대
VS
잊혀진 용의 백성들
미도레이, 헤르메스

미도레이는 시합 수준의 전투. 카리브디스 출현에 의해 정전.

클레이만군은 쥬라의 대삼림으로 도망치는 수왕국의 피난민(위장한 수왕국의 전사)를 추격한다.

게루도가 만든 거대한 함정에 빠져 클레이만군은 막대한 피해를 입는다.

군대를 돌려서 태세를 재정비하려는 클레이만군. 각개격파하기 위해 마국과 수왕국의 간부들이 전쟁터를 누빈다.

나가 아다루만이 발사한 '디스인티그레이션(영자붕괴)'을 폭주시키면서 그 땅을 정화시킨다. 본심과 달리 억지로 클레이만을 따랐던 아다루만은 주박에서 해방되면서 부하들과 함께 리무루의 산하로 들어간다.

●발푸르기스

클레이만 군대와의 전쟁은 리무루 쪽의 승리로 끝났다. 한편, 리무루는 드디어 시작된 발푸르기스에서 클레이만의 진부한 연극을 억지로 보고 있었다.

기이, 레온, 발렌타인…… 그 자리에 모인 마왕들 앞에서 리무루를 소리 높여 규탄하는 클레이만. 하지만 그 주장에는 증거가 없기에, 리무루에게 쉽게 논파된다. 결국 '가장 오래된 마왕' 기이의 한마디로 두 사람은 싸움으로 승부를 겨루게 된다.

지배의 보주로 조종하는 밀림이 손아귀에 있는 한 우세는 변함이 없다. 그렇게 믿은 클레이만은 곧바로 밀림을 시켜 리무

루에게 덤비게 했다.

그러나 베레타와 베루도라가 싸움에 참전한다. 밀림은 베루도라에게 밀렸고, 그 외의 다른 장기 말도 제대로 도움이 되지 못하게 되면서, 그의 의도는 크게 빗나간다.

더구나 밀림이 실은 조종을 받은 게 아니라 클레이만의 속셈을 밝히기 위해 프레이와 같이 그를 속였다는 점과, 칼리온의 생존 등 경악할 만한 사실이 차례로 밝혀진다. 아연실색한 클레이만은 시온의 칼에 치명상을 입고 만다.

자신의 패배를 깨달은 클

라미리스의 시종의 말을 듣고, 슬라임에게 '태초의 검은색'이 붙은 것은 알았지만, 그 이단을 움직일 줄이야. 리무루라고 했지? 재미있는 녀석이로군.

안이한 거짓말을 늘어놓으며, 리무루를 궁지에 몰아넣으려던 클레이만은 오히려 그 대가를 치르게 되었다.

하쿠로우와 소우에이가 데스 나이트(사령기사)와 데스 드래곤(사령용)을 몰아내준 덕분에 살았어요. ……우리가 이길 수 있었던 것은 상대가 처음부터 진심으로 싸우지 않았기 때문이에요. 좀 정진하지 않으면 안 되겠네요.

레이만은 주인인 소년에게 보고를 하려고 발버둥 친다. 힘을 추구하는 절규를 '세계'를 향해 부르짖으면서, 한정적이긴 하지만 진정한 마왕으로 각성하는 데 성공한다. 그러나 그것조차도 '라파엘'과 리무루가 예상한 범위 안이었다. 클레이만이 발사한 최고 오의인 '데몬 블래스터(용맥파괴포)'를 쉽사리 '포식'해버리는 리무루. 각성하였음에도 불구하고 클레이만의 힘은 대단한 것이 아니었던 것이다.

고통받으면서도 끝까지 동료의 정보를 불지 않는 클레이만. 리무루는 '벨제뷔트'로 '포식'한다. 클레이만은 고통을 맛보면서 완전한 멸망을 맞이한다.

이리하여 발푸르기스는 끝났다. 그 후, 프레이와 칼리온은 마왕의 자리를 사퇴하고 밀림의 부하가 되겠다고 선언한다. 발렌타인이 실은 '마왕 루미너스 발렌타인'의 대행자라는 사실이 베루도라의 경솔한 언동으로 밝혀지는 등 다소의 해프닝도 있었지만……. 무슨 이유인지 리무루가 마왕들의 새로운 호칭을 생각하는 역할을 맡게 되었고, 그는 '팔성마왕' 중 한 명인 '마왕 리무루'로 정식으로 인정받는다.

LEVEL UP!
리무루

인마회담이 열렸다!
클레이만군을 제압!
발푸르기스에 참가!
아다루만, 나인헤드 등이 동료가 되었다!
클레이만을 쓰러뜨렸다!
옥타그램의 일원이 되었다!

클레이만이 뭔가를 꾸민다는 걸 알고 있었기 때문에 조사하고 있었던 거야. 리무루가 걱정해줘서 정말 기뻤어!

① 휴즈, 방문.
② 가젤 왕, 방문.
③ 에라루도, 방문.
④ 라미리스, 방문.
⑤ 클레이만군
　본대 진군.
⑥ 리무루,
　드라이어드의 집락으로
⑦ 템페스트
　& 수왕국 연합군
❽ 템페스트
　& 수왕국 연합군
　VS 클레이만군
⑨ 슈나 일행 세 명,
　클레이만의 영토에 침공.
❿ 슈나 일행 세 명
　VS 아다루만
⑪ 리무루, 발푸르기스로.

고부타의 리무루 간단 회상록 ❻

「클레이만과의 승부와 마왕 취임」

전쟁이 끝나자마자 또 전쟁이 벌어졌습니다요. 적군은 과거 오크의 나라였던 곳에 함정을 놓아 미끼로 끌어들였습니다요.

재미있게도 잔챙이들이 함정에 걸려 빠졌다면서? 초기에 승리가 보였기 때문에 적의 본거지도 공격할 수 있게 됐지. 이 자리는 슈나 쪽 일행이 열심히 해준 것이라고 하겠네.

그러는 동안 리무루 님은 발푸르기스에 참가하느라 나가 계셨습죠. 그건 그렇고, 회의장은 어디 있는 겁니까요?

그곳은 이전했으니까 이젠 모르겠네~. 그러나 밀림의 연기에는 완전히 속았지 뭐야. 회의에는 레온도 와 있었지만, 한 방 때릴 수 있는 때가 아니었어.

히나타 VS 리무루 재대결
칠요의 노사의 비겁한 함정

●악마, 히나타, 책략

리무루로부터 파르무스 왕국 공략의 임무를 맡은 디아블로는 주도면밀한 계획을 세우고 있었다.

에드마리스 왕을 퇴위시킨 뒤, 막대한 전쟁 배상금을 요구한다. 새로운 왕은 선왕에게 책임을 떠넘긴 뒤에 그를 처단하여 일을 마무리 지으려 할 것이다.

그때 요움을 선왕 측에 가담시키면서, 리무루도 원군을 투입한다. 내란 종결 후, 왕가를 지켰다는 명목으로 요움에게 왕권을 양도하게 한다……는 것이 그 내용. 이 계획을 실현시키기 위해 디아블로는 부하로 삼은 에드마리스 왕, 레이힘 대사제, 라젠, 이 세 명의 포로를 부려서 귀족회의를 자신에게 유리한 방향으로 유도한다.

히나타는 루미너스 교의 신, 루미너스……그 정체는 마왕 루미너스 발렌타인……과 향후의 일을 의논했다. 몇 년 전, 신의 정체를 안 히나타는 루미너스에게 도전했다가 패배한 뒤 그 부하가 된 것이다.

루미너스는 마국과의 적대는 피하도록 지시한다. 히나타 자신도

루미너스 님이 인간을 보호하는 이상, 그분은 내게 있어 수호해야 할 존재야.

해설
클레이만의 추도

7권 앞부분에 클레이만의 죽음을 소년의 일당이 슬퍼하는 모습이 그려지면서, 그들이 세계 정복의 야망을 품고 있었던 것이 밝혀진다. 여러 명에게 수많은 번거로운 일들을 일으킨 그들이지만, 동료의 인연은 의외로 깊었던 것 같다.

전생했더니 슬라임이었던 건에 대하여
Regarding
Reincarnated to Slime

발매일 : 2016년 8월 1일
정　가 : 9,800원

이미 리무루에게 해를 끼칠 생각이 없었다. 수상쩍은 '동쪽 상인'에게 리무루와 대립하도록 유도당했다는 것을 늦게나마 깨우쳤기 때문이다. 그 후, 크루세이더즈(성기사단)와 루크 지니어스(교황 직속 근위사단)의 합동회의에서, 히나타는 레이힘으로부터 리무루의 메시지를 받았다. 그러나 그 내용은 누군가에 의해 히나타와의 일대일 대결을 바라는 것으로밖에 들리지 않도록 고쳐져 있었다. 예전에 리무루를 습격한 책임도 있으니 혼자 그를 만나러 가보겠다고 말했던 히나타에게, 서방성교회의 최고 고문인 '칠요의 노사'들은 한 자루의 대검 '드

래곤 버스터(용파성검)'를 넘겨준다.

선언대로 혼자서 출발한 히나타. 그녀를 후릿츠 외 여러 명의 기사가 쫓아간다. 그리고 그 뒤를 다시 100명의 성기사들이 쫓아간다. 그것은 칠요의 노사가 꾸민 일이었지만 그 의도는 나중에 밝혀지게 된다.

그런 움직임의 뒷면에서, 책략을 꾸미는 자들이 있었다. 서방열국을 좌지우지하는 거물, 그란베르 로조를 중심으로 하는 '오대로(五大老)'이다. 히나타의 부하이면서 '삼무선(三武仙)'의 한 명인 그렌다, '동쪽 상인', 즉 어둠의 조직 '케르베로스(삼거두)'의 두령인 다무라다도 몰래 그들과 연결되어 있다.

그란베르 일행의 입장에서 너무 강력해진 히나타. 국가의 파워밸런스 개입하려는 마국은 방해물이다. 그들은 '악마가 레이힘 대사제를 죽였다'라는 소문을 퍼트려서 마국의 파르무스 공략을 방해하고, 동시에

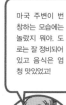

마국 주변이 번창하는 모습에는 놀랐지 뭐야. 도로는 잘 정비되어 있고 음식은 엄청 맛있었고!

마국 주변에는 교자 등 그리운 이세계의 식문화가 몰래 뺏어 먹으려는 후릿츠를 노려보는 히나타.

PICKUP

단신으로 마왕을 만나러 가는 건 죽으러 가는 것과 같은 것! 그때는 그렇게 생각 했었지만…….

히나타를 처리하려고 움직이기 시작한다.

●두 번째 대결

마국에도 새로운 소문과 히나타의 움직임이 전해졌다. 디아블로는 레이힘을 살해한 진짜 범인을 찾아내어 누명을 벗겠다고 다짐했고, 리무루 일행은 가능한 모든 준비를 하며 때가 되기를 기다렸다.

그리고 드디어 두 곳에서 전쟁이 시작되었다. 히나타와 리무루는 둘 다 상대와 교섭할 생각이었지만, 두 사람이 접촉하기 전에 후발대인 성기사들 100명이 마국의 간부들과 전쟁을 시작해버렸다.

이것이야말로 칠요의 노사가 꾸민 계획. 루미너스의 총애를 받는 히나타를 미워하는 칠요는 히나타가 리무루와 확실하게 싸우도록 꾸민 것이다. 이 사실을 전혀 모르는 리무루는 부하들에게 성기사들을 대응하게 하고, 자신은 그대로 히나타와 일대일 대결을 벌인다.

히나타는 전설 급의 무기 '문 라이트(월광의 세검)'로 대항한다. 리무루는 그녀의 검기에 몰리지만, '라파엘'이 전투 중에 '미래공격예측'을 습득하면서 그에 대응한다. 장기전은 불리하다고 본 히나타는 '멜트

제게 누명을 뒤집어 싸우다니 목숨 아까운 줄 모르는군요. 진짜 범인에게는 확실히 보복해드리겠지만요. 크후후후.

교회의 기사들은 싸우는 재미가 너무 없더군. 하쿠로우에게 다시 단련을 받는 게 좋겠어. 훗.

적과 너무 지나치게 놀다보니 제지를 당했지. 하지만 그자도 좀 더 같이 놀고 싶었던 게 아니었을까? 응?

슬래시(붕마영자참)'로 승부를 건다. 하지만 리무루는 '벨제뷔트'로 상쇄시킨다. 싸움은 리무루의 승리로 끝난다.

걱정거리를 다 덜어낸 표정으로 히나타가 미소를 지으며 패배를 인정하던 바로 그때, 노사들이 그녀에게 건네준 드래곤 버스터가 폭발한다. 히나타는 리무루를 감싸면서 빈사의 상처를 입고 만다.

●칠요의 노사와 루미너스

한편, 파르무스 왕국에서도 드디어 새로운 왕이 출격해 선왕을 처벌하기 위해 움직였다.

디아블로는 새로운 왕인 에드왈드 앞에 내려서면서, 병사들을 물리라고 권고한다. 그러나 에드왈드는 거부했고, 디아블로의 분노를 사고 만다.

다무라다가 준비한 데몬 헌터(악마토벌자), 그렌다를 비롯한 '삼무선', 그리고 에드왈드. 대부분이 상황을 쉽게 보고 있었

다. 디아블로는 오랜 시간을 살아온 강대한 데몬 로드(악마공). 그가 보여준 압도적인 실력에, 그제야 그 정체를 이해한 데몬 헌터는 꼴사납게 목숨을 구걸했고, 그렌다는 도망친다. 그 자리에 남은 자들은 깨달았다. 이렇게 강한 실력을 가진 악마가 일부러 레이힘을 살해할 필요가 없다는 것을.

진짜 범인은 아마도 칠요의 노사……. 삼무선 중의 사레가 그걸 깨달았을 때, 칠요 중의 세 명이 그 자리에 홀연히 나타난다. 그들은 진상을 알아차린 자들을 죽이기 위해 찾아온 것이다.

그 무렵, 리무루 일행의 곁에도 두 명의 칠요가 나타나 궤변을 늘어놓으며 히나타를 죽이려 했다. 하지만 '사념전달'로 디아블로로부터 보고를 받고 있었던 리무루는 거절한다. 자신들의 악행이 들통 난 것을 안 노사들은 성기사도 포함하여 그 자리의 모든 자들을 전부 죽이려고 시도한다.

템페스트, 파르무스 왕국 각각의 상황

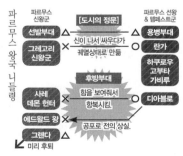

리무루는 '벨제뷔트'와 '절대방어'로 그들의 '트리니티 디스인티그레이션(삼중영자 붕괴)'을 튕겨내버린다.

절대적으로 자신하던 공격이 무위로 끝나고 노사들이 동요하던 차에 루미너스가 나타난다. 그녀는 빈사의 히나타를 회복시켜주고는, 사욕으로 악행을 벌인 칠요들을 자신의 손으로 처벌한다.

파르무스 쪽에 나타난 칠요들은 디아블로가 처리한다. 잔뜩 겁을 먹은 새로운 왕은 요움에게 왕위를 넘기기로 약속하고, 전쟁은 끝을 맞는다.

루벨리오스에 남았던 칠요의 수장 '일요사(日曜師)' 그란 역시 악행을 눈치챈 니콜라우스 추기경에 의해 처단되었다.

……그런 줄 알았지만, 실은 그란은 그란베르 로조의 '정신체'가 빙의한 존재로 그란베르 자신은 무사히 살아 있었다.

본체로 돌아간 그란베르에게, 손녀딸이

자 '전생자'인 마리아베르가 경고한다. 마물의 도시는 로조 일족에게 위험한 존재. 그러므로 완전히 박살을 내야 한다고…….

LEVEL UP!
리무루

파르무스 왕국을 공략!
칠요의 노사를 쓰러뜨렸다!
히나타와 화해했다!
새로운 적, 로조 일족이 등장!
소년과 동료들은 상황을 보고 있다!

성기사 앞에서 루미너스가 마왕 었다는 걸 말하다니, 베루도라의 멍청함은 하이레벨이라니까! 그 정도면 루미너스도 격노할 만하지.

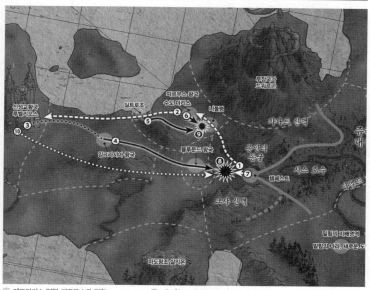

① 에드마리스 일행, 파르무스로 귀환.
② 레이힘, 루벨리오스로
③ 히나타, 템페스트로
④ 아루노 외 네 명, 히나타와 합류
⑤ 다무라다, 니들렁으로 진군

⑥ 에드왈드, 니들렁으로 진군
⑦ 템페스트 출병
⑧ 템페스트 VS 크루세이더즈
⑨ 템페스트 VS 에드왈드군
⑩ 루미너스, 전이

간단 회상록 ❼

고부타의 리무루

「축, 히나타와 화해!」

서방성교회와 파르무스 왕국의 신 왕군을 상대로 이번에도 양동작전을 펼쳤습니다요. 하아— 지쳤습니다요!

성기사들의 후발부대가 처음에는 이해가 안 되었지만 말입죠. 칠요의 노사, 무시무시한 녀석들입니다요.

아니, 넌 별로 한 것도 없잖아!? 히나타의 출동이랑 디아블로의 나쁜 소문, 그렇게 타이밍이 딱 맞아떨어지면 누군가가 뒤에 있다는 게 뻔히 보이는 법이지.

내 메시지도 칠요가 손을 댄 모양이더군. '싸울 마음이 없다'가 '일대일로 싸우자'로 바뀌면 당연히 결투는 불가피하겠지. 뭐, 최종적으로는 화해를 할 수 있어서 다행이었어.

'개국제' 준비 개시
진화형 던전(지하 미궁)의 탄생!

●100년의 우의

리무루는 루미너스, 히나타 일행과 향후에 대해 얘기를 나눈다.

히나타 일행은 리무루 일행에게 지금까지의 일을 사과, 화해가 성립된다.

'동쪽 상인'이 일련의 사건 뒤에 존재한다는 데에 의견이 일치한다. 그리고 그 뒷면에는 클레이만이 '그 분'이라고 부르던 정체불명의 인물이 또 존재하고 있을 것이다. 칠요가 의심스럽지만, 즉각 판단을 내리는 것은 위험하다고 생각해 그 건은 보류가 된다.

그 후, 루벨리오스는 템페스트를 정식 국가로 인정, 양국은 100년의 국교를 맺게 된다. '마물의 생존을 인정하지 않는다'는 루미너스 교의 교의는 애초부터 편의적으로 만들어진 것이라고 하며, 이 기회에

인간과 같이 연회를 벌이면서 처음에는 많이 동요했죠. 지금은 리무루 님을 본받아서 영혼이 어떻게 존재하는지를 보고 있으므로 괜찮습니다!

입이 가벼운 도마뱀에게 벌을 주고 왔지만, 오랜 세월 동안 쌓인 원한은 아직 다 풀리질 않았어.

전생했더니 슬라임이 었던 건에

발매일 : 2017년 1월 1일
정　가 : 9,800원

52

철폐된다.

잡다한 얘기 중에 리무루는 앞으로의 구상을 히나타에게도 이야기해준다. 인간사회에서 인정을 받는 것, 신규 정보전달 기술의 개발, 오락문화 육성 등으로 점점 더 리무루의 꿈은 커진다. 지나치게 발달시키면 천사에게 공격을 받게 된다고 히나타가 충고하지만, 리무루는 자중할 생각이 전혀 없다.

●축제 준비로 크게 바쁜 나날

템페스트는 리무루의 마왕 취임을 축하하는 '개국제'를 열기로 한다. 각국의 수뇌부에 인사 겸 축제에 참가해달라는 내용의 초대장을 보낸다. 마침 히나타가 리무루에게 패배했다는 뉴스가 각 나라를 동요시키고 있는지라, 수뇌들은 대응에 골치를 썩인다.

가젤 왕은 리무루가 인류의 적이 될 리 없다고 믿으면서, 우호관계를 계속 유지하겠다고 선언한다. 루벨리오스와의 국교도 정식으로 시작되고, 살리온에선 황제 스스로 마국으로의 외유를 결정한다.

블루문드 왕국에선 묘르마일의 가게를 카자크 자작이 방문하고 있었다. 카자크가 엘프를 이용한 노예 거래를 제안하지만, 그런 범죄 성격이 강한 거래는 하고 싶지 않은 묘르마일은 어떻게 대응할지 고심한다. 마침 그때 찾아온 리무루를 카자크가 모욕적으로 대하자, 화가 난 묘르마일은 카자크를 크게 혼낸 뒤에 가게에서 내쫓는다.

마왕 취임 기념으로 인사 하는 자리를 가진다니, 내 사제는 참으로 황당하군. 그 점이 재미있긴 하지만.

먹고 싶다는 이유만으로 수많은 이세계 요리를 개발 시키다니, 정말 어이없더군. 고맙게 먹긴 했지만!

리무루가 찾아온 이유는 개국제의 협조 의뢰였다. 축제를 앞두고 마국의 국민들은 의욕이 가득했다. 리무루 또한 묘르마일의 협력 하에 패스트푸드 점포 개설, 가극장 건설, 그리고 메인 기획으로 무투대회 개최 등을 결정한다. 묘르마일은 정식으로 축제 운영을 맡아 마국으로 이주한다.

묘르마일이 카자크의 원한을 산 것이 마음에 걸렸던 리무루는 예전에 고블린 라이더에서 실력이 뛰어났던 고부에몬에게 그의 호위를 맡긴다. 이후에 '집을 나간 엘프가 행방불명이 된 상태'라는 얘기를 들었을 때, 카자크 건을 떠올린 리무루는 소우에이에게 조사를 명령한다.

●즐거운 미궁 건설

리무루가 돌아오자, 템페스트에 살고 싶은 라미리스가 이주를 강행하려 했다. 리무루는 어이가 없었지만, 문득 그녀의 스킬인 '미궁창조'를 이용해 모험용 어트랙션의 아이디어를 떠올린다. 템페스트에 사는 것뿐만 아니라 미궁 관리자로서 급료를 받을 수 있다는 말에 라미리스는 크게 기뻐하면서 승낙한다.

라미리스의 '미궁창조'는 대폭적인 개장도 쉽게 할 수 있으며, 미궁 안에서 죽은 자는 소생할 수 있는 등 실로 무시무시

나야말로 미궁의 왕! 이런 큰 역할은 나 말고는 맡을 수 있는 자가 없지. 크앗—핫핫해!

큰 역할을 맡겨 주신 것도 모자라 나라에 받아 들여주시다니. 이 묘르마일은 진심으로 감격했습니다!

한 것이다. 터무니없는 아이디어도 실행할 수 있겠다는 생각이 들면서, 리무루 자신도 던전의 디자인에 큰 열의를 쏟게 된다.

쿠로베로부터 무기랑 방어구의 시험 제작품을 받아 미궁에 설치했고, 베루도라를 잘 구슬려 100층의 수호자 역을 맡긴다. 요기해방과 리얼 시뮬레이션 게임 같은 일도 가능하다는 걸 듣고, 베루도라도 크게 기뻐한다. 하층부의 보스에는 아다루만이랑 엘레멘탈 콜로서스(정령의 수호거상), 아피트와 제기온, 쿠라마 등을 배치하였으며, 밀림까지 덫으로 쓸 용을 붙잡아준다.

덫, 마물, 안전지대 설치…… 여러 번 조정을 거치면서, 투기장 지하의 모험미궁은 엄청난 공을 들여 완성되어 간다.

●알현과 하쿠로우의 딸

이윽고 묘르마일이 템페스트로 이주해 온다. 그는 마국의 환경은 물론, 미궁도 크게 칭찬한다. 반드시 축제를 성공으로 이끌겠다고 호언장담하면서, 놀라운 수완으로 수많은 일을 처리한다.

리무루가 걱정했던 대로, 묘르마일은 카자크의 습격을 몇 번이나 받았다. 오른팔에 부상을 입은 호위 고부에몬은 리무루에게 '지나치게 혼자서만 싸우려고 든다'는 지적을 받고 반성하게 된다.

이런저런 일을 하던 중에, 리무루의 마왕 취임을 축하하기 위해서 혹은 그를 제대로 파악하기 위해서 숲의 각 종족의 대표들이 알현을 하러 오기 시작한다.

고즈(우두족)와 메즈(마두족)의 다툼, 다구류루의 아들들의 습격 등 트러블도 발생했지만, 그중에서도 텐구(장비족)와의 회담은 긴장감이 가득했다.

얼마 전, 리무루는 베니마루를 교역용 도로 건설을 교섭하기 위해 텐구의 마을로 보냈는데, 그곳에서 텐구의 족장 카에데가 베니마루를 자신의 딸인 모미지의 반려자로 삼고 싶다고 말한 것이다.

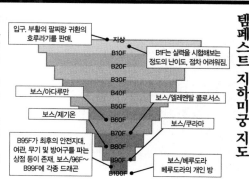

개요

· 1층의 넓이는 사방 250m의 정방형. 내부구조는 며칠마다 한 번씩 변경된다.
· 각 층은 아이템을 드롭하는 마물이 배회하며, 그 외에 보물상자도 설치.
· 5층마다 안전지대가 있으며, 10층마다 세이브 포인트와 보스 몬스터가 배치되어 있다.
· 6층 이후는 이동하는 바닥, 마물의 방 등 다양한 덫이!

입구. 부활의 팔찌랑 귀환의 호루라기를 판매.
지상
B10F
B1F는 실력을 시험해보는 정도의 난이도, 점차 어려워짐.
B20F
B30F
보스/아다루만
B40F
보스/엘레멘탈 콜로서스
B50F
보스/제기온
B60F
B70F
보스/쿠라마
B95F가 최후의 안전지대. 여관, 무기 및 방어구를 파는 상점이 존재. 보스/96F~B99F에 각종 드래곤
B80F
B90F
보스/베루도라
베루도라의 개인 방
B100F

템페스트 지하미궁 지도

카에데는 하쿠로우의 검술 사매(師妹)이고, 모미지는 하쿠로우와 카에데 사이에 생긴 딸임이 판명난다. 하쿠로우는 딸바보 모드로 돌입했고, 리무루 일행은 약간 난감한 상태에 처한다.

정작 알현을 위해 찾아온 모미지는 왠지 리무루를 경계하는 것 같았다. 실은 텐구는 영토 문제 때문에 프레이를 적대시하는데, 그녀와 면식이 있는 리무루 또한 자신들의 영토를 노린다고 믿고 있었던 것이다. 다행히 오해는 풀렸지만, 모미지는 베니마루를 둘러싸고 알비스와 (덤으로 리무루를 둘러싸고 슈나와 시온도) 배틀을 개시한다. 러브 앤드 배틀(자유전투연애주의)의 막이 오른 것이다.

마사유키는 구해낸 노예를 이끌고 템페스트로 오고 있었다. 마사유키가 마왕 토벌을 마음먹었다는 소문도 있지만, 리무루는 대화를 나눠보기로 하고 부하들이 손을 대는 것을 금지시킨다.

알현 종료 후, 리무루는 소우에이로부터 보고를 하나 받는다. 소우에이에게 조사시킨 노예매매 건으로, '오르토스(노예상회)'라는 범죄조직이 '용사 마사유키'라는 자에 의해 전멸당했다는 내용이었다.

그리고 눈이 녹는 계절을 맞은 템페스트에 화려한 축제의 시기가 다가오고 있었다…….

LEVEL UP!
리무루

개국제 준비 개시!
각국에 초대장을 보냈다!
미궁 건설을 시작했다!
라미리스, 묘르마일 등이
동료가 되었다!
하쿠로우의 딸이 나타났다!
베니마루는 난감해하고 있다!

갑자기 반려자를 얻으라고 한들 뭘 어떡하라는 건지…….
어떻게도 할 수가 없었다고.

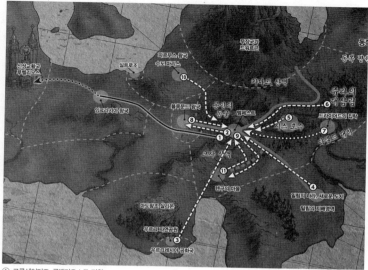

① 크루세이더즈, 루벨리오스로 귀환.
② 리무루, 블루문드를 방문.
③ 라미리스, 템페스트로 이주.
④ 밀림, 프레이의 공부에서 도망침.
⑤ 엘프, 경의를 표하러 템페스트를 방문.
⑥ 고즈, 메즈, 템페스트로.

⑦ 드라이어드 등이 라미리스의 미궁으로 이주.
⑧ 모르마일, 템페스트로.
⑨ 베니마루 일행, 텐구의 마을을 방문.
⑩ 디아블로 일행, 템페스트에 귀환.
⑪ 모미지, 템페스트로.

고부타의 리무루 **간단 회상록 ❽**

「곧 시작! 개국제」

 축제다, 축제입니다요—! 우리나라의 주민들은 전부 다 기획하느라 엄청 바빴습니다요.

 슈나는 신작 케이크를 만들던데, 다들 흥겹게 즐겨줘서 아주 다행이네. 나도 물론 그렇지만 말이야.

 리무루 님은 미궁을 만드셨죠. 뭔가 엄청나다는 소문이 돌던데, 빨리 구경해보고 싶습니다요.

 공개한 후를 기대하라고. 고부타 군, 알현은 피곤하군. 모미지의 소동도 있었고.

 가비루 씨가 왜 자신은 인기가 없느냐며 풀이 죽은 모습이 참으로 비장했습니다요…….

(코믹스)
전생했더니 슬라임이었던 건에 대하여

치밀한 묘사로 완전 코믹화
규모가 넓어지는 '전생 슬라임' 월드!

만화가 카와카미 타이키가 만화화는 불가
능(?)하다고 일컫는 '전생 슬라임'의 세계관
을 확실하게 재현. 원작의 팬도 납득할 수
있는 완성도♪ 소설에선 삽화로 등장하지
못했던 캐릭터들도 만화로 볼 수 있으니,
팬이라면 반드시 읽어야 한다!!

코믹스에는 후세 작가님의 오리지널 단편까지 수록되어 있단 말입니까?!
이걸로 리무루 님을 더 깊이 이해할 수 있겠군요!

CHARACTERS

"내가 즐겁게 지낼 수 있는 나라를 만들고 싶을 뿐이야."

평화주의의 슬라임 마왕

리무루 템페스트

템페스트
요마족

스테이터스
Status

이름 ── 리무루 템페스트
종족 ── 슬라임 → 데몬슬라임
　　　　(마점성정신체, 魔粘性精神體)
소속 ── 쥬라 템페스트 연방국
칭호 ── 마물을 다스리는 자
　　　　진정한 마왕

[마법]
원소마법 ｜ 물리마법 ｜ 정령마법 ｜ 상위정령소환 ｜ 상위악마소환

[고유스킬]
무한재생 ｜ 만능감지 ｜ 만능변화 ｜ 마왕패기 ｜ 강화분신 ｜ 만능사(萬能絲)

[얼티밋 스킬]
라파엘(지혜지왕)······사고가속, 해석감정, 병렬연산, 영창파기, 삼라만상,
　　　　　　　　　　　통합분리, 능력개변, 미래공격예측

벨제뷔트(폭식지왕)······포식, 위장, 변신, 격리, 혼식(魂食), 먹이사슬

우리엘(서약지왕)······무한뇌옥, 법칙조작, 만능결계, 공간지배

베루도라(폭풍지왕)······폭풍룡소환, 폭풍룡복원, 폭풍계마법

[내성]
통각무효 ｜ 물리공격무효 ｜ 자연영향무효 ｜ 상태이상무효
정신공격내성 ｜ 성마공격내성

[변신]
악마 ｜ 정령 ｜ 흑랑 ｜ 흑사 ｜ 지네 ｜ 거미 ｜ 도마뱀 ｜ 박쥐 ｜ 그 외

아무것도 할 일이 없어서, 풀을 먹으면서 시간을 때우던 갓 태어났을 때의 모습. 이때는 아직 비교적 평범한(?) 슬라임이었다.

● 과거에 이세계인이었던 괴짜 마왕

쥬라의 대삼림에 있는 동굴의 마력요소 덩어리에서 태어난 슬라임. 전생은 이세계의 인간으로, 30대의 샐러리맨 '미카미 사토루'였지만, 어느 날 묻지 마 살인범에게 찔려 어이없이 사망. 죽음에 임박해 이런저런 쓸데없는 생각을 했더니, 놀랍게도 슬라임으로 전생하고 말았다.

다수의 스킬을 소유. 특히 이 세계에서 최고 수준으로 일컬어지는 '얼티밋 스킬(궁극능력)'을 네 개나 보유하고 있다. 연산능력이 뛰어나며 수많은 지혜를 가진 '라파엘', 다양한 것을 흡수, 격납하는 '벨제뷔트', 획득한 스킬의 집대성에 해당하는 '우리엘', 용 형태의 베루도라를 소환하는 '베루도라' 등, 모든 것이 치트 급의 힘이다.

전생의 기억이 있었던 것, 전생 시에 '대현

인간으로 변할 때는 자신의 실체 슬라임의 부피에 맞춘 크기로 변신하지만, '검은 안개'로 보충해 어른으로 변하는 것도 가능하다.

자', '포식자' 등의 편리한 능력을 얻은 것, 그리고 이 세계 최강의 존재이자 '용종'인 베루도라와 친구가 된 걸 보면 리무루의 슬라임 인생은 출발이 좋았다고 할 수 있다. 또한 그런 이점이 있었기에 파란만장한 길을 걷게 된 셈이기도 하다. 고블린과 만난 이후 숲에 사는 마물들을 다스리게 되며, 결국에는 마물의 나라 '쥬라 템페스트 연방국

(템페스트, 마국연방)'의 맹주이자 '마왕'의 일원이 된다.

리무루의 성격을 말하자면, 일본인이었던 기억이 있다 보니 기본적 온화하고 평화주의자다. 그러나 수많은 경험을 하며, 현재는 자신의 동료를 상처 입히는 자는 용서하지 않을 정도로 비정함도 갖추었다.

기본적인 행동 이념은 '종족을 불문하고 즐겁고 쾌적하게 지낼 수 있는 나라를 만들고 싶다'는 것. 그 욕망에 따라 돌진한 결과, 마국연방의 의식주는 어느 나라와 비교해도 손색없는 수준이 되었다.

외모는 탱글탱글한 월백색의 만쥬같이 생겼다. 여성들에게 '귀엽다'는 반응과 인기가 높다. '벨제뷔트'의 효과 중 하나인 '변신'으로 인간 형태도 가능한데, 같은 고향 출신의 이세계인 시즈의 어린아이 모습과 비슷하게 변한다. 동그란 눈, 살짝 푸른 기운이 감도는 은발의 미소녀지만, 슬라임에겐 성별이 없기에 변신 후의 모습도 중성체이다.

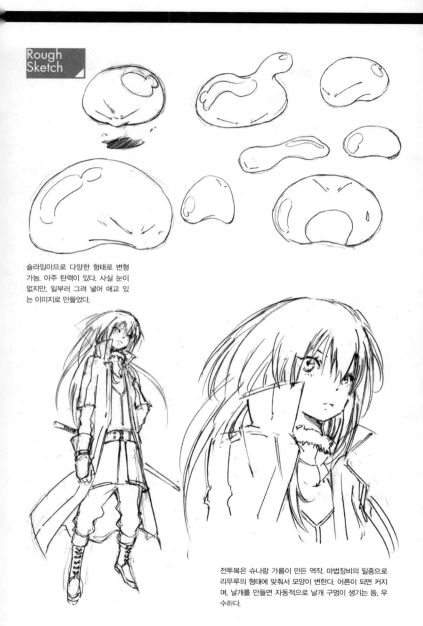

슬라임이므로 다양한 형태로 변형
가능. 아주 탄력이 있다. 사실 눈이
없지만, 일부러 그려 넣어 애교 있
는 이미지로 만들었다.

전투복은 슈나랑 가름이 만든 역작. 마법장비의 일종으로
리무루의 형태에 맞춰서 모양이 변한다. 어른이 되면 커지
며, 날개를 만들면 자동적으로 날개 구멍이 생기는 등, 우
수하다.

"안심하라.
나의 주인은
내가 따라간다."

란가

템페스트
흑람성랑

충실한 이빨로 주인을 지키는 짐승

스테이터스Status

이름 —— 란가

종족 —— 아랑족 → 람아랑족
　　　　→ 템페스트 스타 울프(흑람성랑)

소속 —— 동쪽 평원
　　　　→ 쥬라 템페스트 연방국

칭호 —— 리무루의 애완동물

[마법] 죽음을 부르는 마법 　 검은 번개 　 파멸의 폭풍우

[고유스킬] 초후각

[유니크 스킬]

마랑왕……	초직감, 빙의동일화, 동족소환, 동족재생, 의사통일조작

[엑스트라 스킬] 　 마력감지 　 다중결계 　 공간이동 　 사념전달

[내성] 　 물리공격내성 　 상태이상내성 　 정신공격내성
성마공격내성 　 자연영향내성

● 리무루의 호위 겸 애완동물

　동쪽 평원에 살고 있던 아랑족 보스의 아들. 5m를 넘는 거대한 몸의 늑대형 요수로, 이마의 길이가 다른 두 개의 뿔이 특징. 몸의 크기는 자유롭게 조절이 가능하며, 평소에는 3m 정도로 줄여서 생활하고 있다.

　항상 리무루의 그림자 속에서 호위하는 한편, 리무루와 마력도 공유하고 있다. 란가

는 단독으로도 강력하지만, 스타 리더(성랑장)라는 지휘관급의 권속을 소환해 힘을 증폭시키는 것도 가능. 또한 협력자가 있으면 서로의 힘이 상승하는 성질을 갖고 있다.

　란가의 필살기인 '흑뢰람'은 주위에 기압차를 발생시켜서 바람을 조작하는 '풍조작'에, '검은 번개'로 방전하는 소용돌이를 발생시켜 적을 삼켜버리는 광범위특화형의 공격기이다. 공격력이 무시무시해서 일격으로 적

늘 내 옆에 있어주는 듬직한 존재야. 하지만 전투가 없을 때는 거 내 그림자 속에 있으니 운동 부족이 되지 않을까 걱정이네. 최근 시온과 사이가 좋은데, 부탁이니까 과격한 행동만은 자제해달라고—!

발군의 콤비네이션으로 적을 타도한 란가와 시온. 전투를 좋아하는 두 사람이니만큼 파장도 잘 맞는 모양이다.

람아랑족일 때 하나밖에 없었던 뿔이 템페스트 스타 울프로 진화한 지금은 두 개가 나 있다.
그 품격은 그야말로 늑대의 왕.

을 궤멸해버릴 정도다. 단, 대량으로 마력요소를 사용하기에 자주 쏠 수 없다. 적을 산 채로 붙잡을 때는 자신의 몸에 번개를 두르고 몸통박치기로 적을 쓰러뜨린다.

칠흑의 털을 쓰다듬어 주는 것을 좋아한다. 특히 리무루가 쓰다듬어주면 눈을 가늘게 뜨고 꼬리를 흔들며 기뻐한다. 리무루로부터 애완동물 취급을 받을 때도 있지만 본인은 신경 쓰지 않는 눈치다.

아랑족의 보스 동쪽 평원 아랑족

동쪽 평원에 살던 아랑족의 보스이며, 란가의 아버지.

교활하고 대담한 성격. 보스이면서도, 아랑족은 집단이자 하나라는 '모두가 곧 하나'의 정신을 믿지 않았다.

폭풍룡 베루도라가 소실되자, 숲의 패자가 되기 위해서 고블린의 마을로 진격했지만, 자신에게 맞선 리무루를 만만하게 봤다가 형세가 역전되어 결국 '수인'에게 목을 잘려 사망했다.

느긋하지만 미워할 수 없는 까불이

고부타

템페스트
홉고블린

"공격하지 않습니까요?
그럼 제가 먼저
공격하겠습니다요!"

Status
_{스테이터스}

이름 —— 고부타
종족 —— 고블린 → 홉고블린
소속 —— 고블린 마을
　　　　　→ 쥬라 템페스트 연방국
칭호 —— 고블린 라이더 대장

[마법]
수방대마창

[엑스트라 스킬]
그림자 이동　동일화

[내성]
독내성

● 고블린 라이더의 애교 있는 대장

고블린 마을에 살던 고블린 중 한 명. 리무루가 이름을 지어주면서 홉고블린으로 진화했지만 보기에는 그렇게 달라지지 않았다.

느긋한 성격에 칭찬받으면 금세 까부는 바보지만, 할 때는 확실히 하는 노력가. 무드 메이커로 귀여움을 받는다. 누구도 못 했던 람아랑 소환을 제일 먼저 해내는 등, 드물게 재능을 보일 때가 있다.

고블린 라이더의 대장이 된 뒤로는 경호나 전투에서 선발대로 활약 중이다. 무슨 일이든 자기 힘만으로 해결하기보다는 부하와 협력하는 자세로 임한다. 그래서 리무루로부터 리더의 자질이 있다는 평가를 받지만, 그 이면에 간단한 일은 부하에게 넘기고 자신은 빠지고 싶다는 고부타스러운 진심이 숨어 있다.

　고부타의 전용 무기는 쿠로베와 리무루가 공동으로 개발한 매직 아이템인 소태도. 고부타가 속으로 생각하면 칼날이 얼음 창으로 변한다. 칼날 자체를 아이시클 랜스(수빙대마창)로 바꿔 투척도 가능한 우수한 무기지만, 마법에 필요한 마력을 준비해야 하기에 자주 사용하지 못하는 것이 약점. 소태도의 칼집을 코일 건으로 사용하게 가공한 '케이스 캐논(칼집형 전자포)'도 애용한다.

　리무루와는 같이 밤의 가게에 간다거나 시시한 얘기도 신나게 나누는 등, 부하이자 나쁜 친구로 좋은 관계를 쌓고 있다.

멍해 보이는 캐릭터이지만, 스킬 '동일화'로 성랑족과 합체하면 A-랭크 수준까지 올라가는 강자다.

Rough Sketch

애교 있는 표정으로 감정을 솔직히 표현하는 고부타. 리무루에게 꾸중을 들으면 머리카락까지 함께 고개를 숙인다.

RIMURU's REPORT BOOK
마왕 리무루의 통지표

바보에 금방 까불어대지만 할 때는 하는 남자라 하겠지. 대장 역할도 열심히 해주는 것 같고, 평소에는 늘 벌만 주니까, 가끔은 밤의 가게에도 데려가줄까 해. 뭐, 나는 흥미 없지만 고부타를 위한 것이니까. 응.

↑만화판을 담당하는 카와카미 작가님이 그린 러프 일러스트.

"……역시 대단하십니다.
이 리그루도,
탄복했습니다."

통합과 교섭이 장기인 고블린의 왕

리그루도

템페스트
홉고블린

스테이터스
Status

이름 —— 리그루도

종족 —— 고블린 → 홉고블린

소속 —— 고블린 마을
       → 쥬라 템페스트 연방국

칭호 —— 고블린 킹

● 재상으로서
   나라의 운영에 분투

고블린 마을에서 촌장이었던 늙은 고블린. '리그루'라는 네임드(이름을 가진 마물)인 아들이 있었지만, 아랑족과의 싸움에서 사망했다. 그 이야기를 들은 리무루로부터 '리그루'에서 따온 '리그루도'라는 이름을 부여받았다. 자신도 네임드가 되면서 홉고블린으로

진화해, 근골이 당당하고 우람한 체격의 장년이 되었다. 또한 죽은 '리그루'의 이름을 이어받고 경비대장이 된 아들이 있다.

템페스트에선 고블린 킹의 클래스(직업)를 맡고 있으며, 나라의 실질적인 통치자로서 정력적으로 일한다. 국력이 올라감에 따라 계속 늘어나는 주민 한 명 한 명의 장단점을 파악해 걸맞은 일을 배분하는 등, 어려운 통제도 담담하게 해내는 유능한 남자. 대

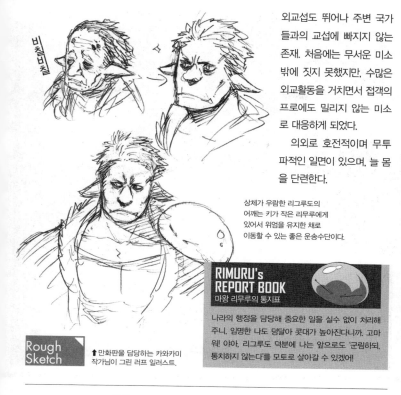

비칠비칠

외교섭도 뛰어나 주변 국가들과의 교섭에 빠지지 않는 존재. 처음에는 무서운 미소밖에 짓지 못했지만, 수많은 외교활동을 거치면서 접객의 프로에도 밀리지 않는 미소로 대응하게 되었다.

의외로 호전적이며 무투파적인 일면이 있으며, 늘 몸을 단련한다.

상체가 우람한 리그루도의 어깨는 키가 작은 리무루에게 있어서 위엄을 유지한 채로 이동할 수 있는 좋은 운송수단이다.

RIMURU's REPORT BOOK
마왕 리무루의 통지표

나라의 행정을 담당해 중요한 일을 실수 없이 처리해 주니, 임명한 나도 덩달아 콧대가 높아진다니까. 고마워! 야아, 리그루도 덕분에 나는 앞으로도 '군림하되, 통치하지 않는다'를 모토로 살아갈 수 있겠어!

Rough Sketch

⬆ 만화판을 담당하는 카와카미 작가님이 그린 러프 일러스트.

리그루 템페스트 홉고블린

고블린 리더로서, 마을을 총괄하던 고블린이자 리그루도의 아들. 마인 게르뮈드에서 '리그루'라는 이름을 받은 네임드의 형이 있었지만, 그가 아랑족과의 싸움에서 죽은 후 리무루로부터 형의 이름을 이어받기로 허락받았다.

경비부대 대장에 임명된 후 나라의 경비나 식량 조달에 종사하고 있다. 진지하고 머리가 좋은 우등생이며, 열심히 일해서 리무루로부터도 신뢰를 받고 있다.

강경파이자 미목수려한 리무루의 오른팔

베니마루

템페스트／
오니

"미안하군. 내 화풀이에 휩싸이게 만들어서."

스테이터스
Status

이름 ── 베니마루

종족 ── 오거 → 키진(鬼人族) → 오니(妖鬼)

소속 ── 오거의 마을 → 쥬라 템페스트 연방국

칭호 ── 귀왕

[마법]
기투법　요술

[유니크 스킬]
다스리는 자(대원수)……사고가속, 사념지배, 예측연산, 군세고무

[엑스트라 스킬]
마력감지　열원감지　다중결계　공간이동
염열지배　흑염　마물화　패기　강력(剛力)

[내성]
상태이상무효　통각무효　물리공격무효
자연영향내성　정신공격내성　성마공격내성　독내성

● 흑염을 자유롭게 다루는 사무라이 대장

오거 마을의 차기 두령이 되고자 교육을 받던 족장의 아들. 타오르는 불꽃같은 진홍의 머리카락과 눈동자가 특징, 가늘고 아름다운 칠흑의 뿔이 두 개 돋아나 있다.

사무라이 대장의 클래스에 임명된 후 하쿠로우와 함께 템페스트의 군사 부분을 담당. 병력 강화나 전술 개발에 힘을 쏟으며, 군사력을 대폭 상승시켰다. 자신만하고 호전(好戰)적인 성격이지만, 수많은 강적과 전투를 치르며, 자신을 조절하고 냉정한 판단을 내리는 우수한 지휘관으로 성장한다. 리무루에게 '내 오른팔'이라고 불릴 정도로 절대적인 신뢰를 얻고 있다. 텐푸라와, 슈크림 같은 단것을 좋아한다.

베니마루의 필살기 '헬 플레어'는 '범위결

계'와 '염열지배', '흑염'을 유니크 스킬 '대원수'로 합체해 방출한 검은 반 구체의 내부에 상대를 가두어 태워버리는 오리지널 기술이다. 고위 금술(禁術)에 필적할 정도로 강력한 대군공격이며, C~D 랭크의 레지스트(저항)로는 방어가 불가능하다. 단, 초대형의 마물에겐 사용할 수 없고, 발동에 시간이 걸려 회피하기 쉽다는 결점도 있다.

미남 전사인 베니마루는 여성들로부터 호감을 사지만, 연애에 서툴러서 여성이 강하게 다가오면 굳어버리는 일면도 있다. 소우에이는 '베니마루가 저래 보여도 겁이 많다'고 말한다.

원래는 오거이지만 리무루가 이름을 지어주면서 늠름한 이목구비와 늘씬한 체격을 지닌 미남으로 진화했다.

Rough Sketch

착용한 방어구는 베니마루를 위해 고안된 특별 주문품. 화려하고 눈에 띄는 구조지만, 진홍색의 일본식 전통복과 상성이 뛰어나다.

RIMURU's REPORT BOOK
마왕 리무루의 통지표

베니마루는 성격이 조금 급하지만 내가 억지로 떠넘기는…… 게 아니라 부탁한 것은 완벽하게 처리해주니, 내 오른팔로서 부족함이 없는 오니야. 아, 여성을 대할 때 서툴다는 점이 조금 의외였다고 할까?

"어머나! 제가 리무루 님에게 도움이 되었군요!"

삼라만상을 해석하는 가련한 공주님

슈나

템페스트

오니

Status
스테이터스

이름 —— 슈나

종족 —— 오거 → 키진(鬼人族) → 오니(妖鬼)

소속 —— 오거의 마을
　　　　→ 쥬라 템페스트 연방국

칭호 —— 귀희(鬼姬)

[마법]
원소마법　환각마법　요술

[유니크 스킬]
깨닫는 자(해석자)……사고가속, 해석감정, 영창파기, 법칙조작

만들어내는 자(창작자)……물질변환, 융합, 분리

[엑스트라 스킬]
마력감지　다중결계　공간이동　위엄

[내성]
상태이상무효　정신공격내성　마공격내성

● 요리와 재봉이 탁월한 보좌관

　오거의 마을에서 자란 무녀 공주이자, 베니마루의 여동생. 연분홍색의 긴 머리카락에 백자색의 뿔 두 개가 돋아나 있다. 리무루가 감탄할 정도의 미소녀로, 흰 살결에 빛나는 진홍의 눈동자와 담홍색의 입술은 보는 자를 도취시킨다.

　무녀 역할을 맡겠다고 반강제로 리무루의 허락을 받았다. 요리, 재봉의 재능을 살려서 템페스트의 산업 진흥에 공헌하거나 높은 교양으로 외교에서 활약하는 등 다방면에 걸쳐 우수한 수완을 발휘한다. 리무루에겐 실질적인 비서격의 존재. 싹싹하고 기품이 있으며, 하고 싶은 말은 확실하게 말하는 타입.

　슈나의 '깨닫는 자(해석자)'라는 유니크 스킬은 대상을 관찰하고 어떤 물질인지를

슈나는 요리도, 재봉도 프로급이고 비서로서도 유
능한 데다. 어느새 신성마법을 습득해서 말도 안 되
게 강해졌더라고……. 아마도 난 슈나가 없으면 아
무것도 못 할 테지? 다음에는 상이라도 줘야겠어.

Rough
Sketch

평소에는 웃음이 많은 단아한 여성.
그러나 리무루에게 적의를 지닌 자에겐
인정사정없이 분노의 철퇴를 가한다.

요리를 잘하는 슈나. 일식, 양식에
서 디저트까지 다방면에 뛰어나다.
맛은 마왕이 보증할 정도.

완벽하게 해석하는 능력이다. 보유한 마력요소양이 낮음에도
전투 능력이 높은 것은 이 유능한 스킬을 능숙하게 활용하기
때문. 평상시 생활할 땐 요리나 재봉 등의 효율화를 위해 이용
하기도 한다. 또한 기적을 믿고 원하는 강한 마음을 지니고 있
어서 마물이면서도 '신성마법'을 습득하고 있다.

　　리무루를 주인으로서 존경하며, 한 명의 마물로서 호감을
가지고 있다. 리무루가 다른 여성에게 눈길을 주면 차가운 미
소로 견제를 가하기도 한다. 한편, 일식을 좋아하는 리무루를
위해 리무루의 기억을 통해 일식을 재현하는 등 갸륵한 일면
도 보인다.

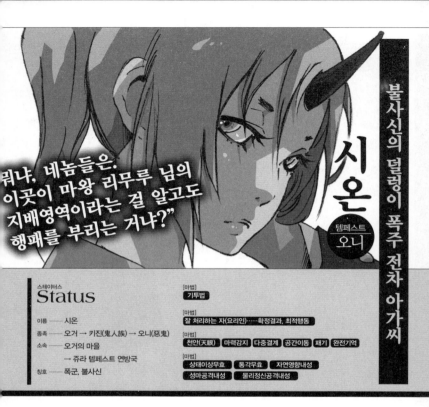

> "뭐냐, 네놈들은. 이곳이 마왕 리무루 님의 지배영역이라는 걸 알고도 행패를 부리는 거냐?"

시온
템페스트 오니

불사신의 덜렁이 폭주 전차 아가씨

스테이터스
Status

이름 —— 시온

종족 —— 오거 → 키진(鬼人族) → 오니(惡鬼)

소속 —— 오거의 마을
　　　　→ 쥬라 템페스트 연방국

칭호 —— 폭군, 불사신

[마법]
`기투법`

[마법]
`잘 처리하는 자(요리인)……확정결과, 최적행동`

[마법]
`천안(天眼)` `마력감지` `다중결계` `공간이동` `패기` `완전기억`

[마법]
`상태이상무효` `통각무효` `자연영향내성`
`성마공격내성` `물리정신공격내성`

● 겉모습은 비서지만 전투광

오거의 마을에서 베니마루와 같이 도망쳐 온 오거 중의 한 명. 보랏빛 광택의 머리카락과 이마에 돋은 흑요석 같은 한 개의 뿔이 특징. 다른 오거 여성들보다 가슴이 크고 장신이다.

그 쿨 뷰티한 외모가 마음에 든 리무루로부터 모노노후(무사, 武士)라는 비서 겸 호위 담당의 클래스와 슈트를 부여받았지만, 외모와는 달리 폭주를 잘하고 무엇이든 힘으로 해결하려는 나쁜 버릇이 있다. 분노에 싸여 적진으로 돌진하기도 한다. 그녀의 감정적인 행동은 리무루의 고민거리이기도 하다.

템페스트에 침입한 습격자에게 한 번 죽었지만, 마왕이 되어 막대한 마력요소를 획득한 리무루의 비술에 되살아났다. 그때 '요

전투에서 마왕도 이길 정도로
실력자인 시온도 리무루 앞에선
웃는 얼굴이 귀여운 천진난만한
비서관이 된다.

리를 잘하고 싶다'고 강하게 빌었더니 리무루의 마왕 진화에 따른 기프트(축복)로 유니크 스킬 '잘 처리하는 자(요리인)'를 획득했다. 이 스킬의 무서운 점은 자신이 바라는 결과를 확정적으로 대상에 덧씌우는 '확정결과' 능력이 포함되어 있다는 것이다. 이로써 어떤 식으로 요리해도 완성된 요리는 맛있어지게 되었고, 마법 현상이나 법칙을 덧씌우는 것조차 가능하게 되었다. 동시에 '완전기억'이라는 특수 능력을 획득, 영혼과 기억이 갖춰지면 육체가 완전히 파괴되어도 재생하는 반정신생명체로 진화했다. 반칙 급의 강한 힘을 갖춘 오니(악귀, 惡鬼)가 된 것이다.

Rough
Sketch

애도(愛刀)인 대태도(大太刀)는
쿠로베가 만든 일급품.
'고리키 마루'라는 이름을
붙이고 늘 몸에 소지한다.

RIMURU's REPORT BOOK
마왕 리무루의 통지표

강한 전투력은 아무런 불만이 없지만 너무 태평스럽다고 할까, 나를 지나치게 믿는다고 할까…….
뭐, 그런 시온이 있기에 나도 좀 더 노력하는 것이지만 말이지. 아, 이런 얘길 들으면 또 금세 우쭐해하니까 본인에겐 비밀로 해야 하는 거 알지?

"아무리 마왕이라고 해도
이 실의 속박에서
도망칠 수는 없다."

쿨하고 무자비한 리무루의 밀정

소우에이

템페스트
오니

스테이터스
Status

이름 —— 소우에이

종족 —— 오거 → 키진(鬼人族) → 오니(妖鬼)

소속 —— 오거의 마을
　　　　→ 쥬라 템페스트 연방국

칭호 —— 어둠의 닌자

[마법]　　기투법

[유니크 스킬]　숨어드는 자(은밀자)····사고가속, 초가속, 일격필살, 은밀

[엑스트라 스킬]　마력감지　다중결계　공간이동　분신화
　　　　　　끈끈하고 강한 거미줄　강력(剛力)

[일반 스킬]　위압　독마비부식부여

[내성]　　상태이상무효　통각무효　정신공격내성
　　　　자연영향내성　물리정신공격내성

● 그림자 속에서 몰래 움직이는 천재 첩보원

오거의 마을에서 베니마루와 같이 도망쳐 온 오거 중의 한 명. 검푸른 머리카락과 살짝 검은 피부의 청년으로 이마에 순백의 뿔이 하나 있다. 불꽃같은 호탕한 아름다움을 지닌 베니마루와는 대조적으로 유빙처럼 조용하고 차가운 아름다움을 지녔다.

'그림자 이동'을 사용해 그림자에서 그림자로 종횡무진 뛰어다니며 정확한 정보 수집이 특기. 리무루에게 밀정의 클래스를 부여받았다. 언제나 냉정하고 무표정하지만, 분노가 정점에 달하면 오히려 미소를 띠는 위험한 성격.

소우에이의 필살시 '조사요참진'은 대상의 신체에 감은 '끈끈하고 강한 거미줄'에 마력을 불어넣고 조작해 대상을 절단하는 기술이

두터운 짙은 남색의 로브와 바지
는 다양한 암기를 감추는 데 최적
인 닌자다운 의상이다.

RIMURU's REPORT BOOK
마왕 리무루의 통지표

능력 있는 미남이라니. 조금 치사하지 않아? 반칙
아냐? 뭐, 그런 농담은 제쳐두고라도, 늘 필요한
정보를 재빨리 모아주는 소우에이라 믿음직스럽
게 생각해. 앞으로도 열심히 일해줘. 잘 부탁할게!

리무루의 충실한 그림자인 소우에
이는 그저 자신에게 주어진 명령을
담담히 실행에 옮길 뿐이다.

다. 언뜻 보기엔 무자비하고 잔혹한 기술이지만, 적을 제거할 땐
아주 합리적이고 실용적. '적은 누구라도 죽인다'는 이념을 지닌
소우에이이기에 만들어낼 수 있는 기술이라 하겠다. 또한 대상의
신경망에 실을 접촉시켜서 자신의 뜻대로 조종하는 '조요괴뢰사
'나 '일격필살'의 효과를 부여한 '끈끈하고 강한 거미줄'을 사용해
대상을 산산조각 내는 '조사방요참' 등의 기술로, 첩보뿐만 아니
라 전투에서도 큰 공적을 세웠다.

리무루에게 절대적으로 충성하며, 리무루의 명령을 받는 것이
최고의 기쁨이라고 여긴다. 기본적으로 리무루와 자국의 동료 외
에는 흥미가 없다.

최강의 검기를 보유한 수수께끼의 사무라이

하쿠로우

"좋다, 너에게
검의 진수를 보여주마."

템페스트
오니

스테이터스
Status

이름 —— 하쿠로우

종족 —— 오거 → 키진(鬼人族) → 오니(妖鬼)

소속 —— 오거의 마을
　　　　→ 쥬라 템페스트 연방국

칭호 —— 검귀

[마법]　기투법

[유니크 스킬]　극에 달한 자(무예자) ······ 천공안(天空眼), 사고가속,
　　　　　　　초가속, 미래예측, 비전(秘傳)

[엑스트라 스킬]　마력감지　다중결계　강력(剛力)

[일반 스킬]　위압

[내성]　상태이상무효　정신공격내성

● 마왕의 검술 스승이자
　　악마교관

　오거의 마을에서 베니마루와 같이 도망쳐 온 오거 중의 한 명. 죽기만 기다리던 노인이었지만, 리무루가 이름을 지어주면서 초로의 나이로 다시 젊어졌다. 뒤로 묶어 넘긴 백발과 이마 좌우에 돋은 작은 뿔이 특징.

　뛰어난 검사로, 검술만 따진다면 마왕과 맞붙을 수 있을 정도의 실력을 자랑한다. 그 무예를 높게 평가한 리무루는 검술 스승의 임무를 맡겼다. 그의 밑에서 리무루랑 템페스트의 병사들이 매일 수행을 거듭하는데, 지도 내용은 가혹하며 소질이 있는 자에겐 뼈를 깎는 고통스러운 훈련 과정이 기다리고 있다. 그러나 그 수행을 버티면 확실히 강해지기에 약육강식이 기본인 마물의 나라 템페스트에선 그의 지도에 기권하는 자는

78

거의 없다. 검술뿐만 아니라 검무도 출 수 있다.

하쿠로우는 이마에 '제3의 눈'을 개안함으로써 엑스트라 스킬 '천공안'을 발동시킨다. 이건 '마력감지'보다 더 상세히 마력 요소의 흐름이나 힘의 크기 정보를 읽는 능력이다. 하쿠로우는 이 능력을 구사해 보이지 않는 검으로 공격해온 쿄야를 죽이는 데 성공한다.

'검성(劍聖)'으로 칭송받는 드워프 왕 가젤에게 검술을 가르쳤으며, 텐구의 장로인 카에데와 사랑하는 사이가 되어 아이를 얻은과거가 밝혀졌지만, 여전히 수수께끼에 싸인 미스터리한 인물이다.

부드럽게 검을 움직이는 뒷모습에
명경지수의 경지에 도달한 숙련자
의 관록이 엿보인다.

이름도 없는 오거로 태어난 하쿠로우지만, 한결같이 검을 연마한 끝에 최강의 검호로 성장했다.

➡ 만화판을
담당하는
카와카미
작가님이 그린
러프 일러스트.

RIMURU's REPORT BOOK
마왕 리무루의 통지표

하쿠로우의 지도는 그 과정이 너무 힘들어! 하지만 하쿠로우도 엄격한 수행을 넘어서 그 강한 실력을 손에 넣었을 테니 정말 대단하다는 생각이 들어. 그렇지만 아츠(기술)를 획득한다는 건 정말 힘들군. 검도를 좀 더 배워두면 좋았을걸.

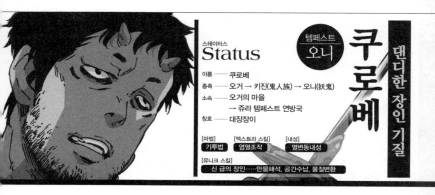

스테이터스
Status

이름 —— 쿠로베
종족 —— 오거 → 키진(鬼人族) → 오니(妖鬼)
소속 —— 오거의 마을
　　　　→ 쥬라 템페스트 연방국
칭호 —— 대장장이

[마법]　　　[엑스트라 스킬]　　　[내성]
기투법　　　염열조작　　　열변동내성

[유니크 스킬]
신 급의 장인……만물해석, 공간수납, 물질변환

● 유니크 급을 만들어내는 대장장이

오거의 마을에서 베니마루와 같이 도망쳐 온 오거 중의 한 명. 수염이 난 이목구비가 특징. 이마의 좌우에 작은 흰 뿔이 나 있다.

가업으로 대장장이 기술을 계승했다. 그 실력을 눈여겨본 리무루가 대장장이 클래스를 맡기자, 원래의 기술과 유니크 스킬 '연구자'의 능력을 살려 '드래곤 슬레이어(참용강도)'나 '템페스트 나이프(폭풍의 단도)' 등 극상의 무기와 방어구를 차례로 제작해낸다. 리무루가 마왕으로 진화했을 때 유니크 스킬 '신 급의 장인'을 획득한다. 이로 인해 쿠로베가 만든 작품은 최악이라도 희소 급, 최고는 유니크(특질) 급의 랭크가 되었다. 현재 목표는 고대유적에서 드물게 발굴되는, 현재 기술로는 재현이 불가능한 초고성능 무기와 방어구를 제작하는 것이다.

베니마루와 비교하면 평범한 장년 남성의 외모지만, 리무루로부터 친밀감이 느껴져서 안심이 된다는 호평을 받았다.

Rough Sketch

RIMURU's REPORT BOOK
마왕 리무루의 통지표

쿠로베가 만드는 무기는 전부 일급품이라 정말 고맙다니까. 가끔은 성능이 너무 도가 지나쳐서 깜짝 놀라기도 하지만. 사용자의 마력을 죽을 때까지 빨아들여서 마법장벽을 발동시키는 갑옷 같은 건 어떻게 만든 거람……?

카이진 템페스트 드워프

성격 좋은 드워프. 드워프 왕국에서 무기 및 방어구 상점을 운영하던 실력이 좋은 대장장이. 가름, 도르드, 미르드 3형제와 어릴 적부터 알고 지낸 형님뻘. 카이진을 의지해 찾아온 세 사람을 무시하지 못해 자신의 가게에서 고용했었다. 베스터에게 무리한 의뢰를 받고 곤란해하던 차에 리무루의 도움을 받는다.

일곱 개의 왕궁기사단 중 하나인 공작단의 단장을 맡았던 적이 있다. 부관인 베스터에게 배신을 당해 '마장병사건' 실패의 책임을 지고 군을 떠났다.

왕의 신뢰도 두터웠지만, 기술자를 구하던 리무루를 3형제와 함께 따르기로 한다. 주로 생산관계를 총괄하는 직무에 종사.

가름 템페스트 드워프

3형제의 장남. 인간에게도 이름이 잘 알려진 방어구 제작 장인이지만, 신뢰하던 자에게 가게를 빼앗기고 말았다. 형제와 채굴작업을 할 때 마물의 습격을 받았고, 리무루의 회복약 덕분에 목숨을 건졌다. 템페스트에선 의복류의 생산을 담당.

도르드 템페스트 드워프

3형제의 차남. 세공 실력은 드워프 중 최고라고 평가받는다. 사형사제들이 그 재능을 질투해 함정에 빠졌다. 형제와 함께 카이진에게 몸을 의탁했다. 손재주를 활용해 템페스트에선 도구를 만들고 있다.

미르드 템페스트 드워프

3형제의 막내. 손재주가 뛰어나 건축이나 도예에도 정통한 일종의 천재. 베스터의 의뢰를 거절해 나라에서 쫓겨난다. 말이 없지만, 주변의 사람과는 커뮤니케이션을 취할 수 있는 것 같다.

"그와하하하! 드디어 내가 활약할 수 있는 자리가 왔군."

금세 우쭐해지는 유능한 용전사

가비루

템페스트
드라고뉴트
(용인족)

스테이터스
Status

이름 —— 가비루
종족 —— 리저드맨 → 드라고뉴트(용인족)
소속 —— 리저드맨의 집락
　　　　→ 쥬라 템페스트 연방국
칭호 —— 용전사

[고유스킬]
드래곤 바디(용기사화) 플레임 브레스 선더 브레스
[유니크 스킬]
어지럽히는 자(조자자, 調子者)……불측효과, 운명변
[엑스트라 스킬]
천안 마력감지 다중결계 열원감지 초후각
[내성]
자연영향내성 상태이상내성 물리정신공격내성

● 약의 개발을 맡은 간부

　시스 호수 주변의 지하대동굴을 거주지로 삼은 리저드맨의 전사장. 리저드맨의 두령이자 아버지인 아비루에게 인정받고 싶다는 욕망에, 쿠데타를 일으켜 두령의 자리를 빼앗는 폭거를 저지른다. 오크 로드의 무서움을 이해하지 못한 가비루는 공격해온 오크 군대에 저항도 못 한 채 죽을 뻔한다. 그때 리무루가 도와준다. 그 후 두령에게 파문당해 나라에서 쫓겨난 가비루는 템페스트에 자리를 잡으면서, 베루도라가 봉인되었던 동굴 안의 호수에서 히포크테 풀 재배와 '풀 포션(완전회복약)' 개발을 맡는다.

　마인 게르뮈드에게서 받은 '가비루'라는 이름을 리무루가 다시 붙여주면서 드라고뉴트로 진화한다. 그러자 하늘을 나는 능력에, 강철 급의 강인한 비늘을 갖춘 용전사가 되

82

었다.

　오만해지기 쉬운 성격으로 칭찬을 받으면 금세 우쭐해하지만, 지휘관의 재능이 뛰어나다. 그가 이끄는 급습부대 '히류(비룡중, 飛竜衆)'에 소속된 부하들은 그를 좀 멍청하지만 좋은 상사로 여기며 따른다. 파문된 이후 절연 상태였던 아버지 아비루와는 알현식에서 재회했으며, 누구의 방해도 없이 부자간의 대화를 나누었다.

비늘로 강화된 육체의 방어력은
엄청나며, 물리공격도 마법공격도
어지간한 것은 통하지 않는다.

RIMURU's REPORT BOOK
마왕 리무루의 통지표

　첫인상은 최악. 하지만 어떤 상황에서도 부하를 저버리지 않는 자세에는 감탄했어. 내 밑에 온 뒤에는 악의 연구나 전투에서도 눈에 띄게 공을 쌓아서 믿음직스럽기 그지없어. 뭐, 칭찬해주면 기다렸다는 듯이 실패하기 때문에 말로 하지는 않지만.

자식에 대한 애정이 깊어. 반역죄에도 추방하는 것으로만 그쳤다. 작별 선물로 가보인 마창을 주는 등, 부모의 정을 보였다.

아비루
템페스트
드라고뉴트
(용인족)

　리저드맨의 두령이며 가비루의 아버지. 형세를 넓게 보는 유능한 리더였지만, 가비루의 쿠데타는 미처 예상하지 못해서 폭주를 막지 못한 것을 후회한다.

　리무루가 '아비루'라는 이름을 지어줘서 드라고뉴트로 진화. 진화하고도 용의 모습을 그대로 유지한 가비루와는 달리, 아비루는 예리한 얼굴의 장년의 인간이 되었다. 가비루 외에 친위대장을 맡았던 딸 소우카가 있다.

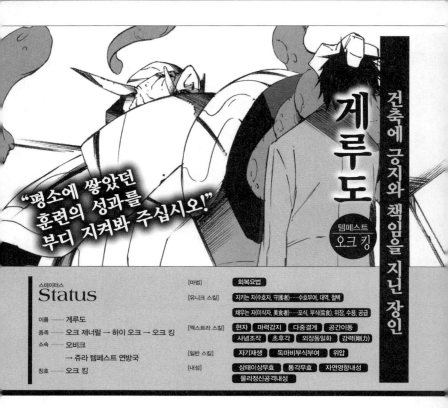

건축에 긍지와 책임을 지닌 장인

게루도

템페스트
오크 킹

"평소에 쌓았던 훈련의 성과를 부디 지켜봐 주십시오!"

스테이터스
Status

이름 —— 게루도

종족 —— 오크 제너럴 → 하이 오크 → 오크 킹

소속 —— 오비크
        → 쥬라 템페스트 연방국

칭호 —— 오크 킹

[마법]	회복요법		
[유니크 스킬]	지키는 자(수호자, 守護者)……수호부여, 대역, 철벽		
	채우는 자(미식자, 美食者)……포식, 부식(腐食), 위장, 수용, 공급		
[엑스트라 스킬]	현자	마력감지	다중결계	공간이동
	사념조작	초후각	외장동일화	강력(剛力)
[일반 스킬]	자기재생	독마비부식부여	위압	
[내성]	상태이상무효	통각무효	자연영향내성	
	물리정신공격내성			

● 철저하고 진지한 공사 담당

대기근의 습격을 받은 마대륙에서 태어난 오크 제너럴 중의 한 명. 오크 디재스터로 진화해 리무루에게 패배한 마왕 게루도의 의지를 이은 존재로, 리무루에게 '게루도'의 이름을 부여받았다. 그러자 오크 로드와 동격인 오크 킹으로 진화했고, 지성을 가진 마인으로 다시 태어났다.

템페스트에서 건축을 담당해, 주변 국가로 연결되는 도로 정비의 총책임자로서 열심히 일하고 있다. 과묵하고 책임감이 강하며 진지한 성격으로 여성의 인기가 높다. 단, 일을 순서에 맞춰 설명하는 것이 서툰 선천적인 장인 기질이다 보니, '사념전달'로 의사소통이 되지 않는 마인들을 지휘하는 데 어려움을 겪고 있다.

전투에서는 오라(요기)를 실체화하여 대상에 부여한 뒤 그 매터리얼 바디(물질체)와 스피리추얼 바디(정신체)를 부식시켜 죽이는

'카오스 이터(혼돈식)'로 적을 압도한다. 기술뿐만이 아니라 힘도 강인해서, 건설 작업으로 다져진 육체에서 나오는 공격은 웬만한 마물은 막아낼 수 없다.

너무 책임감이 강해서, 부하 지도에 차질이 생기면 혼자 고민하면서 스트레스를 심하게 쌓는다. 리무루는 게루도를 술자리에 초대해 불평을 토해내게 해서 적절히 기분 전환을 시켜주곤 한다.

RIMURU's REPORT BOOK
마왕 리무루의 통지표

적일 때는 무시무시했지만, 아군이 된 지금은 든든한 동료 중의 하나야. 진지하고 책임감이 강한 것은 좋지만 혼자 고민하는 면이 지나쳐서 가끔 내가 달래줘야 하지. 이봐, 게루도! 같이 술이나 한잔하자고—!

게루도는 오크 군단 옐로 넘버즈(황색군단)를 이끈다.
전원이 방어에 특화된 반칙 급의 방어부대다.

마왕 게루도 <small>오비크 오크 로드</small>

오크 로드 게루도가 오크 디재스터로 진화한 모습. 원래 그는 오크 나라의 왕족으로 평범한 오크였다. 하지만 기근이 들었을 때 아버지가 피와 살점을 그에게 주어서 오크 로드로 진화했다. 마인 게르뮈드의 책략에 이용당하기도 했다. 식량을 구하러 쥬라의 숲으로 진군하면서도, 사라지지 않는 굶주림과 동족을 잡아먹은 죄책감에 괴로워한다. 결국 리무루가 자신의 죄를 대신 짊어주자 안도하면서 소멸했다.

손바닥 위에서 타인을 조종하는 태초의 악마

디아블로

"쿠후후후후,
제게 부탁을
하는 겁니까?"

템페스트
악마족

스테이터스
Status

이름 —— 디아블로

종족 —— 악마족 → 아크 데몬(상위마장)
         → 데몬 로드(악마공)

소속 —— 쥬라 템페스트 연방국

칭호 —— 데몬 로드, 느와르(태초의 검은색)

[유니크 스킬]
추구하는 자(대현인, 大賢人)……사고가속, 영창파기, 심라만상, 법칙조작

타락시키는 자(유혹자, 誘惑者)……사념지배, 매료, 권유

[엑스트라 스킬]
만능감지   다중결계   공간이동   마왕패기

[내성]
통각무효   물리공격무효   상태이상무효

정신공격내성   성마공격내성   자연영향내성

● 악마이면서 집사인
    뒤처리 담당

2만 명이나 되는 시체를 제물로 리무루가 소환한 악마. 흑발에 일부분이 붉은색과 금색인 머리가 특징인 아름다운 용모를 지녔다.

태초의 악마 중 한 명으로, '느와르'로 불리는 아크 데몬이다. 리무루에게 이름을 부여받고 육체를 얻음으로써 데몬 로드로 진화해 리무루 다음가는 힘을 지닌 최강의 악마가 되었다. 보통 육체를 얻어 물질세계에 소환된 악마는 육체가 파괴되면 정신세계로 강제귀환을 당하지만, 디아블로는 물리공격은 물론, 핵격마법이나 마력요소를 쓰지 않는 자연의 번개조차도 통하지 않기 때문에 실질적으로는 거의 무적의 악마가 되었다.

악마의 이름에 부끄럽지 않을 만큼 교활하면서 계산적인 성격. 또한 타인에게 경의를 표한다는 생각이 없기에 무의식적으로

상대를 도발해 자주 싸움을 일으킨다. 쿨하게 보이지만, 자신이 지나치게 강해지면 싸움이 재미없어진다는 이유로 데몬 로드로 진화하지 않을 정도로 전투광이다.

소환한 주인인 리무루에게 심취하고 있으며, 리무루가 마왕이 된 후로는 충실한 버틀러(집사)로서 뒤처리를 열심히 맡고 있다.

자신에게 굴복한 자의 생사여탈권을 쥐며, 절대적으로 지배하는 유니크 스킬 '타락시키는 자(유혹자)'를 가지고 있다. 이 스킬은 대상의 의사를 강제적으로 조작할 수는 없다. 하지만 대상이 거부하는 마음을 품으면 즉시 디아블로에게 전해져 '반항하면 살해당한다는 공포'가 생기기에 즉시 디아블로의 명령에 따르게 된다는 무시무시한 구조로 되어 있다.

경애하는 리무루를 모욕하는 자는 누구라도 용서하지 않는다. 분노에 물든 그의 눈동자는 붉게 불탄다.

Rough Sketch

전투 시에도 늘 착용하는 최고급이자 극상의 수준을 자랑하는 신사복은 악마의 고유능력 '물질창조'로 만들어낸 것.

RIMURU's REPORT BOOK
마왕 리무루의 통지표

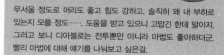

무서울 정도로 머리도 좋고 힘도 강하고, 솔직히 왜 내 부하로 있는지 모를 정도……. 도움을 받고 있으니 고맙긴 한데 말이지. 그러고 보니 디아블로는 전투뿐만 아니라 마법도 좋아하더군. 빨리 마법에 대해 얘기를 나눠보고 싶은걸.

● 회복약 교역으로 큰돈을 버는 중

블루문드 왕국의 대상인. 블루문드 상점가에선 '회장'이라는 이름의 두목이자 고리대금업도 해서 '뒷골목의 제왕'으로도 불린다.

휴즈의 의뢰로 템페스트산 회복약 교역을 시작한다. 잉그라시아 왕국에 행상차 갔을 때, 스카이 드래곤의 공격에 죽을 뻔했던 것을 리무루가 구해준다. 목숨을 무릅쓰고 여자와 아이들을 보호하는 등, 근본 성격이 선량하다는 것을 알게 된 리무루의 신용을 받는다.

나중에 템페스트의 축제에 대대적으로 협력하게 된다. 리무루의 권유로 재무 총괄과 홍보 및 선전의 책임자가 되어 이주했다.

기회를 놓치지 않는 솜씨 좋은 상인

묘르마일

템페스트
인간

스테이터스 Status

이름	가루드 묘르마일
종족	인간
소속	블루문드 왕국 → 쥬라 템페스트 연방국
칭호	대상인

약간 살이 찐 체격의 44세.
언뜻 악인처럼 보이지만, 상황에 따라
보기에 좋은 표정도 지을 줄 안다.
근본적으론 자상한 인간.

Rough Sketch

RIMURU's REPORT BOOK
마왕 리무루의 통지표

상인이라는 생물은 서로 이익이 생기는 한 배반하지 않지. 게다가 착한 인간이라 여자에게 자상하게 구는 걸 보면 확실히 신용할 수 있어. 휴즈 덕분에 재미있으면서 쓸 만한 남자를 만났다니까. 앞으로도 템페스트에서 그 재능을 한껏 살려서 돈을 벌어주게!

카이진을 증오하다가 실각, 개심하더니 완전 유능!

베스터

템페스트
드워프

Rough Sketch

밤색의 머리카락과 푸른색의 눈동자.
갈색 피부의 베스터. 러프 스케치처럼
질투에 불타는 어두운 눈을 가졌었지만,
개심한다.

Status
스테이터스

이름 —— 베스터
종족 —— 드워프
소속 —— 드워프 왕국
　　　　→ 쥬라 템페스트 연방국

● 심술궂은 대신에서 충신으로

드워프 왕국의 대신. 카이진이 공작단장이었을 때의 부관. 귀족 출신으로 서민인 카이진을 질투했었다. 실패한 '마장병계획'의 책임을 카이진에게 떠넘긴다.

때때로 카이진 일행을 괴롭혀서 함정에 빠트리려고 하지만 베스터의 거짓말을 간파한 가젤 왕으로부터 왕궁 출입을 금지당하고 실각한다.

그 후, 재능을 아깝게 여긴 가젤 왕이 템페스트로 보낸다. 잘못을 반성한 베스터는 크게 변한다. 가비루와 손잡고 정령공학의 전문가로서 회복약 정제에 종사한다. 카이진과도 화해한다.

RIMURU's REPORT BOOK
마왕 리무루의 통지표

처음에는 '뭐 이런 심술궂은 대신이 다 있어'라고 놀랐지. 카이진이 재판받을 때도 정말 간담이 서늘했다고……. 하지만 지금은 템페스트를 받쳐주고 있어. 원래 유능한데, 질투로 눈이 멀었던 거지.

루그루도,
레그루도,
로그루도,
리리나

텐페스트
홉고블린

쥬라의 대삼림에 살던 네 개의 고블린 부족의 족장. 베루도라 소실 이후, 위험지대가 된 숲을 버리고 리무루의 아래로 들어간다. 남자인 세 명은 리그루도의 앞 글자를 라(カ)행의 문자로 바꾼(일본어의 오십음도에서 라 행은 '라, 리, 루, 레, 로' 순으로 적음) '루그로도', '레그루도', '로그루도'라는 이름을, 여자인 한 명은 '리리나'라는 이름을 부여받았다.

루그루도, 레그루도, 로그루도 세 명은 각각 사법, 입법, 행정 장관이며, 리리나는 식량을 관리한다.

Rough
Sketch

레그루도
입법기관의 장관을 맡은 고블린 로드.
올백의 머리가 특징.

루그루도
사법기관의 장관을 맡은 고블린 로드.
안경으로 지적인 이미지를 어필.

리리나
관리 부문을 담당하는 고블린 로드.
눈치가 빠르고 능력도 있으면서 미인.

로그루도
행정기관의 장관을 맡은 고블린 로드.
와일드한 외모가 눈길을 끈다.

고부치,
고부토,
고부츠,
고부테

템페스트 홉고블린

고부타의 부하 중 우수한 활약을 보이는 홉고블린들. 고부치는 한쪽 눈에 안대를 찬 부관으로, 전투 시 고블린 라이더를 이끌며 지휘를 맡는다. 고부토는 전령 담당 부하로 고부타를 '고부타 형님임'이라 부르며 따른다. 고부츠와 고부테는 쌍둥이 홉고블린으로 자주 고부타 일행과 행동을 같이 한다. 오빠인 고부츠가 지원마법으로 여동생인 고부테를 강화하고, 고부테가 쌍검으로 적을 제거하는 전법을 잘 쓴다.

고부테 **고부츠** **고부토** **고부치**

고부조
템페스트 홉고블린

고부타의 부하인 홉고블린. 머리가 둔하며, 늘 멍한 표정이다. 리무루 일행이 밤의 가게에 간 것을 슈나에게 말해버리거나, 치한 누명을 쓰거나, 습격자에게 다짜고짜 살해당하는 등 상당히 불쌍한 꼴을 당하곤 한다. 리무루가 마왕이 되자 되살아났고, 현재 부활자들(자극 중)에 소속되어 있다.

고부타를 잘 따른다.
또한 시온을 좋아한다.

고부에 템페스트 홉고블린

'부활자들'에 소속된 전투원 중 한 명. 어린아이 같은 용모에 말투도 천진난만하지만, 실제 연령은 고부타보다도 위다. 성기사단과의 싸움에서 강렬한 수면약을 대량으로 바른 나이프로 대상을 공격해 전투불능으로 만드는 전법으로 힘든 전황을 역전시켰다.

고부아 템페스트 오거

쿠레나이(홍염중)의 대장을 맡은 오거 중 한 명. 붉은색 군복이 잘 어울리는 미녀로, A랭크를 넘는 전투력을 지녔다. 원래는 고블린이었지만 지금은 그 흔적이 전혀 없다. 상사인 베니마루처럼 전투밖에 모르며, 명령 수행보다 승리를 우선하는 경향이 있다.

하루나 템페스트 홉고블린

템페스트에서 재봉과 요리를 담당하는 고블리나 중의 한 명. 오거들이 온 뒤로 슈나의 제자로 들어가, 본격적으로 직물 기술을 공부하고 요리 솜씨를 더욱 갈고닦는 중. 하루나가 혼신을 담아 만든 말차 푸딩은 베루도라가 아주 좋아하는 간식이 되었다. 또한 차 따르기 같은 예법을 기초부터 공부해, 지금은 국왕을 상대로 접대할 수 있는 수준까지 도달했다.

리무루가 애용하던 타도(打刀)를 상으로 받고, 더 열심히 리무루를 위해 일할 것을 맹세한다.

고부에몬 템페스트 홉고블린

홉고블린 중의 한 명. 고부타와 고블린 라이더의 대장 자리를 놓고 다투다가 패한 후, 혼자서 활동하며 직속 부하를 모아 자신만의 부대를 만들겠다며 열의를 불태우고 있다. 야심가이며 무엇이든 혼자서 처리하려 들지만, 리무루의 가르침에 부하에게 의지하는 것도 상급자의 덕목임을 깨닫는다. 부하를 잘 다루는 묘르마일의 곁에서 매일 수행에 힘쓰고 있다.

고부이치 템페스트 홉고블린

슈나의 곁에서 실력을 다진 솜씨 좋은 요리사. '위장'으로 재현한 라면이나 햄버거를 누구라도 만들 수 있게 연구하라는 리무루의 의뢰에, 고생 끝에 레시피를 완성했다. 고부이치가 완성한 레시피는 블루문드와 템페스트를 잇는 도로의 여관에 제공되었다. 그 요리를 먹기 위해 방문하는 사람이 있을 정도로 대호평을 얻었다.

고부큐 템페스트 홉고블린

미르드의 제자. 도평수로 도시 건축에 관여하던 장인. 현재는 리무루로부터 원형투기장 건설을 맡았다. 우수한 기술과 실력의 건축사로, 부하도 능숙하게 다룬다. 언제나 정확한 지시를 내리면서 현장의 효율을 높인다. 개국제까지 투기장의 형태를 갖추고 싶다는 리무루의 희망에 부응하기 위해, 갖가지 수단을 이용해 토대랑 골조를 완성시켜서 리무루를 놀라게 만들었다.

예전에 건축사에 근무했던 리무루도 의지할 정도로 건축 숙련자이다.

요시다 카오루 잉그라시아 인간

잉그라시아 왕국의 왕도에서 카페를 경영하는 이세계인. 강해 보이지만, 근본적인 성품은 자상하고 너그럽다. 과자를 만드는 기술은 초일류. 리무루와 베니마루, 에렌에 에르메시아, 자유조합 총수까지도 반할 정도. 가장 추천하는 메뉴는 슈크림.

코비 템페스트 코볼트

떠돌이 행상을 생업으로 삼은 코볼트 상인의 대표자. 중앙의 권력이 닿지 않는 지방의 도시나 마을로 가 생필품을 팔아 생계를 잇다가, 리무루의 계획에 따라 수왕국 유라자니아의 어용상인이 되었다. 리무루와 상담(商談)을 공유하는 전우로, 사이가 좋다.

소우카 템페스트 드라고뉴트(용인족)

아름다운 외모를 가진 인간형의 드라고뉴트로, 가비루의 여동생. 과거에는 리저드맨의 친위대장이었지만, 모반을 일으켜 추방된 가비루를 감시한다는 명목으로 템페스트로 이주한다. 리저드맨의 두령을 구출해달라는 부탁을 들어준 소우에이의 부하가 되었다. 그 후 악마처럼 엄격한 소우에이의 훈련을 받고, 냉혹하고 충실히 명령을 실행하는 첩보원으로 성장했다. 상사인 소우에이에게 존경의 마음과 함께 연모의 감정도 품고 있다. 주위에서

리무루가 '소우카(蒼華)'라는 이름을 지어주기 전에는 가비루와 마찬가지로 용의 모습을 하고 있었다.

도 그 사실을 다 알고 있다. 오빠인 가비루와 만날 때마다 말싸움을 하지만, '싸울수록 사이가 좋다'는 말을 그대로 구현하는 사이좋은 남매다.

RIMURU's REPORT BOOK
마왕 리무루의 통지표

어느 날 보니 소우에이와 똑같이 차가운 표정을 한 아이가 되어 있어서 놀랐지 뭐야. 일 처리? 아아, 그쪽도 소우에이를 닮아서 완벽해. 가비루도 자랑스러워하겠지.

가자트 템페스트 드라고뉴트(용인족)

'히류(비룡중, 飛竜衆)'에 소속된 가비루의 부하. 과묵하고 창의 명수. 연구원이지만 손재주가 없어 제약 연구는 하지 않고 제약사들의 경호를 담당. 도마뱀과 닮은 외모지만, 여성에게 인기가 높다.

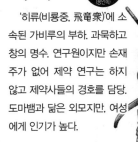

토우카, 사이카, 난소우, 호쿠소우 템페스트 드라고뉴트(용인족)

소우카의 시종이자 같이 따라온 리저드맨. 여자 두 명은 토우카(東華), 사이카(西華), 남자 두 명은 난소우(南蒼), 호쿠소우(北蒼) 라는 이름을 받아 드라고뉴트로 진화했다. 보원으로 활약 중.

쿠마라 템페스트 요수

마왕 클레이만의
부하로 '엄지의 나인
헤드(구두수, 九頭獸)'
라 불리던 요수. 세 개
의 꼬리를 가진 아주
희귀한 요괴여우로,
꼬리를 마수로 변화시

킬 수 있다. 리무루가 이
름을 지어주면서 아홉
개의 꼬리를 지닌 요수로
진화. 일본 기생들의 독
특한 말투를 사용한다.

아피트, 제기온 템페스트 마충

리무루가 숲에서 보호해준 인섹트(곤충형 마수).
아미 와스프(군단봉, 軍團蜂)의 최상위종인 퀸 와스
프(여왕려봉, 女王麗蜂)인 아피트는 트렌트의 집락에
피는 희귀한 꽃의 꿀을 모으는 채집계를, 딱정벌레와
사슴벌레를 합친 것 같은 외모의 제기온은 트렌트의
집락을 수호하는 호위계의 임무를 맡고 있다. 아피트
가 모은 꿀은 귀중품이며, 약으로 쓰면 특급만능약이
된다.

아다루만 템페스트 와이트 (사령, 死靈)

마왕 클레이만의 부하로 '검지의 아
다루만'이라 불리던 와이트 킹(사령의
왕). 과거 신성교황국 루벨리오스의 추
기경이었지만 '칠요의 노사'에게 속아
목숨을 잃고, 언데드(불사계마물)로 전
생했다. 슈나에게 패한 뒤로 리무루를
신으로 숭배하며 믿고 있다.

쥬라의 대삼림의
각 종족의 족장
래비트맨(토인족, 兎人族),
고즈(우두족, 牛頭族), 메즈(馬頭族), 엘프

쥬라의 대삼림을 지배하는 마왕 리무루의 알현식에
참석한 각 종족의 족장들. 보기에는 인간이지만 토끼 귀
를 가진 래비트맨은 잔뜩 위축된 모습으로, 소의 머리를
가진 고즈와 말의 머리를 가진 메즈는 시온이 광폭하게
싸우는 모습에 겁을 먹은 모습으로, 수명이 긴 엘프는 순
종적인 태도로 각각 리무루를 알현했다. 모두 리무루의
산하로 들어가는 것을 허락받았다.

알베르트 템페스트 와이트

아다루만의 부하이자 친구
인 데스 나이트(사령기사). 하쿠
로우의 공격을 받아낼 정도로
탁월한 검기를 지니고 있다.

"크아하하하하!
내가 완전 부활했도다!!"

베루도라

용종이자 리무루의 최초의 친구

템페스트
용종(竜種)

스테이터스
Status

이름 —— 베루도라 템페스트
종족 —— 용종(상위성마령)
소속 —— 없음
　　　　→ 쥬라 템페스트 연방국
칭호 —— 폭풍룡

[마법]
폭풍계마법……죽음을 부르는 마법, 검은 번개, 파멸의 폭풍우

[얼티밋 스킬]
파우스트(구명지왕, 究明之王)……사고가속, 해석감정, 삼라만상,
　　　　　　　　　　　　　　　　확률조작, 진리지구명(眞理之究明)

[내성]
자연영향무효　　상태이상무효　　통각무효
물리공격무효　　정신공격내성　　성마공격내성

● 최강이지만 성격 좋은 용종

이 세계에 넷밖에 존재하지 않는 세계 최강의 생물 '용종' 중의 하나. 마왕 밀림의 숙부이며 '백빙룡' 베루자도의 동생.

성별을 따지면 '수컷' 같지만 본인에 따르면 '개체로서 완전한 자'이기에 생식능력은 필요 없다고 한다. 오랜 세월 동안 몇 번인가 소멸과 부활을 반복했으며, 그때마다 자아는 새로 태어났다.

단순하고 금세 우쭐대기 쉬운 성격이며, 또한 대범하다. 머리는 나쁘지 않지만 생각한 것을 바로 입으로 내뱉어서 불필요한 트러블을 종종 일으킨다. 자신을 치켜세우는 말에 약하며, 잘 속아 넘어가기 때문에 '잘 속는 드래곤'이라고도 불린다.

호기심이 왕성한 베루도라는 해석에 특화된 유니크 스킬 '알고 싶어 하는 자(구명

좁은 동굴에 수백 년간 갇힌 뒤에 한 마리의 슬라임과 친구가 된 베루도라. 이 만남으로 난폭했던 그는 크게 변했다.

자, 究明者)'를 가졌지만, 리무루의 진화에 따라 얼티밋 스킬 '파우스트(구명지왕)'로 진화하면서 '확률조작' 등 다양한 권능을 새로 획득했다.

인간 모습일 때의 외모는 금발, 갈색 피부의 탄탄한 체격의 청년. 원래의 육체는 거대한 드래곤이지만, 리무루의 분신체를 빙의용 육체로 사용해 부활 후에는 계속 인간 형태로 지내고 있다. 애초에 용종의 본질은 정신생명체라, 둘 다 임시 모습에 지나지 않는다.

이전의 베루도라는 난동 외에는 즐거움을 몰랐기에, 전 세계로부터 위협적인 존재이자 두려움의 대상이었다. 그러나 300년 전에 '용사'의 '무한뇌옥'에 봉인된 후 이윽고 리무루와 만나 친구가 되었고, 그의 '위장' 속에서 리무루의 사는 모습을 보고 여러 생각을 하게 된 것 같다. '무한뇌옥'에서 해방된 후에는 난동도 부리지 않고, 리무루의 사저에서 하루 종일 만화만 탐독하는 등 자유롭고 내키는 대로 타락한 생활을 보내고 있다.

RIMURU's REPORT BOOK
마왕 리무루의 통지표

제멋대로, 기분 내키는 대로 뜬금없는 행동을 벌이지만 사실 성격 좋은 드래곤이야. 지금의 내가 있는 건 맨 처음 베루도라와 친구가 된 덕분일지도 몰라. 뒹굴거리며 만화를 읽는 모습은 도저히 굉장한 용종으로는 보이지 않지만!

위엄 있는 용종 형태. 리부루가 자신도 모르게 겁먹고 떤 것도 무리는 아니다. 오른쪽 위에 자그맣게 그려진 리무루와 비교하면 그 크기를 알 수 있다.

대충 걸친 망토 아래에는 자잘한 근육이 잡힌 육체가 보인다. 날카로운 눈매에 눈 화장과 문신 등, 야성미가 넘치는 디자인.

무장국가 드워르곤을 통치하는 3대 드워프 왕. 갑옷 같은 단단한 체격을 가진다. 나라를 공평하게 통치하는 현명한 왕으로 평가가 높다.

젊었을 적에 하쿠로우부터 검술을 사사받았으며, 리무루조차도 압도할 정도로 탁월한 검술 실력을 지녔다. 시정에선 '검성(劍聖)'이라 불리며 두려움의 대상이기도 하다.

리무루와 검을 겨뤄본 후 신뢰할 수 있다고 판단한 가젤은 템페스트와 맹약을 맺고 상호 협력할 것을 약속한다. 그후, 리무루를 사제라고 부르며 몇 번인가 편의를 봐주고 있다.

가젤 드워르고

드워프, 나라를 다스리는 강철 영웅왕

드워르곤
드워프

만화판을 담당하는 카와카미 작가님이 그린 러프 일러스트.

Rough Sketch

RIMURU's REPORT BOOK
마왕 리무루의 통치표

강대한 군사력을 자랑하는 드워르곤의 국왕이야. 위엄 있는 품격과 똑똑한 머리는 본받고 싶다니까. 왕치고 발길이 너무 가벼워서 깜짝 놀랄 때도 있지만, 그건 내가 할 말이 아니겠지. 나도 여러 곳을 마구 돌아다니니까.

돌프, 번, 앙리에타, 젠
드워르곤
드워프

무장국가 드워르곤의 최강 기사단, 페가수스 나이츠(천상기사단, 天翔騎士團)의 간부들. 단장은 돌프, 군부의 어드미럴 팔라딘(최고사령관)은 번, 나이트 어새신(암부의 수장)은 앙리에타, 아크 위저드(궁정마도사)는 젠이 담당. 전원이 A랭크의 전투력.

카이도
드워르곤
드워프

카이진의 동생이자 무장국가 드워르곤의 경비병 대장. 리무루로부터 회복약을 받는 대신 화폐의 가치와 물가 등을 가르쳐줬다.

"정말?! 너, 실은 정말 좋은 녀석이잖아."

라미리스

마왕으로 타락한 정령들의 여왕

템페스트
픽시
(요정족)

스테이터스
Status

이름 —— 라미리스
종족 —— 픽시(요정족)
소속 —— 정령이 사는 집
　　　　→ 쥬라 템페스트 연방국
칭호 —— 라비린스(미궁요정) 요정여왕

[마법]
정령마법……모든 종류의 마법

[고유 스킬]
작은 세계(미궁창조)

[필살기]
48개의 필살기……본인이 한 말이기 때문에 미확인.

[내성]
Unknown

● 소란스럽지만 마음씨 착한 작은 마왕

작고 사랑스러운 외모의 요정이나 정령, 요정족이 사는 '정령이 사는 집'의 당당한 여왕. '작은 세계'라는 광대한 아공간(亞空間)을 만드는 힘을 지녔다. 평소 장난을 좋아하고 느긋한 어린아이 그 자체. 하지만 그 정체는 마왕 기이, 밀림과도 어깨를 나란히 하는 가

장 오래된 마왕이자 용사에게 성령의 가호를 내리는 성스러운 자의 인도자. 원해 정령여왕이었던 그녀가 마왕이 된 것은 태고에 폭주한 밀림의 분노를 중화하다가 사악한 오라(요기)를 뒤집어쓴 탓으로, 그때의 기억을 계승한 상태로 전생을 반복하는 요정이 되어버렸다. 이후 기이에겐 경의를 받는, 밀림과는 서로 장난을 치는 관계가 되었다.

리무루와는 마력요소의 폭주를 두려워

눈썹이 길고 인형처럼 귀엽지만,
희미하게나마 위엄이 보일……
지도 모른다.

Rough Sketch

RIMURU's REPORT BOOK
마왕 리무루의 통지표

여기서만 하는 얘기지만, 라미리스는 멍청하지만
존재만으로도 그 자리가 밝아지니 정말 좋은 녀
석이라고 생각해. 편리하기도 하고, 또 우쭐댈 게
뻔하니까 본인에겐 말하지 않겠어. 그러고 보니
켄야랑 다른 아이들을 도와줬을 때 잠깐 보였던
위엄은 어디에 있는 걸까……?

클레이만이 발푸르기스를
소집했고, 그걸 걱정한 라미리스가
리무루가 있는 곳으로
날아오지만…….

하는 아이들을 구해주기 위해 협조하다가 알게 된다. 그가 베레
타를 만들어주기도 했기에 이래저래 그를 신경 써준다.

발푸르기스(마왕들의 연회)에서 리무루가 클레이만의 낚시
에 걸릴 뻔했을 때도 그의 편을 들고, 연회에 초대해 그의 무죄
와 실력을 증명하는 자리를 만들어줬다. 그 와중에 과거에 자신
을 받들었던 트레이니와 재회, 리무루의 허가를 받아 다시 그녀
를 부하로 삼는다. 또한 베루도라와 만화를 좋아하는 동지가 되
면서, 리무루의 허가를 받아 베루도라의 거주지 겸 미궁을 투기
장 지하에 짓기에 이른다. 지금은 라이칸스로프나 트렌트의 거
주지뿐만 아니라 모험가를 위한 던전으로서 기능하며, 라미리
스가 기꺼이 관리를 맡아 마국연방 발전에 공헌하고 있다.

라미리스를 지키는 성마인형

베레타

템페스트
마인형

스테이터스
Status

이름 ── 라미리스

종족 ── 악마족/마장인형 → 성마인형

소속 ── 정령이 사는 집
　　　　→ 쥬라 템페스트 연방국

칭호 ── 라미리스의 수호자

●충실한 악마족의 시종

상위악마가 깃든 골렘(마인형). 리무루가 라미리스의 호위용으로 만든 아크 돌이 리무루가 마왕이 되면서 성(聖)과 마(魔)라는 두 가지 속성을 가진 카오스 돌(성마인형)이 되었다. 침착하며 무슨 일이든 연구하려는 경향이 있다.

소환한 주인이자 제작자인 리무루를 경애하는 동시에 수호대상인 라미리스에게도 호의를 보인다. 주인을 선택하라는 마왕 기이의 말에 라미리스를 선택한다. 최근에 정식으로 그녀를 유일한 주인으로 삼았다.

은발에 얼굴 전체를 덮은 가면. 낡은 겉옷은 오랜 세월을 살아온 악마족이라는 증거다.

Rough Sketch

RIMURU's REPORT BOOK
마왕 리무루의 통지표

마강제의 구체관절인형인데 이름을 붙였더니 흑발이 은발로, 몸체도 피막으로 덮이면서 인간에 가까운 모습이 되었지 뭐야. 라미리스가 주인인데도 나를 모실 생각도 가득한 걸 보면 꽤나 악삭빠르다니까. 누굴 닮아 그럴까?

● 쥬라의 숲을 지키는 관리자

숲의 상위종족인 트렌트를 수호하는 드라이어드. 투명한 흰 피부에 연한 푸른색 입술, 푸른 눈동자를 지닌 신비한 느낌의 미녀. '대삼림의 관리자'라고도 불린다. 수상한 자, 숲을 해하려는 뜻을 품은 자에게 천벌을 내린다. 원래 자주 모습을 보이지 않는다고 하는데, 오크 로드 사건으로 리무루에게 도움을 청하러 나타났으며, 그 후에 그를 숲의 맹주로 인정하며 부하가 되었다. 원래 정령여왕 시절 라미리스를 모시던 작은 정령이었지만, 라미리스가 타락했을 때 그 영향으로 요정족으로 타락하고 말았다.

라미리스를 사모하는 아름다운 드라이어드

트레이니

템페스트 드라이어드

스테이터스
Status

이름	트레이니
종족	드라이어드
소속	쥬라 템페스트 연방국
칭호	쥬라의 숲의 관리자

RIMURU's REPORT BOOK
마왕 리무루의 통지표

평소에는 냉정한데, 라미리스만 얽히면 애정에 눈이 멀어서 맛이 가버리는 난감한 여성이야. 드라이어드는 본체인 나무에서 멀리 떨어질 수 없기에 라미리스와 같이 멀리 나갈 수 있도록 새로운 육체를 마련해주었지. 아주 기뻐하더군. 야아, 보람 있는 일을 했어!

트라이어, 드리스

템페스트 드라이어드

트레이니의 여동생들. 트라이어가 둘째, 드리스가 막내. 카리브디스의 부활 소동 때 적의 감시와 정보 전달, 페가수스 나이츠의 안내 등을 하며 활약했다. 8권에서 라미리스를 보고 감격해 울었으며, 언니와 마찬가지로 그녀를 따르고 싶다고 리무루에게 부탁한다.

● 마도왕조의 거물 귀족

마도왕조 살리온의 중진으로, 살리온 황제 에르메시아의 숙부인 대공작. 풀 네임은 에라루도 그림왈트. 리무루가 마왕으로 진화한 후에 마국을 찾아온다. 상황을 파악하고는 국교수립을 선택한다. 지적인 인물이지만, 모험가가 된 딸 에륜(에린)을 총애한 나머지 그녀의 일에 쉽게 이성을 잃고 군사용 고등마법을 마구 쏘아대는 등, 터무니없는 딸바보 아버지다. 드워프 왕 가젤과는 인사 대신 악담을 할 정도로 툭하면 싸우는 친구 사이.

에라루도

살리온 엘프

딸바보 아버지 공작 에렌을 총애하는

비싸 보이는 옷차림과 가는 눈이 특징인 신사. 감정이 격해지면 눈을 크게 뜬다.

Rough Sketch

RIMURU's REPORT BOOK
마왕 리무루의 통지표

가지런한 이목구비에다 귀족이니, 젊었을 적에 분명 인기가 많았을 테지. 하지만 지레짐작만으로 이성을 잃고 도시 한가운데에서 폭염마법을 쏘아대려던 걸 보면 조금 많이 무서운 인간이라고 하겠네! 뭐, 그 정도로 에렌을 소중히 여긴다는 뜻이겠지.

에르메시아
살리온 엘프

● 13 왕가를 다스리는 아름다운 황제

마도왕조 살리온의 황제. '천제', '마도제'라고도 불린다. 풀 네임은 에르메시아 에루 류 살리온.

많은 권익을 보유한 상당한 자산가이기도 하다. 엘프 중에서도 순결의 피를 짙게 타고 난 그녀는 나이를 먹지 않으며 소녀 같은 용모를 갖고 있다. 윤기가 흐르는 흰 살결에 비취색의 눈동자, 긴 은발 등등 아무리 봐도 절세의 미소녀이지만, 숙부인 에라루도보다 훨씬 더 나이가 많고 빈틈없는 지혜를 갖춘 자이다. 신하에겐 늘 냉철하고 무표정으로 대하지만, 에라루도 등 일부 친한 이들에겐 평범하게 감정을 드러낸다.

● 어린 여자아이지만 당당한 족장

텐구의 실질적인 족장인 소녀. 흰 날개와 개와 비슷한 귀를 지닌 일반적인 텐구와는 달리 평범한 인간의 모습이며, 흰색에서 붉은 색으로 그러데이션된 아름다운 머리카락을 어깨까지 기르고 있다.

자존심이 강한 텐구의 영애

모미지

텐구가 숨어사는 마을
텐구

RIMURU's REPORT BOOK
마왕 리무루의 통지표

내 앞에서도 당당한 태도로 인사해서 감탄했지. 그녀가 하쿠로우의 딸이라는 것과, 베니마루의 마음을 사로잡겠다고 선언하는 등 뭔가 화제가 끊이지 않는 아가씨야. 아아, 청춘이로구면.

자존심이 아주 강하며 자신만만한 성격을 가졌다. 리무루 대신 텐구가 숨어사는 마을에 찾아온 베니마루를 모미지의 신랑으로 삼고 싶다고 어머니인 카에데가 말하지만, 모미지는 어머니의 권력으로 억지로 결혼하는 것이 아니라 자신의 힘으로 베니마루가 자신을 좋아하게 만들고 싶다고 선언한다. 리무루와의 회담에서 친아버지인 하쿠로우와 감동적으로 재회한다.

엑스트라 스킬 '천랑각(天狼覺)'을 상시 발동해서, 마력감지나 환술 무력화를 쉽게 행할 수 있다.

카에데 텐구가 숨어사는 마을 텐구

● 사랑을 잊지 않은 텐구의 장로

텐구의 장로이자 모미지의 어머니. 눈이 번쩍 뜨일 만한 미인으로, 텐구의 특징 중 하나인 거대한 개의 귀를 지녔다. 장난기 어린 성격에다, 주위를 자기 뜻에 휘두르는 것

이 특기.

300년쯤 전에 오거의 마을에서 같이 검술을 배운 하쿠로우와 사랑에 빠져 하룻밤 관계를 가진 결과, 모미지가 탄생했다. 후계자가 생긴 후 급격하게 체력이 쇠퇴해서 평소에는 늘 누워 지낸다.

베니마루가, 하쿠로우가 교육시킨 오거라는 것을 알고는 모미지의 신랑으로 삼으려고 획책했다. 하쿠로우를 여전히 사랑한다. 하쿠로우에게 보낸 편지에는 '사랑하는 당신에게'라는 한 문장이 첨부되어 있었다.

"–지막 부탁이야——.
나를, 당신 안에
잠들게 해주지 않겠나?"

기구한 운명을 걸어온 이세계인

이자와 시즈에

자유조합
마인

스테이터스
Status

이름 —— 이자와 시즈에

종족 —— 인간 → 불꽃의 마인

소속 —— 레온의 부하
　　　　→ 자유조합

칭호 —— 폭염의 지배자

[마법]
원소마법　　소환마법 이플리트

[유니크 스킬]
변질자

[엑스트라 스킬]
염열조작

[내성]
염열내성

● 리무루의 인간 변신에
　요체가 되어준 사람

　전시 중 일본에서 공습을 받아 큰 화상을 입고 죽을 운명에 처했지만, 마침 마왕 레온에 의해 소환된 소녀. 살기 위해서 레온이 빙의시킨 이플리트를 받아들였고 육체의 지배권을 빼앗긴다. '시즈'라는 이름을 부여받은 뒤 마왕의 측근의 상위마인으로 그 힘을 휘둘렀다.

　성장하면서 이플리트를 억제할 수 있게 된 시즈는 피리노라는 소녀와 바람여우인 피즈와 친해진다. 그러나 이플리트의 힘이 폭주해 두 사람을 죽이고는 절망한다.

　그러던 어느 날, 마왕의 성을 찾아온 용사와 만나면서 보호를 받게 된다. 용사는 이플리트를 억누르는 항마의 가면을 주고, 시즈는 마인의 힘을 원하는 대로 구사할 수 있게 된다.

　용사가 떠난 후 '약한 사람을 돕고 싶다'

용사와 만나면서 인간의 감정이
터져 나온 시즈. 용사는 그녀가
울음을 그칠 때까지 안아주었다.

는 이유로 모험가로 활약한다. 은퇴하고 잉그라시아 왕국에서
전투기술을 가르치는 지도자가 된다. 그곳에서 이세계인인 유
우키와 히나타를 만나고, 유우키를 뒤에서 받쳐주는 길을 선택
했다.

　나이가 들어 이플리트를 억제하기 어려워지자, 레온에게 복수
하고 싶다는 생각에 마지막 여행을 나선다. 도중에 리무루와 만나
고, 리무루와 템페스트를 좋게 생각하지만 그 직후에 힘이 다하면
서 이플리트가 폭주했다. 리무루에 의해 이플리트는 쓰러진다.
리무루의 안에서 잠들고 싶다고 마지막으로 부탁하는 시즈. 리
무루는 그 부탁을 받아들여 그녀를 '포식'한다. 시즈의 유니크
스킬과 모습은 리무루가 이어가게 된다.

Rough Sketch

머리카락과 눈동자는 검은색. 피부는 황백색.
항마의 가면과 화상 흔적으로 알아보기
어렵지만 상당한 미소녀임을 알 수 있다.

⬆ 만화판을 담당하는 카와카미
작가님이 그린 러프 일러스트.

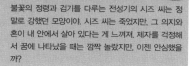

RIMURU's REPORT BOOK
마왕 리무루의 통지표

불꽃의 정령과 검기를 다루는 전성기의 시즈 씨는 정
말로 강했던 모양이야. 시즈 씨는 죽었지만, 그 의지와
혼이 내 안에서 살아 있다는 게 느껴져. 제자를 걱정해
서 꿈에 나타났을 때는 깜짝 놀랐지만, 이젠 안심했을
까?

시즈
(16세)
로브

붉은색,
검은색,
흰색,
크림색의
코디
네이트

시즈
(16세)
전투적인
분위기를
강하게
잡은
디자인

시즈(8~10세)

항마의 가면

여덟 살에 소환된 시즈.
16, 17세까지, 외모와 성장이
멈출 때까지 변화를 스케치한
것이다. 리무루의 인간 모습은
시즈 씨의 모습을 기초로 한
것이므로 당연히 많이 닮았다.

리무루 ver.

(8세)

(16세)

시 즈 (8~10세)

항마의 가면

피리노

　레온의 훈련 시설에서 시즈와 친구가 된, 약간 연상에
느긋하고 온화한 성격의 여자아이. 바람여우를 몰래 돌봐
주고 '피리노'와 '시즈'에서 한 글자씩 따와 '피즈'라는 이름
을 지어줬다. 피즈를 레온에게 보여주고 싶다고 생각했지
만, 폭주한 이플리트의 손에 피즈와 함께 살해당했다.

● 블루문드에서 많은 도움을 주는 사람

자유조합 블루문드 왕국 지부의 지부장. 과거에는 모험가였으며, 'A-'까지 올라간 실력자. 하인츠가 아버지이며, 베르야드와는 소꿉친구이자 절친. 시즈의 사정을 알고 있다.

베루도라의 기척이 갑자기 소멸하자, 카발 일행을 정찰 팀으로 보낸다. 리무루가 평범한 마물이 아닌 걸 알고 조사하던 중에 직접 확인해보고 싶다는 생각으로 템페스트를 방문, 리무루와 만난다.

처음에는 리무루를 의심하지만, 템페스트에서 머무르면서 점차 신용하게 된다. 진심 어린 협력관계를 맺고, 여러 배려를 베푼다.

늘 고생이 많은 길드 마스터

휴즈

자유조합
인간

스테이터스
Status

이름	휴즈
종족	인간
소속	블루문드 왕국
칭호	블루문드 왕국 자유조합 지부장

키가 작지만 방심할 수 없는 눈빛의 소유자. 격렬한 모험을 거치면서 쌓은 경험이 외모에서 풍긴다.

Rough Sketch

RIMURU's REPORT BOOK
마왕 리무루의 통지표

실력은 충분한데, 늘 고생 끝에 안 좋은 제비를 뽑아버릴 것 같은 이미지가 있단 말이지. 응? 내가 고생을 시킨다고? 확실히 그럴지도⋯⋯. 다음에 만날 때는 무모한 짓은 하지 않도록 조심하겠어! 가능한 한!!

기 도

인간

에 렌

엘프

카 발

인간

스테이터스
Status

이름 —— 에렌	이름 —— 기도	이름 —— 카발
종족 —— 엘프	종족 —— 인간	종족 —— 인간
소속 —— 자유조합	소속 —— 자유조합	소속 —— 자유조합
칭호 —— 모험가	칭호 —— 모험가	칭호 —— 모험가

모험가 3 인조
명청한 짓이 일상인

검을 다루는 파이터(중전사). 전투 시에는 앞에 서서 어태커와 방패 역할을 한다. 실은 에렌의 경호원.

정보 수집 능력이 뛰어나며 몸놀림이 가벼운 시프(도적). '~입니다요'가 특징적인 입버릇이다. 카발과 마찬가지로 에렌의 경호원.

특수마법에 특화된 소서러(법술사). 본명은 에륜. 에라루도 공작의 딸로, 모험가를 동경해 나라를 뛰쳐나왔다.

● 성격 좋은 모험가 트리오

자유조합에 소속된 트리오(3인조) 모험가. 나름대로 경험을 쌓은 모험가일 텐데, 마물의 둥지에 칼을 꽂는 등 터무니없는 짓을 저질러서 블루문드 지부장 휴즈로부터 '세 바보'라고 불린다.

세 사람 다 마도왕조 살리온 출신으로 에렌은 귀족의 딸, 카발과 기도는 그녀의 동행이었음이 최근에 밝혀졌다. 베루도라가 소멸했을 때 휴즈의 의뢰로 봉인의 동굴을 조사했으며, 리무루가 이 세계에 태어난 후로 처음 본 인간들이기도 하다.

숲속에서 시즈와 함께 마물의 공격을 받았을 때 마물의 도시의 경비대 도움을 받는다. 그 인연으로 리무루 일행과 교류를 시작한다. 그 후, 인간과 마국을 이어주는 좋은 이해자가 된다.

경솔한 행동도 많지만, 기본적으로 밝고 긍정적이다. 때로는 위험을 감수하고 작은 마을을 구하려는 등, 마음씨가 착하다.

RIMURU's REPORT BOOK
마왕 리무루의 통지표

마물인 우리를 편견 없이 받아들인 첫 번째 인간들이야. 뭔가 묘한 행동을 해서 쓸데없이 마물의 공격을 받는 것 같은데, 용케도 지금까지 살아남았네?! 마국에서 받은 소재를 이용해 돈을 버는 잔꾀도 부리지만, 기본적으로는 착한 인간이지. 그런데, 에렌이 귀족 집안의 아가씨라는 사실엔 놀랐어.

밀림의 마물 사냥에서 짐꾼 노릇을 하는 카발과 기도. 에렌은 빈손이지만, 당사자들이 괜찮다면 문제없지 않을까?

베르야드 `블루문드 인간`

블루문드 왕국의 대신. 속은 검지만 의리는 두터운 인물. 소꿉친구이자 절친인 휴즈에게 베르도라 소멸 조사를 의뢰했는데, 그걸 계기로 리무루와 블루문드의 인간들이 만나게 되었다. 후에 템페스트를 마물의 '국가'로 인정하고 협력해줄 것을 청한다.

블루문드 국왕 `블루문드 인간`

둥그런 얼굴에 약간 살이 찐 임금님. 남을 잘 대해줄 것 같은 아저씨. 조약 체결 자리에서 리무루에게 먼저 악수를 청할 만큼 싹싹해서 리무루가 친근감을 느낄 정도지만, 일국의 주인답게 만만치 않은 면모도 갖추고 있다. 왕비는 어울리지 않을 정도로 아름답다.

지기스

`블루문드 인간`

자유조합의 일원인 소환술사. 리무루가 모험가 자격 시험을 칠 때 시험관이었다. 모험가 시절 부상을 당해 한쪽 다리가 의족이었지만, 템페스트제의 풀 포션으로 완전히 정상의 몸으로 돌아온다.

비드 `블루문드 인간`

C랭크의 모험가. 도둑질이나 사기를 치는 작은 악당이었지만, 리무루에게 '여차할 때는 조금이라도 남을 도와줘라'는 이야기를 듣고 마음을 고쳐먹는다. 묘르마일의 경호원이 되어 리무루와 재회한다.

카자크 `블루문드 인간`

묘르마일에게 엘프 노예 사업에 융자를 해달라고 제안했던 몰락 귀족. 리무루를 정부로 착각하고 무례하게 굴어 묘르마일의 분노를 사 가게에서 쫓겨났다. 나중에 체포됨.

하인츠 `블루문드 인간`

블루문드 왕국 모험가 상조조합의 총괄역. 시즈의 사정을 알고 있으며, 마인의 힘을 억제하지 못해 모험가 은퇴를 결심한 그녀에게 잉그라시아 왕국으로 가보라고 권한다. 휴즈의 아버지.

바하 `블루문드 인간`

묘르마일의 가게에서 거친 일을 하는 사내들의 우두머리로, 친척뻘 되는 사람의 아들. 일솜씨가 나무랄 데 없어 묘르마일이 유독 귀여워했다. 블루문드를 떠나기로 결심한 묘르마일로부터 가게와 저택을 돌봐줄 것을 부탁받는다.

예전에 악당이었던 변경 조사단의 리더

요움

파르무스
인간

스테이터스
Status

이름 —— 요움
종족 —— 인간
소속 —— 파르무스 왕국
칭호 —— 영웅

마물에게 강력한 공격을 먹인다.
제법 실력이 있다.

● 마을의 작은 악당에서 영웅으로

니들 마이검 변경백이 급하게 만든 조사단의 리더. 원래 교정 시설에 수용되었던 작은 악당. 타인을 끌어들이는 카리스마가 있다. 안전한 마을로 도망칠 기회를 찾던 중, 숲에서 카발 일행과 마주친 것이 불운이었다. 나이트 스파이더와의 싸움에 휘말렸지만 고부타 일행의 도움으로 살아난다. 그걸 계기로 템페스트를 방문한다. 리무루로부터 영웅의 역할을 맡게 되고, 결국 국왕이 되는 등 말 그대로 파란만장한 인생을 살아가는 남자. 뮬란에게 반해 있다.

RIMURU's REPORT BOOK
마왕 리무루의 통지표

요움은 우연히 템페스트로 흘러들어 왔지만, 그런 걸 가리켜 운명이라 하겠지. 이래저래 투덜대면서도 영웅 역할을 잘해내고 실력도 늘어서, 지금은 의지할 수 있는 동료 중 한 명이라고 생각해. 뮬란에 대한 태도도 남자답고, 남자도 반할 정도의 남자야!

Rough Sketch

그레이트 소드를 든 요움. 예리하게 생긴 얼굴이며, 어딘가 다가가기 어려운 분위기를 지닌 젊은이다.

뮬란

파르무스
마인

Status
<small>스테이터스</small>

이름 ── 뮬란
종족 ── 인간 → 마인
소속 ── 괴뢰국 지스타브
　　　　→ 파르무스 왕국

Rough Sketch

긴 머리를 묶어 등 뒤로 넘긴 뮬란. 냉정하고 우수한 두뇌를 지닌 마도사인 그녀에게 잘 어울리는 차가운 미모.

● 불행하고 슬픈 운명의 마녀

클레이만의 간부 '다섯 손가락' 중의 한 명이었던 여자 마인. 통칭 '약지의 뮬란'. 과거 숲에 숨어 살면서 조용히 마법을 연구하던 마녀였지만 수명이 다하기 직전에 클레이만과 거래한다. 다시 젊어져 마인이 되었지만, 비술 '마리오네트 하트(지배의 심장)'에 의해 심장에 낙인이 새겨져 생사여탈권을 클레이만에게 빼앗긴다. 어떻게든 클레이만으로부터 도망치고 싶어 하던 중에, 마국을 조사하다가 요움과 만나면서 사랑에 빠진다. 리무루의 손에 클레이만에게서 해방된 후 그의 협력자가 된다.

RIMURU's REPORT BOOK
마왕 리무루의 통지표

템페스트를 덮친 비극의 계기가 된 여자지만, 사정을 보니 책망할 마음이 들지 않더군. 결국 그녀도 클레이만의 희생자였으니까. 동료가 되살아났으니까 이렇게 생각할 수 있는 것이지만 말이야.

그루시스

Status
스테이터스

이름 —— 그루시스
종족 —— 수인
소속 —— 수왕국 유라자니아
　　　　→ 파르무스 왕국

날카로운 눈매의 그루시스. 애용하
는 나이프를 투척해 부메랑처럼 쓸
수도 있다.

Rough
Sketch

● 의리가 두터운
수왕국의 전사

갈색 피부에 회색 눈과 머리카
락을 지닌 늑대 수인. 수왕국 사
절단의 일원으로 요움과 대결한
후에 그와 친구가 된다. 마국에
남아서 견문을 넓히던 중 요움의
동료로 들어온 뮬란에게 반한다.
파르무스 왕국과의 전쟁 시, 마지
막까지 요움과 함께 그녀를 계속
감쌌다. 요움을 왕으로 옹립하자
는 얘기가 나왔을 때, 그의 본성
에 의문을 제기하는 가젤 왕에게
요움은 책임감이 강한 남자라고
단언하고 그 결말을 확실히 지
켜보겠다고 맹세한다. 새로 생긴
인연을 소중히 여기는, 의리가 두
터우며 사내다운 수인.

롬멜, 카질, 재기

변경조사단의 멤버. 카질은 요움의 부관, 재기는 마
야(요술사)이다. 참모인 롬멜은 원래는 니들 백작이 길
러낸 소서로(법술사)였지만, 요움의 나쁜 매력에 끌려
동료가 되었다. 뮬란이 가입할 때 다 같이 그녀의 실력
을 시험하려고 덤볐다가 단단히 혼쭐이 났다.

에드왈드 인간

파르무스

야심만만한 에드마리스의 동생. 디아블로와 칠요의 노사 그란, 케르베로스 다무라다의 각각의 의도에 놀아나다가, 한 번은 에드마리스로부터 왕위를 양위받았다. 그러나 디아블로의 무서움을 직접 보고는, 결국 그의 말에 따라 요움에게 왕위를 넘겨준다.

에드마리스 국왕 인간

파르무스

파르무스 왕국을 다스리는 욕심 많은 왕. 쥬라의 대삼림으로 침공하지만, 시온을 잃은 리무루의 분노를 사고 만다. 2만 명의 군대를 잃고, 부활한 시온에 의해 고깃덩어리로 개조되어 송환된다. 그 후 고깃덩어리 상태를 치료한 디아블로의 꼭두각시가 되어 왕위를 내려온 뒤에 요움을 후계자로 지명한다.

레이힘 인간

파르무스

니콜라우스 직속 부하로, 현재 파르무스 왕국 서방성교회의 최고 사제를 맡고 있다. 마국으로 침공하다가 에드마리스, 라젠과 함께 포로가 된다. 귀국 후에는 디아블로의 계획을 방해하기 위해 칠요의 노사에게 암살당하면서 그 죽음까지 이용당한다.

라젠 인간

파르무스

파르무스 왕국에 몇 백 년이나 종사해온 궁정 마술사장. 때때로 이세계로부터의 소환을 행하면서 파르무스군의 강화를 꾀한다. 마국 침공에도 종군했으며, 이때 마음이 죽어버린 쇼고의 몸을 차지해 마인으로 변한다. 그러나 부하가 살해당한 것에 광분한 리무루의 위협적인 힘을 목격하고는, 결국 마국연방을 따르기로 약속한다.

폴젠 인간

파르무스

과거에 라젠에게 소환된 이세계인. 현재 파르무스군의 기사단장이다. 마국 침공 때, 광분한 리무루에 의해 2만의 군사들과 함께 사망한다.

니들 인간

파르무스

대삼림에 인접한 변경 영토를 다스리는 백작. 오크 로드 출현 시에 요움 일행에게 조사를 명한다. 돈에 욕심이 많아, 파르무스 내란이 일어났을 때는 뇌물을 받고 다무라다에게 정보를 흘리기도 했다.

프란츠 인간

파르무스

니들 영내에 있는 자유조합의 지부장. 뮬란의 시험을 담당했었는데, 그녀의 부탁을 받고 요움과 만나게 해주었다.

타구치 쇼고 〔파르무스 인간〕

　라젠이 3년 전에 소환한 20세의 일본인. 흉포한 성격의 불량학생. 그 성격처럼 자기 강화 스킬 '날뛰는 자(난폭자)'를 지녔으며, 마국 침공에 참전한다. 약체화된 마국연방을 상대로 마구 날뛰면서, 어린아이와 슈나를 보호하려던 시온과 고부조를 쿄야와 함께 죽였다.

타치바나 쿄야 〔파르무스 인간〕

　2년 전에 소환된 일본인. 우등생의 가면을 쓰고 있지만 본성은 쾌락살인자. 검에 대한 재능이 뛰어나며, 상성이 좋은 스킬 '베는 자(절단자)'를 소유해 서방열국에서도 최강의 한 축이 된다. 약해진 하쿠로우를 패퇴시킬 정도였지만, 후일 약체화가 풀린 그의 손에 목숨을 잃는다.

미즈타니 키라라 〔파르무스 인간〕

　3년 전 라젠에게 소환된 18세의 불량학생 소녀. 마국 침공 때 상대를 자신의 말대로 부리는 '혼란시키는 자(광언사)'를 이용해 혼란을 일으키려 하지만, 슈나에 의해 무효화된다. 그 후, 게루도에게 농락당한 쇼고에게 스킬을 빼앗는다는 이유만으로 어이없이 살해당한다.

자유조합의 젊은 총수

카구라자카 유우키

Status
스테이터스

이름 　카구라자카 유우키
종족 　인간
소속 　자유조합
칭호 　그랜드 마스터(자유조합 총수)

자유조합
인간

● 모험가들을 배려하는 호청년

이 세계에 소환된 일본인으로, 히나타와 함께 과거 시즈의 제자였다. 잉그라시아에 본부를 둔 모험가들의 상조조직을 자유조합으로 재편하고, 모험가나 마물에게 A~F를 사용한 6단계 평가를 도입해서 그 강함을 알기 쉽게 지표로 만들었다. 자유조합의 육성기관인 자유학원 이사장이고, 모험가들의 안전을 위해 최선을 다하고 있다.

동시에 이 세계에 대한 연구를 진행해, 마법의 구조나 불완전하게 소환되는 현상을 해석, 해명하는 데 노력한다. 불완전하게 소환된 아이들을 시즈의 뜻을 이은 리무루에게 부탁하고 그들의 교사로 임명한다.

리무루의 주변 인물 같지 않게 얌전한 인상의 이목구비와 차림새를 갖추고 있다.

Rough
Sketch

**RIMURU's
REPORT BOOK**
마왕 리무루의 통지표

유우키와는 만화 얘기를 하다가 의기투합하면서 바로 사이가 좋아졌지. 마법을 못 쓰는 건 불쌍하지만, 자유조합을 만들고 이 세계를 연구하는 등 이곳 생활을 꽤나 즐기는 것 같으니 그걸로 충분하지 않을까.

미사키 켄야 잉그라시아 인간

● 개구쟁이 기질이 왕성한 용사 후보

이 세계에 불완전한 형태로 소환된 소년. 시즈가 걱정하던 최후의 제자들 중의 한 명. 골목대장 기질이 왕성한 열 살. 대량의 마력요소가 체내에서 폭주해 언제 죽을지 모르는 상태였지만, 빛의 정령이 용사의 자질이 있다고 판단하여 결합에 성공. 그 위기를 벗어났다.

Rough Sketch

RIMURU's REPORT BOOK
마왕 리무루의 통지표

켄야는 반항적이고 교사가 손댈 수 없을 정도로 악동이라고 했지만, 사실 밝고 착한 아이야. 단지 자기 목숨이 얼마 남지 않아서 불안했던 것뿐이야.

세키구치 료타 잉그라시아 인간

● 내향적인 성격의 켄야 친구

역시 불완전한 소환을 당한 열 살의 마음 약한 소년. 동료를 배려하는 마음이 강하며, 특히 켄야와 사이가 좋다. 리무루가 만든 유사 상위정령 '수풍(水風)'과 결합, 불완전한 소환으로 일어나는 현상인 마력요소에 따른 죽음을 피한다.

RIMURU's REPORT BOOK
마왕 리무루의 통지표

료타는 마음이 약하지만, 친구를 배려하는 착한 아이야. 패배한 켄야 대신 복수하겠다고 내게 덤벼든 배짱은 대단했지. 생각은 얕았지만 말이야.

Rough Sketch

●반의 큰형 같은 존재

불완전 소환을 당한 덩치가 큰 미소년. 열한 살. 반에서 최연장자라서 다른 아이들을 돌봐주는 일이 많다. 지적인 아이로, 교사에겐 일단 정중한 말투를 쓴다. 리무루가 통합하여 만든 유사 상위정령 '땅'과 결합, 체내 마력요소에 의한 죽음을 면한다.

게일 깁슨

잉그라시아
인간

RIMURU's REPORT BOOK
마왕 리무루의 통지표

게일은 조용한 성격이지만, 다른 아이들을 잘 돌봐줘서 큰형 같은 느낌이 들지. 라미리스의 미궁에서도 아이들을 지키려 했어. 책임감도 강한 것 같아.

Rough Sketch

앨리스 론드

잉그라시아
인간

● 장난기가 많고 조숙한 금발 소녀

역시 불완전하게 소환되어 체내 마력요소의 폭주에 위협당하던 아홉 살의 소녀. 인형 같은 미소녀지만, 기가 세고 말괄량이. 유사 상위정령 '하늘'과 결합해 체내의 마력요소가 안정되면서 붕괴를 막아낸다.

RIMURU's REPORT BOOK
마왕 리무루의 통지표

활발한 개구쟁이 같은 앨리스, 하지만 무서움을 잘 타기도 해서 '정령이 사는 집'의 좁은 길에선 자신을 안아달라고 조르기도 했었지. 귀여운 아이라니까.

Rough Sketch

클로에 오벨 ^{잉그라시아} 인간

● 리무루를 아주 좋아하는 신비한 아이

불완전한 소환을 당한 아이들 중 한 명. 일본인 혼혈 같은 아름다운 외모와 흑은색의 머리카락의 신비한 분위기를 가진 열 살 소녀. 책을 손에서 놓지 않는 얌전한 아이. 리무루를 잘 따른다. 기묘할 정도로 다른 아이들보다는 비교가 안 되게 마력요소양이 많으며, 상위정령과 맞먹을 수준이다. 마력요소의 폭주를 막기 위해 그녀의 몸에 깃든 정령도 특수한 것으로, 라미리스에 의하면 미래에서 태어난 정령과 닮은 '어떤 것'이며 상세한 사항이 불명이라고 한다. 리무루가 마국연방에 귀국할 때, 시즈의 유품인 '항마의 가면'을 받았다

RIMURU's REPORT BOOK
마왕 리무루의 통지표

클로에는 머리가 좋고 책을 좋아하는 착한 아이지만, 수수께끼가 많은 것이 마음에 걸려. 대체 '정령이 사는 집'에서 나타난 그 이상한 정령 같은 건 뭐지? 라미리스도 잘 모른다고 하니 약간 걱정이 되는군.

너무 영리해 보이는 클로에. 얌전한 성격임에도 늠름하고 용감한 표정이 인상에 남는다.

Rough Sketch

용사 마사유키 ^{잉그라시아} 인간

서방열국 최강으로 칭송되는 용사. 잉그라시아에서 특히 인기 있으며, 그곳 투기장에서 벌어지는 무투대회의 패자. 상대가 무슨 공격을 당했는지도 모르고 쓰러지기에 '섬광'이란 이명이 붙었다. 범죄조직을 섬멸하고 노예였던 엘프들을 해방했다.

신을 따르며 섬기는 인류의 수호자

사카구치 히나타

"신 도시가 방해돼.
그래서 박살 내기로 했어."

루벨리오스
인간

스테이터스
Status

이름 —— 사카구치 히나타

종족 —— 휴먼(인간)

소속 —— 잉그라시아 → 루벨리오

칭호 —— 신의 오른손

[마법]
신성마법

[유니크 스킬]
빼앗는 자(찬탈자) | 계산하는 자(수학자)

[엑스트라 스킬]
Unknown

[필살기]
데드 엔드 레인보우(칠채종언자돌격)

멜트 슬래시(붕마영자참)

● 냉정하고 올곧은 최강의 성기사

서방성교회의 성기사단장이자 교황 직속 근위사단의 필두기사 직함을 지닌 미인. 일본 출신의 이세계인. 타인의 능력을 빼앗는 '빼앗는 자'(찬탈자)와 예리한 검기를 보유한 실력 있는 검사로 '십대성인' 중 한 명.

원래 있었던 세계에서 폭력적인 아버지를 죽이고 15세에 이 세계에 온 뒤로, 급이 낮은 산적들을 죽이는 등 살인에 저항을 느끼지 않는다. 이후 시즈를 만나지만, 그녀를 완전히 믿지 못하고 곁을 떠난다.

완고하고 냉철하지만, 사실 히나타가 추구하는 것은 다툼이 없는 평등한 사회. 목숨을 걸고 사람들을 지키는 성기사에게 감명받은 히나타는 이윽고 그 일원이 된다. 점차 두각을 드러내지만, 루미너스 신의 정체

육체 연령이 10대 후반에 멈춰 있어서 젊게 보이지만, 그 분위기에서는 성기사 최강의 관록과 품격이 느껴진다.

Rough Sketch

RIMURU's REPORT BOOK
마왕 리무루의 통지표

많은 일이 있었지만, 지금은 수도 리무루에 완전히 친숙해진 데다 시즈 씨의 옛 제자이기도 한 만큼 근본 성격은 좋은 녀석이야. 좀 지나치게 진지한 점이 결점이려나. 조금 더 마음을 편하게 먹으면 즐겁게 살 수 있을 텐데.

마국연방이 파르무스의 침공을 받았을 때, 히나타가 리무루 앞을 막아서서 귀환을 저지하고 몰아세운다.

가 마왕이라는 것을 알게 되고 그녀와의 싸움 끝에 패배하고 부하가 된다. 현재는 루미너스가 인간을 비호하는 이상 거스를 이유가 없다는 명목하에, 가장 신뢰받는 부하가 되어 있다.

리무루에 대해선 루미너스 교의 교의에, '동쪽 상인'이 시즈의 원수라고 부추긴 것도 있어서 처음에는 완전히 적으로 보았다. 이후 지레짐작과 오해라고 깨닫지만, 칠요의 노사의 덫에 걸려서 좀처럼 대화를 나누지 못한 채, 한때는 죽을 뻔하기도 한다.

오해가 풀린 후에는 확실하게 화해한다. 부하를 부려서 이세계의 맛있는 요리를 재현하는 리무루를 보고 어이없는 쓴웃음을 짓기도.

레나도 제스타 루벨리오스 인간

　빛의 귀공자로 불리는 성기사단의 부단장. 히나타와 같은 십대성인 중 한 명. 빛의 정령과 계약한 세인트 위저드(성마도사)지만 잉그라시아에서 학생일 때부터 히나타를 동경해 성기사가 되었다. 히나타가 자리를 비우는 동안 루벨리오스를 지키는 임무를 맡았지만, 칠요의 노사에게 속아 성기사단을 이끌고 마국연방으로 가 시온과 교전한다.

아루노 바우만 루벨리오스 인간

　십대성인 중의 한 축으로, 성기사단의 5대 대장 필주이자 특공대장 격인 존재. 히나타 다음가는 실력자지만, 성마도사로서 싸우는 레나도에겐 약간 밀린다. 히나타와 마국연방을 찾아왔을 때, 베니마루와 싸워 참패했다. 국교수립 후에는 수도 리무루에 박카스와 함께 머물고 있다.

Rough Sketch

박카스 루벨리오스 인간

　십대성인으로 꼽히는 과묵하고 덩치 큰 사내. 성기사단의 대장 중의 한 명. 마법의 힘이 부여된 홀리 메이스(신성전곤, 神聖戰棍)로 상대를 박살 내는 전법이 특기. 히나타를 따라 마국연방을 방문하지만, 교전이 벌어지자 후릿츠와 함께 알비스와 스피어를 상대했다. 현재 아루노와 함께 수도 리무루에 머무르고 있다.

리티스

루벨리오스
인간

성기사단 대장급의 홍일점으로, 십대성인 중의 한 명. 치유마법이 특기. 운디네(물의 성녀)를 자유로이 다루는 엘레멘탈러(정령사역자). 아주 여성스럽고 아름다운 미녀. 아루노 일행과 함께 마국연방으로 향한 히나타를 따른다. 그곳에서 소우에이와 대결하지만 패배한다. 그리고 무슨 일이 있었는지 그에게 반하고 만다.

Rough
Sketch

갸루도

루벨리오스
인간

창술과 불꽃의 정령마법을 두루 갖춘 십대성인 중의 한 명. 레드 스피어(염수아창, 炎獸牙槍)를 잘 다루며, 성기사 대장. 진지하고 깨끗한 성품의 장신 기사. 늘 동료를 생각하지만 성격이 급하다. 레나도의 인솔하에 마국연방으로 침입하기 전에 칠요의 노사에게 살해당한 것으로 보이며, 히나타를 암살하기 위해 아즈(화요사)가 그의 모습으로 변신해 있었다.

후릿츠

루벨리오스
인간

성기사단 대장으로서도, 십대성인으로서도 보기 드문 쾌활한 성격. 트릭스터 적인 전법을 사용하는 마법검사. 바람마법과 쌍검을 다룬다. 약간 경박하지만, 히나타를 숭배하는 성기사 대장들 중에서도 특히 그녀를 생각하는 마음이 강하다. 히나타 일행과 동행해 마국연방으로 갔으며, 박카스와 함께 알비스, 스피어와 싸웠다.

사례 인간

교황 루이 직속의 근위사단에서 삼무선이라는 칭호를 받은 '푸른 하늘'의 근위기사. 엘프의 피를 이었기에, 소년이지만 십대성인 중에서 최연장자이다. 과거에 근위기사 필두의 자리를 맡았었다. 지금은 히나타에게 그 자리를 빼앗겨, 그녀를 눈엣가시로 여긴다.

디아블로 토벌을 위해 파르무스로 향하지만, 전혀 상대가 되지 못했다.

그렌다 아트리 루벨리오스 인간

십대성인이며 '거친 바다'라고 불리는 단 한 명의 여성 근위기사……는 표면상의 직책. 사실 그란베르에게 충성을 맹세한 이세계인이다. 붉은 머리의 야성적인 미인. 원래 세계의 외인부대에서 배운 총기와 나이프가 특기

지만, 그 전법은 십대성인에겐 알려져 있지 않다. 디아블로와 싸울 때 사례를 미끼 삼아 재빨리 도망쳤다.

Rough Sketch

그레고리 루벨리오스 인간

십대성인 중의 한 명. 빈말로도 보기 좋은 외모라고 말하기 힘든 근위 기사. 삼무선 중에서 '큰 바위'라고 불리는 사례의 한쪽 팔. 그 거구는 금속보

다 단단해서 육체 자체를 무기로 사용한다. 그러나 사례 일행과 같이 갔던 파르무스에서 란가에게 농락당해 개에 대한 트라우마가 생긴다.

그란베르 로조

표면적으로는 소국인 실트로조의 왕족이나 실은 카운실 오브 웨스트(서방열국 평의회)를 창설해 뒤에서 좌지우지하는 오대로의 총괄 역할. 자유조합에도 고액의 출자금을 지원하고 있으며, 그가 바로 서쪽의 진정한 지배자라고 할 수 있다. 그의 최종 목표는 경제로 전 인류를 지배하는 것. 그 일에 위협이 되는 리무루의 마국연방과 히나타가 서로를 죽이도록 다무라다와 같이 계략을 꾸몄다. 동시에 몰래 소환해두었던 이세계인들을 이용, 에드왈드 왕의 옹립을 획책하지만 둘 다 실패로 끝난다.

칠요의 노사의 수장인 그란(일요사)의 본체도 그이며, 루미너스를 이용하려고 덤비다 빙의하고 있던 몸이 니콜라우스에게 제거당한다. 그러나 자신의 자손이자 전생자인 마리아베르를 곁에 두고 야망을 꺾지 않은 채, 묵묵히 기회를 엿보고 있다.

니콜라우스

냉혹하고 지혜로운 자로 알려진 루벨리오스의 집정관. 서방성교회의 절대적인 권력을 지닌 추기경. 루미너스의 신이 실제로 존재하는 것을 알아차린 인물. 그런 입장에도, 자신의 신앙과 충성을 루미너스 신이 아니라 히나타에게 바친 이단적인 신도이다. 경애하는 히나타를 해치려는 칠요의 노사의 꿍꿍이를 간파하고 적으로 간주, 그란(일요사)을 디스인티그레이션(영자붕괴)으로 죽였다.

마리아베르 로조

그란베르의 자손으로, 전생자이다. 열 살이 못 된 소녀이지만 전생 전의 지식과 강력한 이능력을 지니고 있다.

다무라다

서방열국, 그중에서도 쥬라의 대삼림 주변에서 암약하는 '동쪽 상인'. 정체는 동쪽 제국에 본거지를 둔 비밀결사 '케르베로스(삼거두)'의 두령 중 한 명인 무기상 '돈(金)'의 다무라다이다. 상인의 직함을 이용해 곳곳에 인맥을 두었다. 그 인맥은 서방열국뿐만 아니라 마왕 레온에게까지 미친다. 정보를 교묘히 이용해 서방열국에 전쟁의 씨앗을 뿌리고 있으며, 중용광대연합과 관계있는 정체불명의 소년과 에드마리스에게도 정보를 주면서 마국연방 침공을 촉구시켰다. 또한 그란베르와 협력해 히나타의 분노와 목적의식을 부추기면서, 성기사단이 쥬라의 대삼림으로 향하게 만들었다. 그러나 그런 시도들은 결사를 이끄는 총수의 명령에 지나지 않았던 것 같다.

"와하하하하!
뭐야, 나랑
놀고 싶은 거야?"

용종을 부모로 둔 최강의 미소녀 마왕

밀림

무소속
드라고노이드
(용마인)

Status
스테이터스

이름 —— 밀림 나바

종족 —— 드라고노이드(용마인)

소속 —— 무소속

칭호 —— 디스트로이(파괴의 폭군)

진정한 마왕

가장 오래된 마왕

[마법]
Unknown

[얼티밋 스킬]
Unknown

[유니크 스킬]
밀림 아이(용안, 竜眼) 밀림 이어(용이, 竜耳)

[필살기]
드라고 버스터(용성확산폭, 竜星擴散爆)
드라고 노바(용성폭염패, 竜星暴炎覇)

● 유구한 삶을 사는 귀여운 파괴신

기이 다음으로 탄생한, 가장 오래된 마왕. 다른 마왕과 비교해도 격이 다른 실력을 자랑한다. 보기에는 핑크색의 머리카락을 가진 가련한 미소녀이며 천진난만하고 솔직한 어린아이 같지만, 그 힘은 끝을 알 수 없다. 이명은 '디스트로이(파괴의 폭군)'. 용황녀라고도

불리는 특수한 존재로, 베루도라의 형인 최초의 용종 '성왕룡' 베루다나바가 인간과의 사이에 낳은 아이이다. 수천 년 전에 아버지가 보내준 애완동물이 죽임당하면서 '스탬피드(광화폭주)'를 일으켰고, 세계가 붕괴할 뻔했다. 그리고 그걸 막으려던 기이와 7일 밤낮 동안 격투를 벌이기도 했다.

끝없는 시간을 사는 밀림은 지겨운 걸 싫어한다. 새로운 마왕이 태어나면 심심풀이

아슬하게 피할 만한 공격을 계속한다. 클레이만에게 조종하는 시늉을 하면서 리무루가 아슬

가 될 것 같아서 처음에는 클레이만의 마왕 탄생 계획에 가담했다. 그러나 리무루와 만난 후, 재미 있는 것과 생각을 보여주고 자신을 친구로 대하 는 그를 완전히 따르게 되었다. 리무루가 선물한 드래곤 너클을 마음에 들어 하며, 때릴 때 위력 제한 효과가 있는데도 그녀는 그것을 늘 착용한 다. 이후 때때로 리무루를 찾아오거나, 라미리스 의 지하미궁 건설에도 협력한다. 드래곤을 잡아오 거나 베루도라 일행과 같이 덫을 놓는 등, 즐겁게 미궁을 만드는 중이다.

밀림이 진짜 실력을 드러낸 모습. 평소의 노 출이 심한 옷에서 완전히 바뀌어 칠흑의 갑 옷을 입었다. 이마에 붉은색 뿔이 하나, 등에 는 용의 날개가 펼쳐진다.

RIMURU's REPORT BOOK
마왕 리무루의 통지표

밀림은 친척집 아이 같은 인상이야. 상대하는 건 즐겁 지만, 갑자기 확 피곤해지거든. 속이기 쉽다고는 생각했 지만, 왠지 엄청 나를 따르고 있어. 기쁘기는 하지만, 그 래도 프레이 씨가 빨리 좀 데리러 오면 좋겠는데⋯⋯.

위가 밀림의 평소 모습. 아래가
전투 형태. 뿔이 특징적이며 늠름
한 모습을 보여준다. 아래 오른쪽
은 리무루가 급하게 준비해준 옷
인데, 아주 사랑스럽다.

헤르메스 용을 모시는 자들 드라고뉴트 (용인족)

미도레이의 측근. 늘 자유분방한 남자. 신관단
중에서 유일하게 다른 나라를 돌아보고 온 적이
있기 때문에 상식이 있는 편
이지만, 오히려 신관단 내부
에선 이단아로 취급받으며
고생도 많이 겪는다. 미도레
이로부터 자주 꾸지람을 듣
는다

미도레이 용을 모시는 자들 드라고뉴트 (용인족)

잊힌 용의 도시에 있는 신전의 신관
장. 호탕함 그 자체 같은 남자. 용인족이
지만 용과 인간과의 사이에 태어난 시
조의 후예로, 보기에는 인간과 같다. 그
러나 끝없는 노력의 결과, 가비루 일행
을 뒷걸음질 치게 만들 정도로 실력을
쌓았다.

130

이름 —— 칼리온
종족 —— 라이칸스로프(수인족)
소속 —— 유라자니아
칭호 —— 비스트 마스터(사자왕)

진지하고 솔직한 백수의 왕

칼리온

유라자니아
라이칸스로프
(수인족)

● 강함만을 추구하는 강경파

수인족을 다스리는 왕. 강함을 추구하는 무투파. 150년 전에 마왕이 되었다. 그 이전의 마왕들과 비교하면 실력은 한 단계 떨어진다. 그러나 신흥세력인 만큼 강한 기세로 세력 확산을 꿈꾼다. 베루도라의 기척이 사라지자 쥬

라의 대삼림을 손에 넣으려고 했지만, 실패한다. 중요한 부하를 잃을 뻔했지만 리무루가 구해주면서 마국연방과 양호한 관계를 맺기에 이른다.

클레이만이 일으킨 마왕 탄생 계획을 둘러싼 일련의 사건을 겪은 후 역부족을 통감하고, 프레이와 같이 마왕의 자리에서 내려와 밀림의 부하로 들어간다. 현재는 신세대 마왕들의 통합령 운영에 힘쓰고 있다.

딱 봐도 무투파라고 할 수 있는 얼굴은 약간 무섭게 생겼다. 당당하게 구는 모습에서 왕자(王者)의 품격이 느껴진다.

Rough Sketch

RIMURU's REPORT BOOK
마왕 리무루의 통지표

칼리온은 수인답게 솔직한 성격이지만, 조금 지나치게 감정적이긴 하지. 하지만 유라자니아의 백성들을 아주 소중히 여기는, 좋은 녀석이라고 생각해. 앞으로도 우호적인 관계로 지내고 싶은걸.

● 반은 인간, 반은 뱀인 삼수사의 필두

유라자니아의 최고 간부인 삼수사를 총괄하고 있다. 강한 실력뿐만 아니라 지성, 아름다움도 겸비한 예의 바른 인물. 본성은 반은 인간, 반은 뱀인 수인으로 '수신화(獸身化)'를 하면 하반신이 검은색의 커다란 뱀이 된다. 변신 2단계에는 평소에 들고 다니는 지팡이가 용같이 생긴 황금의 뿔이 되면서 머리에 두 개가 돋아나며, 온몸이 용의 비늘 갑옷으로 덮인 반인반룡이 된다. 대개 지휘관을 맡지만, 실은 고위의 스킬을 여러 개 지녔고 상태이상을 활용한 근접전투가 특기인 전사다. 그 실력은 삼수사 중에서도 최강. 그러나 카리브디스로 변한 야무자에겐 수세에 몰려, 베니마루의 도움을 받기도 했다. 이후 그에게 반했으며, 그의 아내 자리를 노리고 분투 중이다.

바라보는 모든 것을 동요로 물들이는 아름다운 전사

알비스
유라자니아
라이칸스로프
(수인족)

스테이터스
Status

이름	알비스
종족	라이칸스로프(수인족)
소속	유라자니아
칭호	황사각(黃蛇角)

옷에 대한 관심이 높으며, 멋 부리기 좋아하는 알비스. 그 센스가 유감없이 발휘되어 있다.

Rough Sketch

RIMURU's REPORT BOOK
마왕 리무루의 통지표

삼수사 중에서 특히 더 의지할 수 있는 것이 알비스지. 싸움도, 외교도 잘 해서 칼리온이 부재중일 때는 마국연방의 일도 도와주는 믿음직한 누님이야. 그건 그렇고, 베니마루는 누구를 신부로 선택하려나?

스피어 유리자니아 라이칸스로프 (수인족)

● 삼수사에서 제일가는 배틀 마니아

'백호조(白虎爪)'라는 이명대로 용맹한 호랑이 수인. 삼수사의 한 축. 겉모습은 미인이지만 성격이 급해 툭하면 싸우려 든다. 말투도 거칠다. 알비스로부터 자주 태도를 지적당한다. 실력은 리무루가 마왕으로 각성하기 전에는 시온과는 거의 호각이었지만, 겁이 없어서 밀림이 선전포고했을 때 맨 앞에서 싸우겠다고 나섰을 정도다.

처음 마국연방에 왔을 때 노골적으로 시비를 걸었던 스피어. 리무루 일행의 실력을 시험하기 위한 연극이었다.

포비오 유리자니아 라이칸스로프 (수인족)

● 지는 걸 싫어하는 청일점

'흑표아(黑豹牙)'라 불리는 삼수사 중의 한 명. 이빨로 공격하는 것을 특기. 표범 수인. 삼수사 중에서 유일한 남자. 스피어만큼 혈기왕성한 성격. 수도 리무루에서 고압적으로 굴다 밀림에게 단단히 혼쭐이 났다. 분함을 참지 못하다가 중용광대연합의 부추김에 넘어가 카리브디스가 되었던, 쓰라린 과거가 있다. 지금은 냉정하게 사리를 판단하려는 자세를 취한다. 또한 그 사건으로 리무루에게 도움을 받고 은혜를 느끼고 있으며, 주인인 칼리온 다음으로 리무루를 따른다.

Rough Sketch

Rough Sketch

대공(大空)의 지배자
냉정침착한

프레이

파르무스
하피
(유익족)

스테이터스
Status

이름 —— 프레이
종족 —— 하피(유익족)
소속 —— 프루브로지아
칭호 —— 스카이 퀸(천공여왕)

● 하늘을 몹시 사랑하는 두뇌파

하피(유익족)를 다스리는 요염한 여왕이자 500년 전에 탄생한 신세대 마왕. 고고하고, 기본적으로 타인에게 차갑다. 또한 자신의 종족이 아닌 자가 하늘을 석권하는 걸 싫어한다. 특기가 공중전투지만 힘에서 밀리는 카리브디스를 천적으로, 밀림을 상대하기 버거운 상대로 보고 있다. 전투력이 낮은 만큼 명석한 두뇌를 소유. 클레이만의 속셈도 대략 예측했다. 밀림과 같이 난국을 돌파하면서, 처음으로 타인을 믿는 것을 배운다. 발푸르기스에서 밀림의 부하가 되어 그녀를 지지할 뜻을 표명한다. 지금은 밀림의 교육이나 신변을 돌보느라 바쁘다. 그녀의 영토가 된 유라자니아에서 리무루가 지으려 하는 마천루 계획에 마음을 빼앗겼다.

Rough Sketch

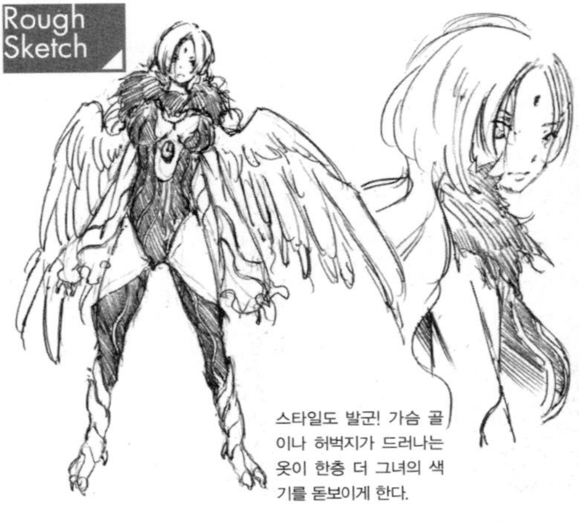

스타일도 발군! 가슴 골이나 허벅지가 드러나는 옷이 한층 더 그녀의 색기를 돋보이게 한다.

RIMURU's REPORT BOOK
마왕 리무루의 통지표

프레이 씨와는 아직 깊이 친해지지 않았지만, 언제 봐도 뇌쇄적이라 난감하단 말이지. 그렇지만 밀림과 장난을 치는 모습을 보면 마음이 따뜻해져. 앞으로도 (내 평온한 삶을 위해서도……) 밀림과 사이좋게 지내주면 좋겠군.

스테이터스
Status

이름 —— 클레이만

종족 —— 데스맨(요사족, 妖死族)

소속 —— 지스타브

칭호 —— 마리오네트 마스터

(인형괴뢰사, 人形傀儡師)

크레이지 피에로(광희의 광대)

지스타브
데스맨
(요사족)

● 대삼림을 둘러싼 소동의 흑막

400년 전에 태어난 신세대의 마왕. 권모술수를 동원해 모든 마왕 지배를 꾸미는 책략가. 충성을 맹세한 부하조차도 신용하지 않는 성격. 중용광대연합과 깊은 관계를 유지하며 그들에게만은 마음을 연다. 특히 그들의 회장이자 부모를 대신했던 카자리무를 흠모해 따른다. 그렇기 때문에 정체불명의 소년이 카자리무의 부활을 조건으로 제시한 거래에 즉시 응해, 그의 야망에 협력하여 쥬라의 대삼림에서 일련의 소동을 일으킨다. 하지만 연거푸 리무루 때문에 무산되자, 발푸르기스에서 그를 제거하기로 획책한다. 그러나 오히려 동료랑 밀림에게 손댄 것에 분노한 리무루에게 당해, 거점을 비롯한 모든 것을 잃는다. 최후에는 영혼까지 먹히면서 소멸했다.

Rough Sketch

새하얀 연미복이라는 엉뚱한 옷을, 아주 세련된 자인 양 소화하고 있다.

RIMURU's
REPORT BOOK

마왕 리무루의 통지표

그 녀석 때문에 힘든 일을 실컷 겪었지만, 반대로 클레이만이 아무 짓도 하지 않았다면 나는 이렇게 강해지지 못했을 테지. 무엇보다 지금의 동료들과 만날 수 없었을지도 몰라. 하지만 용서할 수 있느냐고 묻는다면, 도저히 용서할 수 없다고 생각해.

● 소동의 그림자 속에 존재하는 광대

무슨 일이든 해내는 심부름꾼을 자칭하는 중용광대연합의 부회장. 광대 모습의 기분 나쁜 남자로, 남을 비웃는 듯한 미소가 그려진 좌우비대칭의 가면을 쓰고 있다. 클레이만의 협력자로, 쥬라의 대삼림 주변의 각 종족과 나라에 불화의 씨앗을 뿌려 분쟁을 일으키고, 그걸 이용해 클레이만을 각성한 마왕으로 만들려고 조종했었다.

동료 사이에선 회장 다음으로 강한 이로 알려져 있다. 유니크 스킬 '속이는 자(사기사, 詐欺師)'를 보유, 발렌타인을 순식간에 죽인 것을 숨기는 등 실력을 감춘다.

칸사이 사투리를 쓰는 머리 좋은 괴인

라플라스

중용광대연합
마인

스테이터스
Status

이름	라플라스
종족	마인
소속	중용광대연합
칭호	원더 피에로
	(향락의 광대)

정체불명의 소년

중용광대연합과 협력해 세계정복을 노리는 수수께끼의 소년. 서방 열국의 곳곳에 마수를 뻗어 약점을 잡는 등, 세력을 약하게 만들기 위해 중용광대연합을 뒤에서 조종한다.

카자리무

중용광대연합의 회장. 과거에 '커스 로드(주술왕)'로 불렸던 전(前) 마왕. 200년 전에 마왕 사냥을 하던 레온을 숙청하려다가 역으로 반격당했다. 정체불명의 소년이 그의 아스트랄 바디(성유체)를 호문클루스로 이식하여 부활시켰다. 호문클루스가 여성이라, 현재는 단아한 분위기의 미녀 '카아리'로서 소년을 따르며 레온에게 복수할 기회를 노리고 있다.

풋맨 중용광대연합 마인

중용광대연합의 멤버 중 한 명. '앵그리 피에로(분노의 광대)' 가면에, 느긋한 말투를 쓰는 뚱뚱한 남자. 계산적인 성격이며, 오크를 이용해 오거의 집락을 멸망하게 만들어서 마왕 탄생 계획을 수행했던 실행범.

티어 중용광대연합 마인

풋맨과 함께 마왕 탄생 계획을 진행했던 중용광대연합의 멤버. 눈물이 그려진 가면을 쓴 소녀. '티어드롭(눈물의 광대)'이라 불린다. 포비오를 부추겨서 카리브디스를 부활시키는 등, 대삼림에 혼란을 불러왔다.

밀림에게 대패한 후 힘을 갈망하던 포비오의 마음 속 빈틈을 파고들어, 마왕이 될 수 있다고 부추긴 풋맨(왼쪽)과 티어(오른쪽)

야무자 지스타브 마인

클레이만의 간부인 '다섯 손가락'의 필두이자 잔인한 검사. '다섯 손가락' 중 유일하게 스스로 충성을 맹세해 부하가 되었다. 클레이만을 각성한 마왕으로 만들기 위해 유라자니아에 침공하지만 베니마루가 이끄는 연합군에 저지당해 실패한다. 베니마루의 공격을 받고 불에 타서 죽었다.

게르뮈드 무소속 마인

클레이만에게서 마왕 탄생 계획에 고용되었다. 자신이 조종당한다는 건 알아차리지 못한 채 분주하게 계획을 실행했던 마인. 마왕을 꿈꿨다. 리그루(현재 리그루의 형)나 가비루, 오크 로드인 게루도에게 이름을 지어준 자. 그들을 이용해 마왕의 일원이 될 계획을 꾸미지만, 오크 로드 사건 때 게루도에게 잡아먹혔다.

● 루벨리오스에 숨어 있는 진정한 마왕

빛나는 은발에 헤테로크로미아(금은요동)를 지닌 아름다운 마왕. 흡혈귀족의 진조(眞祖)이며, 서방성교회가 신봉하는 유일신 루미너스 자신이기도 하다.

인간이 행복할수록 피가 맛있어진다는 이유로 인간들을 보호한다. 소량의 혈액을 몰래 빼앗지만 평온한 삶을 부여해준다.

애초에 신앙을 이용해 나라를 유지하는 것은 부하들이며, 루미너스 자신은 '깊은 곳의 사원'에 은거 중이다. 비밀의 '성궤'에 잠들어 있는 미소녀에게 애정을 쏟으면서 살아가는 중. 리무루는 그녀가 게으른 성격이 아닌가, 의심하지만 진상은 확실하지 않다.

고귀하게 자라서 기품이 있고 의외로 대범한 성격. 하지만 2천 년 전, 자랑거리였던 도시 '나이트 로즈(밤의 장미 궁정)'를 파괴한 베루도라에게는 아직도 뿌리 깊은 분노를 퍼붓고 있다.

두 얼굴을 지닌, 아름다운 진조(眞祖)의 아가씨

루미너스

루벨리오스
뱀파이어
(흡혈귀)

스테이터스
Status

이름 ─── 루미너스 발렌타인
종족 ─── 뱀파이어(흡혈귀)
소속 ─── 루벨리오스
칭호 ─── 퀸 오브 나이트메어(밤의 여왕)

Rough Sketch

마왕들의 연회에 참석했을 때의 메이드복 차림. 표정도 온화해서 마왕이라는 생각이 들지 않을 정도로 가련하다.

RIMURU's REPORT BOOK
마왕 리무루의 통지표

다른 마왕들과 마찬가지로 루미너스도 유연한 사고의 소유자라 다행이었어. 하지만 마왕이 신이라는 건 질 나쁜 농담으로밖에 생각 안 되네. 아다루만이 유달리 나를 숭배하는데, 루미너스처럼 위엄 있는 태도를 취하는 건 도저히 불가능하단 말이지.

138

● 마왕이라는 역할을 끝까지 연기한 충신

루미너스가 믿는 '삼공(三公)' 중의 한 명. 1,500년이나 되는 세월 동안 루미너스의 대행자로서 마왕의 자리를 맡고 있던 흡혈귀. 로이가 마왕이 되어 루벨리오스를 위협하고, 쌍둥이 형인 루이가 교황이 되어 그 위협에서 인간들을 지키는 것으로 루미너스 교의 신앙을 널리 퍼트렸다. 병 주고 약 주고의 역할을 형제가 분담한 셈.

오래전부터 진조인 루미너스를 모셨던 대귀족으로, 십대마왕 중에서도 절대 밀리지 않는 실력을 가졌지만, '깊은 곳의 사원'에서 도망치려던 라플라스에게 어이없이 살해당하며 최후를 맞는다.

로이 발렌타인

주인을 위해서 계속 연기해온 가짜 마왕

Rough Sketch

루벨리오스
뱀파이어
(흡혈귀)

마왕답지 않게 호사스러운 의상 차림. 과격한 성격이 느껴지는 차림새다.

귄터 루벨리오스 뱀파이어 (흡혈귀)

쌍둥이들과 마찬가지로 '삼공' 중의 한 명이자 루미너스를 보살피는 늙은 집사. 루미너스를 돌보는 잡다한 일을 주로 담당하고 나이트 가든(야상궁정, 夜想宮庭) 경계도 맡고 있다. 루미너스를 아가씨라고 부르며, 언제나 그녀의 신변을 걱정한다.

루이 루벨리오스 뱀파이어 (흡혈귀)

로이와 용모가 닮은 쌍둥이 형. 루벨리오스의 최고 지도자인 교황을 맡고 있는 흡혈귀. 동생과 마찬가지로 루미너스에 대한 충성심이 강하다. 그렇기 때문에 두려움 없이 진언하는 충신의 귀감. 루미너스의 계획을 위해 구체적인 안을 짜내거나, 수도 리무루에서 내키는 대로 행동하는 루미너스의 뒤처리를 하느라 고생한다.

스테이터스
Status

이름 —— 레온 크롬웰

종족 —— 휴먼(인간) → 데몬노이드(인마족)

소속 —— 소속 불명

칭호 —— 플래티나 세이버(백금의 검사)
플래티나 데빌(백금의 악마)

● 파격적인 실력의 아름다운 남자

과거에 라미리스의 부하인 빛의 정령과 계약하면서, 용사로 살았던 적도 있는 이세계인. 그러나 200년 전에 마왕 '커스 로드(주술왕)'가 전쟁을 선포하며 공격해 오자, 단신으로 맞서 싸우다가 마왕으로 각성한 특이한 경력을 가지고 있다. 긴 플래티나 블론드(금발)에, 여성 같은 이목구비의 미장부. 그와는 반대로 전투 능력은 오래된 마왕들과도 맞먹을 정도로 높다. 기이도 그 강함을 인정하고 친구로 지낸다. 소년 시절부터 어떤 목적을 위해 소환의 지식을 갈구하고 있으며, 그중 한 소환 의식이 실패하면서 이 세계에 건너온 것이 시즈였다.

마왕다운 중후한 의상과 아름다운 얼굴의 차이로 인한 대비가 레온의 매력을 돋보이게 한다.

Rough
Sketch

RIMURU's REPORT BOOK
마왕 리무루의 통지표

시즈 씨 때문인지 이 녀석과 나는 어떤 인연이 있는 것 같아서 늘 거슬린단 말이지. 하지만 발푸르기스에서 관찰한 바로는 그렇게 나쁜 녀석이란 분위기도 느껴지지 않았어. 솔직히 잘 가늠이 안 돼…….

얼어붙은 대지에 앉아 있는 가장 오래된 마왕

기이

백빙궁(白氷宮)
악마족

스테이터스
Status

이름 —— 기이 크림존
종족 —— 악마족 / 아크 데몬(상위마장)
→ 데몬 로드(악마공)
소속 —— 백빙궁(白氷宮)
칭호 —— 로드 오브 다크니스(암흑황제)

장신이고 마른 체구에, 일본식 전통바지 하나만 입은 모습. 패왕 같지 않은 간소한 차림새지만, 최강의 품격을 풍긴다.

Rough Sketch

● 절대적인 힘을 지닌 패왕

수천 년 전에 전쟁을 위해 소환된 악마. 적국은 물론 소환한 자가 속한 나라까지 멸망시키고 이름을 얻으면서, 세계에서 최초로 마왕으로 각성해 육체를 얻었다. 그 정체는 최강이라고 하는 태초의 악마 중의 한 명인 루쥬(태초의 붉은색)이다. 과거에 밀림과 7일 밤낮 동안 싸운 적도 있다.

유구한 시간을 살아서인지 밀림과 마찬가지로 재미있는 일에는 사족을 못 쓴다.

베루자도

백빙궁(白氷宮)
용종

'얼음의 여제'. '백빙룡(白氷竜)'으로도 불리는 희귀한 용종 중의 하나. 베루도라의 누나이자 기이의 파트너 같은 존재. 동생의 부활에 흥미를 보인다.

미저리, 레인

백빙궁(白氷宮)
악마족

기이가 잡무를 맡기기 위해 소환한 베르(태초의 녹색)와 블루(태초의 푸른색). 기이의 각성에 따라 데몬 로드(악마공)로 진화했고, 각각 미저리와 레인이라는 이름을 부여받았다. 절세의 미녀를 형상화한 미모를 자랑하며, 조용히 주인을 계속 돌보고 있다.

디노 소속 불명 타천족

두 자루의 검을 허리에 차고 발푸르기스
에 나타난 마왕 중의 한 명. 남자 고등학생
같은 풍모에 졸려 보이는 눈과 나른한 분위
기가 특징인 수수께끼 인물. '슬리핑 룰러(잠
자는 지배자)'라는 이명답게 발푸르기스에
출석하자마자 잠들어서, 그 자유분방한 행
동에 리무루가 크게 놀랐다.

라미리스와는 꽤나 스스럼없는 사이.

다구류루 소속 불명 거인족

'어스퀘이크(대지의 분
노)'라는 칭호로 불리는 오
래된 마왕 중의 한 명. 기이
와 칼리온보다 훨씬 거구
인 거인족. 체격에 비례하
여 마력요소양도 터무니없
이 많다. 전투에도 강해, 베
루도라와 몇 번이나 싸우지

다구라, 류라, 데부라 템페스트 거인족

다구류루의 아들들. 다구라가 장남, 류라
가 차남, 데부라가 막내이다. 각자 귀, 코, 입
에 피어스를 하고 있다. 난폭한 성격으로 아
버지의 반감을 산다. 리무루 곁에서 수행하고
오라며 쫓겨난다.

만 결말이 나지 않을 정도의 역량을 가지
고 있다. 그러나 결코 폭력적이지 않다. 클
레이만의 열변 속 진실을 냉정하게 파악
하려는 태도를 취하거나, 자신의 실력이
부족했다고 비하하는 프레이를 감싸주는
등 품성 또한 뛰어난 인격자이다.

세계안내

WORLD GUIDE

수많은 종족의 마물이 사는 이 일대 수림지대는 '쥬라의 대삼림'이라고 불리며, 이곳을 중심으로 북쪽의 산악지대에는 산의 내부를 파내어 세운 드워프의 왕국이, 남쪽에는 네 개의 마왕령이 이어진다. 이곳에 수인족이나 익인족을 비롯해 다양한 마족들이 살고 있다. 참고로, 남서쪽의 대륙이나 북쪽의 대륙에도 일부 마왕의 지배영역이 있다고 한다.

쥬라의 대삼림을 사이에 두고 동서쪽에는 인간이 다스리는 국가들이 있다. 동쪽에는 광대한 영토를 가진 제국이, 서쪽엔 '서방평의회'라는 조정기구를 만들어 평화롭게 연합한 여러 국가들이 있다. 그 외에 몇 개의 작은 나라와 엘프의 후예들이 사는 제국도 있지만, 서방평의회에는 참가하지 않는다.

각국 및 지역에 대해선 나중에 다시 상세하게 기술하겠지만, 대강의 정세는 이렇다. 마물과 인간은 기본적으로

적대한다. '마왕'도 당연히 인간과 적대적이다. 하지만 적극적으로 싸우기보다는 서로를 경계하면서도 간섭하지 않는다는 분위기이다.

예전에 쥬라의 대삼림에 봉인되었던 폭풍룡 베루도라 때문에 인간 및 마족, 각 세력 사이에 암묵적으로 불가침의 분위기가 만들어졌으며, 오래도록 일종의 완충지대로서 나름대로 안정을 이루고 있었던 것이다. 그러나 현재, 인간과 마물의 우호적인 관계를 목표로 하는 '템페스트'가 출현해 그런 장벽이 한창 허물어지는 중이다.

🏵 세계의 섭리

이 세계의 물리법칙은 우리의 세계와 기본적으로는 공통되지만, 마물이랑 마법 등을 비롯해 다른 부분도 많다. 눈에 보이는 물질적 세계와 별도로 정신세계, 즉 정령이나

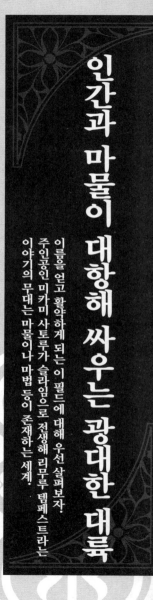

인간과 마물이 대항해 싸우는 광대한 대륙

이름을 얻고 활약하게 되는 이 필드에 대해 우선 살펴보자! 주인공인 미카미 사토루가 슬라임으로 전생해 리무루 템페스트라는

이야기의 무대는 마물이나 마법 등이 존재하는 세계!

마대륙 MAP

악마, 천사 같은 정신생명체가 사는 정체불명의 에너지로 가득한 세계가 존재한다.

또한 세계의 법칙에 따른 변화를 고지하는 '세계의 목소리'가 존재하는데, 스킬 획득이나 이름을 지어준 것에 따른 종족의 변화 등 생물에 커다란 변화가 일어나면 드물게 말을 걸어오기도 한다. 단, 그 발언은 일방적인 선언이며, 커뮤니케이션은 불가능하다.

문화나 문명은 기본적으로 우리 세계의 중세 유럽 수준이지만, 이 세계가 독자적으로 발전시켜온 정령공학 같은 하이레벨의 테크놀로지도 혼재한다.

기후 및 풍토는 크게 나누면 북쪽은 한랭, 남쪽은 온난하며 우리가 알고 있는 사계절 같은 계절의 순환이 존재한다. 이것은 다양한 정령의 힘에 의한 것 혹은 각지에 존재하는 마력요소의 덩어리가 일으키는 자연적인 힘의 기복에 의한 것이라는 등등 여러 설이 있지만, 진짜 이유는 확실하지 않다.

이 세계는 꽤나 수수께끼가 많단 말이지……. 뭐, 내겐 '대현자'가 있으니까 괜찮지만.

마물과 마력요소

이 세계에는 '마력요소'가 존재하며, 마법이나 스킬 구사와 밀접한 연관이 있다. 마력요소는 마법적인 에너지로, 마물처럼 마력을 보유한 생물의 생명력의 원천으로 여겨지지만 명확하지 않은 점도 많은 정체불명의 물질이다.

마물은 살아가는 것만으로도 적건 많건 마력요소를 방출하며, 강한 마물일수록 농도 높은 마력요소를 발산한다. 인간같이 마력요소가 없거나 마력내성이 낮은 생물에게는 고농도의 마력요소는 독이 되므로 주의할 필요가 있다. 예를 들어, 베루도라가 봉인되었던 동굴에는 그에게서 새어나온 고농도

의 마력요소가 넘쳐났기에 레벨이 낮은 마물이 다가가는 것조차 불가능했다. 그런 환경에서 탄생한 리무루는 상당히 특수한 존재라고 하겠다.

한편, 그런 장소에선 포션의 원료인 '히포크테 풀' 같은 희귀식물이나 마력요소가 담겨 있어서 귀중하게 취급받는 '마광석' 등이

종종 발견된다. 그래서 위험을 감수하고 그런 곳을 탐색하는 모험가도 있다. 마물은 죽으면 마력요소를 많이 띤 '마석'이란 돌을 떨어트린다. 그걸 정제해 성분을 추출한 것이 '마정석'이다. 마정석은 매직 아이템의 핵으로 이용할 수 있기에 고가에 거래된다.

'풀이라도 먹어!'라고 다들 잘도 말하지. 뭐, 달리 할 일이 없기도 했지만……

참고로, 정신생명체 또는 그에 가까운 생물은 일반적인 식사를 할 필요가 없다. 마력요소를 섭취하면 살아갈 수 있다. 하지만 리무루와 베루도라처럼 음식을 기호품으로 즐기는 자도 많다.

진화

이 세계의 생물은 어떤 계기로 갑자기 '진화'하는 일이 있다. 진화한 생물은 새로운 스킬을 획득하며, 힘이나 외모가 변한다. 변화의 내용은 종족에 따라 어느 정도 경향이 존재하며, 개체별로 차이도 크다.

진화의 계기도 다양하다. 힘 있는 마물이 이름을 지어주거나 마력요소를 대량으로 얻

을 때, 클래스(직업)를 부여받거나 당사자의 강인한 의지 등 여러 계기를 통해 일어난다. 개체와 전체가 밀접하게 이어진 아랑족처럼, 리더의 진화에 동조해 무리 전체가 진화하는 경우도 있다.

◉ 이름 짓기

마물은 기본적으로는 이름을 갖지 않는다. 하지만 때로 힘이 있는 마물이나 마인이 자기 밑에 있는 마물에게 이름을 지어주는 일이 있다. 이름을 부여받은 마물은 '네임드 몬스터(이름이 있는 마물)'로서 경의를 받는 존재가 된다.

이름 짓기는 힘을 나눠주는 행위로, 상대의 강함에 따라 마력요소가 소비된다. 이름을 지어줄 때 소비된 마력은 회복되지 않는 경우도 많아서, 기본적으로 이름 짓기는 기피한다. 물론 리무루는 예외이며 규격외이다. 부모 자식 사이인 리저드맨의 족장 아비루와 가비루 & 소우카 남매는 리무루가 이름을 지어준 후, 아비루와 소우카는 인간에 가깝게, 가비루는 도마뱀에 가깝게 진화했

다. 이처럼 같은 종족 및 부모자식 사이라도 상당한 차이를 보인다.

◉ 마물의 생식

마물은 아이를 만들면서 힘이 크게 줄어드는 경우가 있다. 단순히 씨만 뿌리는 경우, 힘은 크게 줄어들지 않지만 태어난 아이의 능력도 그저 그런 수준에 머문다. 그러나 진심으로 자식을 만들 경우, 아이는 부모의 힘을 그대로 이어받는다. 그에 반해 부모는 크게 힘이 쇠퇴하면서, 수명도 줄어든다. 따라서 이름 짓기와 마찬가지로, 안이하게 시도해서는 안 되는 행위인 것 같다.

단, 고블린 같은 약소 종족은 빼앗기는 마력요소가 그리 많지 않다. 약한 마물이 자손을 남기려면 개체 수를 많이 늘릴 필요가 있기 때문에, 하위종족일수록 다산하고, 상위종족으로 진화하면 자연스럽게 번식력이 떨어진다. 강자일수록 개체의 생명력도 강하고 수명도 길어 무리하게 자손을 늘릴 필요도 없어진다.

스킬과 아츠

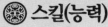

✺ 스킬(능력)

어떤 형태의 성장을 세계가 인정했을 때 드물게 '스킬(능력)'을 획득할 수 있다.

스킬이란 이 세계의 독특한 '특수 현상 발동 시스템'이라고도 불러야 할 존재이다. 경우에 따라, 기적 같은 레벨의 현상이 능력을 '획득'하거나 '습득'해 구사하는 것만으로 다짜고짜 출현한다. 즉, '발생하는 현상'의 내용과 실행하도록 방아쇠를 당기는 법을 알게되면 종종 논리, 법칙의 이해나 영창 등의 수순을 밟는 것은 기본적으로 불필요하다.

스킬 획득의 계기는 진화 외에도 능력 획득 계열의 스킬 발동, 강한 의지, 종족 특성상 선천적으로 소유한 것 등 여러 가지로 다양하게 있지만, 본인의 자질과 운과 우발적인 요소가 서로 얽힌다. 더구나 다른 스킬끼리 '변질'하면서 통합되어 새로운 스킬이 되기도 한다. 예를 들어, 리무루의 얼티밋 스킬 '라파엘(지혜지왕)'은 각각 유니크 스킬인 '대현자'와 '변질자'가 통합돼 진화한 것이다.

✺ 스킬의 종류

스킬은 능력의 강함이나 희소성 외에도 여러 척도에 따라 크게 네 가지 카테고리로 나뉜다. 대부분의 스킬은 네 카테고리 중의 하나로 분류된다.

• 일반 스킬

일반적인 스킬. '원시(遠視)', '강화', '자기 재생' 등.

• 엑스트라 스킬

특별한 스킬. '마력감지', '초속재생', '외장 동일화' 등.

• 유니크 스킬

개체의 독자적인 스킬. '대현자', '포식자', '무한뇌옥', '기아자' 등.

• 얼티밋 스킬

최상위의 스킬. 진정한 마왕 등 특별한 영역에 도달한 극히 소수만이 얻을 수 있다. 천사나 악마의 이름을 가지고 있는 것이 특징. '지혜지왕', '벨제뷔트(폭식지왕)', '파우스트(구명지왕)' 등.

종족 고유의 '몬스터 스킬(마물능력)'은 별 개지만, '포식' 같은 능력 획득 계열의 스킬로 얻은 스킬은 왼쪽 표의 구분에 따라 분류된다. 또한 '염열내성' 등의 레지스트 계열 스킬

●스킬 리스트
※세계에 존재하는 스킬을 일부 발췌

· 고유 스킬
'무한뇌옥', '만능감지', '만능변화', '마왕패기', '강화분신', '만능 거미줄' 등.

· 내성
'통각무효', '물리공격무효', '자연영향무효', '상태이상무효', '정신공격내성', '성마공격내성' 등.

· 일반 스킬
'위압', '사념전달', '신체장갑', '독 브레스', '마비 브레스' 등.

· 엑스트라 스킬
'열열조작', '마력감지', '수조작', '음파감지', '그림자 이동', '흑뢰', '흑염', '강력', '신체강화', '다중결계', '초후각', '초속재생', '열원감지', '끈끈하고 강한 거미줄', '만능변화', '분자조작', '분신체', '폭염', '열파' 등.

· 유니크 스킬
'대현자', '변질자', '폭식자', '대원수', '해석자', '요리인', '은밀자', '무예자', '마랑왕(魔狼王)', '수호자', '미식자', '조자자(調子者)', '대현인', '유혹자', '구명자' 등.

· 얼티밋 스킬
'지혜지왕', '폭식지왕', '서약지왕', '폭풍지왕', '구명지왕' 등.

●아츠 리스트
※세계에 존재하는 아츠를 일부 발췌

기조법, 기투법(비공법, 금강법, 순동법), 귀도포, 열진각, 비상주, 은형법 등.

에도 랭크가 있다. '내성'의 상위가 '무효'이다.

얼티밋 스킬은 몇 가지가 존재하지만, 각자가 세계에서 유일무이하다. 예를 들면, 여러 명의 인간이 '지혜지왕'을 지니는 일은 없는 것 같다.

◉ 아츠(기술)

기나긴 노력과 혹독한 수련을 통해 후천적으로 습득하는 능력은 '아츠(기술)'이다. 마물과 달리 마력요소가 없어서 마력이 약한 인간이 아츠를 갈고닦아 강한 힘을 얻는 일이 종종 있어서인지, 인간이 잘하는 분야로 여겨진다.

수련을 통해 투기(요기)를 제어해 그것을 직접 공격력으로 변환하는 '기투법' 등이 아츠에 속한다. 또한 쥐어짜낸 투기를 마법력으로 변환해 무기에 두르는 '마법투기' 등, 아츠와 스킬을 병용 혹은 융합시킨 기술도 존재한다.

하지만 실제로 이 세계의 법칙에는 이레귤러가 많단 말이지. '이렇게 하면 이렇게 된다'고 절대적으로 정해진 것 아닌 것 같아.

마법

마법은 '어떤 효과를 발생시키는 이미지'를 특정한 법칙에 따라 구체화하는 것이다.

예를 들면 '열을 빼앗다'나 '태우다' 같은 이미지를 에너지로 발산하는 것으로, 부수적인 효과로는 불덩어리나 얼음 등의 물리현상도 발생한다. 물리현상이 주가 아니며 주체는 구체화된 이미지이므로, 정신생명체에도 효과가 미친다. 1권에서 이프리트를 상

마법사는 자신의 마력요소를 발화원으로 이용하며, 주문을 외워서 대기에 가득한 마력요소를 모아 술식을 구축한다. 제어에 그에 상응하는 정신력과 마력이 필요하기에, 이것이 없으면 구사가 불가능하다.

한편 마물의 경우, 원소마법을 부릴 때 자신이 가진 마력요소로 즉시 효과를 발동시킬 수도 있다. 이것이 인간과 마물의 차이라고 하겠다.

• 정령마법

자연계에 존재하는 상위존재인 정령과 계약해 그 힘을 빌려 구사하는 마법. 계약한 정령의 에너지(마력요소)양에 대응하는 효과를 주문을 외지 않고도 구사할 수 있다.

대로 싸웠을 때, 리무루의 스킬인 '수인'이 효과가 없었던 반면 에렌의 마법 '아이시클 랜스(수빙대마창)'가 대미지를 준 것이 바로 그 예이다.

불이나 물 등의 각 속성은 '땅〉하늘〉바람〉물〉불〉땅'의 순서로 상극관계를 이룬다.

🌸 마법의 분류

이 세계의 마법은 크게 '원소마법', '정령마법', '신성마법', '소환마법' 네 가지로 나뉜다.

• 원소마법

법칙을 이해하고 세계의 진리를 탐구하는 것으로 기적을 일으키는 영창(詠唱)마법.

이 마법은 앞에서 서술한 마물이 마법을 즉시 발동하는 형태와 유사하며 유용하다고 할 수 있겠지만, 그 효과는 한정적이며 정령의 힘 이상의 효과는 발휘할 수 없다. 또한 계약할 수 있는 정령에도 개인차가 있다.

• 신성마법

정령의 일종 혹은 최고위의 정령이라 일컫는 '성령'과의 계약에 따라 구사되는 마법. 그 본질은 수수께끼이며, 상세한 사항은 밝혀지지 않았다.

일반적으로는 노출되지 않은 비법이며, 그 사용자는 극소수의 엘리트다. 따라서 신성마법을 부리는 자는 모험가가 되지 않고 대부분 국가에 소속되어 있다.

●마법과 관련된 직업의 종류

마법과 관련된 직명 〈다루는 마법의 종류〉
▌ 마법의 예
그 직업을 가진 캐릭터

소서러(법술사) 〈원소마법〉

워프 포탈(거점이동), 윈드 프로텍터(바람의 방호막), 아이시클 랜스(수빙대마창), 에어리얼 블레이드(대기 압축단열), 어스 락(지면고정), 매직 배리어(마법장벽), 파이어 스톰(화염대마람), 애시드 셀(침식식마탄) 등.

에렌, 롬멜

셔먼(주술사) 〈정령마법〉

▌ 인페르노 플레임(극염옥령패) 등.

우르그레시아 공화국의 국민들

마야(요술사) 〈환각마법〉

플레임 월(환염의 방벽), 컨퓨전(황혼의 향기), 디셉션 (허위정보), 매직 센서(마법감지), 멘탈 크래시(정신파괴) 등.

슈나, 재기

인챈터(부적술사) 〈각인마법〉

▌ 스트렝스(근력강화), 어질리티(속력증강), 프로텍션(보호장벽) 등.

서머너(소환술사) 〈소환마법〉

▌ 이플리드, 악마소환 등.

지기스

엘레멘탈러(정령사역자) 〈정령소환+소환마법〉

시즈, 리티스

홀리 나이트(성기사) 〈신성마법〉

디스인티그레이션(영자붕괴), 리저렉션(사자소생), 리커버리(상병치유), 홀리 벨(성스러운 복음), 홀리 캐논(영자성포) 등.

히나타 외 다수.

매지션(마술사) 두 계통 이상의 마법을 습득

위저드(마도사) 세 계통 이상을 마스터한 상위직

젠, 물란, 라젠

• 소환마법

상위존재인 정신생명체나 사역하는 마물을 소환해 구사하는 마법. 마물을 소환하기 위해서는 공간 계열의 이치를 이해하고 원소마법을 미리 습득해둘 필요가 있다.

정령소환 역시 정령과의 계약은 필수이며, 정령마법을 미리 습득하는 것이 필요하다. 즉, 소환마법은 다른 마법을 완수한 상태에서 비로소 습득이 가능한 마법이라고 할 수 있다.

• 그 외

〈환각마법〉……원소마법에 기초한 것과 정령마법에 기초한 것이 있다.

〈각인마법〉……마법효과를 부여하는 마법. 자신의 마법 외에도 다른 자의 마법도 각인이 가능하다. 부적이나 보주 같은 아이템에 마법을 불어넣어두는 것이 일반적이다. 일시적으로 무기나 방어구에 마법효과를 부여하는 것도 가능하다.

종족

사는 자들

인간, 마족, 악마, 요정, 정령, 그 외에 일반적인 동물도 포함해 이 세계에는 다양한 생물이 있다. 인간 이외의 종족은 인간 측의 시점에 따라 '마물'이나 '아인' 등 편의적으로 구별된다.

엘프, 하프링, 드워프 등 인간과 교배를 거쳐 인간에 가까워진 종족은 데미 휴먼(아인)으로 불린다. 인간의 편이며, 인류의 일원으로 여겨지는 자들이다.

그에 반해, 일반 동물 이외의 인간에게 적대하는 종족의 총칭이 '마물'이다. 그중에서 지성이 높은 종족이 '마족', 특히 강력한 힘을 가진 인간형의 마물은 '마인'으로 불린다. 마력요소에서 태어난 자, 마물의 돌연변이종, 동물이나 마수에서 진화한 자들 중 지성을 보유한 자들도 마인의 분류에 들어가는 것 같다.

예를 들어, 고블린이나 오크, 리저드맨 등은 드워프나 엘프와 마찬가지로 요정족의 후예이지만 인간의 적이라는 이유로 마물(마족)로 취급받고 있다. 상위마인의 대표 격은 자이언트(거인족)나 뱀파이어(흡혈귀), 데몬(악마족)처럼 오랜 수명을 지닌 종족이지만, 레온이나 뮬란처럼 인간이 마인의 영역에 이른 경우도 있다.

종족 리스트

리무루의 주변에서 자주 보이는 마물 중 몇 종족을 소개하겠다.

고블린

날카로운 이가 나 있고 빈약한 체격을 가진 인간형의 하위종족. 지성은 낮다. 자유조합이 규정한 마물의 랭크 기준에서 E랭크에 해당한다. 진화하면 홉고블린이 된다.

오거

뿔과 날카로운 이를 가졌고, 싸움을 좋아하며, 크고 강인한 육체의 인간형 종족. 쥬라의 숲에 있던 오거의 마을은 용병으로 먹고살았던 듯하다. 마물 랭크는 B에 해당. 진화하면 키진(귀인족, 鬼人族)이 된다.

152

리저드맨

이름대로 파충류에 가까운 모습의 인간형 종족. 호수처럼 물이 있는 지역에 서식한다. 습지대 같은 질척거리는 장소에서 벌어지는 전투에 능하다. 마물 랭크는 C. 진화하면 드라고뉴트(용인족, 龍人族)가 된다.

오크

돼지 같은 머리에 덩치가 좋은 인간형 종족. 힘을 쓰는 일에 능하다. 드물게 모든 것을 먹어치우는 경이적인 존재인 '오크 로드'를 배출하는 경우가 있다. 마물 랭크는 D. 진화하면 하이 오크가 된다.

아랑족

무리를 지어 행동하는 늑대형 마물. 랑가가 '개체이자 전체'라고 말한 것처럼 각 개체가 밀접하게 연결되어 있어, 종족 전체가 하나의 생물이라고도 해야 할 종족이다. 마물 랭크는 한 마리 한 마리가 C에 해당한다. 진화하면 보통은 흑랑이 되지만, 랑가와 동료인 아랑들은 리무루의 영향을 받아서 람아랑족으로 진화했다.

라이칸스로프
(수인족)

반인반수의 인간형 종족. 짐승과 인간 양쪽의 성질을 가지지만 본성은 짐승. '수신화(獸身化)'를 통해 짐승 형태를 취할 수 있다. 수왕국 유라자니아는 수인 중심의 나라로, 뱀과 늑대, 코끼리와 원숭이 등 다양한 수인이 살고 있다. 호전적인 자가 많지만, 마물 랭크는 개체에 따라 폭 넓게 존재하는 것 같다.

마수 등 짐승에 가까운 것

이블 지네, 블랙 스파이더, 자이언트 배트(흡혈박쥐), 아머 사우루스(장갑 도마뱀), 자이언트 앤트(거대 개미), 블레이드 타이거, 나이트 스파이더, 페가수스(천마) 등, 거의 짐승과 동등한 마물도 다수 존재한다. 마물 랭크는 다양하다.

많은 종족이 있는데, 꽤나 혈통이 뒤섞인 꼴이라 하겠네. 복잡하구먼!

아인

앞에서 말했던 대로 드워프나 엘프 등이 대표적. 드워프는 호기심이 왕성하고 장인기질이 있으며 튼튼한 체격을 지닌 종족. 기술력이 높다. 무장국가 드워르곤이 드워프의 나라이다. 엘프는 뾰족한 귀를 가졌고, 마법 연구에 우수한 종족이며, 늘씬하고 우아한 모습이 특징이다. 마도왕조 살리온이 엘프의 피를 이은 후손들이 사는 나라이다.

그 외에 텐구, 코볼트, 트렌트, 드라이어드 등 다종다양한 종족이 수많이 존재한다. 특수한 곳에선 악마족이나 정령 등 육체가 없는 정신생명체 종족도 있다.

마물의 랭크

위험도에 따라 자유조합이 랭크를 매긴다. 따라서 예상하지 못한 상태에서 맞닥뜨리더라도 필요한 행동을 더 쉽게 취할 수 있게 되었다.

특S 카타스트로프 (천재급)	국가 차원으로는 대처 불가능. 인류가 국가 차원을 넘어서 협력하여 생존의 운명을 걸어야 할 레벨. 베루도라 등의 용종이나 일부의 마왕.
S 디재스터(재화급)	강대국이 총력을 기울여야 겨우 대처할 수 있는 레벨. 마왕 등.
특A 캘러미티(재액급)	국가 전복 규모의 위험도. 상위마인이나 상위악마. 카리브디스(폭풍대요와) 등.
A 해저드(재해급)	도시에 막대한 피해가 미칠 가능성이 높다. 이플리트는 A+ 정도.
B	블랙 스파이더, 오거 등. 개체 하나는 마을 하나를 전멸시킬 수 있는 레벨. 도망치는 것도 어려움.
C	리저드맨, 페가수스 등. 전투 훈련을 받은 직업병사보다도 강하다. 일반 성인 열 명이 달려들어도 이기지 못한다.
D	오크 등. 일반 성인 서너 명이 동시에 상대해도 살해당할 가능성이 있음.
E	고블린 등. 일반 성인보다 약간 약하지만 무리를 지어 나타나므로 주의.
F	전투 능력 없음.

마국을 덮치려고 했던 카리브디스는 특A랭크의 마물. 인간의 나라라면 대처가 어려웠을지도 모른다.

🏵 세 가지의 위상체와 정신생명체

인간처럼 육체를 지닌 생물의 신체는 이하의 세 가지 위상체로 구성되어 있다. 영혼을 덮는 가장 약한 몸인 '아스트럴 바디(성유체)', 힘을 비축하는 기반이 되는 '스피리추얼 바디(정신체)', 이 세계와 직접적으로 연결되어 있는 '매터리얼 바디(물질체)'이다.

한편, 기본적으로 물질체가 없는 것이 상위정령이나 악마 같은 '정신생명체'이다. 그들은 평소에 '정신세계'라는 장소에 있으며, 정신세계를 나오면 에너지가 확산되면서 언젠가는 소멸된다. 이 세계에서 장시간 계속 존재하려면 계약에 의해 빙의체를 확보하거나 스스로 육체를 얻어야만 한다.

베루도라 같은 용종도 또한 정신생명체이지만, 강대한 힘으로 주변의 마력요소를 흡수해 자력으로 물질체를 만들어낼 수 있다.

정령

세계에 떠도는 자연 에너지의 일부분이 모여서 자아를 지니게 되면 정령이 된다. 상위정령은 의지가 있지만 하위정령은 없다. 힘의 차이에 따라서 '대정령'으로 구분하기도 하지만, 상세한 사항은 불명이다.

마왕 중의 한 명인 라미리스는 원래 정령들을 다스리는 '정령여왕'이었지만, 밀림의 폭주를 막아낼 때 요정으로 '타락'했다. 이와 같이 정령이 실체화 혹은 타락한 것이 요정족인 것으로 여겨진다.

악마족

정신세계에 사는 오랜 수명을 지닌 정신생명체. 소환술 등에 의해 이 세계에 나타난다. 요기랑 영혼 조작에 탁월하며, 강자를 선호한다. 성질은 다분히 사악하지만, 반드시 나쁜 일을 저지르는 것은 아니다. 소환자와의 계약을 중시하고, 자신

의 실력으로 주인에게 인정받고 싶어 하는 성실한 종족이기도 하다.

그러나 소환자가 계약 위반을 저지르거나 분수에 맞지 않게 너무 강한 악마를 불러내면 종종 무시무시한 재앙을 일으키므로, 위험한 종족인 것은 틀림없다.

악마는 '레서 데몬(하위악마)'부터 '데몬

> ### · 상위정령의 소환
>
> 특A급의 상위정령들은 소환마법 등으로 정신세계에서 불러낼 수 있다.
>
> 정령소환 : 워놈(땅의 기사)
> 정령소환 : 운디네(물의 성녀)
> 정령소환 : 이플리트(불꽃의 거인)
> 정령소환 : 실피드(바람의 처녀)

태초의 악마

기이[루쥬(붉은색)] : 교섭 불가능

미저리[베일(녹색)] : 교섭 가능

레인[블루(푸른색)] : 교섭 가능

디아블로[느와르(검은색)] : 변덕이 심함

이름 불명[블랑(흰색)] : 교섭 가능

이름 불명[존느(금색)] : 교섭 불가능

이름 불명[비올레(보라색)] : 변덕이 심함

로드(악마공)'까지 절대적인 신분관계가 존재한다. 그 정점이 '시작의 악마', '태초의 붉은색' 등, 색의 이름으로 불리는 일곱 악마들이다. 태고부터 존재하는 그들은 절대적인 힘을 가지고 있으며, 가열의 성질을 가진 태초의 붉은색 같은 존재는 교섭이 불가능한 것으로 여겨진다.

악마들은 태초의 성격에 따라 색의 계통별로 성질이 다르다. 소환자가 붉은색 계열의 악마를 불러냈을 경우엔 제어 불능으로 대참사가 일어나기 쉽다. 녹색이라 푸른색은 무난한 것으로 여겨진다. 레서 데몬 역시 무난하다.

생존년수(계급)와 악마의 강함

악마는 오래 산 자일수록 힘이 강하다. 어느 정도 레벨까지 다다른 악마는 보유한 에너지(마력요소)양이 상한에 도달하면서 수치적으로 동등하게 된다. 이때 중요한 차이를 만드는 것이 지식과 경험이다. 즉, 레벨(기량)의 차이가 그대로 전투 능력의 차이가 되는 것이다.

계급	생존년수	
현대종 (기사)	0~100년	현실적으로 소환 가능. 원하는 대로 부릴 수 있는 상한선은 아크 데몬까지로 알려져 있지만, 그중에는 이 정도 수준의 악마도 존재한다. 자유조합의 랭크 기준으로 따지면 특A급에 해당.
근대종 (준작위)	30~100년	
근세종 (남작위)	100~400년	특A급이라고 해도 상위의 실력을 보유하고 있다.
중세종 (자작위)	400~1천 년	그야말로 캘러미티 급. 이 정도 수준에서 마력요소양은 한계에 다다른다.
고대종 (백작위)	1천 년 이상	고대종은 어쩌면 자신의 실력을 위장하고 있을 가능성이 있다. 만약 에너지(마력요소)양의 한계가 해제된다면 본래의 실력이 나올 것이다.
선사종 (후작위)	3천 년 이상	이 레벨 이상의 악마가 육체를 얻게 되면, 에너지(마력요소)양의 한계는 쉽게 해제될 것으로 여겨진다.
태초의 악마 (왕, 공작위)	오래된 옛날부터 존재	최상위의 악마들.

천사족

정신생명체의 한 종족. 날개가 있고, 하늘을 날 수 있다. 500년에 한 번 대규모의 군대를 지상으로 보내 공격하는데, 그 이유는 불명이다. 수백 년 단위로 발생하는 이 전쟁을 '천마대전'이라 한다. 천사는 무작위로 공격하는 게 아니라 마물 또는 문명이 발전된 도시를 습격한다. 문명이 지나치게 발전된 곳이 아니면 공격하지 않으므로 인간 자체를 적대하는 건 아닌 것 같다. 드워프 왕국이나 천익국 프루브로지아 등, 일부 나라의 도시가 땅속에 지어진 것은 천사들의 공격을 경계하기 때문이다.

참고로 악마는 천사에 강하고, 천사는 정령에 강하고, 정령은 악마에 강하다는 모양이야.

용종

이 세계의 최강의 종족. 정신생명체이지만, 자력으로 물질체를 만들어 육체를 얻을 만큼 힘이 있다. 다양한 생물 중에서도 마력, 체내의 마력요소의 양,

물리적인 파워, 강인함 등 여러 면에서 차원이 다른 힘을 가진 최상위종족이다.

이런 용종의 최초의 개체로 보는 것이 베루도라의 형이며 밀림의 아버지인 '성왕룡' 베루다나바이다. 베루다나바는 인간과 아이(밀림)를 가진 뒤에 힘의 대부분을 잃었으며, 자신의 몸을 분산해 드래곤 등 '용족'의 시조가 된 뒤 최종적으로 소멸했다. 현재는 밀림을 포함해 이 세상에 존재하는 용종은 넷밖에 없어 보인다.

용종은 완전히 소멸하는 것이 아니며, 소멸해도 반드시 세계의 어딘가에 새롭게 탄생한다고 한다. 따라서 언젠가는 베루다나바도 다시 이 세계에 돌아올 것으로 예상된다.

용종인 밀림의 힘은 리무루 일행이 좀처럼 쓰러뜨리지 못했던 카리브디스를 일격에 물리칠 수 있을 정도!

전생자와 소환자

이세계에서 전생해 온 리무루처럼, 이세계 출신의 인간이나 전생자가 곳곳에 존재한다. 단, 리무루처럼 예전에 이세계인이었으며 동시에 전생자인 경우는 상당히 희귀한 케이스.

이세계인은 차원을 넘어 세계를 건너올 때 다양한 이능력과 마력요소를 손에 넣는 일이 많다. 이세계인은 우발적으로 이 세계로 흘러들어온 자와 소환된 자, 두 종류가 존재한다. 소환자는 마법의식에 따라 강제적으로 이 세계로 끌려왔으며, 그때 소환한 주인에 대한 '절대복종'이 영혼에 새겨진다.

해제는 불가능하며, 소환한 주인이 죽거나 해서 해방될 때까지 불러낸 자에게 계속 예속된다.

소환의식을 하려면 일정한 조건을 갖출 필요가 있다. 또한 한번 소환한 후엔 어느 정도 시간 간격을 두지 않으면 재소환할 수 없다.

조건을 갖추지 않은 채 억지로 불완전한 소환을 하고 그게 실패하면, 열 살이 채 안 된 아이가 이능력을 얻지 못한 채 불려온다. 이능력을 지니지 못한 아이는 체내에 소용돌이치는 대량의 마력요소를 제어할 수 없어서 몇 년 후에 마력요소에 불타 죽어버리지만, 단, 상위정령을 소환해 자신의 몸에 깃들게 하면 체내의 마력요소를 제어할 수 있다.

· 서방열국의 소환 사정

이세계인을 불러내는 소환마법은 금단의 비술이며, 카운실 오브 웨스트(서방열국 평의회)에서도 금지사항으로 지정하고 있다. 그러나 외적을 물리치기 위해, 이능력을 노리고 독자적으로 소환을 행하는 자나 국가가 존재하는 것은 틀림없는 사실이다. 파르무스 왕국의 왕궁 마술사장 라젠에게 소환된 쇼고, 쿄야, 키라라 세 명, 로조 일족의 그란베르에게 소환된 그렌다 등이 그 좋은 예라 하겠다.

그러나 국경을 넘어선 감시기구가 존재하지 않는 현재의 상황에서 그런 행위를 적극적으로 단속하는 것은 어렵다. 파르무스 왕국처럼 노골적으로 이세계인을 병기로 이용하는 국가라고 해도 '우연히 발견한 이세계인을 보호하는 것뿐'이라고 둘러대면 그 이상 추궁이 불가능하다. 확실한 증거가 없으면 지나친 내정간섭으로 보이기 때문이다.

상위마인 중에 특히 강대한 힘의 수준까지 도달한 소수의 자들이 '마왕'으로 불린다. 마(魔)라는 글자가 붙지만, 반드시 사악한 존재인 건 아니다.

마왕으로서 정식으로 인정받으려면 다른 마왕들, 적어도 세 명 이상의 승인을 받아야 한다. 멋대로 마왕을 자칭했을 경우, 무력으로 실력을 시험받게 되며, 힘이 부족하면 공격을 받고 섬멸당하게 된다.

마왕 중에는 대량의 영혼을 산 제물로 바쳐 초진화를 이루어 '진정한 마왕'으로 각성한 자도 있다. 사실 진짜 의미의 '마왕'이란 이런 '진정한 마왕'을 가리키는 것이라고 한다.

한편, '용사'는 그 이름대로 악을 무찌르고 선을 지

시즈의 은인. 흑발의 여자 용사. 시즈가 말하길 어딘가로 여행을 떠났다고 하는데, 어쩌면 인과응보의 흐름과 관계가?

키는 자이다. 용사가 될 가능성이 있는 자는 그 몸에 '용사의 알'을 품고 있으며, 그중의 일부가 시련을 거쳐 용사로 각성한다고 한다.

이 세계에서 '용사'는 특별한 존재이며, '용

마왕끼리 얘기를 나누고 싶을 때는 '마왕들의 연회'라는 회의가 열린다고 해.

사를 칭하는 자는 인과응보가 따른다'고 여겨진다. 이 '인과응보'는 과연 무엇일까?

구체적으로 말하자면, '용사가 된 자에겐 그에 대척하는 마왕과의 인연이 반드시 발생한다'는 의미로 보인다. 예를 들면, 용사였던 그란베르는 마왕 루미너스와 싸우다가 부하가 되었다가 다시 그 곁을 떠나는 등, 복잡한 인연을 가지게 되었다. 그것이 바로 인과응보에 따른 업이며, 용사로서의 숙명이라고 한다.

그 외에도 마사유키나 시즈를 구했던 여성 등, 지금까지 '용사'라는 이름이 붙은 존재는 여러 명 등장한다. 그들에게도 늦건 빠르건, 그런 인과응보의 흐름이 분명 따를 것이다. 마왕 레온의 경우, 본인이 용사이자 마왕이기에 자기 완결이 되어 있는 상태이다.

각지 소개

여기서부터는 템페스트를 시작으로 작품에 등장하는 각 나라를 소개하겠다. 이 세계를 탐방하는 데 최고의 안내서가 될 것이다. 이 내용의 편찬에는 시온도 참가하고 있어서 일부 정확하지 않은 기술이 있을지도 모르겠지만.

마국연방

정식 명칭은 '쥬라 템페스트 연방국'으로, 슬라임인 마왕 리무루가 맹주로 군림하는 마물의 나라이다. 수도는 맹주의 이름을 따 '중앙도시 리무루'로 명명되었다.

지배영역은 광대한 쥬라의 대삼림 전역. 건국한 지 얼마 되지 않아서 숲의 구석구석까지 지배한다고 말할 수는 없지만, 그 세력은 급속히 확대되었고 안정도 이루고 있다.

템페스트의 전신, 리무루가 맨 처음 지배자가 된 마을은 누추하고 작은 고블린의 집락촌이었다. 그러나 리무루의 힘과 주민들의 끝없는 노력으로 다양한 기술과 문화가 폭발적으로 발전했다. 인간들의 나라에서도 점차 인정받으면서, 현재는 경제 및 문화의 중심지로 성장하고 있다.

현재 사유재산은 인정되지만 급료 등 소득은 없으며 배급으로 의식주가 보장되는, 공산주의에 가까운 형태다. 도시를 들른 상인과 모험가들을 상대로 장사도 하지만, 대부분은 마국의 사업으로 취급되며 그 수입

도 국고에 들어간다. 주민들이 모두 근면하기 때문에 생산력은 높다. 장래에는 화폐경제를 도입할 예정이며, 현재 그 준비 작업으로 읽고 쓰기와 계산 교육을 중점적으로 진행하고 있다. 주된 산업은 회복약사업, 관광사업 등이다.

또한 전쟁을 극복할 때마다 강해지며, 마왕이 된 리무루 개인의 힘에 더하여 부하인 마물들도 진화, 증가 중이다. 그로 인해 1만에 이르는 강대한 군사력을 보유하고 있다.

대부분이 리무루 개인에게 충성을 맹세했으며, 초기부터 많은 수도 주민들의 이름을 지어주면서 단단한 인연으로 맺어졌다. 이 가족적 절대군주제라고도 할 수 있는 체제는 경제 및 군사를 포함한 국가운영에서도 아주 유리하게 작용하고 있다.

지상의 낙원 리무루
마왕님의 우아(?)한 하루

아침 6시 기상. 마왕의 아침은 빨리 찾아온다……. 아니, 잘 필요가 없어서 계속 만화를 읽었지만.

슈나가 차려주는 아침 식사에 신작 요리가 등장. 입맛을 다신다. 시온도 요리(비슷한 것)을 내놓았는데 모르는 척……하고 싶었지만 결국 먹기로 한다. 혀를 찬다.

오전에는 건설 중인 학교와 가동 중인 서당을 시찰. 홉고블린 아이들도 자세히 보면 꽤나 귀엽다.

그 후에는 간부 클래스 멤버 합동으로 개국제 준비 상황 시찰 및 점심 식사를 가짐. 무슨 이유인지 밀림도 끼어 있다. 프레이의 눈을 속이고 온 것 같다. 또냐.

점심 식사는 슈나의 도시락. 식사도 조사연구의 일환이다! 꽤나 맛있어서 개국제 때 한정으로 판매해도 재미있을 것 같군. 그 외에도 개국제 중에 가게를 내고, 판매 예정인 음식을 시식해본다. 베루도라의 철판구이(시험제 작품)도 제대로 맛이 나서 일단 안심한다. 역시 묘르마일 군은 빈틈이 없군!

리그루도로부터 전체적인 진행 상황을 듣는다. 투기장 주변에 가설될 점포랑 전시물 텐트촌 배치에 대한 문제점이 발생! 그러나 동시에 여러 개의 해결책을 제시해주는지라, 그럴듯하게 고개를 끄덕이는 것만으로도 회의는 종료. 리그루도는 정말 유능해.

그동안 고부타는 계속 조는 중. 정말 배짱 하나는 좋다니까.

다들 모여 있으니 시온이 평소 이상으로 유능한 비서처럼 굴어서 약간 짜증이 났다. 하지만 도시 건설에 대해 논의하는 분위기가 신기한지 디아블로도 딱히 신경 쓰지 않는 것 같으니, 그냥 내버려두겠어. 평화는 소중한 것이니까——.

저녁, 봉인의 동굴의 수련장에서 하쿠로우의 지도(괴롭힘)를 받는다. 이왕 온 김에 가비루로부터 히포크테 풀 재배 진척 상황을 보고받고 인기가 있으려면 어떻게 해야 하는지 상담도 해준다(후자는 적당히 넘겼다. 그런 건 스스로 생각하지 않으면 깨닫지 못하는 것이니까 말이지, HAHAHA!).

그런데 하쿠로우에게 지도받은 뒤에는 왠지 근육통이 생기는 것 같단 말이지. 근육 같은 건 없을 텐데(땀).

온천에 몸을 담근 뒤에 늦은 저녁 식사. 오늘도 열심히 일했으니 스스로 장하다고 생각해.

무장국가 드워르곤으로 가는 길

농지

쥬라의 대삼림

밀림의 나라로 가는 길

템페스트 MAP

🏵 중앙도시 리무루

폭풍룡 베루도라가 봉인되어 있던 동굴에 가까우며 숲속에 사각형으로 터를 잡고 개척된 도시. 그게 템페스트의 수도인 중앙도시 리무루다. 넓이는 사방 4㎞, 1,600헥타르 정도. 개발 중이라 수시로 확장 중이다.

'자신이 쾌적하게 살 수 있는 나라를 만들고 싶다'는 리무루의 바람하에 인간과 마물의 구별 없이 평화롭고 즐겁게 살 수 있는 도시를 만드는 것을 목표로 삼고 있다. 국민들은 경애하는 리무루를 위해서 의식주에서 서비스업에 이르기까지 다양한 분야의 연구에 밤낮을 가리지 않고 매진하고 있으며, 그

수준은 대국의 왕도와 비교해도 손색이 없을 정도다.

도시는 질서정연하게 구역이 정비되어 있고, 리무루의 스킬을 사용해 상하수도도 완비되어 있다(수원지는 봉인의 동굴 가까이에 흐르고 있는 강). 하수시설은 지하에 매설되어서, 이 세계의 어느 도시와도 다른 독자적인 거리의 모습은 실로 청결하고 아름답다.

거리는 대로를 기준으로 특색이 뚜렷하게 네 블록으로 나뉘어 있다(각 블록의 상세 사항은 후술함). 각 지역 모두 대로변에는 크고 작은 규모의 상점, 음식점, 여관 등이 나란히 있으며, 화려한 메인 스트리트를 형성한다. 대로가 교차하는 도시 중앙에는 대광

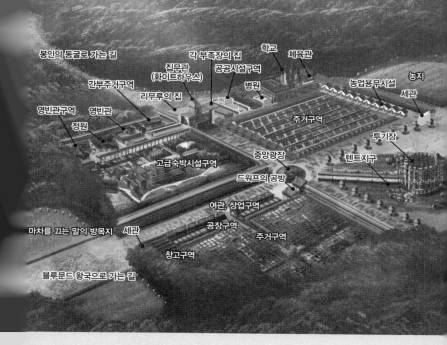

봉인의 동굴로 가는 길
각 부족장의 집
학교
체육관
간부주거구역
집무관
(화이트하우스)
공공시설구역
농지
리무루의 집
병원
농업용무시설
영빈관구역
영빈관
세관
정원
주거구역
투기장
고급숙박시설구역
중앙광장
텐트지구
드워프의 공방
마차를 끄는 말의 방목지
세관
여관, 상업구역
공장구역
주거구역
창고구역
블루문드 왕국으로 가는 길

장이 있다. 또한 네 개의 각 구역에도 각각 중앙광장이랑 조금 더 작은 광장, 공원, 공터가 곳곳에 존재한다.

일단 동쪽, 서쪽, 남쪽에 도시의 입구가 있지만 마법결계로 방어되며 주민의 대부분이 전투력이 있는 마물이기 때문에 성벽은

잘 왔어. 여기는 리무루의 도시야. 생각나는 대로 개발하다 보니 상당히 카오스적인 도시가 되어버렸군.

없다. 경비소나 세관 등을 겸비한 공무용 출장소가 있을 뿐이다.

도시의 북쪽 중앙에는 최고행정부, 왕궁으로서 훌륭하게 지어진 집무관이 세워져 있다. 디자인은 미국의 화이트하우스(백악관)와 비슷한데, 이 부분도 리무루의 전생의 지식과 이미지가 영향을 끼쳤다. 정면의 현관 앞은 탁 트인 장엄한 광장이 있으며 각종 식전, 연회, 열병 등이 가능한 공간이다. 집무관에선 중요한 회의가 벌어지며, 그 외에도 리무루와 간부 클래스를 위한 집무실 및 개인실이 있다. 모두 따로 집이 있지만, 평소에도 집무관에서 머문다. 모두 리무루를 아주 좋아하는 것이다.

● 리무루의 암자

리무루가 거주하는 곳은 공식적으로는 궁전인 집무관 안에 지어진 호화로운 방이다. 하지만 거리 쪽에서 보이지 않는 안쪽에 일본식 정취가 은근히 풍기는 다실풍의 작은 별채를 소유하고 있다. 지하실도 있어서 마음 편하게 만화를 읽거나 벌꿀을 먹곤 한다. 이곳에 출입이 가능한 자는 간부 클래스까지다. 베루도라는 자주 멋대로 들어와 뒹굴거리곤 한다.

시간이나 지위에 얽매이지 않고 자유롭게 하고 싶은 일을 해. 그런 고고한 행위야말로 내게 주어진 최고의 위안이라고……. 사실 마왕도 힘든 일이라니까, 의외로.

■ 주거지구(북동쪽 블록)

홉고블린이나 오거같이 초기부터 템페스트에 함께한 종족이나 그 후에 합류한 종족들이 사는 지구. 단, 주민 전체의 몇 할 정도(주로 독신자)=상공업지구에서 일하는 자들의 대부분은 그쪽에서 살고 있으며, 굳이 말하자면 가족 단위용의 물건이 많다.

이 구역의 가옥은 모두 목조와 기와지붕이 기본적인 일본풍의 디자인이다. 북동쪽에는 목조 건물의 서당이 있으며, 그 안에 학교가 건설 중이다. 이 건물은 무슨 까닭인지 호그○트 풍의 디자인으로 이루어져 있다. 그 외에 슈나의 직물공방 등 일부 공방이나 상점, 창고 등도 나란히 세워져 있다. 이 구역만으로도 하나의 독립된 거리로서 기능한다.

온천이라고 하면 온천 만쥬가 기본이지. 마침 내 모양과 비슷하기도 하니까 명물 리무루 만쥬 같은 건 어때?

■ 영빈지구(북서쪽 블록)

타국의 사절이나 국빈 등을 위한 숙박 및 환대 시설인 영빈관(서양풍)이 있는 것 외에,

관광객을 위해서 전통 일본풍의 고급여관이 많이 있는 리조트 지구. 여관에 딸린 정원이나 연못, 온천시설(노천욕탕), 공원 등이 많으며, 느긋하게 지낼 수 있다.

북쪽에 위치한 집무관에 가까운 곳에는 가극장, 야외음악당, 체육관과 다목적 홀 등 크고 작은 다양한 시설이 있다.

■ 상공업지구(남쪽 블록)

이 구역의 건물은 기본적으로 다른 나라처럼 서양풍의 건물이다. 카이진이나 가름 일행 등 숙련된 드워프 장인의 공방을 중심으로, 그 제자들(고블린 등의 타종족)의 공방이나 점포가 세워져 있어 낮 동안에는 공방의 굴뚝에서 나오는 연기가 그치지 않는

다. 쿠로베가 무기와 방어구를 제작하는 공방도 이곳에 있다. 장인들과 그 가족의 집도 기본적으로 이곳에 있다. 노동자를 위한 식당 등도 다수 있으며, 그 외에 도시 바깥에서 온 모험가 등 일반 손님을 위한 무기 가게, 각종 장비와 공예품을 파는 가게랑 번화가도 있기 때문에, 사람의 통행이 많은 상공업 구역으로 이뤄져 있다.

■ 관광오락지구(남동쪽 블록)

원래 계획으로는 오락 및 관광지구로서 테마파크 같은 오락시설이 만들어질 공터가 있었지만 개국제에 맞춰서 원형투기장이 먼저 세워졌다. 일단 투기장 주변만 임시로 정비되어 있으며, 음식을 파는 노점과 전

시용의 작은 건물 등이 나란히 세워져 있는 것 외에 작은 광장이 군데군데 만들어져 있어 야외 페스티벌의 분위기가 형성되어 있다. 투기장의 모델은 고대 로마의 원형투기장 '콜로세움'. 도시의 다른 건물보다 두드러지게 크다. 도시 어디에서 봐도 보일 정도로, 일종의 랜드마크다.

또한 투기장 지하에는 100층에 달하는 라미리스의 지하미궁을 유치해, 일대 모험 엔터테인먼트(갬블?) 시설의 개업 준비가 한창 진행 중이다.

대외적으로는 유치한 것으로 공표했지만, 실은 그 녀석들이 멋대로 이주해온 거라고! 뭐, 덕분에 여러 모로 순조롭게 진행되고 있지만.

● 봉인의 동굴

베루도라가 봉인되어 있던 동굴. 도시의 북쪽(집무관의 뒤쪽)으로 이어진 정비되지 않은 가는 길을 5㎞쯤 걸어가면 도착한다. 현재 동굴 안 호수 주변에는 히포크테 풀 재배장과 그것을 원료로 한 회복약의 생산 연구시설이 갖춰져 있다. 가비루와 베스터가 상주한다. 또한 하쿠로우가 모두를 단련시키는 수련장으로 이용 중이다. 마국의 도시와는 전이용 마법진으로 연결되어 있어서 이동도 간편하다.

● 시스 호수의 리저드맨 대집락

쥬라의 대삼림의 중앙에는 아멜드 대하를 근원으로 하는 시스 호수가 있고, 주위에 습지대가 펼쳐져 있다. 그 부근에 무수히 존재하는 종유동굴의 가장 깊은 곳이 아비루가 이끄는 리저드맨들의 거주지이다. 동굴 안은 천연의 미로로 만들어져 있어서, 발을 들인 자는 쉽게 길을 잃는다.

● 트렌트의 집락

시스 호수에서 약간 동쪽에는 드라이어드들이 수호하는 숲의 상위종족, 트렌트의 집락이 있다. 집락에는 희귀한 꽃들이 만발해 있어 곤충형 마수인 아피트가 벌꿀 채집을, 제기온이 집락의 경호를 맡고 있다. 트렌트는 땅에 뿌리를 뻗은 나무 형태의 마물이라 자력으로 이동이 불가능하지만, 리무루의 협력으로 최근에 라미리스의 지하미궁 95층으로 거주지를 옮겼다.

● 교역용 도로

수도 리무루에는 여러 국가로 통하는 교역용 도로가 있다. 노면은 자갈을 깔았다. 쇄석을 균등하게 다진 뒤 돌바닥을 나란히 배열하여 덮은 방식이다. 10㎞ 지점마다 '전자동 마법발동기'가 설치해 숲을 배회하는 마물의 침입을 결계로 저지한다. 또한 20㎞ 지점마다 여관을 세워 쾌적한 여행을 돕는다.

여러 개의 교역용 도로 중 드워프 왕국 방면과 블루문드 왕국 방면의 도로는 이미 완성되었다. 살리온 방면의 도로도 추가되었으며, 유라자니아 방면의 도로도 공사가 진행 중이다.

또한 현재 도로는 전체 폭의 절반만 포장된 상태다. 이것은 앞으로 철길을 깔고 열차를 달리게 만들겠다는 리무루의 구상에 의한 것이다.

무시무시한 마왕 리무루군의 전력

텐페스트의 군사력은 어느 정도일까? 군사 부문을 통솔하며 스킬 '대원수'를 가진 베니마루가 지휘하는 흡고블린, 오거, 하이 오크로 이뤄진 부대가 주력이다. 또한 시온과 가비루가 지휘하는 정예부대가 존재한다.

또한 첩보 및 은밀한 활동이 전문인 소우에이와 그 부하들도 있다. 하쿠로우의 개인기 역시 일개 군대에 필적한다.

쥬라의 대삼림의 각 종족에서 편성한 부대도 예비전력으로 투입이 가능하다. 동맹관계인 드워프 왕국이나 수인족들의 조력까지 고려하면 터무니없는 규모가 된다.

〈템페스트군의 주요 부대〉

쿠레나이(홍염중, 紅炎衆)

베니마루 직속의 친위대. 베니마루 일행을 동경해 기프트(축복)를 받고 진화한 오거의 전사 300명이다. 아츠(기술)까지 습득한 개개인이 A랭크에 해당한다.

그린 넘버즈(녹색군단)

베니마루가 이끄는 흡고블린 4천 명. 개개인의 랭크는 B. '염열조작', '열변동내성'을 습득한 염열속성으로 공격력에 특화된 강습 타격 부대.

옐로 넘버즈(황색군단)

게루도가 이끄는 하이 오크 5천 명의 부대. 개개인이 B랭크인 강력한 군단. 엑스트라 스킬 '강력', '철벽', '전신갑옷화' 같은 신체강화와 방어에 특화된 스킬(능력)을 전원이 습득하고 있다. 리무루가 지닌 내성도 상당히 계승됐으며, '물리공격내성'이나 '통각, 부식, 전류, 마비'에 대한 내성도 지닌다. 대장급은 임의로 땅을 조작하는 엑스트라 스킬 '토조작'을 습득한 상태이며, 참호를 만들 수 있다. 공병대로서도 우수하다.

고블린 라이더

엑스트라 스킬 '동일화'를 구사하며 스타울프를 모는 흡고블린×100명. 합체 시의 실력은 A-랭크에 해당한다. 대장은 고부타.

히류(비룡중, 飛竜衆)

가비루가 이끄는 드라고뉴트(용인족) 100명. 종족 능력이 높아서 각 개인이 A-랭크다. 고유 스킬 '드래곤 바디(용전사화)' 외에도 '플레임 브레스'나 '선더 브레스' 중의 하나(가비루는 둘 다)를 습득하고 있으며, 원거리 공격도 특기이다. 비행능력도 있고, 상공에서 내뿜는 브레스 공격도 강력하다. 속도, 공격, 방어의 삼박자를 두루 갖춘 만능 급박부대.

부활자들(자극중, 紫克衆)

시온이 이끄는 리무루 친위대. 죽었다가 소생한 100명 정도의 인원으로 구성. 엑스트라 스킬 '완전기억'과 '자기재생'의 스킬 때문에 머리가 날아가도 아스트랄 바디(성유체)에 기억이 남아 있어 '자기재생'을 하면 부활이 가능하다. 현재는 C랭크지만 시온의 맹훈련을 받으면서 성장 중.

카운실 오브 웨스트(서방평의회), 자유조합

대륙의 서부에는 국가와는 별개로 국제적인 조직이 여러 개 존재하는데, 서방열국평의회(일명 서방평의회), 자유조합, 서방성교회이다. 서방성교회에 대해선 신성교황국 루벨리오스 항목에서 설명하기로 하고, 서방평의회와 자유조합에 대해서 우선 알아보자.

서방평의회는 많은 나라가 공동으로 마물의 피해나 동쪽 제국의 위협에 대항하는 것 외에도 서방열국의 다양한 문제를 조정하기 위해 설립된 국제기관이다. 서방 주요국이 대부분 참가하며, 서방열국의 중심지로 각국과의 교통 사정이 좋은 잉그라시아 왕국에 본부가 있다.

평의원은 나라의 대표로 선발된 왕족 및 귀족이나 고급 공무원들이다. 공평중립을 표방하나, 실제로는 국력이 큰 파르무스 왕국

슬라임도 모험가가 되고 싶어! 아, 토벌당하는 쪽은 사양할게.

이나 잉그라시아 왕국의 발언권이 세다. 또한 작은 나라이지만 금융 및 경제에서 영향력이 큰 실트로조 왕국의 로조 일족의 입김이 닿은 자들이 많은 의석을 차지하고 있다.

자유조합은 원래 있었던 모험가 상호조합을 개편해 각국과의 교섭권이나 상호부조 협정을 확립시킨 것이다. 서방평의회에 사전 공작을 해서 지금의 시스템을 구축한 것은 그랜드 마스터(자유조합 총수)인 카구라자카 유우키로, 이를 통해 조합은 비약적으로 세력을 확대하고 있다.

조합원=모험가는 통상 조합이 알선하는 채취, 조사, 토벌 등의 임무를 맡아 생업으로 삼는다. 마물이 공격해 오면 국가와의 협정에 기초해 동원령이 발령되는데, 그런 경우에는 자유조합 소속의 10% 인원이 국가의 지휘하에 들어간다. 조합원의 반 정도는 사무 등의 업무를 지원하기 위해 비전투원이 차지하고 있다.

· 자유조합이 정하는 주된 미션(임무)

채취 : 희귀한 동식물 등의 채취나 발견.
조사 : 마물을 발견한 보고가 있으면 정찰을 위해 파견된다. 전투는 회피.
토벌 : 인간의 마을에 해를 끼치는 위험한 마물을 토벌.

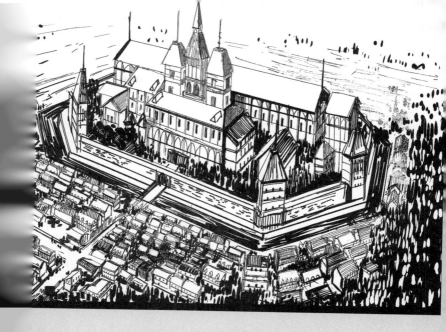

블루문드 왕국

쥬라의 대삼림에 인접한 소국으로. 서방평의회 가맹국. 인구는 100만 명+자유민 50만 명 정도. 농경이나 목축을 하지만 자국에서 소비할 정도로만 생산하며 그 외에 이렇다 할 산업은 없다. 참으로 평화로운 변경의 나라. 수도 론도의 거리는 단순한 석조 건물 중심으로 성 외에 높은 건물이 없다.

왕정제이며, 귀족은 지방의 감리자나 행정 담당으로 나뉜다. 영토를 지닌 것은 왕족뿐이다. 정보 수집에 우수한 정보 국가이며 국왕은 의외로 만만치 않다. 외교나 정보 수집을 담당하는 대신인 베르야드 남작, 쥬라의 숲의 이변에 신속히 조사 팀을 파견한 자유조합 블루문드 지부장인 휴즈 등, 소국이지만 인재는 우수하다.

템페스트에서 가장 가까운 인간의 나라로, 드워르곤 다음으로 우호조약을 맺기에 이르렀다. 마국과 교역용 도로가 정비되면서, 그 입지 때문에 왕도에선 리무루가 전개하는 다양하고 새로운 사업이 실험적으로 한발 먼저 전개되었다. 나중에 리무루의 부하가 되는 상인 묘르마일의 상회도 왕도에 있다.

서방열국 중에서도 1, 2위를 다투는 대국. 서방열국에서 드워프 왕국이나 동쪽 제국으로 향하는 교역로의, 소위 현관문에 위치해 있기 때문에 중요한 교역거점으로 발달해 있다. 기후가 온난해 농경이 번성했지만, 주요 수입원은 어디까지나 교역중계국으로서 벌어들이는 이익.

인구는 국민이 3천만, 자유민이 1천만, 총 4천만 명. 수도는 장엄한 도시 '마리스'. 막대한 부가 집약된 큰 상업도시로, 수도에만 300만 명의 사람들이 생활하고 있다.

도시의 안쪽에 세워진 왕성은 높이는 낮지만 면적이 넓은, 궁정 같은 호화로운 저택이다. 성의 주위에는 귀족의 저택이나 정원이 줄줄이 세워져 있으며, 도시 전체가 유복한 이미지지만, 5층 이상의 고층 건물은 거의 존재하지 않는다.

수도 마리스에는 서방성교회의 파르무스 대교구의 본부인 교회가 있다. 총괄책임자는 대사제 레이힘이다.

파르무스 왕국의 정치 형태는 에드마리스 왕을 정점으로 한 전제군주제의 봉건국가다. 단, 왕족의 권력은 만능이 아니며, 왕도 및 궁정은 귀족들의 거래가 횡행하는 마굴이었다. 템페스트와의 전쟁에서 패배하여

구체제가 붕괴하면서, 정치적 혼란기를 맞고 있다.

●템페스트 침략전쟁

파르무스 국왕은 욕심에 사로잡혀서 마물토벌을 명목으로 출병했지만, 에드마리스 왕을 포함해 세 명의 포로 외에 2만 명에 달하는 군대가 전멸하며 완전한 패배를 맛보게 된다. 또한 템페스트와의 평화 교섭으로 막대한 배상금도 책임지게 되었다.

에드마리스 왕은 전쟁의 책임을 지고 퇴위. 동생인 에드왈드 공에게 양위하지만, 새로운 왕은 선왕에게 모든 책임을 떠넘기면서 배상금 지불 의무에서 벗어나려고 획책한다. 선왕의 처형을 이유로 내세우며, 에드

마리스가 머무는 니들 백작령으로 병사를 보낸다.

이에 대해 '영웅' 요움, 또는 마왕 리무루가 선왕의 편을 들고 군대를 보내서 새로운 왕에게 대항해 그들을 물리친다. 요움은 이 공적으로 왕권을 넘겨받게 되고, 그를 왕으로 받드는 새 왕국이 수립되는 분위기가 만들어진다.

이런 움직임의 배후에는 마왕 리무루의 부하인 디아블로의 용의주도한 공작이 있었지만, 그 사실을 아는 자는 극히 일부다.

실트로조 왕국

파르무스 왕국과 잉그라시아 왕국 사이에 있으며, 북해에 인접한 전제군주제의 소국. 인구는 200만 명. 자유인은 없다. 수도는 아름다운 '시야'. 기후는 한랭하며 주된 산업은 금융, 공예 등이다. 교역의 중계국이기도 하다. 그란베르 로조를 정점으로 하는 왕족인 '로조' 일족이 나라를 다스린다. 세계를 경제로 지배하기 위해 움직인다. 급속히 발전하는 템페스트를 위험하다고 여기면서 경계하며 히나타와 함께 제거하려고 했지

만, 실패했다.

'블러드 섀도(혈영광란, 血影狂亂)'라는 충실한 부하가 있다. 또한 '십대성인' 중의 한 사람인 그렌다는 그란베르에게 소환된 이세계인으로, 영혼에 그에 대한 충성이 새겨져 있다.

●오대로

서방평의회는 중립을 표방하지만, 실제로는 로조 일족의 입김이 닿은 자들이 많은 자리를 차지하고 있다. 그중에서도 상위에 위치한 자들이 그란베르를 비롯한 '오대로'라고 불리는 노인들이다. 그들은 자신들의 권리와 관계가 있는 문제에 몰래 간섭하면서, 유리하게 돌아가도록 교묘하게 활동한다.

잉그라시아 왕국

잉그라시아 왕국은 입헌군주제의 법치국가이다. 인구는 국민 2천만 명과 자유민 2천만 명으로, 총 4천만 명. 사계절이 존재한다. 수도는 화려한 도시인 '룰러'.

대륙의 거의 중앙에 위치한 잉그라시아 왕국은 서방 각국에서 볼 때 교통의 요충지가 되며, 그렇기 때문에 여러 나라의 조정기관인 서방평의회의 본부가 있다.

역학관계를 따져볼 때, 평의회 가맹국에서 최대의 국력을 보유한 것은 파르무스 왕국이지만, 다른 참가국들은 한 나라가 두드러지는 것을 두려워했다. 그 결과, 여러 나라의 합의하에 교통망 발달을 근거로 들어 이 잉그라시아 왕국이 중심국가가 된 경위가 있다. 그 때문인지 잉그라시아 왕국과 파르무스 왕국과 사이가 좋지 않다고 한다.

그 외에 자유조합 본부, 서방성교회의 실무 거점 등 다양한 중요 시설이 이 왕도에 있다.

왕도 중앙에는 고도의 건축기술을 이용해 호수 중앙에 아름답고 장엄한 흰색 성이 세워져 있다. 도시는 이 왕성에서 네 방향으로 뻗은 길을 따라 상업구역, 관광구역, 공업구역, 주거구역으로 크게 분류되며, 어느 구역에서 봐도 성이 눈에 들어온다. 또한 성에

172

가까운 중앙 부근에는 귀족 저택이나 일류의 가게들이 모인 고급구역이 존재한다.

도시 안에는 큰 건축물이 많다. 옥외 콘서트장 같은 시설이나 유리창으로 된 쇼윈도, 연극 홍보용의 큰 간판, 도서관에 자유학원 등, 다른 곳에선 좀처럼 볼 수 없는 문화적 시설도 볼 수 있다. 그중에서도 자유조합 본부 건물은 입구가 자동문으로, 중세적 세계에 완전히 익숙해졌던 리무루를 놀라게 만들었다. 단단한 성벽으로 둘러싸인 출입구는 거대한 성문이 두 개, 요소요소에 기사가 배치되어 있으며, 치안 유지도 완벽한 상태다. '화려한 룰러'라는 통칭대로 호화롭고 문화적이며 누구도 부정할 수 없는 대도시이다.

●자유조합 본부와 시즈의 제자들

자유조합 본부는 도시의 중심 부근에 서방성교회 잉그라시아 지부와 나란히 위치한다. 시즈의 제자인 카구라자카 유우키가 그랜드 마스터(총수)로서 통괄하고 있다.

리무루는 시즈의 꿈을 꾼 후 잉그라시아 왕국에 그녀가 걱정하던 아이들이 있다는 것을 알게 되면서, 그들을 구하기 위해 왕도를 방문한다. 유우키의 협력으로 자유학원의 교관이 되어 그들을 돌봐주게 된다.

참고로, 모험가 등록을 할 때 탐색 부문의 시험은 잉그라시아 왕국에서만 가능하다. 또한 토벌 부문의 A랭크 승격 시험도 실적을 쌓은 상태에서 잉그라시아 왕국 본부에서 테스트를 받을 필요가 있다.

●히나타와의 사투

서방성교회의 본거지는 루벨리오스지만, 실무적 거점은 잉그라시아 왕국에 있다. 즉, 히나타가 속한 성기사단의 또 다른 근거지라 할 수 있다. 아이들의 문제를 해결한 뒤 리무루가 귀국하려고 했을 때, 그는 결계에 갇히면서 히나타와 바라지도 않는 싸움을 강요당했다. 오크 로드나 카리브디스 등 강적과 싸워왔던 리무루지만, 자칫하면 죽을지도 모를 정도로 위기에 빠진 것은 잉그라시아 교외에서 벌어진 히나타와의 싸움이 최초이다.

왕도에서 요시다 씨가 경영하는 카페의 스위츠가 아주 명품이지. 신작 케이크가 먹고 싶어!

대륙 서부에 위치한 신성교황국 루벨리오스는 유일신 루미너스를 숭상하는 '루미너스 교'의 신자들이 사는 종교국가다. 인구는 약 2천만 명. 대부분이 루미너스 교의 신자이며, 자유인은 없다.

국토는 1년 내내 강우량이 적은 약간 건조한 지대에 있으며, 옛날부터 건조한 기후에 강한 밀 생산을 국가적으로 장려해왔다. 따라서 수도 주변에는 밀 곡창지대가 펼쳐져 있다. 그 은혜가 루미너스가 하사한 것으로 여겨지면서, 산업이 없어도 이 나라를 안정시켜주는 큰 요인이 된 것으로 보인다.

정치 형태는 루미너스 신의 대변인인 교황을 최고 권위자로 삼고, 그 밑에서 교황청이 통치하는 종교적 공산주의다. 서방평의회 참가국이며 서방열국에도 소속되어 있지만, 그 성립 과정 때문에 다른 나라와는 상당히 분위기가 다르다.

신성마법 등 성스러운 힘을 구사하는 홀리 나이트(성기사)는 인간에게 해를 끼치는 마물 토벌은 물론, 외적으로부터 지켜주는 자로서 성직자와 나란히 존경을 받는 존재이다. 교황청의 하부조직으로서 본국 외에서 포교를 담당하는 서방성교회와 성기사단의 위광도 상당한지라, 각국에 파견된 신전 기사단의 무력과 함께 서방열국에서 큰 영향력을 지닌다.

●성스러운 도시 '룬'과 나이트 가든(야상궁정)

루벨리오스의 수도 룬은 루미너스 교의 성지이자 서방성교회의 총본산이 위치한 종교도시다. 각지에서 오는 순례자가 많아서 번영하고 있지만, 경건한 신자가 많이 살아서 어딘가 청렴한 분위기가 느껴진다.

거리에 인접한 산(영산)을 뒤에 두고 거대한 성당이 세워져 있으며, 이곳을 중심으로 산기슭에 거리가 펼쳐져 있는 모습은 실로 장엄하다. 이 대성당을 포함하는 일종의 요새 같은 산의 부지 안에 신성전(교황청)이나 서방성교회의 총본산 등, 교단의 주요 시설이 있다.

신성전 안쪽에서 산 정상으로 깊이 이어지는 돌계단이 있으며, 정상 부근에 '깊은 곳의 사원'으로 불리는 사원 같은 시설이 있다. 이곳은 루미너스 신을 위한 성스러운 장소로 취급되지만, 이 깊은 곳의 사원을 통과해 더 안쪽으로 가면 영산의 지하로 이어지는 비밀 입구가 있다. 그 광대한 공간의 끝에 이 나라의 진짜 도시가 펼쳐져 있다. 이 도시야말로 루미너스 신, 즉 십대마왕 중의 한 명이자 뱀파이어(흡혈귀족) 여왕인 루미너스가 군림하는 '나이트 가든(야상궁정)'이다. 이 도시가 지하에 있는 것은, 그 옛날 어떤 사룡에게 도시를 파괴당한 비극을 되풀이하

· 여왕 루미너스를 측근에서 모시는 '삼공(三公)'

루미너스를 모시는 오래된 뱀파이어인 루이, 로니, 권터, 이 세 사람이 '삼공'이다.

표면상 최고 권위자인 교황의 지위에 있는 루이, 루미너스 교의 프로파간다를 위해서 외적으로 마왕의 대역을 연기하는 로이, 그리고 가장 오래된 고참이며 루미너스의 집사로서 나이트 가든 일체를 맡아서 관리하는 권터. 이들 세 사람은 뱀파이어 귀족 중에서도 최고위의 자들인 것이다.

지 않기 위해서라고 한다.

당연하지만, 이런 내용은 교단의 일반 신자나 고위 성직자에겐 완전히 비밀로 감춰져 있다. 나이트 가든에 사는 귀족에 해당하는 뱀파이어 외에 이곳으로 들어오는 것이 허용된 자는 히나타 등 루미너스의 정체를 아는 한정된 인간뿐이다.

● 서방성교회

대륙 최고의 종교인 루미너스 교의 교단에서 서방열국 및 각지에 교회를 세우고, 루미너스 신앙의 포교에 힘쓰고 있다.

원래 이 조직은 루벨리오스 본국=교황청의 하부조직으로서 국외 포교를 위해 설립된 것이지만, 각지에 널리 뿌리를 내린 현재, 본국을 능가하는 규모와 세력을 자랑한다. 이는 '마물의 생존을 허용하지 않는다'는 루미너스 교의 교의를 엄격히 실천하기 위해 각지에서 마물 토벌에 힘쓴 크루세이더즈(성기사단)의 활약에 의한 것이 크다. 그 실태가 뱀파이어의 진조, 마왕 루미너스와 그 부하들이 지배를 원활히 하기 위해 꾸민 계획이란 것이 아이러니하지만……

각국에 성직자 호위나 포교활동에 대한 조력, 마물 토벌을 위한 무력 집단으로서 템플 나이츠(신전기사단)가 파견되어 있다. 각 교회에는 각각 대사제와 사제가 부임하며 그 위에 본부의 대사제나 추기경이 있지만, 실질적인 수장은 본국의 교황청에서 집정관을 맡고 있는 니콜라우스 슈펠터스 추기경이며, 성기사단과 마찬가지로 신전기사단에 대한 명령권은 교황청이 장악하고 있다.

최근 동태를 보면, 성기사단의 단장인 히나타가 새로운 마왕인 리무루와 격렬한 싸움을 벌인 뒤에 화해했고, 본국 루벨리오스가 템페스트와 국교를 수립하며 100년의 불

[약 2천 년 전쯤]

교황청의 하부에 포교용 조직으로서 서방성교회가 만들어진다.

이윽고 서방열국에 가장 큰 종교로서 루미너스 교가 정착된다.

여러 나라에 신전 기사를 파견한다. 신성마법의 가호를 받을 수 있다는 이유로 각국의 환영을 받으면서 정착해나간다 이 무렵부터 내부가 부패하기 시작한다.

베루도라가 난동을 부리면서 나라가 붕괴. 장소를 옮겨 인간을 보호한다는 방침하에 새롭게 '루벨리오스'를 건국. 초기에는 힘으로 국민을 지배했었다.

이 무렵 용사였던 그란베르가 루미너스에 도전했다가 패배한다. 신하가 된 그란베르를 중심으로 이윽고 '칠요의 노사'가 탄생한다. 종교를 축으로 한 정치 형태를 칠요들이 고안했고, 현재의 루벨리오스의 기초가 되는 기구가 만들어진다.

시대의 흐름 속에서 강자를 받아들이는 과정을 거치며 교황 직속 근위사단이 자연스럽게 결성된다.

[먼 옛날]

루벨리오스의 전신은 인간을 노예로 삼아 화려하게 번성했던 대국. 뱀파이어는 귀족 계급으로 군림했으며, 외적과 싸우곤 했다.

루미너스 교의 숨겨진 역사

가침조약을 맺었기 때문에 앞으로 관계가 크게 변할 것으로 예상된다. 마물을 절대악으로 적대시하는 교의도 서서히 변하게 될 것이다.

● 템플 나이츠(신전기사단)

중앙의 성교회신전에서 각국으로 파견된, 교회에 소속된 기사들의 총칭. 그중에서 특히 우수한 자는 크루세이더즈(성기사단)에 소속되는 것을 허락받으며, 홀리 나이트(성기사)로 불리게 된다. 그 수는 수만이 넘으며, 교회의 절대적인 영향력의 원천이 되기도 한다. 예를 들면, 파르무스 왕국의 교회에 재적한 템플 나이츠의 수는 3천 명에 달했는데 주변 국가 중에서도 최대 규모였다.

야아~, 루미너스 씨도 엄청난 걸 생각해냈네. 신도 마왕도 종이 한 장 차이란 말인가······. 역시 카미*라 하겠군!(슬라임 개그)

*(일본어로 '카미'는 '신'이란 뜻과 '종이'라는 뜻을 둘 다 가지고 있음)

[몇 년 전]	[약 1,200~1,300년 전쯤]
히나타가 루미너스에 패배하면서 부하가 된다. 루미너스의 총애가 약해진 노사들이 그에 대한 반발로 히나타를 괴롭히기 위해 서방성교회의 재건을 그녀에게 명령하지만, 히나타는 성기사단을 단련시켜 전력을 상승시킨다. 마물 퇴치에 특화되면서 한계에 달했던 것으로 보였던 서방성교회에 대한 지지가 다시 상승한다. 각국에서 새로운 신뢰를 쟁취한다. 루벨리오스의 안에서 서방성교회의 권력도 증가하면서 교황청과 서방성교회가 루벨리오스에서 양대 세력 같은 관계를 형성한다.	칠요의 노사가 대사제였던 아다루만을 함정에 빠트려 제거한다. 교회의 내부 부패가 심각한 수준에 이르렀기 때문에, 교황 루이가 칠요의 노사에게 교회 재건을 위한 명령을 내린다. 칠요는 집정관을 그만두고, 동시에 추기경에서 집정관이 선출되는 체제로 바꾼다. 마왕 로이가 위협을 가하고 성기사단이 그에 맞서 싸우는, 병 주고 약 주고 식의 대립관계가 여러 국가의 신앙심을 더욱 확대시킨다. 그러나 수백 년이 경과하면서 서서히 그 효과도 한계가 드러난다.

●루크 지니어스 (교황 직속 근위사단)

교황청 소속의 정예기사. 단장은 필두기사인 히나타가 성기사단장과 겸임하고 있지만, 개인주의자들의 집단이라 복장이나 장비도 다종다양하다. 전체 인원은 33명이지만, 한 명이 일개 군대에 해당하는 실력자. 교황으로부터 '루크(성채)'라는 칭호를 부여받고 사단을 칭하고 있다. 전원이 A랭크 이상의 전투 능력을 가지며, 여러 명이 연계하면 캘러미티 급의 위협에도 맞서 싸울 수 있는 영웅 급의 자들이다. 그중에서도 푸른 하늘의 사레, 큰 바위의 그레고리, 거친 바다의 그렌다는 '삼무선'으로 불리는 최정예.

●성기사단

서방성교회에 소속된 강력한 정예 기사단. 교황 직속 근위사단과 마찬가지로 전투 능력은 전원이 A랭크 이상. 그 수는 110여 명. 루벨리오스 본국은 물론, 서방열국 전역에서 마물 토벌에 특화된 활동을 전개한다.

단장은 교황 직속 근위사단 필두기사이기도 한 히나타. 부단장은 레나도. 그리고 아루노 이하 다섯 명의 대장이 각각 20명 정도의 홀리 나이트(성기사)를 이끈다.

●십대성인

히나타에 성기사단의 대장급 여섯 명과 근위사단의 삼무선을 합친 열 명은 마왕과 대척점에 선 존재로, 교황으로부터 '성인'으로 인정받았다. 이들을 십대성인이라고 부른다.

●칠요의 노사

'그란(일요사)'을 필두로 하는 서방성교회의 최고 고문이자 루벨리오스의 대간부적인 존재. 가혹한 수련 끝에 선인이라 불리는 영역으로 진화한 인간으로, 수명이 대폭 늘어나면서 반은 정신생명체에 가까운 육체를 얻었다. 인류의 수호자, 위대한 영웅, 전설적인 위인으로 존경받았지만, 마왕 루미너스의 총애(생기를 나눠받으면서 수명을 늘리는 의식)를 받고 있었다.

일요사 그란 : 과거에 용사였으며, 수많은 무기를 잘 다룬다. 신술(神術), 신성마법, 근접전투(맨손)

월요사 디나 : 환술, 환각마법, 정신지배, 원거리 공격(활)

화요사 아즈 : 염술, 불꽃마법, 근접전투(검)

수요사 메리스 : 독술, 물마법, 근접전투(창)

목요사 사룬 : 뇌술(雷術), 바람마법, 원거리 및 근거리 전투(쌍검)

금요사 비나 : 부적술, 각인마법, 무기 및 방어구 제작

토요사 자우스 : 수술(守術), 흙마법, 소환마법, 근접전투(중무기)

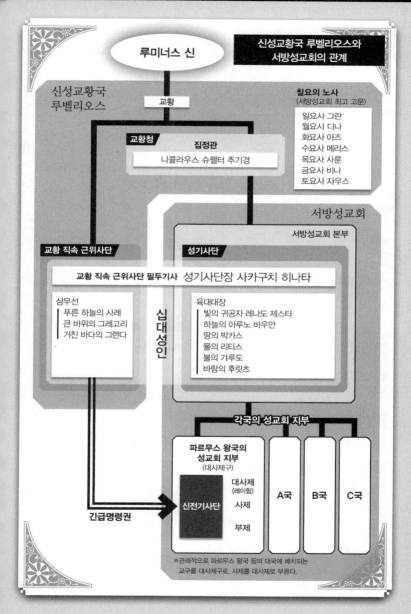

루미너스 신

**신성교황국 루벨리오스와
서방성교회의 관계**

신성교황국
루벨리오스

교황

칠요의 노사
(서방성교회 최고 고문)

일요사 그란
월요사 디나
화요사 아즈
수요사 메리스
목요사 사룬
금요사 비나
토요사 자우스

교황청　　집정관
니콜라우스 슈펠터 추기경

서방성교회

서방성교회 본부

교황 직속 근위사단

성기사단

교황 직속 근위사단 필두기사　성기사단장 사카구치 히나타

삼무선
　푸른 하늘의 사레
　큰 바위의 그레고리
　거친 바다의 그렌다

십
대
성
인

육대대장
　빛의 귀공자 레나도 제스타
　하늘의 아루노 바우만
　땅의 박카스
　물의 리티스
　불의 가루도
　바람의 후릿츠

각국의 성교회 지부

**파르무스 왕국의
성교회 지부**
(대사제구)

신전기사단

대사제
(레이힘)

사제

부제

A국

B국

C국

긴급명령권

※관례적으로 파르무스 왕국 등의 대국에 배치되는
교구를 대사제구로, 사제를 대사제로 부른다.

마도왕조 살리온

13왕가의 오래된 왕조를 주축으로 하는 왕조국가. 카발, 에렌, 기도의 모험가 3인조의 출신국이다. 마법연구가 발달된 나라로, 드워프 왕국과 기술을 교류하면서 신기술을 공동 개발하기도 한다.

국민은 엘프의 피를 이었으며 인구는 1억. 자유민이 2천만 명 정도. 수도는 '에르민 살리온(신수(神樹)에 감싸인 도시)' 혹은 '에르민'이라 불린다. 그 이름대로 거대한 신수의 내부에 도시가 형성된 환상적인 수도이다. 기후는 일본과 아주 비슷하며 사계절이 있다.

나라의 주인은 에르메시아 에루 류 살리온 황제. 천제, 마도제 등으로도 불린다. 황제 에르메시아는 엘프의 피를 진하게 이어받아서 아주 수명이 길고 늙지 않는다. 이 왕조 자체가 먼 옛날에 놀랍게도 에르메시아 본인이 세운 것이라고 한다.

황제는 '신의 후예'를 자칭하기에 국교를 정하는 것을 인정하지 않으며, 서방성교회에도 참가하지 않는다. '순결의 기사'로 구성된 '메이거즈(마법사단)'을 거느리고 있다.

각 왕가는 자치를 인정받지만, 거의 대부분의 권력이 에르메시아가 장악하고 있다.

●국교 수립과 공작의 실수

리무루의 마왕 취임 후, 살리온은 템페스트와 국교를 맺었다. 달리 선택지가 없는 유일한 해법이었지만, 교섭에 나선 에라루도 공작이 양국을 잇는 도로 건설을 마국에게 전면적으로 맡기고 만다. 노동력이나 공사비용 지출을 손쉽게 회피했다고 에라루도는 생각했지만, 결국 막대한 이익을 낳는 도로의 이권에 간섭하기 어렵게 되는 악수(惡手)가 되었기에 나중에 에르메시아로부터 질타를 받게 되었다. 수상쩍은 자들이 많은 13왕가의 감시역도 맡고 있는 에라루도이지만, 이권에 밝은 황제 에르메시아는 그 이상의 혜안을 지닌 자인 모양.

엘프의 나라라니, 여러 의미로 꿈이 커지는걸! 나무 안의 도시는 어떤 곳일까?

우르그레시아 공화국

국민 전원이 정령마법을 쓰는 '주술사'인 아주 특수한 소국. 정령의 은혜와 가호를 받은 평온한 공화제 국가이다. 수도는 '가르트'. 인구는 1천만 명 미만, 자유민은 100만 정도. 기후는 습윤과 건조의 중간인 반건조기후. 마법으로 안정된 농경을 꾸리고 있으며, 이웃나라인 마도왕조 살리온과의 교역도 왕성하다.

이세계인 아이들을 구하기 위해 리무루가 찾고 있었던 '정령이 사는 집'으로 가는 입구가 이 나라의 최북단에 있는 우르그 자연공원 안에 있었다. 정령과 관련된 지식 외에도, 라미리스와 베레타와의 만남을 비롯해 다양한 성과를 얻어낸 나라이다.

미궁요정 라미리스가 지배하는 미궁. 내부엔 변하는 빛과 그림자로 방향감각을 혼란시키는 덫이 다수 설치되어 있었다.

드워르곤은 마국의 북쪽에 위치한 서방에서 제일가는 기술대국이다. 국민은 지적 호기심이 풍부하며 손재주가 좋은 드워프 족. '드워프 왕국'이라고도 불린다. 나라의 주인은 살아 있는 영웅으로 이름이 높은 '영웅왕' 가젤 드워르고. 국정은 그에 의해 절대왕정이 펼쳐지지만, 입법만큼은 원로원에 맡기고 있다. 인구는 드워프만으로도 5천만 명. 다른 종족을 포함하면 1억 명에 달하는 대왕국이다. 수도는 '센트럴', '이스트', '웨스트'를 더해 3대 도시로 불린다. 도시는 지하 대동굴에 만들어져 있으며, 내부는 약간 선선하면서도 마법을 이용한 공기조절을 통해 적당한 온도를 유지하고 있다.

많은 기술자 및 장인을 보유한 이 나라의 기술력과 생산력은 다른 나라의 추종을 불허할 정도로 높다. 또한 의류, 건축, 대장간 등 일반적인 공업제품부터 약학, 화폐 제조, 정령공학을 사용한 마법도구에 이르기까지 취급하는 분야도 다양하다. 숙련된 장인들이 만든 물품들은 모두 높은 품질을 자랑하며, 그것들을 교역하기 위해 이 나라에는 수많은 사람들이 끊임없이 방문한다.

그들 자신이 아인이기도 하기에, 이 나라에선 종족에 따른 구별이 없다. 그 결과 마물, 인간을 가리지 않고 다채로운 종족이 오가며 동등하게 거래할 수 있는 자유교역 도시가 되었다. 당연히 분쟁은 엄격히 금지되어 있다.

그 외에 마도왕조 살리온 등의 마법대국과 기술 교환도 하며, 서방열국에도 드워르곤의 중요도는 아주 높다. 우수한 기술력을 배경으로 경제적으로도 발전한 나라지만, 도시가 산의 내부에 만들어져 있어 식량의 자급률이 낮은 것이 약점이다. 식량은 타국에서 수입하는 데 의존하고 있는 것이 현재의 실정.

무장대국이라는 이름대로, 드워르곤은 자국이 생산한 무기와 방어구로 무장한 강력한 일곱 개의 정규군을 보유하고 있다. 그 군대와 별도로 극비 부대인 왕 직속의 '페가수스 기사단'이 존재한다. 천마와 일체화된 500명이나 되는 기사들로 구성된 이 기사단은 하나하나가 A랭크의 힘을 지닌 드워르

지금 와서 생각해보면 엄청난 나라가 가까이에 있었던 거로군, 늘 신세지고 있습니다!

곤의 최강 부대다.

또한 이 나라의 최고 전력으로 일컬어지는 측근들이 가젤 왕을 받쳐주고 있다. 페가수스 기사단 단장 돌프, 군부의 최고사령관 번, 궁정 마도사 젠, 암부의 수장인 앙리에타. 이 네 명은 왕의 충실한 부하이자 젊었을 때부터 알고 지낸 동료이다.

도시로 가는 입구는 산기슭 부근에 있는 문.
맨 처음에 리무루가 들른 곳은 수도 센트럴이다.

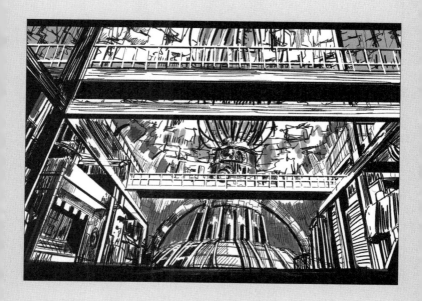

고블린과 아랑족의 통솔자가 된 리무루가 의류와 건축에 관련된 기술자를 구하기 위해 처음 들렸던 나라가 드워르곤이다. 리무루가 통솔자 초기에 카이진이나 가름 3형제 등의 우수한 기술자를 얻은 것은 마국에도 아주 큰 의미를 지닌다. 현재까지 이룩한 급속한 발전의 터전에, 다분히 드워프 왕국의 존재가 있다는 것은 부정할 수 없다. 또한 인간 국가 중에서 정식으로 템페스트를 국가로 인정한다고 최초로 발표한 것도 드워프 왕국이다. 그 이외에도 가젤 왕이 리무루의 검술 사형임이 밝혀지는 등, 이래저래 관계가 깊은 나라라고 할 수 있다.

드워프 왕국에게도 마국의 중요도는 나날이 높아지고 있다. 도로 건설을 통한 교역 루트의 확대, 마국이 적극적으로 추진 중인 새로운 사업, 술이나 회복약 등의 무역, 각종 기술 교환 등 중요성이 계속 커지는 중이다. 가젤 왕을 필두로, 왕국의 중진들은 급속하게 힘을 더해가는 마국의

리무루가 만난 카이진을 비롯한 드워프 기술자들. 지금도 마국을 지탱하는 본토박이 장인들이다.

동향에 대해 여러 면에서 주목하고 있다.

기본적으로, 강대하다는 것은 위협적이라는 뜻과 통한다. 특히 리무루가 마왕으로 진화했을 때에는 그 나라가 위협적인지 아닌지를 놓고 가젤 왕이 개최한 회의에선 의견이 분분했지만, 가젤 왕은 리무루를 믿는다고 단언하면서 우호관계를 계속 유지하게 되었다.

● 매혹의 가게 '밤나비'

리무루가 드워프 왕국을 처음 방문했을 때, 카이진이 엘프를 비롯한 아름다운 아가씨들이 많은 술집 '밤나비'에 데려다주었다. 베스터와의 트러블에 휘말리면서 어전재판을 받게 되었지만, 리무루는 이 가게에 큰 감명을 받았으며, 국교가 성립된 후에 외유할 때도 부하들을 이끌고 이 가게를 다시 찾았다. 리무루가 가장 마음에 들어 하는 가게라고 하겠다.

● 정령공학

드워프 왕국은 기계공학에 마법이나 정령과 관련된 지식을 합친, 이 세계의 독특한 기술체계인 '정령공학' 연구의 선진국이다. 마강(魔鋼)이나 마정석을 이용한 마법도구도 정령공학의 산물이다. 드워프의 기술자들은 정령공학을 이용해 거대한 마인형인 '마장병' 제작 계획을 진행 중이었다. 비록 실험 중에 일어난 사고 때문에 좌절되었지만, 그 기술의 일부분이 마장병의 파츠를 주운 라미리스를 경유하여 리무루에게 전해지게 된다.

동쪽 제국

대륙 북동쪽의 광대한 일대를 지배하는 나라가 통칭 '동쪽 제국'이라고 불리는 제정국가이다. 군사대국이기도 한 이 나라의 정식 명칭은 '나스카 나무리움 우르메리아 동방연합 통일제국'이지만, 너무 길어서인지 대부분이 '동쪽 제국'이라고 부른다.

신하와 국민의 인구가 8억 명인 거대 국가이며, 자유민도 수천만 명일 것으로 추측된다. 수도는 제도 '나스카'. 영토가 넓어서 기후는 지역에 따라 다르다.

리무루의 관점에선, 현시점까지 표면적으로 드러난 행동은 보이지 않고 상세한 것은 불명이지만, 서방열국은 패권주의를 내건 이 나라의 침략을 경계하고 있다. 또한 그림자 속에서 암약하는 '동쪽 상인'이 제국 출신이라는 점을 생각해보면, 불온한 불씨를 안고

패권주의라는 말은 영 내키지 않는군. 분쟁은 평화주의자인 나와는 관계가 없는 걸로 해주세요!

있는 나라일 가능성은 높아 보인다.

일부 나라를 예를 들어 국력을 비교해보면, '연합한 서방열국>마도왕조 살리온>드워프 왕국'이 되지만 동쪽 제국의 전력은 서방열국과 살리온을 합친 것보다도 크다고 한다.

'데몬 헌터(악마 토벌자)'나 묘르마일에게 노예매매를 제안한 카자크 뒤에도 이 케르베로스가 존재했다. 아마도 '소년'은 앞으로도 리무루에게 번거로운 적으로 계속 존재할 것이다.

● 케르베로스(삼거두)

동쪽 제국에 거점을 둔 어둠의 상회. 동쪽의 어둠의 사회를 지배하는 거대 범죄조직이며 노예매매 등 수많은 위법 행위에 손을 대고 있다. '돈(金)'의 다무라다. '여자(女)'의 미샤, '힘(力)'의 베가로 이뤄진 세 명의 두령이 조직을 지배한다. 그 위에 존재하는 총수가 바로 클레이만을 조종해 리무루 일행을 계속 괴롭혔던 '소년'이다.

파르무스 왕국에서 새로운 왕의 편을 든

마왕 밀림 나바가 지배하는 영지. 수도인 용의 마을에는 밀림이 거주하는 신전이 있다. 총 인구수는 10만 미만이며, 국가로서의 기능은 없다. 주민 공동체가 생산한 부를 중앙 신전에 모은 뒤 그것을 신관장이 균등하게 분배하는 시스템을 채용했고, 주민 전원이 서로 도우며 살고 있다.

주민은 '용을 모시는 자들'

이라 불리며, 밀림을 용의 황녀로서 숭배하는 용신교를 믿고 있다. 그러나 밀림을 모시다 보니 새로운 도전을 시도하지 않고, 그저 세대교체를 반복하며 오래 살기만 해서, 밀림으로부터는 '지루한 사람들'이라는 말을 듣고 있다.

군대가 없기 때문에, 클레이만이 강대한 억제력이 된 밀림에만 의존해 무력을 보유하지 않은 평화에 찌든 장소라고 야유하기도 했다. 실제로는 용을 모시는 자들 전원이 인간으로 변한 드래곤과 인간의 교배 종족인 드라고뉴트(용인족)의 후예로서 개개인의 전투력이 아주 높다. 군대를 필요로 하지 않는 게 아니라 주민 전체가 싸울 수 있는 무투파 집단이라는 인식하는 것이 정확하다. 또한 신전을 수호하는 신관전사단도 존재한다.

클레이만의 침공 시에 보기 좋게 이용당했던 용의 도시였지만, 현재는 평온을 되찾은 상태다. 리무루가 클레이만을 쓰

러뜨린 후에 칼리온과 프레이가 마왕의 자리에서 내려가 밀림의 부하가 되면서, 수왕국 유라자니아와 천익국 프루브로지아, 클레이만의 영토가 밀림의 지배영역에 추가되었다.

용을 모시는 자들은 요리한다는 개념이 없어서, 용의 도시에서 밀림은 제대로 조리되지 않은 식사를 하고 있었다.

수왕국 유라자니아

마왕 칼리온이 지배하던 수인족 중심의 나라. 인구수는 3억에 이를 정도이며, 수인족의 상급 민족이나 약소 종족, 인간이나 아인 등 다양한 자들이 살고 있다. 수도는 백수도시 '라우라'. 자연과 조화된 돌로 만들어진 소박한 도시로, 아멜드 대하 근처에선 특산품인 금이 채굴된다. 온화한 기후라, 과수원에서 생산되는 과일도 명물 중 하나. 화폐는 아직 도입되지 않았기 때문에 물물교환으로 거래가 이뤄진다.

템페스트와는 우호적인 관계를 쌓았다. 기술 제공이나 교역을 하는 등, 서로의 나라에 사절단을 파견해

풍요로운 국토와 전투력을 자랑하는 군사강국이었지만, 밀림의 공격을 받고 수도가 소멸했다. 칼리온이 밀림의 부하가 된 현재는 밀림의 지배영역. 밀림의 영토의 새로운 수도로 지정되어 마천루가 건설될 예정이다.

천익국 프루브로지아

마왕 프레이가 지배하던 하피(유익족) 중심의 나라. 인구는 100만 미만이지만, 인구 전체가 잘 통제된 병사들이다. 한랭한 기후가 특징인 고산지대에 위치해 있으며, 수도는 천공의 도시 '지아'. 희귀 금속, 보석류가 많이 채굴된다. 정치 형태는 여왕인 프레이가 다스리는 절대왕정 체제를 이루고 있다.

하늘을 찌르는 산맥의 안을 파내어 적층형 도시 공간을 형성하고 있는 이 나라에선, 날개가 없는 자는 들어가는 것조차 허락받지 못한다.

하피의 천적인 카리브디스에게 심각한 영토 피해를 입은 과거가 있다. 베루도라가 소실에 영향을 받아 용사의 봉인이 풀린 카리브디스가 부활할까 경계했지만, 리무루와 밀림 일행이 제거해주어서 우려가 사라졌다. 그 뒤에 프레이는 밀림의 부하가 되었기 때문에, 프루브로지아 전역이 밀림의 지배지에 병합되었다.

천공에 있는 도시라니─.
과거 종합건설회사에 근무했던 몸으로서 한 번쯤 가보고 싶은걸.
날개는 만들어낼 수 있으니까.

마왕 클레이만이 지배했었던 나라. 수도는 숨겨진 도시인 '암리타'. 다크 엘프를 비롯한 다양한 마물 종족이 살고 있으며, 총인구는 1억에 이른다. 단, 대부분이 노예다. 클레이만은 노예계급에게 농업을 시키면서, 광대한 영토와 방대한 인구를 먹일 수 있는 대량의 식량을 확보했었다.

밀림의 영토와 동쪽 제국 사이에 존재했던 이 땅은 원래 마왕 카자리무의 지배지였지만, 그가 레온에게 쓰러진 후에 부하였던 클레이만이 승계했다. 절대왕정이 통치 기반이었다. 클레이만이 리무루에게 패배한 현재는 마국의 관할하에 있다. 클레이만은 상당한 재산을 축적했었기 때문에, 그 재산이 템페스트의 국

클레이만의 성에는 고급 미술품과 가구가 수없이 많았다. 클레이만은 재산이 가져다주는 힘을 알고 있었던 것이다.

고를 상당히 윤택하게 해주었다.

지스타브에는 과거에 엘프의 왕국이 있었으며, 다크 엘프들은 토지에 잠자는 유적의 '묘지기'를 맡고 있었다. 그 고대유적이야말로 이 나라의 진정한 수도라고 한다. 알려져 있지 않은 오래된 유적에는 뛰어난 비보가 잠들어 있을 가능성이 있지만, 그런 만큼 신중하게 다룰 필요가 있다. 리무루는 자신의 눈으로 실태를 확인하기 전까지 유적의 존재를 공표하지 않기로 결심했다.

클레이만 통치하에서는 간부 중의 한 명인 '와이트 킹(사령의 왕)' 아다루만과 그 부하들이 왕성 부근을 경계했지만, 이미 슈나에 의해 해방된 상태다.

나머지 옥타그램(팔성마왕) 멤버들도 세계 곳곳에 개별적으로 지배영역을 보유하고 있다.

●마왕 기이의 지배지

동토의 빙원으로 둘러싸인 북방의 극한 대륙에 '백빙궁'이라는 궁전을 세우고, 자신이 거주하는 성으로 삼고 있다. 평범한 생물은 생존할 수 없는 가혹한 환경에 있기 때문에 악마족인 기이와 그 시종들, 마왕급에 해당하는 인물 이외는 발을 들일 수 없다.

다른 마왕에게 밀리지 않는 광대한 토지를 가지고 있지만, 주민이 없기 때문에 국가로서 성립되지 않은 모양.

●마왕 라미리스의 지배지

미궁을 관장하는 마왕 라미리스의 지배영역은 어떤 종류의 이차원 공간이며, 지상에는 존재하지 않는다. 단, 그 입구 중 남쪽에 해당하는 곳은 마도왕조 살리온에 접한 소국 우르그레시아 공화국 안의 우르그 자연공원에 만들어져 있었다.

라미리스는 오랫동안 그곳을 찾아오는 모험가들을 골탕 먹이거나 시련을 주면서 지냈지만, 현재는 너무나 쾌적한 템페스트의 삶에 이끌려 이주했다. 투기장 지하에서 이

어지는 미궁에서, 시종인 베레타, 트레이니 자매들과 함께 살고 있다.

그 외에 마왕 다구류루, 마왕 디노, 마왕 레온 크롬웰 등도 각자 지배영역을 가진 것으로 보이지만, 현재 상세한 사항은 불명이다. 이 세계에는 발견되지 않은 대륙이나 불모의 사막지대 등, 아직도 수수께끼에 싸인 땅이 있다. 그들의 영지는 어쩌면 그런 장소에 숨겨져 있을지도 모른다.

야아ー, 이 세계는 너무 넓어! 슬라임인 내가 보잘것 없이 보인다니까. 실제로도 작기는 하지만.

코믹라이드

~S코믹스 출간 예정 작품!!~
전생했더니 슬라임이었던 건에 대하여 ~마물의 나라를 즐기는 법(가제)~

**래비트맨(토인족) 소녀와
함께 걸으면서
미국연방을 즐기는 법!**

마이크로 매거진사의 웹 매거진 '코믹 라이드'에 만화 : 오카기리 쇼, 원작 : 후세, 캐릭터 원안 : 밋츠바의 제작진이 전해드리는 스핀오프 코믹스♪ 리무루의 부탁으로 도시의 가이드북을 만들게 된 래비트맨 소녀 프라메아의 시점에서 도시의 매력과 주민들의 모습이 그려집니다!

S코믹스 출간 예정 작품!!

TENSEI SITARA SURAIMU DATTA KEN Vol. 8.5
©2016 by Fuse
First published in Japan in 2016 by Fuse.
Korean translation rights reserved by Somy Media, Inc.
Under the license from Micro Magazine Co., Ltd., Tokyo JAPAN

전생했더니 슬라임이었던 건에 대하여 8.5

2017년   1월   1일 1판   1쇄 발행
2024년   3월 15일 1판 11쇄 발행

저   자 후세
일 러 스 트 밋츠바
옮 긴 이 도영명
발 행 인 유재옥
본 부 장 조병권
담당편집 정영길
편 집 1 팀 박광운 최서영
편 집 2 팀 정영길 조찬희 박치우 정지원
편 집 3 팀 오준영 이해빈 이소의
미   술 김보라 박민솔
라이츠담당 김정미 맹미영 이윤서
디 지 털 박상섭 김지연 윤희진
발 행 처 ㈜소미미디어
인쇄제작처 코리아피앤피
등   록 제2015-000008호
주   소 서울 마포구 토정로 222, 403호(신수동, 한국출판콘텐츠센터)
판   매 ㈜소미미디어
마 케 팅 최정연 최원석 박수진
물   류 허석용
전   화 편집부 (070)4164-3962, 3963 기획실 (02)567-3388
　　　　　　　판매 및 마케팅 (070)4165-6888, Fax (02)322-7665

ISBN 979-11-5710-613-4 04830
ISBN 979-11-5710-126-9 (세트)

여기서 부터 읽어 주세요. ▶

외전소설

SIDE STORIES

도롱이벌레 고부타

안녕하세요, 고부타입니다요!

저는 지금 리무루 님에게 한창 벌을 받고 있는 중입니다요.

'도롱이벌레 지옥'이라고 부르는 건데, 거미줄에 둘둘 감겨서 천장에 매달려 있는 겁니다요.

하지만 아프거나 고통스럽진 않습니다요. 힘을 뺀 상태로 대롱대롱 매달려 있습니다만, 제법 쾌적합니다요.

거미줄은 신축성이 있기 때문에 몸을 움직일 수도 있습지요.

하지만 발버둥을 쳐도 거미줄이 끊길 것 같지 않고 반동에 어지러워질 뿐이니까, 얌전히 있는 게 현명하다는 걸 조금 전에 깨우쳤습니다요.

그래서 혼자 내버려진 게 더 괴롭습니다요.

리무루 님과 다른 사람들끼리만 밤의 가게에 가다니, 정말 너무하다고 생각합니다요. 저도 데려가주길 바랐단 말입니다요…….

그건 그렇고, 심심하네요.

혼자 힘으로 탈출은 불가능할 것 같으니, 빠져나가려면 파트너인 람아랑을 소환해서 도움을 받는 수밖에 없겠습니다요.

하지만 그런 걸 제가 할 수 있을 리가 없잖습니까요!

리그루 대장조차 못 하는 것인데, 그렇게 쉽게 해낼 수 있었다면 이런 고생을 할 리가 없습죠.

이건 리무루 님의 교묘한 심술이겠지요.

잠시 존 것뿐인데, 리무루 님은 정말 쩨쩨하다고 생각합니다
요. 이런 말을 했다간 리그루 대장이나 리그루도 촌장이 엄청 화
낼 것 같으니 여기서만 말하는 것이지만 말입죠.

그렇다곤 해도 딱히 고통스럽거나 불쾌하지는 않으니까 심심
한 걸 제외하면 문제는 없습니다요.

이래저래 불평을 하지만, 리무루 님은 역시 자상하시니까 말
입죠.

그런 점이 모두가 그분께 심취하는 이유라고 생각합니다요.

뭐, 내일이 되면 돌아와서 내려주실 테니 오늘 밤만 참으면 됩
니다요.

이상합니다요.

하룻밤이 지나고 낮이 되었는데도 리무루 님과 다른 사람들이
돌아오질 않습니다요.

무슨 일이 있는 것일깝쇼? 단지 놀면서 돌아다니다가 어딘가
에 묵고 있는 것뿐인지도 모르겠지만 말입죠.

솔직히 말해서 배가 슬슬 고파지니 빨리 돌아오셨으면 좋겠습
니다요…….

위험합니다요…….

3일이 지났는데 리무루 님과 다른 사람들이 돌아오질 않습니다요.

걱정이 됩니다요. 하지만 다른 사람 걱정을 하고 있을 때가 아
닙니다요.

그야말로 지금 저 자신이 위기에 직면해 있단 말입니다요!

배가 고픈 것도 큰일이지만, 그것보다 훨씬 더 중요하고 중대한 문제가 발생했습니다요.

삐━━━꾸르르르르르…….

배가 아픕니다요…….

소변을 누고 싶은 걸 억지로 계속 참았더니 큰 것까지 느껴지기 시작했습니다요.

큰 것과 작은 것의 다중 공격에 저 자신의 정신력은 극한까지 단련될 것 같습니다요.

게다가 말입죠!

저 자신이 매달려 있는 방은 카펫이 깔린 응접실입니다요.

돌바닥으로 된 방이라면 그나마 다행이지만, 이렇게 비싸 보이는 카펫을 더럽혔다간 드워프인 카이진 씨한테까지 꾸중을 들을 것 같습니다요…….

리무루 님도 저희가 지금까지 화장실이나 목욕 같은 것을 신경 쓰지 않았던 것을 계속 언급하시면서 고치려 하시는 분이니, 방을 더럽혔다간 꾸중을 하실 것 같단 말입죠…….

어쩌면 지금 상당히 위험한 상태에 있는지도 모르겠습니다요.

자, 이걸 어떡하면 좋답니까요…….

야, 약간 정도가 아니라…… 많이 위험한뎁쇼…….

참으려고 몸을 비틀었더니 그 진동이 거미줄을 타고 흐르면서 미묘하게 흔들립니다요.

이대로 있다간 대참사가 일어나는 것도 시간문제입니다요.

거미줄을 끊는 건 무리인 데다, 리무루 님이 돌아오시는 것도

기대할 수 없을 것 같습니다요.

아무런 방법이 없습니다요. 완전 위기입니다요.

아까부터 진땀이 멈추지 않고 흐르고 눈도 침침해졌습니다요.

여기서 탈출할 방법이 없는 이상, 이제 포기하고 모든 걸 다 해방시켜야 할——.

아니, 잠깐만? 그러고 보니…….

거의 포기하기 직전이었던 저 자신에게 하늘의 목소리가 들렸던 것 같습니다요.

'분하다면 파트너라도 소환해서 도움을 받으라고!!'

확실히, 리무루 님은 그렇게 말했습니다요.

전 시험받고 있었던 겁니다요! 그렇다고 생각했으면 곧바로 소환을 하는 겁니다요!

(파트너, 와줘야겠습니다요! 빨리 안 오면 큰일이 일어날 판입니다요!!)

마음속으로 빌자, 지금까지 아무런 반응을 느낄 수 없었던 람아랑이 머리를 갸웃거린 것이 전해졌습니다요.

왠지 잘하면 될 것 같습니다요.

뒤이어 필사적으로 부르자, 세 번째에야 겨우 의식이 연결되는 느낌을 확실히 잡았습니다요.

이렇게 되면 그다음은 볼 것도 없습니다요. 지금의 저 자신은 극한까지 정신력을 갈고 닦은 상태니까 말입죠!

결국 아슬아슬하게 소환에 성공했고, 파트너가 화장실까지 절 데려다주었습니다요.

　　그러나 그 자리에서 힘이 다해 모든 걸 해방시키고 말았다는 것은 비밀입니다요.

　　다행히도 리무루 님과 다른 분들이 돌아온 건 그 후로 며칠 뒤였기 때문에, 세탁을 끝내고 흔적도 확실히 은폐한 상태로 끝낼 수 있었습죠.

　　제가 파트너 소환에 성공한 것을 알고 리무루 님이 아주 크게 놀라셨는데, 그 반응에 약간은 마음이 개운해지긴 했습니다요.

　　두말할 것도 없는 이야기입니다만, 저 자신이 실수를 한 것은 누구에게도 말할 생각이 없습니다요.

　　그야말로 무덤까지 가지고 갈 얘기입니다요.

　　성공 뒤에는 그만한 노력이 있었다는 이야기가 되겠습니다요!

밤나비

의외로 슬라임의 몸은 쾌적하다.

이동에도 불편한 점이 없고, 피로도 웬만하면 느끼지 않는다. 세세한 것에 구애받지 않는 성격인 나로서는 딱히 크게 불편한 건 없었다.

하지만 지금 중대한 문제가 발생했다.

나는 '밤나비'라는 이름의 가게에 와 있다.

뒤풀이와 감사의 의미를 겸해서 카이진이 데려와준 것이다.

나는 흥미가 없었지만, 카이진이 간곡히 부탁하니 어쩔 수가 없었다.

아니, 정말로 흥미가 없었거든. 하지만 카이진이 간곡히 부탁을 하니까…….

……어쩔 수 없군, 인정하지.

사실은 흥미진진했다. 오랜만에 아름다운 아가씨들과 같이 술을 마실 수 있다니, 나는 기뻐하면서 가게에 들어갔던 것이다.

그런데!

술을 마셔도 전혀 취할 수가 없었다. 이건 아주 중요한 문제라 할 수 있다. 모처럼 카이진이 데려와준 가게인데, 이래선 즐거움이 반감되잖아. 취할 수 있는 방법을 이것저것 시험해봤지만, 애초에 맛조차 느끼지 못하니 어쩔 도리가 없다. 불굴의 정신으로 노력해봤지만 이것만큼은 포기할 수밖에 없을 것 같다.

그러나 즐거움은 술만 있는 게 아니다.

나는 기분 전환이 빠른 남자. 이 정도 일로 포기하지는 않는 것이다!

그런 고로, '밤나비'라는 이름에 부끄럽지 않은 미인으로 유명한 아가씨들과 마음껏 놀아보고 싶다고 생각했다.

이 시점에서 또다시 문제가 발생했다.

슬라임의 신체에 불만이 없었는데, 이 가게에선 계속 문제가 발생했다.

이번에는 손이 없는 게 문제였다. 모처럼 엘프 아가씨들과 같이 있는데 만질 수가 없다는 건 정말 큰 문제라고 할 수 있다.

나긋나긋하고 섬세한 팔에 안겨서 풍만한 가슴에 눌린 채 그 감촉을 고스란히 느끼고 있다.

훌륭해! 여기가 천국인가?! 그렇게 절규하고 싶어지는 극락의 상황에 놓여 있는데…….

슬픈 일이지만 손이 없기 때문에 그 이상은 아무것도 할 수가 없는 것이다.

지금까지 잡아먹은 마물들을 떠올리면서 손이나 촉수 같은, 내 심정을 전할 수 있는 기관을 만들 수 있는지 필사적으로 생각해봤다.

이런 때야말로 유니크 스킬 '대현자'가 필요하다고 생각해 재빨리 명령을 내렸다.

그러나——.

《해답. 데이터가 부족합니다. 지정받은 부위의 제작에 실패했습니다.》

쓸모가 없어———!! 뭐가 '대현자'야. 정작 중요한 때엔 전혀 도움이 안 되는 녀석이잖아.

하지만 뭐, 잡아먹은 마물——뱀, 지네, 거미, 박쥐, 도마뱀, 늑대——를 떠올려보니, 확실히 그런 기능을 가진 것은 없었다.

아쉽지만 가슴을 주무르는 것은 포기할 수밖에 없을 것 같다.

하지만! 나는 여기서 포기할 남자가 아니다.

주무르는 건 무리라고 해도, 엘프 아가씨의 그윽한 향기는 즐길 수 있는 것이다.

풍만한 가슴에 감싸인 채로 천상의 향기를 즐긴다. 이거야말로 성인 남자가 바라는 극상의 삶이라 할 수 있겠지.

재빨리 즐기기로 한다.

가슴 가득히 공기를 빨아들인다. 그리고 도달하는 아로마의 세계.

이때 아랑족에게서 얻은 '초후각'이 대활약을 해주었다.

좀 더 많은 것을 알고 싶어 하는 지적 호기심이 추구하는 대로, 나는 엘프 미소녀들의 냄새를 실컷 즐긴다.

《해답. 성분은 향수에, 여성호르몬의 일종인 에스트로겐, 옥시토돈——.》

스톱! 아니야, 그게 아니라고!!

구체적인 지식을 알고 싶은 게 아니란 말이야……. 그렇게까지 알아버리면 정취라는 게 사라지잖아.

정말로 '대현자'라는 건 이름만 그럴듯한 건가? 정말 쓸모가 없

는 스킬이다.

나는 '대현자'에게 간곡하게 설명했다.

확실히 냄새를 맡으면서 그 훌륭함을 알고 싶다고 생각은 하지만, 그건 결코 지나치게 많이 알아서는 안 되는 것이라고.

적당한 게 좋은 것이다. 무슨 일이든 넘어서는 안 되는 선이 있는 법이다.

알고 싶어도 알 수가 없다. 보고 싶어도 볼 수가 없다.

그게 바로 극의다.

인간이란 알아버리면 흥미를 잃어버리는 존재인 것이다. 그렇기에 조금만 더 하면 도달할 수 있는 극한까지 파고든 뒤에, 그 이상은 스스로를 규제하는 것이 옳다.

이것 역시 팬티는 슬쩍 보이는 것이 가장 짜릿하다는 이론의 변용이라고 할 수 있겠지.

지적 호기심을 억압하면서 더 큰 흥분을 얻는다. 현명한 자에게만 가능한 어른의 기호라고 할 수 있겠다.

나는 그런 사항들을 조목조목 '대현자'에게 들려주었다.

《······해답. 이해했습니다.》

정말이야? 역시 '대현자'로군.

내 열의가 전해졌는지, 극의를 깨달아준 모양이다.

극의를 이해한 '대현자'는 참으로 대단했다.

알고 싶어서 참을 수 없는, 그런 기분이 드는 직전까지 날 깨우

치게 만들어준 것이다.

구체적으로 말하자면, 냄새로 여성의 기분을 이해할 수 있을 정도였다.

기뻐하고 있다거나 화가 나 있다는, 그런 기초적인 희로애락 수준 정도의 기분이지만, 밤의 가게에서 그런 정보는 천금에 필적하는 가치가 있는 법이다.

나는 이 가게에서 왕자(王者)의 지위를 확보한 것이다.

이 효과는 냄새에만 해당되는 것이 아니다.

시각도 마찬가지로, 보일 듯 보이지 않는 영상이 머릿속에서 재현되고 있다.

내 시각은 아직도 '마력감지'에 의존하고 있다.

눈이란 부위만을 재현하는 것은 의외로 어렵기 때문에, '마력감지'로 영상을 재현하는 것이 부담이 더 적은 데다 시야도 넓어진다.

그 시야의 범위를 이용하여 사람의 눈으로는 보이지 않는 스커트 안쪽의 영상조차도 입수가 가능한 것이다.

그러나 엘프 아가씨들이 교묘하게 사수하고 있을 황금의 삼각형을, 보일 듯 말 듯 하게 재현해준다.

역시 '대현자'…… 무서운 녀석이라니까.

이리하여 밤의 가게에서 벌어지는 질리지 않는 탐구는, 멋을 모르는 어떤 방해꾼이 나타날 때까지 계속되었던 것이다.

어떤 모험가들의 일상

카발, 에렌, 기도 세 사람은 터벅터벅 길을 걷고 있었다.

완전히 지친 얼굴로 익숙하게 드나들던 건물 앞에서 걸음을 멈춘다. 힘없이 문을 밀어 열고는 안으로 들어가는 세 사람.

그곳은 술집을 겸한 싸구려 여관이다. 돈이 없는 세 사람이 애용하는 단골 여관이다.

세 사람은 각자 방을 잡고는 술집에서 다시 만났다.

그리고 크게 한숨을 쉬더니, 쌓이고 쌓인 울분을 토해내려는 듯이 입을 열었다.

"그러니까 그만두자고 말했잖아요오!"

"그렇습니다요. 저도 위험하다는 예감이 든다고 말했잖습니까요!"

"어쩔 수 없잖아! 설마 큰 뱀을 퇴치해달라는 의뢰에서 변이종인 트윈 서펜트(쌍두대사, 雙頭大蛇)가 나올 줄은 생각도 못 했다고!"

"그렇지만…… 그렇지만 모처럼 네 마리까지 퇴치했는데……."

"한 마리만 남았었는데 말입죠……."

"그럭저럭 잘 교섭해서 의뢰 실패까지 안 간 것만으로도 다행이라고."

말싸움해봤자 소용없다는 듯이 내뱉는 카발. 카발 역시 불평을 늘어놓고 싶은 기분은 마찬가지다. 일단 자신이 리더라는 자각이 있기 때문에 동료들의 불만을 듣는 역할을 감수하는 것뿐이다.

그런 세 사람 앞에 타이밍 좋게 맥주가 놓였다.

싫은 일은 잊어버리는 게 최고라는 듯이 단번에 술잔을 비우는 세 사람. 의뢰가 실패한 것이 되지는 않았지만 보수는 반으로 준 것도 모자라서, 트윈 서펜트로부터 도망칠 때 뒤집어쓴 용해성 점액 때문에 망가진 장비의 수리요금이 엄청나게 늘어났다. 생각하면 생각할수록 손해가 크다고 할 수 있다. 그러니 술이라도 마시지 않으면 참을 수가 없는 것이다.

장비를 새로 마련하고 싶어도 돈이 없으니 포기하고 수리를 맡길 수밖에 없지만…….

"아―, 나도 드워프 장인이 만든 장비가 가지고 싶다고. 싸게 쳐도 금화 몇 개 값이 나갈 테지만……."

"사치예요, 카발 씨. 나도 로브를 새로 마련하고 싶지만 참고 있단 말이에요."

"우린 가난하니까 말입죠……. 이번 일도 살아남았다는 게 운이 좋은 겁니다요."

"하긴. 트윈 서펜트한테서 도망도 쳤고, 우리가 보고했기 때문에 토벌대도 파견될 수 있었지. 주민들에게 피해가 생기지 않은 걸 다행으로 여기자고!"

"그래요. 저금이 수리비용으로 사라진 건 큰 문제가 아니에요오!"

카발은 기도의 말을 듣고 낙관적으로 생각하려 했지만, 에렌의 한마디에 다시 현실을 떠올리며 우울해졌다. 에렌조차 스스로 한 말에 완전히 어두운 표정을 지었다. 세 사람 사이엔 무거운 분위기가 감돌기 시작했다. 그런 분위기를 불식시키기 위해, 오늘은 홧술이라도 마시고 푹 자고 내일부터 또 노력해보기로 할까! 카발이 그렇게 말하던 바로 그때――.

"이봐, 들었어?"

"응, 기나에 마을 쪽의 산속에 있는 저택 말이지? 듣자 하니, 보수가 금화 열 개인 의뢰가 있다며?"

옆자리에서 술을 마시는 남자들의 대화가 들려왔다. 적당히 취기가 오른 모습이, 자신들의 목소리가 커졌다는 걸 알아차리지 못한 것 같았다. 금화 열 개라는 단어에 세 사람은 술이 확 깼고, 진지한 표정으로 귀를 쫑긋 세웠다.

"마물을 토벌하면 금화 열 개라는 것 같던데……."

"오오, 그거 완전 파격적인데. 왜 그렇게 상금이 많은 거야?"

"듣자 하니, 길드를 통하지 않는 의뢰라나봐. 중간 단계가 없는 만큼 얻는 게 많은가 보더라고."

"그렇다면 마물이 얼마나 강한지 모른다는 이야기잖아. 받아들일 바보가 어디 있겠어?"

"금화 열 개는 매력적이지만, 기나에 마을은 멀기도 하고 말이야. 토벌이 가능한지 아닌지도 모르는데 도전한다는 건 좀 그렇긴 하군."

"동감이야. 조금씩이라도 착실히 버는 게 현명한 거지."

그렇게 말하면서 남자들은 웃었고, 미심쩍은 얘기 따윈 어느새 잊어버린 것처럼 자기 자랑으로 화제가 바뀌고 있었다.

카발, 에렌, 기도 세 사람은 서로의 얼굴을 쳐다보았다.

"지금, 마침 의뢰받았던 일이 끝나서 시간 여유가 있지……."

"그러네요……. 산나물이 맛있는 계절이기도 하고요……."

"가끔은 느긋하게 산속에 가서 요양하는 것도 좋을지 모르겠습니다요."

의견이 일치한 세 사람은 서로를 보면서 고개를 끄덕였다.

그 눈은 욕망에 물들어 있었으며, 위험에 대해서는 일절 생각하지 않는다는 것을 바로 알 수 있을 정도였다.

*

카발, 에렌, 기도 세 사람은 필사적으로 달렸다.

이제 조금만 더 가면 출구가 나오는데, 그 녀석이 문 앞에 나타났다.

레서 데몬(하위악마)이다.

'B+랭크'인 레서 데몬은 B랭크인 카발 3인조에게 이길 수 있을지 없을지 확실하지 않은 상대였다.

길드가 권장하는 적성 랭크는 원칙적으로 같은 랭크의 마물까지 상대하는 것으로 되어 있다. 랭크가 더 높은 마물을 상대한다는 것은 이길 수 있다는 보장이 없는 것 이전에 자살행위로 본다.

애초에 왜 이런 일이 벌어졌는가 하면…….

기에나 마을에서 하루를 묵고, 산속의 저택을 방문한 일행.

거기서 세 사람은 의뢰 내용의 설명을 들은 뒤, 밤도 늦었으니 묵고 가기를 권유받았다.

그게 함정이라는 것을 안 것은 저택 주인과의 만찬 자리에서였다.

"야아, 이렇게 성대한 대접을 받아도 괜찮겠습니까?"

"요리가 다 맛있어요오!"

"우리한테 맡기면 오거 베어라 해도 문제없습니다요. 맡겨주십쇼!"

"핫핫하. 야아, 역시 젊은 사람들은 믿음직스럽군. 자, 맘껏 드시구려, 음식은 아직 많이 있으니까!"

"감사합니다!"

"네에, 정말로 맛있어요오! 혹시 우리를 살찌워서 잡아먹을 생각은 아니겠죠오?"

"핫핫하, 하? 하하, 방금 뭐라고 했소?"

"아니, 그러니까아…… 우리를 살찌워서 잡아먹을 생각은, 아니겠죠오?"

"…………."

""………….""

에렌의 농담에 저택의 주인이 어색한 표정으로 웃었다.

그 부자연스러운 반응에, 그저 농담이나 하려 했던 에렌이 얼굴을 굳히며 어색한 미소를 지었다.

"저기…… 혹시나아, 농담이 아니었나요?"

"후후, 후하하하하! 잘도 꿰뚫어 봤구나, 인간 주제에. 예정과는 다르지만 여기서 네놈들을 죽여서 그 육체를 뺏기로 하지."

저택의 주인이 그렇게 말하더니, 변신을 풀고 정체를 드러냈다.

그 모습을 본 순간, 세 사람은 무조건 달아나기로 결정했다. 그런 후에, 세 사람의 도주극이 시작된 것이다.

그리고 실컷 도망친 끝에, 문 앞까지 몰린 세 사람.

"아니, 이렇게 된 이상 각오를 굳히겠어요오! 해치워버리죠

오!!"

"아가씨, 말씀은 쉽게 하십니다만……. 뭐, 어쩔 수 없겠습니다요."

"이봐, 리더는 나라고. 어쩔 수 없군, 붙어볼까아!"

에렌의 선언에 두 사람은 각오를 굳혔고, 파산을 각오하고 아이템을 총동원해 전투를 시작했다.

그리고 몇 시간 후.

"크, 이런 말도 안 되는 일이……. 하등한 인간 따위에게 내가 당하다니……. 적어도, 육체를 완전히 얻을 수만 있었다면——."

그런 말을 마지막으로 남기고 레서 데몬은 소멸했다. 완전히 죽은 것이 아니라 불완전한 육체를 유지할 수 없게 되었을 뿐이지만, 그래도 세 사람의 승리라 해도 좋을 정도였다.

"해, 해냈어! 레서 데몬을 쓰러트렸다고!"

"해냈네요오! 역시 우리는 하면 할 수 있는 사람들이었어요오!"

"다행이다. 정말로 다행입니다요. 사실은 죽음을 각오하고 있었다굽쇼……."

세 사람은 서로를 보면서 기뻐했지만, 자신들에게 닥쳐오는 불길을 보고는 표정이 확 바뀌었다.

"이런! 저 자식이 쏘아댄 파이어 볼 때문에 저택에 불이 붙은 것 같은데!"

"큰일이에요오! 빨리 탈출하지 않으면 우리까지 재가 되겠어요오!"

"느긋하게 놀라고 있을 게 아니라, 어서 도망가자구요!."

세 사람은 서둘러서 도망치기 시작했다.

전투 때문에 문이 파괴된 상태라 다행이었으며, 무사히 탈출에는 성공했──지만…….

"그러고 보니 상금이라던 금화 열 개는……."

"말하지 마! 우리는 요양을 하러 왔을 뿐이야. 그렇잖아?"

"……그렇습니다요. 저택도 불타버렸으니 이번에도──."

"네──?! 또 무료봉사한 건가요오?! 이젠 우아한 생활을 좀 하고 싶다고요오! 이번 보상금으로 아름다운 로브를 살 생각이었는데에!"

"그러니까 말하지 말라고 말했잖아! 슬퍼질 뿐이라고!!"

"뭐, 우리답다면 우리답다고 할 수 있겠습니다요. 살아남은 것만도 다행입니다요!"

"정말이지, 매번 그런 말만……. 매번 같은 소리를 한다고요오."

하지만 불만을 입 밖으로 내뱉는 것치고는, 세 사람의 표정은 밝았다. 이런 일은 일상다반사이며 살아만 있으면 좋은 일이 있을 거라고, 세 사람은 경험을 통해 이해하고 있었기 때문이다.

*

가장 가까운 길드에 사건의 전말을 다 보고한 뒤에, 세 사람은 술집에서 축 늘어져 있었다.

그런 세 사람을 길드 마스터가 호출했다.

긴장하면서 방으로 들어온 세 사람.

"이번에도 욕심에 눈이 어두워서 분수에 안 맞는 일을 받아들이려고 했다지."

마지막에 들어온 기도가 방문을 닫기도 전에, 길드 마스터의 노성이 날아들었다.

"아뇨, 아직 받아들이지는 않았으니까, 제발 규약 위반은 봐주십시오."

당황하면서 둘러대는 카발.

그러나 길드 마스터는 카발의 대답을 콧방귀로 넘기고는 계속 말을 이었다.

"뭐, 좋아. 살아남은 것만으로도 얻는 것은 있는 법이니까."

길드 마스터의 반응에 당황하면서도, 오늘은 길드 마스터의 기분이 좋은가 보다고 생각하며 세 사람은 안도했지만…….

"하지만 너희는 너무 무모해! 이 멍청한 것들!!"

곧바로 오거보다도 더 무서운 길드 마스터의 설교가 이어졌다. 몇 시간에 걸쳐서, 분명히 바쁘다고 알고 있는데도 길드 마스터는 오랫동안 설교를 계속해댔다. 엎친 데 덮친 격의 상황. 세 사람은 울고 싶어졌다.

그런 세 사람에게 마지막으로 길드 마스터가 말했다.

"하지만 너희 보고대로 트윈 서펜트가 발견되었다. 마을에서 멀리 떨어진 숲 바깥에서 말이지. 너희가 유도한 거지? 잘했다. 그리고 잘 도망쳐 살아남았어. 앞으로는 자기 실력을 잘 감안해서 무모한 짓만큼은 하지 마라."

"아니, 정신없이 도망치느라 잘못해서 마을 반대편으로 도망친 것뿐입니다."

"그래요, 그래요, 엄청 당황했어거든요오!"

"멍청한 짓을 했지 뭡니까요. 마을로 도망쳤으면 대기하던 병

사들도 있었을 텐데 말입죠."

세 사람은 그렇게 말하며 얼버무렸지만, 길드 마스터는 다 알고 있었다는 듯이 "뭐, 됐다. 용건은 이걸로 끝이야"라고 말하고는 이내 시선을 서류 쪽으로 옮겼다. 그게 길드 마스터 나름대로 남긴 감사의 말인 것이다.

세 사람은 고개를 숙인 뒤에 길드 마스터의 방을 나왔다.

며칠 후.

세 사람이 임무를 맡아 어떤 마을을 통과할 때였다.

"아, 누나랑 아저씨들! 저번엔 무서운 마물을 퇴치해줘서 고마워요!"

작은 아이들이 그렇게 소리치더니 달려와 세 사람을 둘러쌌다.
그 표정에는 미소가 가득했다.

전에 이 마을을 들렀을 때는 부모를 걱정하면서 울고 있었는데—— 지금은 그런 흔적은 전혀 찾아볼 수 없었다.

"이 미소를 볼 수 있었던 것만으로도 최고의 보수를 받은 게 아닐까 생각하곤 해요오!"

"그렇군. 나쁘지 않아."

"그렇습니다요. 돈보다 중요한 건 있는 법입죠!"

아이들을 따라, 세 사람의 얼굴에도 미소가 떠오르는 데는 그리 오랜 시간이 걸리지 않았다.

그리고 세 사람은 평소처럼 앞을 향해 걷기 시작했다.

세 사람의 모험은 이제 막 시작되었을 뿐이다.

옷 갈아입히기

그날, 여성들은 긴장한 표정으로 말없이 자신들의 일을 해내고 있었다.

뭔가 신경이 쓰이는 일이라도 있는 건지, 어딘가 들뜬 표정으로 어떤 건물을 의식하고 있는 것 같다.

그 건물 안에선 지금 그야말로 여성들의 뜨거운 회합이 신중하게 벌어지고 있었다.

"자, 하루나 씨. 준비는 차질이 없겠지요?"

"네, 슈나 님. 모든 건 예정대로 진행되어 있습니다."

하루나의 대답을 듣고 믿음직스럽게 생각하는 슈나.

그녀에게 맡겨두면 완벽하다고 생각하면서 만족스럽게 고개를 끄덕인다.

"시온, 그쪽은 괜찮은가요?"

"문제없습니다, 슈나 님. 안심하고 제게 맡겨두십시오!"

"……그런가요. 당신 역할은 이 계획에서 가장 중요한 거예요. 진심으로 임해주세요."

"네! 안심하십시오!!"

하루나와 달리, 시온에 대해선 일말의 불안을 느끼는 슈나. 그러나 이번 계획에는 시온의 협력이 필수 불가결한 것이다. 걱정스럽게 생각하면서도 슈나는 시온의 대답에 고개를 끄덕였다.

세 사람은 서로에게 눈짓을 보낸 뒤, 각자의 역할을 다하기 위해 행동을 시작한다.

기분이 좋은 어느 맑은 날.

나는 이제 막 완성된 거리를 돌아보기 위해 통통거리면서 순회를 하고 있었다.

평소에는 지나칠 정도로 따라다니는 시온이 없기 때문에 오랜만에 내 발로 걷고 있다.

뭐, 슬라임은 발이 없으므로 꾸물거리면서 전진한다는 것이 올바른 표현이겠지만——그런 건 딱히 상관없다. 산책을 즐기고 있다는 것, 그게 중요한 것이다.

하지만 그런 즐거운 시간도 끝을 맞이한다.

"여기 계셨군요, 리무루 님!"

시온이 달려오면서 날 끌어안았다. 그대로 방긋방긋 웃으면서 볼을 비빈다.

늘 하는 행동이라서 신경을 쓰지 않게 되긴 했지만, 아무래도 나를 애완동물 같은 걸로 착각하고 있는 게 아닐까? 아니, 뭐, 나도 가슴의 감촉이 기분 좋으니까 불평은 딱히 하지 않지만 말이지.

그렇긴 해도 이대로 있기는 좀 그렇다. 아쉽긴 하지만 나는 시온의 품에서 탈출하여 인간형으로 변했다.

"날 찾고 있었던 것 같은데, 무슨 볼일이 있나?"

"아, 그랬지요! 슈나 님이 리무루 님을 모셔 오라고 하셔서……."

응? 슈나가 날 찾고 있었나.

시온이 날 따라오지 않았던 건 슈나가 불렀기 때문이었군. 그

말을 들으니 납득이 간다.

"알았다. 그럼 지금부터 가보도록 할까."

"네!"

그렇게 아무런 의심 없이 나는 슈나가 있는 곳으로 향했지만…… 이게 문제의 시작이 될 것이라고는 나는 깨닫지도 못했다.

*

내가 방에 들어가자, 슈나는 평소 때처럼 웃는 얼굴로 맞아주었다.

건물에 들어갔을 때 왠지 고블리나들이 긴장하고 있는 것처럼 느꼈지만, 슈나의 모습은 평소와 다름이 없다. 내 기분 탓이었겠지.

"차를 가져왔습니다!"

그때 시온이 쟁반에 차를 얹어서 들고 왔다.

나는 고맙다는 말을 하면서 받아 들려고 했는데──.

"이런, 죄송합니다!!"

고의성이 다분한 비명 소리를 지르면서 시온이 내게 차를 쏟는다.

나도 모르게 "앗, 뜨거?!" 하고 소리치긴 했지만 실제로는 '열변동무효'의 도움을 받아서 뜨겁지는 않았다. 그 이전에 이 차는 식은 상태였다.

혹시 내게 끼얹는 게 목적인 거 아닐까? 그렇게 의심스러운 눈으로 시온을 바라봤는데…….

갑자기 칸막이 문이 열리더니 "어머나, 어머나, 어머나, 리무루님! 안 돼요, 그대로 계시면 감기에 걸릴 거예요" 하고 소리치면

서 하루나까지 난입해 들어왔다.

——앗차, 이건 함정이구나!——

그걸 깨달았을 때는 이미 늦었다.
"잠깐, 잠깐! 너희들, 뭘 하려는 거냐?!"
"어머나, 어머나, 어머나, 이게 잘 어울리네요!"
"이쪽도 잘 어울리세요, 리무루 님!"
"이 옷도 꼭 입어봐주세요! 리무루 님을 생각하면서 만든 저의 최고 걸작이랍니다!"
"잠깐, 여러분! 순서를 지켜주세요."
사방팔방에서 손이 뻗어 오더니, 눈 깜짝할 사이에 내 옷이 억지로 벗겨졌다.
그리고 시작된 것은 바로 옷 갈아입히기 대회였다.
내게 강제로 입힌 옷은 세일러복이랑 무녀복, 군복에 여왕님 같은 본디지까지 있었다.
낯익게 느껴지는 것도 당연한 것이, 내가 적당히 휘갈기다시피 그려낸 디자인이었던 것이다. 그게 고블리나들의 눈에 띄면서 그녀들의 창작 의욕에 불을 붙인 모양이다. 일러스트를 그린 목판을 처분하지 않았던 것이 내 실수였다.
그 탓에 나는 옷 갈아입히기 인형 같은 취급을 받으면서 그녀들이 만족할 때까지 억지로 어울리게 되었다.
시온은 황홀한 표정으로 패션쇼에 푹 빠져 있는 데다, 슈나는 목판에 개선해야 할 점을 적고 있다.

내 편이 없다는 게 명백했기 때문에 나는 일찌감치 포기하고 말았다.

교훈—— 별생각 없이 무슨 행동을 했다간 그 대가가 나한테 되돌아온다는 것을 각오해둘 것!

결국엔 내가 그린 일러스트가 원흉이 되어 이후에도 기발한 의상이 계속 만들어지게 된다.

그 결과로 이 장소가 재봉의 성지로 이름을 떨치게 되지만, 그 이야기는 또 다른 데서 다루도록 하겠다.

온천

갑작스럽지만, 리저드맨의 서식지가 있는 습지대에서 서쪽으로 나가면 산악지대가 나온다.

지하대동굴이란 곳은 활화산이 만들어낸 천연의 미로이다. 그야말로 무수히 많은 굴이 깊게 파고들어간 구조로 되어 있어서, 리저드맨들조차 그 전체를 파악하지 못한다고 한다.

그중 어떤 한 길의 가장 안쪽으로 들어가면 얼음 동굴의 세계가 나오며, 또 다른 길의 안쪽 끝에는 마그마가 쌓인 작열의 세계가 펼쳐진다고 한다.

너무나도 위험하여 출입할 수 없다고 판단된 마경도 숨겨져 있는 모양이다..

하지만 이번에 주목해야 할 곳은 미로가 아니다.

바로 활화산이란 존재다.

화산이 있다면 온천도 있는 게 아닐까—— 그렇게 생각한 것이 시작이었다.

"그런 고로 제군들! 온천에 가볼까 하는데, 어떤가?"

회의실에 내 목소리가 울려 퍼진다.

하지만 내 계획은 모두에게 제대로 전해지지 않은 것 같다.

"그렇게 말한들, 온천은 그냥 뜨거운 물 아니요? 강에서 물을 뒤집어쓰면 충분하지 않을까."

"그러게 말이오. 드워프 왕국에선 욕실에 온천물을 끌어다 쓰

긴 하지만, 그렇게 좋은 것 같지도 않은데."

드워프인 카이진과 가름은 흥미가 없어 보였다. 도르드와 미르드도 고개를 끄덕이는 걸 보니, 카이진과 가름의 의견에 찬성인 모양이다.

이 세계엔 온천이 드물지도 않은 것 같으니, 저런 의견이 나오는 것도 이해가 안 되는 건 아니다. 하지만 내가 생각하고 있는 온천과 드워프들이 떠올린 것은 완전히 다른 것이다.

"온천이라. 대체 어떤 것입니까?"

"분명, 화산의 열기로 데워진 온수가 솟아 나와서 고인 장소이지 않습니까?"

베니마루의 질문에 소우에이가 답한다. 의외로 많은 걸 아는군, 소우에이는. 그건 그렇고 그다지 흥미를 보이지 않은 이 녀석들에게 목욕이 얼마나 훌륭한 것인지를 들려줘야겠다.

위생을 철저하게 지키고 목욕을 하면 병을 예방할 수도 있다. 무엇보다 나는 과거에 일본인이었던 자로서, 목욕 문화를 추천해 정착시킬 예정이다. 내가 가장 즐겨하는 것이란 이유도 있지만, 그건 굳이 말하지 않아도 될 것이다.

"그 말이 맞아! 뭐, 화산과 관계없는 온천도 있지만, 그건 넘어가기로 하지. 지금 소우에이가 말한 대로, 화산의 열기로 데워진 온천이 이번에 갈 목적지야. 지하수가 데워지는 과정에서 다양한 성분이 녹아들기에 온천은 몸에 아주 좋다고들 해. 싸움으로 지친 몸을 치유하기에 최적이라고 할 수 있지!"

그렇게 역설하자, 베니마루도 흥미를 느낀 모양이다.

"그건 좋을 것 같군. 시험해보는 것도 재미있을 것 같아."

"역시 리무루 님, 많은 걸 아시는군요."

아무래도 내 계획에 동참해줄 마음을 먹은 것 같다.

뒤이어 드워프 아저씨들을 설득해보는데——,

"그리고 상상해보라고. 강에서 물을 끼얹을 때 옷을 입은 채로 들어가나? 물통으로 몸을 씻는 것뿐이라면 옷을 전부 벗지는 않겠지만, 목욕을 하려면 옷을 벗는 게 당연하지!"

"그야 그렇긴 하지만……."

"우리는 대충 물만 끼얹어도 만족하니까. 그렇지?"

"…………."

에잇, 눈치 없는 아저씨들.

"자네들이 어떻다는 건 상관없어. 상상력을 좀 더 발휘해보라고. 예를 들면——."

"앗?!"

내가 구체적으로 설명도 하기 전에 카이진이 뭔가를 눈치챈 듯한 표정이다.

"………설마! 나리, 당신이란 사람은——."

카이진에 뒤이어 가름도 그제야 내가 말하고자 하는 바를 알아차린 것 같았다.

"홋홋후, 이제 알아차린 것 같군. 바로 그거야, 자네들. 그곳에는 도원경이 기다리고 있다고. 그런 생각 안 드나?"

내 말에 침을 꿀꺽 삼키는 일동.

방금 전까지 의욕 없어 보이던 그 태도는 어디로 사라졌는지, 모두의 눈동자에 열의가 불타올랐다.

"그리고 말이지, 온천에는 '혼욕'이라는 훌륭한 풍습이——."

"나리, 나는 협력하겠소."

"말할 것도 없지. 우리는 동료요!"

"음, 그렇다고 할 수 있지."

"……!!"

드워프들도 아낌없이 협력하겠다고 약속했다.

베니마루는 살짝 질린 것 같았고, 소우에이는 나와는 관계없다는 분위기였지만.

이리하여 마물의 나라에 온천을 끌어오는 계획이 발동한 것이다.

*

왜 목욕으로는 안 되는 거냐고?

뭐, 딱히 안 되는 건 아니다. 목욕을 택하지 않은 이유는, 간단히 말해서 비용이 너무 많이 들기 때문이다.

목욕물을 끓이려면 엄청난 양의 장작이 필요하다. 지금은 한창 건설 붐인지라 폐자재를 유용하게 사용할 수는 있겠지만, 계속 조달할 수 있을 거라고 생각하지 않는 게 좋다. 숲에서 나뭇가지를 모은다고 해도, 식사 준비를 하는 곳에서도 땔감으로 쓰기 때문에 목욕용으로 돌릴 여유는 없어지리라고 생각한 것이다.

현지에서 조사를 끝내고, 끌어오기에 최적의 온도를 갖춘 온천을 발견했다.

그 이후로는 내가 나설 차례다. 마강으로 파이프를 만든 뒤에 '그림자 이동'으로 온천과 마물의 나라를 직통으로 연결시켰다.

이건 그림자 공간 내부에서 해야 하는 작업이지만, 호흡할 필요가 없는 내게는 아무런 문제가 없다. 오히려 그림자 공간에서 파이프가 튀어나온 부분을 적절히 숨기는 것만이 과제가 되었을 뿐이다.

파이프 문제도 '대현자'에게 다 떠넘겼기 때문에 간단히 처리되었다.

드워프들은 대리석을 깎아서 훌륭한 대욕탕을 만들어주었다. '혼욕'이라는 말이 효과가 있었는지, 기합이 단단히 들어간 것이 엿보인다. 쓰윽 둘러보기만 해도 고급스러운 느낌이 물씬 풍기는, 호화로운 작품이 되어 있었다.

이 온천은 결국 나중에 관광자원이 되면서 전 세계에 퍼지게 되지만, 그건 또 별개의 이야기이다.

아, '혼욕'은 어떻게 되었느냐고?

세상만사가 그렇게 원하는 대로 돌아갈 리가 없지.

"어머나, 아주 훌륭한 완성도네요. 역시 드워프 장인들은 대단하세요. 저희 여성용뿐만 아니라 남성용도 준비해야겠는데요."

슈나가 웃는 얼굴로 그렇게 이야기하자, 반론도 하지 못한 채 격침당했던 모양이다.

베니마루는 온천에 들어갈 수만 있다면 그걸로 충분하다는 듯이 드워프들을 위로해주었다. 이것으로 남탕도 열심히 만들어줄 테지. 모든 것은 내 계획대로다.

참고로, 나는 슬라임이므로 여탕에도 마음껏 들어갈 수 있지만 그건 그들과는 관계가 없는 이야기인 것이다.

낚시

그날, 밀림은 아침부터 흥분해서 들썩거렸다.

아침이라기보다는 이른 새벽쯤을 지나 동이 틀 무렵부터 내 방을 찾아오더니, 빨리 가자고 나를 재촉해댔다.

"서두르지 마. 나는 잠을 잘 필요가 없으니까 화를 내진 않겠지만, 평범한 사람이라면 화를 냈을 거야."

"무슨 소릴 하는 거야! 나도 잠을 많이 잘 필요는 없다고. 우리 둘 다 문제없으니까 지금 당장 가자고."

"에잇, 진정해, 그런 문제가 아니야! 우리는 괜찮아도 아직 밤중이라고. 이렇게 일찍 가봤자 물고기는 잠들어 있을 거란 말이야!"

작은 목소리로 밀림을 깨우쳐주는 나.

실은 내일——이라기보다 오늘, 아침부터 빠져나가 낚시를 하러 간다는 계획을 세우고 있었다.

밀림은 너무 기대된 나머지, 더는 기다리지 못하고 나를 부르러 온 것이었다.

이런 모습을 보고 있으면 마왕의 관록 같은 건 어디에도 없고, 그저 제멋대로 고집을 부리는 어린아이 같다.

물고기가 잠들어 있는지 아닌지는 모르겠지만, 그럭저럭 밀림을 달래는 것에는 성공.

그리고 두 시간 후.

오늘 일정을 기쁘게 얘기하는 밀림이랑 어울려주고 있으니, 그제야 출발할 시간이 되었다.

기운이 잔뜩 넘치는 밀림과 어울려주다 보니, 잘 필요가 없는 몸이라 정말 다행이라는 생각이 들었다.

　방을 슬쩍 빠져나와서, 재빨리 건물 밖으로 나간다. 도시 밖으로 가보니, 그곳에선 미리 만나기로 약속해둔 고부타가 대기하고 있었다.

　"빨리 오셨습니다요. 저도 이제 막 온 참입니다요."

　"그렇게 됐어. 밀림이 빨리 가자고 보채는 바람에……."

　"과연, 그렇습니까요."

　고부타는 납득했다는 듯이 고개를 끄덕였다.

　"와하하하하! 자, 출발하자. 오늘 낚시라는 것을 하면서 내 힘을 보여주겠어!"

　뭔가를 착각한 것 같은 대사를 내뱉는 밀림. 이거 괜찮을까?

　시끄럽게 소란을 피우면서 방해라도 하면 최악인데. 왠지 약간 걱정이 되었다.

　밀림 녀석—— 고기를 하나라도 낚으면 다행이지만, 전혀 낚지 못하면 바로 질려서 지루해할 것 같단 말이지.

　"괜찮을깝쇼?"

　고부타도 같은 걱정이 드는 모양이다.

　"아마 괜찮겠지. 뭐 지금 걱정해봤자 소용도 없을 테고, 정 안 되면 그때 중지해도 될 거야."

　"그렇겠습니다요. 그럼 가볼깝쇼!"

　이리하여, 우리는 오늘의 메인 이벤트—— 낚시를 하러 바다로 향했다.

태양이 얼굴을 비춘 시각.

우리는 해변에 도착해 있었다.

이 세계에서 처음으로 보는 바다. 그것은 지구에서 본 바다와 다를 게 없었다.

살고 있는 생물에 마물이 추가되면서 생태계에는 차이가 있는 것 같지만, 기본적으로는 같은 것이다.

우리는 적당한 바위를 찾아서 자리를 잡고 낚시 준비를 시작했다.

"이건 어떻게 하는 거야?"

"응, 이렇게 조립하는 거야. 그리고 이 미끼를 다는 거지."

처음 하는 작업에 흥분한 것처럼 보이는 밀림에게, 나는 낚싯대를 조립하는 법부터 미끼를 다루는 법까지 가르쳐주었다.

그 옆에서 고부타도 낚싯대를 꺼냈지만 나는 당황하면서 고부타를 말렸다. 짧은 나뭇가지에 낚싯줄만 매달아놓은, 고부타가 자체 제작한 간소한 낚싯대였는데 도저히 바다에서 쓸 수 있는 것으로는 보이지 않았던 것이다.

"잠깐, 그건 강에서 쓰는 거잖아? 바다에서는 쓰기가 좀 힘들 것 같으니 이걸 써."

그렇게 말하면서, 밀림이 망가트렸을 때를 대비해서 준비해둔 예비용 낚싯대를 건네줬다.

"홧하~! 이건 정말 대단합니다요!"

내가 넘겨준 낚싯대를 손에 들고 엄청 감동한 모습으로 바라보는 고부타.

"마음에 든다면 줄게. 나는 예비용이 하나 더 있으니까."

"정말입니까요?! 엄청 기쁩니다요!"

고부타도 잔뜩 들뜬 모습으로 재빨리 낚시를 시작했다.

밀림도 지지 않겠다는 듯이 낚싯대를 휘두른다. 지는 걸 싫어하는 성격이니, 고부타에게 라이벌 의식을 불태우는 거겠지.

──자, 이제 어떻게 되려나.

몇 시간 후.

밀림은 생각보다 참을성이 강했다.

작은 물고기를 두 마리 정도 낚았는데, 그러면서 재미를 붙였는지도 모르겠지만.

"배고프지 않아? 슬슬 식사를 하지."

나는 그렇게 말하면서 잠깐 쉬자고 선언했다.

밀림이 낚시용 미끼──동그랗게 반죽하여 배합한 미끼──를 입에 넣는 것이 보였던 것이다.

"음. 이건 맛이 없어."

"당연하지."

"리무루가 만든 거니까 혹시 맛이 있지 않을까, 생각했는데……."

그런 말을 하면서 눈썹을 찌푸린 표정으로 날 보는 밀림.

터무니없는 소리를 한다.

물고기용 미끼의 맛까지 내가 신경 쓸 리가 없는데 말이지.

밀림이 화를 내기 전에 준비해둔 샌드위치 꾸러미를 꺼내서 펼쳤다. 그걸 고부타와 밀림과 사이좋게 나눈 뒤에, 점심으로 먹었다.

그런 뒤에 3시경까지 한 번 더 분발하면서 우리는 오랜만에 휴

일을 만끽했다.

참고로 가장 많이 낚은 것은 나다.

고부타가 두 번째로 많이 낚았지만, 핸디캡을 적용해 밀림에게 열 마리를 가산점으로 주면서 순위가 역전되었다.

"저도 바다에서 낚시를 하는 건 처음인데 말입죠……."

그리 말하면서 고부타가 탄식했지만, 밀림이 화내면서 날뛰는 것보다는 낫다.

그렇게 생각했지만——.

"와하하하하! 그렇다면 다음에는 진지하게 승부해보자고!"

"바라는 바입니다요!"

그렇게 밀림과 고부타는 다시 겨뤄볼 것을 약속한 것이다.

의외로 밀림이 어른스러운 대응을 보여주었는데, 오늘은 연습이라며 노카운트로 처리한 것이다.

즐겁게 하루를 보낸 뒤에 도시로 돌아왔다.

하지만 뭔가 분위기가 이상했다. 모두가 총출동하여 누군가를 찾는 것 같았다.

"왠지 누군가를 찾고 있는 것 같습니다요. 혹시 우리를 찾는 건……."

"어라, 이상하네? 걱정하지 말라고 확실하게 편지를 남겨두고 간 것 같은데……."

"——편지라고? 그러고 보니 잊고 있었네. 자, 네가 잊어버린 거. 리무루는 정말 덤벙이라니까!"

고부타에게 답하면서 넌지시 중얼거린 내게 밀림이 의기양양

한 표정으로 말한다. 그녀의 손에 쥐어져 있는 것은 틀림없이 내가 남겨두었던 편지였다.

밀림 녀석, 무슨 짓을 한 거야?! 안 그래도 몰래 빠져나왔는데…….

"이봐?! 그거잖아!!"

"으악, 큰일났습니다요! 사람들이 전부 당황해하는 것도 당연합니다요!"

나와 고부타는 서로를 바라보면서 창백해졌다.

멋대로 빠져나온 것도 모자라서 연락할 곳도 확실히 알려두지 않았으니…… 꾸중을 듣는 건 틀림없는 일인 것이다.

그리고 그 후——.

우리는 무시무시한 기세를 내뿜는 슈나와 시온에게 실컷 혼이 났다.

그런 뒤에—— 당분간 멋대로 외출하는 것을 금지당한 것은 또 다른 이야기이다.

도색(桃色)의 경치

목욕탕의 수증기 너머에는 도원향이 펼쳐져 있다.

누구나 바라마지 않는 이상의 장소가 거기 있었다.

카발이랑 기도가 원망스럽게 바라보는 시선이 짜증난다.

카발과 기도만 그런 게 아니라 카이진이랑 가름 3형제도 부러운 표정을 짓고 있었다.

정말이지 쉽게 포기할 줄 모르는 녀석들이라니깐. 몇 번을 안 된다고 말했지만 아직도 날 따라오려고 하는 것이다.

"젠장! 나리 혼자만 치사하게."

"그러게 말입니다요……. 최소한 딱 한 번 보기만 해도——"

분한 표정으로 눈물을 흘리는 카발과 기도를 드워프들이 위로해주고 있다.

매일 같은 일을 반복하고 있으니, 그 근성만큼은 칭찬해줘도 좋을 것 같다. 하지만 이 일에 대해서만은 나도 입을 다물 수밖에 없는 것이다.

——왜냐하면 내가 향하는 그곳에는…….

나는 시온에게 안긴 채 입구가 둘로 나눠진 방으로 이끌려 들어갔다.

온천이다.

그렇다, 오늘도 하루의 피로를 풀기 위해 슈나랑 시온과 같이

여탕으로 온 것이다.

그들이 포기하지 못하는 이유도 이걸로 조금은 이해가 될 것이다.

날 둘러싸고 있는 것은 슈나, 시온, 에렌, 이렇게 세 명의 여성.

미녀와 미소녀.

그런 세 사람이 실오라기 하나 걸치지 않은 모습으로 나랑 같이 욕조로 향한다.

그야말로 완전 행복.

눈이 행복하다는 건 이런 걸 두고 말하는 것이다.

그리고 오늘은 또 한 사람, 마왕 밀림도 참전하고 있었다.

"와하하하하! 이렇게 기분 좋은 장소가 있다니, 여긴 정말 좋은 나라구나!"

알몸으로 뛰어다니는 밀림.

위험하니까 뛰어다니지 말라고 주의를 주는 나.

잠자코만 있으면 초절미소녀이지만, 말과 행동 때문에 어린애처럼 보이고 만다. 그것도 또한 밀림의 매력이겠지만……

그렇다고 해도 역시 미소녀인 건 틀림이 없으니…… 나로서도 자신의 행운에 고마워하는 매일을 보내고 있는 셈이다.

*

역시 목욕은 대단하다.

그게 또한 온천이라면 다양한 효과도 기다할 수 있는 데다, 매일 들어가는 것도 당연하게 된다.

원래는 남자였지만 지금은 슬라임.

인간으로 변할 수 있지만 성별은 없다.

그러므로 내가 여탕에 들어가는 것도 아무런 문제가 없는 것이다. 오늘은 시끄럽게 구는 밀림이 있지만 평소에는 화기애애한 분위기다.

마음을 진정시키고 편안한 기분으로 주위에 녹아들 듯이……

슈나랑 시온에게 몸을 맡긴다.

그러면 정중하게 보글보글 거품을 낸 뒤에, 탱글탱글 곳곳을 매만지면서 내 몸을 씻겨준다.

그런 광경이, 온천이 생긴 뒤로 추가된 일상의 한 장면이 된 것이다.

내게 미술품을 감상하는 취미는 없지만, 눈앞에 있는 광경에는 마음이 한껏 들뜨게 된다.

탄탄하게 잡힌 근육이 아름다운 시온. 그러면서도 부드럽게 성장한 과일이 가지가 휘청거릴 것 같이 맺혀 있다.

슬렌더한 몸매이면서 도자기 같이 매끄러운 살결을 지닌 슈나. 신비의 과일은 조금 작긴 하지만 이상적이라고 말할 수 있는 모양을 하고 있어서 너무나 아름답다. 흰 살결에 옅은 붉은 빛의 자그만 알맹이 두 개가 삐죽. 그 존재감은 내 머릿속의 기억영역을 몽땅 묻어버릴 만큼 커다란 것이었다.

둘 다 훌륭하다.

너무나 훌륭하다.

그리고 에렌은 어떤가 하면, 늘 시온과 슈나를 번갈아보고는

자신의 몸과 비교해서 고민에 빠져 있는 모습이다. 하지만 에렌은 아직 성장하는 중인 것 같으니, 그렇게 비관할 일은 아니라고 생각하지만.

본인의 입장에선 큰 고민일지도 모르지만 내가 보기엔 미소가 절로 지어지는 고민이다.

──그리고 그런 고민과는 아예 담을 쌓은 녀석이 밀림이다.

와하하하하! 그렇게 웃으면서 오늘도 기운차게 온천에서 헤엄치고 있다.

완전 어린애라니까.

정신연령은 틀림없이 초등학생 레벨이다.

그리고 하나만 더 부탁하고 싶은 게 있는데, 나를 킥판 대용으로 쓰는 건 참아주면 좋겠다.

아니, 확실히 내가 물에 뜨긴 해. 지금은 내가 물에 뜬 채로 헤엄을 칠 수 있긴 하지만, 그건 뭔가 좀 아닌 것 같거든.

미소녀의 장난감이 되었다는 얘길 들으면 다들 부러워할지도 모르지만, 이런 느낌으로 쓰이는 건 납득이 가지 않는단 말이다.

모처럼 아름다운 걸 감상하고 싶은데, 갑작스럽게 이런 취급이라니.

한순간 무슨 일이 일어난 건지 이해가 되지 않은 채 온천 속에서 익사할 뻔 하고 말았다. ……아니, 딱히 호흡을 할 필요도 없으니 정말 익사하지는 않겠지만.

밀림에게서 날 구출해준 사람은 시온이다.

평소처럼 날 씻어주기 위해서 밀림에게서 되찾아왔을 뿐이지만…….

식물 에센스를 조합한 슈나 특제의 비누 거품을 덮어쓰고 있던 나를, 밀림이 다시 시온에게서 빼앗았다.

"야, 대체 무슨 짓을——"

놀라는 나.

"와하하하하!"

밀림은 대답하지 않고 내 몸을 쭉 잡아당기더니 자기 몸에 대고 문지르기 시작했다.

"날 보디 타월 대용으로 쓰지 마———!!"

나도 모르게 소리를 지르고 말았다.

나는 허둥지둥 미끄러운 몸을 이용해 밀림의 손에서 도망친 뒤에 비누 거품을 씻어낸다. 그리고 온천으로 들어가 재빨리 거리를 뒀다.

"쳇, 리무루는 너무 쩨쩨하게 굴어."

밀림은 아쉽다는 표정으로 입술을 삐죽 내밀면서 그렇게 말했다.

잠깐, 잠깐. 이건 쩨쩨하니 어쩌니 하는 문제가 아니라고.

조금이라도 방심해선 안 된다는 건 이런 걸 두고 말하는 거다.

그러나——

나는 이때 밀림만 경계하고 있었다.

시온과 슈나가 마치 사냥감을 노리는 매 같은 눈으로 나와 밀림이 티격태격 하는 모습을 지그시 관찰하고 있었다는 것을 전혀 깨닫지 못했던 것이다.

그리고……

　문득 깨닫고 보니 시온이랑 슈나에게도 보디 타월 대용으로 쓰이고 있는 내 모습이!

　조금——아니, 상당히——기분이 좋다는 생각이 나도 모르게 들어버린 건, 일생의 비밀로 하자고 마음속으로 생각했다.

고부타의 수행

안녕하십니까요! 고부타입니다요.

오늘은 그 영감……이 아니라 하쿠로우 스승님의 수행에 대해서 얘기하겠습니다요.

맨 처음에 배운 건 위험감지에 대한 것이었습니다요.

"고부타여, 중요한 것은 기습을 허용하지 않는 것이다. '마력감지'를 습득할 수 있다면 문제없지만, 너에겐 아직 이르겠지. 우선은 기척을 읽고 위험을 감지하는 것을 기억해두는 게 좋다."

무거운 말투로 그렇게 말했습니다만, 무슨 뜻인지 잘 모르겠습니다요.

"흐—응, 그렇습니까요?"

그렇게 말하면서 적당히 넘어가려고 했습니다만──,

빠────악!

엄청난 소리가 난 뒤에 정수리에서 큰 고통이 느껴졌습니다요.

"꺄핏!"

갑작스러운 고통에 눈물이 맺힌 채로…….

"잠깐, 영, 스승님! 뭐 하는 겁니까요?!"

이유를 물어봤다가 후회했습니다요.

"멍청한 놈. 방심하지 마라! 네놈이 위험을 감지할 수 있을 때까지 내가 항상 노리고 있다는 걸 마음에 새겨둬라. 아픈 꼴을 당하기 싫다면 주위에 기를 배분해 다양한 공격에 대비해야 한다!"

그런 터무니없는 말을 뱉은 겁니다요.

이 영감, 진짜 농담이 아닙니다요!

불평하려고 했지만, 그 눈을 보고 포기했습니다요.

그야말로 악마. 그렇게밖에 표현할 수 없는 위험한 미소였으니까 말입죠.

"안심해라. 이 목도는 때리면 두 배로 아프지만 대신에 물리 대미지는 경감되니까. 나도 진심으로 공격하지는 않을 것이니, 한 번이나 두 번 정도로 네가 죽을 일은 없을 게다."

이거 참…… 하는 말이 완전 엉망진창입니다요, 이 영감님.

한 번이나 두 번은 괜찮다 해도, 몇 번이고 맞았다간 아주 위험할 것 같은뎁쇼?!

"잠깐?! 그런 걸 몇 번이고 맞았다간——."

"잘 들어라, 고부타여. 네놈도 죽고 싶지는 않겠지? 그렇다면 답은 하나다! 습득하는 것이다. 우선은 내 살기에 반응하여 '위험 감지'를 습득해보여라!"

결국 제 의문점을 화려하게 넘겨버리고는, 하쿠로우 스승님은 일방적으로 선언하고 떠났습니다요.

그리고 그 후, 제게는 너무나 큰 위기의 나날이 시작되었습니다요…….

*

나 참, 이건 정말로 농담이 아닙니다요!

아픈 머리를 움켜잡으면서, 오늘도 저는 불평합니다요.

"그런 말을 들었습니다요…….."

"과연, 확실히 하쿠로우의 수행은 엄격하지."

"소우에이 씨도 그렇게 생각하십니까요? 정말로 그 영감은 봐 준다는 것을 모른다니까요?"

"그 말에 동의는 해줄 수도 있겠지만, 고부타, 너, 그렇게 방심 하고 있어도 괜찮은 거냐?"

"물론입니다요. 소우에이 씨라면 그 영감의 접근을 알아차리겠지요? 그러므로 이곳은 안전하다는 뜻입니다요!"

"——?!"

저는 불가능해도 할 수 있는 사람의 곁에 있으면 안심할 수 있다는 얘기입니다요.

제가 생각해도 묘안입니다요.

"애초에 '위험감지'라는 걸 그렇게 쉽게 기억할 수 있을 리 없잖습니까요. 그런데 매일매일 투닥투탁투닥투닥 목도로 두들겨 맞느라 전 힘들어 죽겠단 말입니다요. 소우에이 씨 쪽은 그걸 어떻게 넘겼습니까요?"

"……흠. 베니마루는 이른 단계에서 '위험감지' 수준이 아니라 아예 '마력감지'를 습득해서 그렇게 큰 고생 없이 검기 수행 단계로 들어갔지. 나도 그럭저럭 기척을 느낄 수 있었으니까 다음 단계로 빨리 넘어갔고."

"그렇군요……. 전혀 참고가 될 것 같지 않겠습니다요…….."

"그런 얘기라면 시온이 너한테 더 좋은 참고가 될 것 같은데."

"그렇습니까요? 그럼 시온 씨에게 얘기를 들어보겠습니다요!"

"그래. 조심해서 가도록 해…….."

소우에이 씨나 베니마루 씨는 격이 너무 달라서 전혀 참고가 될 것 같지 않습니다요.

시온 씨라면 제 고충을 이해해줄 것 같으니 잠깐 참고 삼아 얘기를 들어보도록 하겠습니다요.

소우에이 씨에게 감사 인사를 한 뒤에 시온 씨가 있는 식당으로 가려고 했습니다만…… 저를 배웅하는 소우에이 씨의 눈이 왠지 슬프게 느껴지는 것이 마음에 걸립니다요.

뭐, 아마도 자신이 수행했을 때의 일이 떠올라 그런 거라고──.

"얘기는 끝났느냐, 고부타여?"

"퍄?!"

안일했습니다요.

배신을 당했습니다요!

소우에이 씨는 중간부터 알아차렸던 것이 틀림없습니다요.

"누가 영감이냐, 이 멍청한 놈!!"

그렇게 탄식하는 동안, 목도가 제게 닥쳐오는 것이 보였던 것 같습니다요.

혹시나 이게 '위험감지'라는 것입니까요?

하지만 이미 늦었습니다요.

이번에도 또 하쿠로우 스승님에게 실컷 두들겨 맞고 말았습니다요.

──오늘의 교훈은 남에게 의존하는 것은 위험하다는 것을 배웠다는 것입니다요.

*

그 후, 시온 씨에게 유용한 얘기를 들을 수 있었습니다요.

"어렵게 생각하지 마라, 고부타. 뭔지 모르지만 위험하다, 그런 느낌을 받았다면 일단 도망쳐. 그걸 반복하면 문제가 없으니까! 자, 그보다———."

웃는 얼굴로 조언을 해줬습니다요.

쉽게 말해서 '감'……이라는 뜻인 것 같습니다요.

그건 납득했습니다만…….

"오늘의 요리에는 자신 있거든! 자, 고부타. 맛을 보고 감상을 말해다오!"

위험합니다요.

정말로 위험합니다요!

하쿠로우 스승님 정도는 눈에 들어오지 않을 정도로 위험이 저릿저릿 느껴집니다요.

지금, 확실하게! 저 자신은 '위험감지'를 체감하고 있습니다요!

《확인했습니다. 엑스트라 스킬 '위험감지'를 획득…… 성공했습니다.》

우오! 정말입니까요!!

예상도 못 한 곳에서 목적을 달성했습니다요.

역시 소우에이 씨, 정말로 도움이 되었습니다요.

하지만…….

저걸 먹으면 정말로 위험할 것 같으니, 이번에는 진심으로 도

망치겠습니다요!
　그럼 또 뵙겠습니다요!!

밀림과 벌꿀

밀림 나바는 마왕이다.

오랜 세월을 살아왔으며 패한 적이 없다.

지루함을 잊기 위해 찾아온 도시에서 한 마리의 마물(슬라임)과 만났다.

누가 봐도 다른 자를 압도할 정도의 파워(마력)와 에너지(마력요소)양을 자랑하고 있었지만, 밀림이 보기에는 전혀 문제가 되지 않는다.

인사를 나누고 상대가 어떻게 나오는지 보기로 했다.

그리고 어쩌다보니 그 마물(슬라임)── 리무루와 승부를 겨루게 되었지만…….

상대의 공격을 버텨내기만 하면 밀림의 승리로 치는 단순명쾌한 내용의 승부.

(어떤 공격이든 간에, 그게 기습이라고 해도, 나한테는 통하지 않아!)

밀림은 자신만만했다.

생각지 못한 사태에 흥분되는 기분이 점점 고양되고 있다.

(자, 이 녀석은 어떤 공격으로 날 즐겁게 만들어줄까?)

인간 모양으로 변화한 리무루가 주저 없이 자신에게 달려오는 모습을 눈앞에 두고 밀림은 잔뜩 흥분한다.

"어디 받아봐라!!"

"응──?!"

자신에게 던진 것은 액체 모양의 구체였다.

아무런 위력도 느껴지지 않는 그것.

(독인가? 시시한 공격이로군…….)

밀림에게 독 따윈 통하지 않는다.

그런 잔재주에 의존하는 걸 보면 리무루라는 마물도 그리 재미 있는 녀석은 아닌 것 같다.

밀림은 실망하면서 씁쓸한 마음이 들었다.

(흥미도 싹 가시네. 당장 이 녀석을 한 대 패주고 칼리온이 분 해하는 모습이나 지켜볼까──.)

그런 생각을 하면서 입가에 튄 그것을 핥는다.

그 순간, 온몸에 충격이 느껴졌다.

(이게 뭐야?! 맛있는데!!)

액체 모양의 구체에서 흘러나온 그것은 지금까지 먹어본 적이 없을 정도로 마비될 것만 같은 감로(甘露)였다.

"크크크, 어떡하겠나, 마왕 밀림? 내게 손을 댔다간 이것의 정 체는 영원히 어둠 속에 묻히게 되겠지──."

그런 리무루의 목소리가 들려왔지만 지금은 그럴 때가 아니다.

이 감로의 정체는 이미 해석이 끝난 상황인 것이다.

다양한 영양소를 품은, 꽃의 꿀을 정제한 것── 아마도 벌꿀 이다.

밀림의 '용안'으로 보면 성분분석 정도는 쉬운 일이다.

하지만 문제는 그 정제의 난이도였다.

결코 평범한 벌꿀이 아닌, 실로 무시무시한 성분을 함유하고 있는 것이다.

(이건…… 꽃의 꿀? 하지만 어떻게 이 정도로 단 맛을 낼 수 있는 거지……?)

극상의 식감과 달콤함.

효능을 따지자면 수많은 상태이상을 완치시키고 불치의 병조차도 회복시킬 수 있다.

그 모든 것이 이 꿀이 높은 영양가를 지니고 있다는 걸 증명하고 있었다.

생각할 수 있는 방법으로는, 세상에 그리 많이 피지 않는 희귀한 꽃이 잔뜩 피어 있는 장소에 높은 정제능력을 가진 상위 마물을 보내서 모으게 한 것이려나.

하지만 그런 수고를 감수하면서까지 이 정도의 꿀을 만들어낼 마물의 정체에 대해선 짐작도 가지 않는다.

——애초에 오랜 시간을 살아온 밀림조차도 이 정도로 맛있는 걸 먹어본 적은 처음 있는 경험일 정도니까.

결국 갈등과 교섭 끝에 이번에는 '비긴 것'으로 이야기가 정리되었다.

승리 외의의 결과는 오랜 시간 동안 이어져온 밀림의 삶 속에선 너무나 드문 일인 것이다. 하지만 그 사실에 후회는 없었으며, 오히려 지금까지 느껴본 적이 없던 것 같은 고양감조차 느꼈다.

'——그럼 오늘부터 우리도 친구가 된 거네.'

그렇게 말했던 리무루의 말이 머릿속에서 계속 되풀이된다.

우후훗, 저절로 나오는 웃음을 억제하지 못해서 자꾸 얼굴이

씰룩거렸다.

(친구라. 어감이 좋은걸!)

최강인 밀림에게는 애초에 대등한 존재가 극히 적다.

대부분의 자들은 밀림을 두려워하여 친구가 되자는 생각조차 하지 못한다.

그런데 이 리무루라는 마물은 전혀 아무렇지 않은 듯이 당당하게 친구라는 말을 해준 것이다.

밀림은 그게 기뻤다.

이렇게 밀림은 친구를 얻게 되었고, 길고 지루한 시간은 끝을 고하게 된 것이다.

*

리무루가 사는 도시에선 다양한 식사가 제공되었다.

매일매일 맛있는 요리가 나온다.

밀림을 숭배하는 자들은 검소하게 사는지라 식재료를 그대로 살린 요리를 주식으로 먹었다. 그렇기 때문에 이렇게까지 공이 들어간 요리 같은 건 지금까지 먹어본 적이 없었던 것이다.

애초에 밀림은 식사를 할 필요조차도 없다고 생각하고 있었지만, 그건 큰 착각이었던 모양이다.

닭튀김, 햄버그, 스테이크에 고로케, 그리고 새우튀김.

여기엔 정말로 다양한 요리가 있었다.

지금까지 식사를 중요시하지 않았던 게 분하게 느껴질 정도이다.

"여기서 나오는 식사는 정말 맛있는 것뿐이네!"

"그건 알았으니까 밥이랑 과자를 같이 먹지는 마."

"왜?"

"그게 매너니까. 음식의 맛을 음미하면서 먹지 않으면 요리를 해준 사람에게 실례가 되겠지?"

"알았어. 하지만 너는 뭘 먹고 있는 거야?"

밀림은 눈치 빠르게 리무루가 먹고 있는 하얗고 달콤한 향기가 나는 요리로 눈을 돌린다.

"이건 식후에 먹는 디저트야. 신작인 팬케이크지."

"뭐라고! 디저트랑 과자는 다른 건가?"

"다르지. 전혀 달라. 이건 식후의 입가심으로 먹는 거니까 문제가 안 돼!"

"오오오!"

그렇게 소리치자마자 밀림은 식사를 끝마친다.

쓴 맛이 나는 야채만 남겨둔 상태라 금방 끝이 났다.

"우엑, 역시 써."

"야채만 남기지 말고 같이 먹어. 싫어하는 걸 뒤로 미루니까 그렇게 되는 거야."

"그런 건 이제 됐으니까 빨리 그 팬케이크라는 걸 줘!"

"알았어. 여기다가 시럽을 뿌리면 맛이 달라지는데 어떻게 할래?"

나열된 것들은 각종 잼과 벌꿀이었다.

밀림은 망설이지 않고 그중 하나의 병에 손을 뻗는다.

"넌 정말 벌꿀을 좋아하는구나."

"와하하하하! 당연하지!"

그 팬케이크는 밀림의 기대를 배반하지 않을 정도로 맛있었다.

벌꿀을 잔뜩 바른 팬케이크.

밀림은 그걸 입안에 넣고 우물거리면서 생각한다.

잼도 새콤해서 맛있지만, 역시 벌꿀이 제일 맛있다──고.

──그건 당연하다.

누가 뭐래도 이 벌꿀은 밀림에게 있어선 '행복의 맛'을 선사해 주니까.

그리고 오늘도 또 행복한 하루가 시작된다.

게루도와 일거리

내 이름은 게루도.

오크 로드의 의지와 이름을 계승한 자.

우리는 전쟁에 패배하여 리무루 님의 밑으로 들어갔다.

그러나 그건 다행이었다.

전쟁 노예 같은 가혹하고 처참한 조건이 아니라, 생각했던 것 이상으로 자비롭고 배려에 가득 찬 대접을 받은 것이다.

──그리고 굶주림이 없는 생활이 시작됐다.

게루도라는 이름을 이어받으라고 내게 말해주신 분도 적이었던 리무루 님이었다.

리무루 님은 우리에게 '명예(이름)'와 '사는 보람(일거리)'을 주셨다. 위대한 그 힘의 일부를 우리에게도 나눠주신 것이다.

이로 인해 동포들도 가혹한 세계를 살아갈 수 있는 힘을 얻었다고 말할 수 있다.

각지에 흩어진 동포들은 각자의 땅에서 각자의 역할을 다하고 있다. 처음에는 어려움이 따랐던 모양이지만, 지금은 각자 서로 연락을 하면서, 서로 도우며 살고 있다.

이 모든 게 다 리무루 님이 의도하신 대로 된 것이다.

길을 잇는다.

도시와 도시, 마을과 마을, 집락을.

식량 사정이 좋지 않은 산악 지대에선 거기서 캐낸 광석을.

호수에 가까운 지역에선 물고기, 습지대에선 곡물, 평야 지역에선 채소를.

그리고 숲 지역에선 다양한 숲의 산물을.

각자 필요한 것과 교환한다.

그러기 위한 길인 것이다.

교통의 편리성을 높인다는 것은 굶주림을 없앤다는 것과 같은 뜻이다.

기아로 멸종하기 직전까지 몰렸던 우리에게 있어선, 지금의 생활은 마치 꿈만 같이 행복한 것이었다.

무엇보다 다양한 종류의 식재료를 어느 마을에서든 똑같이 얻을 수 있으니까.

일만 한다면 자신들의 생활이 보장된다.

그런 인식 하에 우리는 우직하게 일한다.

'일하지 않는 자, 먹지도 말라'라는 것이 리무루 님의 말씀이다.

일을 함으로써 식사가 보장된다. 이게 정말 얼마나 대단하고 행복한 일인가.

착취당하고, 굶주림에 떨며, 일할 기력조차 없었던 과거.

일을 하면 배를 채울 수 있는 현재.

비교할 것도 못 된다.

우리는 운이 좋았다. 그리고 그 행운은 지금도 계속되고 있다.

이 행복은 무슨 수를 쓰더라도 지켜낼 것이다.

——그렇게 나는 진심으로 맹세했다.

*

"이런, 이런, 너무 열심히 일하는 거 아닌가, 게루도 군."

"그렇습니까, 리무루 님? 그렇지는 않은 것 같습니다만……."

"그래도 말이지, 집을 짓는 것뿐만 아니라, 드워프 왕국으로 이어지는 도로 정비에, 병사들의 전투 훈련, 쥬라의 대삼림 안에 난 길을 확장시켜서 각 마을과 연결시키는 것 등등…… 일이 너무 많다고!"

"하하하, 걱정하실 것 없습니다. 그리고 집──건축물에 관해선 미르드 님이 감독을 하시고 있으니까요."

"아니, 아니, 그건 알고 있네. 내가 걱정하는 건 감독뿐만 아니라, 작업원도 포함하는 거야. 작업을 하고 있는 하이 오크들도 이러다간 과로로 쓰러지지 않겠나?"

"안심하십시오. 저희는 그 정도로 약하지 않습니다. 단련된 육체가 남들과는 다르고, 무엇보다 일을 한다는 것이 기쁘니까요."

"이 멍청이! 기쁨이고 뭐고 이전에 무슨 일이든 너무 지나치게 하는 건 해롭다고 말하는 거야!"

꾸지람을 듣고 말았다.

확실히 듣고 보니 모두의 얼굴에도 피로한 기색이 보인다.

자기회복이 우수하다보니 피로가 축적된 것을 알아차리지 못한 모양이다.

그런 내게 리무루 님이 말한다.

"그리고 말이지, 일에서만 사는 보람을 찾지 말고, 다른 취미도 좀 찾으라고. 낚시라거나, 그림이라거나, 공작이라거나. 너는 손재주도 있으니 카이진에게 부탁해서 뭔가 공예적인 것을 만들어보는 것도 재미있을지 모르잖아?"

공예적인 것?

낚시와 그림에는 흥미를 느끼지 못했지만, 공작이라는 것에는 흥미가 생겼다.

그리고 리무루 님이 보여주신 것은 정교하게 만들어진 인형 모형이다.

"이건 마왕 라미리스에게 만들어준 골렘(마인형)의 모형이야. 구체관절로 만들어서 복잡한 움직임도 가능하지. 재미있지 않나? 너도 이런 걸 만들어보는 것도 재미있지 않을까? 그것 말고도——"

그렇게 말씀하시면서 리무루 님은 여러 가지 모형을 꺼내서 보여주셨다.

나중에 실현시킬 예정에 있다는 것들의 모형.

마차와 건물, 그 밖에도 본 적이 없는 것들이 많다.

그중에서도 가장 흥미가 생겼던 것은 장방형의 상자에 여러 개의 바퀴가 달린 것——열차라고 했다——이었다.

"이건 말이지, 네가 정비해주고 있는 도로에 조만간 달리게 만들 예정이야."

리무루 님은 그렇게 말씀하면서 웃으며 설명해주셨다.

그 계획을 듣고 한 가지 의문이 풀렸다.

폭 넓게 숲을 개척하고 있는데, 도로 폭의 반 정도만 돌바닥으로 포장하는 것을 이상하게 생각하고 있었던 것이다.

그 이유가 바로, 언젠가는 레일을 깔아서 열차를 달리게 만들려는 것이었다.

리무루 님이 레일 모형을 꺼내서 그 위에 열차 모형을 얹어 달리게 했다.

"이렇게 말이지, 실제로 실물을 만들기 전에 모형을 준비해서 이리저리 시험해보는 건데, 어때, 재미있지? 너라면 이런 것도 취미로 즐길 수 있지 않을까?"

과연, 그런 생각이 들었다.

일조차도 취미의 일환으로 삼는다——역시 리무루 님이다.

취미로 즐기는 그 끝에 새로운 일거리가 기다리고 있다는 걸 깨달으면서 나는 가슴이 두근거리면서 흥분하게 되었다.

그리고——

나는 지금 만족스럽다.

끝없이 계속되던 굶주림이 사라지면서, 내 마음을 충족감이 채워준 것이다.

위대한 주인을 모시고 일을 할 수 있다는 기쁨.

그리고 새로이 얻은 취미. 그 끝에는 새로운 일거리가 기다리고 있다.

이 얼마나 만족스럽고 행복한 일인가.

리무루 님은 공복을 채워주신 것뿐만 아니라 내 마음에도 만족감을 주신 것이다.

역시 리무루 님은 대단하다는 감탄과 동시에 나는 더욱더 깊이 충성할 것을 맹세했다.

호적수

　매일 동굴 내부에서 히포크테 풀을 재배하던 가비루가 왜인지 분개하고 있었다.

　"에잇, 소우카 녀석. 듣자 하니 점점 더 실력이 는다고 하던데, 이대로 있다간 나보다 더 강해지는 게 아닐까?"

　"그럴 수도 있겠습니다. 소우카 님은 원래 아비루 님의 친위대장을 맡았었던 용자였던 데다, 당시에도 가비루 님 다음가는 강자였으니까요. 소우에이 공 밑에서 수련을 받는 것 같던데, 지금은 얼마나 강해졌을지 예상할 수가 없겠군요."

　"그 말이 맞습니다. 얼마 전에 메갈로돈을 처리하던 솜씨도 참으로 훌륭했습니다. 그것도 다 소우에이 공의 지도를 받은 덕분일지도 모르겠군요."

　가비루의 말에 동의하는 부하들. 동족인 소우카의 실력을 인정하는 것에 딱히 눈치를 볼 필요가 없다는 듯이 마음껏 의견을 얘기한다.

　"그렇긴 하지만, 우리가 중요한 역할에 임명되지 않은 것은 어쩔 수 없는 일이다. 외모도 그렇고, 한때는 리무루 님과 적대한 적도 있으니까 말이지. 용서해주시고 동료로 받아주신 것만으로도 감사히 여겨야 해. 무엇보다, 이 히포크테 풀을 재배하는 일에도 점점 재미도 느끼고 있으니까 말이지——."

　"그 말은 맞습니다."

　"그렇죠. 그렇고말고요."

가비루는 부하들의 동의를 얻으면서도, 한층 더 힘차게 분개하는 이유를 외쳐댔다.

"그렇지만! 소우카 녀석은 중요한 첩보활동 임무를 받은 것뿐만 아니라 그 힘도 늘어났다! 이건 좋지 않아. 이대로 가면 오빠로서 권위도 사라지고 점점 더 고개를 들 수 없게 된단 말이다! 어떻게든 실력만큼은 그 애보다 더 뛰어나도록 유지해야 해. 그렇게 생각하지 않느냐?"

"가, 가비루 님……."

"그건 지나친 생각이 아닐는지……."

"아니, 아니. 이 동굴 안의 마물도 지금에 와선 아무런 위협이 되지 않는다. 이대로 위기감 없이 느긋하게 지내다간 내 창술도 무뎌질 것이야. 리무루 님이 하쿠로우 공에게 지도를 부탁해주신 덕에 기초 훈련과 부대 운용의 특훈은 문제가 없지만…… 그것만으로는 부족하다! 좀 더, 우리도 도움이 될 수 있다는 걸 보여줘서 놀라게 만들고 싶다는 생각이 들지 않느냐 말이다! 특히 이 도시에선 어느 정도 강한 걸로는 눈에 띄지도 않으니까 말이지……."

무엇보다 하쿠로우가 가장 잘 다루는 무기가 칼이다 보니, 창에 관한 기량을 늘리려면 스스로 노력하는 것 말고는 다른 길이 없다. 가비루는 그렇게 생각했다.

"확실히 그렇군요. 저희는 모르겠지만, 가비루 님은 이 동굴에 계시는 것만으론 부족하실 테니까요……."

"으—음……. 소우카 님은 소우에이 님의 괴롭힘——이 아니라 지도를 받고 실력이 부쩍부쩍 늘고 있는 상황이니까요. 호쿠소우랑 난소우, 토우카와 사이카까지 성장하는 모습을 보면 역시 같

은 수준의 호적수가 필요한 게 아닌가, 생각합니다."

"……확실히 그렇겠군. 나는 너희들보다 한 단계 더 강하니까 말이지. 그건 그렇고, 라이벌이라……."

으—음 하고 낮은 소리를 내면서 고민을 거듭하는 가비루와 부하들이었다.

그런 일동을 차가운 눈으로 바라보는 인물이 하나.

베스터다.

베스터의 입장에서는, 이 무시무시한 동굴에서 위협이 될 만한 게 없다고 자신 있게 말하는 시점에서 이미 충분히 강한 게 아닌가 하는 생각이 든 것이다.

그만큼이나 강한데, 이 이상 더 강함을 추구해서 뭘 어쩌겠다는 건지.

아니, 그 이전에…….

(그런 건 어찌 되든 상관없으니까, 히포크테 풀과 잡초의 차이 정도는 빨리 익히면 좋겠는데 말이지…….)

베스터는 그렇게 생각하면서 속으로 한숨을 쉬었다.

*

오늘도 일하는 시간 틈틈이 수행에 관한 논의를 하는 가비루와 부하들.

그런 가비루 앞에 한 명의 남자가 나타났다.

"훗훗후, 이야기는 잘 들었습니다요!"

고부타다.

베스터가 식사를 할 때 같은 자리에 있던 고부타에게 자신의 불평과 함께 가비루 일행의 고민을 이야기했던 것이다.

"오오, 고부타 공. 마법진을 쓰지 않고 여기까지 올 수 있을 줄은 생각도 못 했소. 실력이 많이 는 것 같구려."

"당연합니다요! 그 영감이랑 어울리다 보면 싫어도 이 정도는 해낼 수 있게 됩니다요."

고부타는 자랑스러운 표정으로 말했다.

"그래, 무슨 일로 온 거요?"

가비루가 물었다.

고부타의 답은 명확했다.

"라이벌입니다요. 제가 가비루 씨의 라이벌이 되겠습니다요."

"뭐라고?!"

그 말을 듣고 가비루는 놀랐지만, 나쁘지 않은 제안이라고 마음을 고쳐먹었다.

실력을 따지자면 가비루가 위다. 그건 틀림없는 사실이지만, 가비루는 고부타에게 한 번 패한 적이 있다.

그건 고부타의 기지와 전투 센스로 얻어낸 것으로, 자신에게 부족한 것은 말 그대로 '전투 센스'라고 가비루는 자각하고 있었던 것이다.

하쿠로우로부터도 "기술은 있지만 아직 멀었다. 순간의 찰나에 대응하지 못하는 것은 치명적인 단점이야"라는 충고를 들은 적이 있다. 그걸 떠올리면서, 고부타의 트리키한 전법이라면 자신의 대응능력을 향상시키는 데 도움을 줄 수 있을 거라는 생각이 든

것이다.

"과연, 그건 의외로 좋은 생각일지도 모르겠군. 그러나 고부타 공의――."

"고부타라고 부르십쇼. 대신 저에게 창술을 가르쳐주면 좋겠습니다요. 모처럼 리무루 님이 만들어주신 무기이니 잘 다루고 싶으니까 말입죠!"

그렇게 말하면서 소태도를 빼내서 보여주는 고부타.

그건 소태도이면서 칼날을 얼음으로 덮으면 얼음 창이 되는 마법무기였다. 고부타는 창을 다룰 줄 모르기 때문에, 훈련할 상대가 있으면 좋겠다고 생각하고 있었던 것이다.

"그것도 좋겠군. 고부타 공, 아니 고부타. 오늘부터 내가 창을 쓰는 법을 가르쳐주도록 하지. 그 대신――."

"제가 가비루 씨의 라이벌이 되어 비겁한 전법을 가르쳐주겠습니다요!"

"음! 잘 부탁하겠네, 고부타."

"저야말로입니다요!"

이리하여 두 사람은 악수를 나누고 새로운 친교를 맺었다. 그리고 남몰래 라이벌로서 절차탁마하는 사이가 된 것이다.

그런 두 사람을 차가운 시선으로 바라보는 베스터.

――가비루 공은 단순하군. 그나저나, 비겁한 전법이라는 건 대체 뭐람――이라고, 그의 눈이 웅변하고 있었지만…….

분위기를 파악할 수 있게 된 베스터는 입을 다물고 그 이상은 말하지 않았다.

이 세 사람 중에서 가장 많이 성장한 사람은 틀림없이 베스터였던 것이다.

리무루의 수기

어떤 장소에 보관되어 있는 책자——《리무루의 수기》는 당시의 상황을 기록한 귀중한 자료로 여겨진다.

그러나 전문가 사이에서 그 진위가 명확하지 않은 것을 두고 아직도 논의가 끊이지 않는 것은 유명한 얘기다.

거기에는 당연히 이유가 있다.

——내가 마왕 진화를 끝내고 눈을 뜨자, 모두 진심으로 기뻐해주었다. 그날을 마물의 나라의 경축일로 정했으므로, 내가 기억하는 동안에 모두의 모습을 기록해두려고 생각한다——

그 책자——《리무루의 수기》에서 '템페스트 부활제' 직후의 모습에 대한 묘사는 그렇게 시작되고 있다.

마왕이라는 지배자치

고는 문체가 가벼웠고, 떠오른 것을 즉석에서 메모했다는 느낌에 가깝다.

이다음에도 우리와 크게 다르지 않은 심정을 생각나는 대로 적은 기록이 이어진다.

그걸 읽고 당신은 어떤 감정을 느끼게 될까?

어쩌면 당신도 마왕에게 친밀감을 느낄지도 모른다.

그렇다, 나는 바로 그런 반응을 알고 싶다.

그러니 거창한 서론은 이쯤에서 끝내고, 그 기록의 내용에 대해 소개해보도록 하자.

＊

통통통이 아니라 퍽, 파악, 데굴.

그게 시온이 뭔가를 요리하는 소리였다.

이 문 너머── 부엌에선 대체 어떤 처참한 광경이 펼쳐져 있을까…….

요리, 그 말이 허무하게 들린다.

베니마루를 본다.

새파래진 얼굴로, 평소의 패기 같은 건 전혀 느껴지지 않는다.

처형장에 끌려온 죄인같이 뭔가를 포기한 것 같은 모습이다.

그런 베니마루를 놔두고 나는 조용히 그 자리를 떠난다.

그러나──.

"리, 리무루 님, 역시 위험하겠── 앗! 도망치셨어!!"

눈물이 가득한 눈으로 베니마루가 쫓아왔다.

쳇, 눈치를 챘나.

어쨌든 베니마루도 그대로 가만히 시온의 요리가 완성되기를 기다리는 건 싫을 것 아냐.

"너도 따라올 테냐?"

"같이 가고말고요!"

물을 것도 없군.

사형집행을 기다리는 심정을 잊기 위해서라도, 베니마루와 함께 부활을 기뻐하는 모두의 얼굴을 보면서 돌아보려고 한다.

부엌에서 나오니, 나를 알아본 부하들이 모두 감사의 말을 건넨다.

미소가 가득한 얼굴을 보니, 모두의 기쁨이 전해져온다.

그렇게 한동안 한 사람 한 사람과 이야기를 나누면서 시간을 보냈다.

그런 뒤에 우리가 향한 곳은 쿠로베의 공방이었다.

그곳에는 하쿠로우도 있었다.

오늘 밤은 모두가 같이 식사를 한다── 즉, 연회를 한다는 것을 알리러 온 모양이었다.

쿠로베는 혼자 공방에 틀어박혀 있을 때가 많으니까 모두가 있는 곳으로 가자고 권유차 온 것인데, 그럴 필요는 없었던 것 같다.

나뿐만 아니라 쿠로베를 생각해주는 사람은 많다.

당연한 일이지만, 나는 그게 무척 기뻤다.

어쨌든 모처럼 왔으니, 쿠로베와 잠깐 이야기를 나눴다.

"이번에 리무루 님이 진화하신 덕분에 저도 힘을 얻었습니다.

이 힘으로 모두의 무기를 다시 손봐야겠다고 생각했습니다. 리무루 님이 마왕을 자칭하셨으니, 앞으로도 전쟁은 계속 일어날 테니까요."

쿠로베는 그렇게 말하면서 내게 미소를 지어 보였다.

실로 믿음직스럽다.

놀랍게도 쿠로베는 유니크 스킬 '연구자'에 유니크 스킬인 '신급의 장인'을 획득했다고 한다.

그건 쿠로베의 각오를 보여주는 것으로, 진지하게 제작에 임하겠다고 확실히 마음을 먹은 것 같았다.

"제 힘도 보셨겠지요. 파르무스에 대한 대응이 부족했던 것을 반성하고, 앞으로 모두를 새롭게 단련시킬 생각입니다. 어떤 사태에도 대응할 수 있도록 다양한 무기를 준비해달라고 부탁하고 있던 참입니다."

하쿠로우는 그렇게 말하면서 수상쩍은 여러 무기들을 손가락으로 가리켰다.

사신이 들 것 같은 낫이나 양손으로 들어야 하는 대검, 방패 대신 쓰는 소드 브레이커에 도끼나 창 같은 낯익은 무기도 다수.

손에 익어야 쓸 수 있는 무기로서는 톤파나 자마다르, 눈차크 등.

사슬낫같이 다루기 어려운 무기도 있었다.

여러 전황에 대응할 수 있도록 모든 무기를 다루는 법을 익히게 만들겠다고 한다.

누가 어떤 무기에 적성이 있을지 지금부터 기대되는군.

아, 그렇지.

"시온에게 식칼을 만들어주고 싶은데 부탁할 수 있을까?"

"물론이죠. 시온 녀석, 대태도를 손에서 놓으려고 하지 않아 골치였는데 마침 잘됐습니다. 식칼을 쥐고 있는 동안에 대태도를 손보도록 하지요."

"부탁하겠네. 만드는 김에 시온의 칼에는——."

나는 떠올린 아이디어를 쿠로베에게 얘기했고, 쿠로베도 그 개조안에 의욕을 보였다.

내가 설명하고 있는 중에 하쿠로우가 어느새 술잔을 내놓았고, 결국 술자리가 시작되고 말았다.

나도 모르게 그만 흥이 돋아서 여러 가지 안을 내놓고 말았다.

실용화하기에는 어려운, 상당히 터무니없는 내용이 튀어나왔을지도 모르겠다.

술로는 취하지 않지만, 분위기에 취하는 건 생각을 좀 해봐야 할 것 같다.

베니마루는 베니마루대로 자신의 태도를 꺼내서 주문을 추가했다.

쿠로베가 술에서 깼을 때에 과연 기억을 할지 의문이긴 하지만, 나머지는 쿠로베에게 맡기도록 하자.

쿠로베의 공방을 나와서 광장으로 돌아갔다.

광장에선 오늘 밤의 연회를 준비하는 자들이 분주히 움직이고 있었다.

그런 분위기 속에서 무장을 하고 도시 밖으로 나가려는 집단과 마주쳤다.

"아, 리무루 님! 진화하신 것을 축하드립니다요! 저도 왠지 약

간 강해진 것 같습니다요!"

"오오, 고부타. 그거 다행이구나. 그런데 오늘 밤엔 연회가 있는데 어딜 가는 거지?"

"그게 말입죠, 슈나 님의 부탁을 받고 바다까지 잠깐……."

"뭐? 바다라고?!"

놀랍게도 고부타는 지금 바다에 가서 물고기를 조달해올 생각이라 했다.

예전에 낚시를 하러 갔을 때, 선물로 잡아온 물고기를 하쿠로우가 회를 떠주었다. 그게 꽤나 맛있었기 때문에, 슈나가 이번에도 회를 준비하려고 고부타에게 부탁했다는 것이다.

"야아, 그건 부탁했다기보다──."

"잠깐, 고부타 씨. 그 이상은 위험하다고요."

"그, 그렇겠습니다요. 일이 그렇게 됐으니 저희는 이만 가보겠습니다요!"

뭔가를 말하려다가 부관인 고부치의 제지를 받고 입을 다무는 고부타.

뭘 말하려는 건지는 알겠다.

슈나의 부탁은 부탁이라기보다 강제력을 띤 명령일 테니 말이지.

고부타에겐 거역할 방법이 없다.

"그래, 기대하고 있지. 월척을 낚아오라고!"

"알겠습니다요. 제게 맡겨주십쇼!"

고부타도 이래저래 투덜대긴 하지만, 실은 낚시를 좋아한다.

모두와 함께 축제 준비를 즐길 수 없어서 아쉬운 기분은 들겠지만, 밤의 메인 요리를 장식할 식재료를 조달하기 위해서라고

생각한다면 고부타에게 큰 임무가 주어진 셈이다.

입으로는 투덜대면서도, 속으로는 기뻐하고 있을지 모르겠군.

고부타가 출발하려고 했을 때, 피가 떨어지는 자루를 들고 걸어가던 자가 다가왔다.

그 자루에선 이상한 냄새가 새어 나오고 있었고, 그 냄새와 무게 때문에 자루를 든 자가 비틀거리고 있는 것 같았다.

누군가 하고 자세히 봤더니, 고부조였다.

"고부조 아니냐? 건강해진 것 같아서 다행이군……. 그런데 그건 뭐지?"

수상쩍은 기운이 가득한 자루에 불길함을 느끼고, 나도 모르게 물어봤다.

"어라? 고부조 아닙니까요. 뭘 하고 있는 겁니까요?"

고부조가 대답하기 전에 고부타도 그를 알아봤는지, 내 말을 이어 말을 걸었는데…….

고부조의 대답은 내 예감을 뒷받침하듯이 너무나 무시무시한 것이었다.

"아, 리무루 님! 그리고 고부타 씨 아닙까. 실은 시온 님에게 요리 재료를 가져다달라는 부탁을 받았습다."

잠깐만.

잠깐만 있어봐.

"고, 고부조 군? 그 피에 물든 자루 안에 든 것이, 설마 아닐 거라 생각하지만, 그 재료라는 것은 아니겠지?"

"그, 그래, 고부조. 너 말이다, 아무리 그래도 그건 좀 위험한

데. 자루 안에 든 걸 잠깐 보여봐라."

베니마루도 창백해진 얼굴로 고부조에게 억지로 자루를 열도록 시켰다.

거기서 굴러 나온 것은 소사슴의 머리다.

가장 높은 등급의 소사슴이었는지, 실로 훌륭한 뿔이 나 있다.

그러나 지금 문제는 높은 등급 같은 게 아니다.

"잠깐만! 소사슴 머리는 먹을 수 없는 거잖아!!"

자신도 모르게 절규하는 나.

소사슴의 머리여, 원통한 표정으로 나를 보는 건 제발 참아다오.

머리를 바로 자른 뒤에 그대로 들고 가던 중이었는지, 한껏 치켜뜬 눈동자와 내 눈이 마주치고 말았던 것이다.

이 정도면 호러다.

연회 날에 이런 기분을 맛보게 될 줄은 생각도 못 했다.

생물을 먹는다는 것은 원래 그건 것이겠지만, 그래도 이건 좀…….

"역시 그렇습까? 슈나 님에게도 같은 말을 들었습다만, 시온 님이 유달리 의욕적이어서……."

고부조가 말하길, 슈나도 그건 먹을 수 없는 거라고 타일렀다고 한다.

하지만 시온은 그 말에 라이벌 의식을 드러냈다고 한다.

'슈나 님도 손댈 수 없는 재료를, 제가 활용해 보이겠습니다!'

그렇게 한껏 허세를 부리더니, 준비가 되면 가져오라고 고부조에게 명령을 내렸다는 것이다.

"이거 안 좋은데……. 시온 녀석, 폭주하고 있어."

"그 이전에 말입니다. 설마 그건 아닐 거라 생각하지만, 그 요리를 먹는 건 혹시 저라거나……?"

베니마루의 안색이 좋지 않다.

그리고 그런 베니마루를 보고 위험을 감지했는지, "그럼 저희는 임무가 있어서 말입죠!"라고 말하면서 고부타와 고부치가 도망치듯이 그 자리를 떠나버렸다.

눈 깜짝할 사이에 생긴 일이라, 베니마루가 말릴 틈도 없었다.

"고부타의 통솔도 제법 훌륭해졌군."

"그러게 말입니다. 그건 인정해야겠습니다. 저 자식, 정말로 위험을 감지하는 힘만큼은 남들보다 뛰어나다니까요……."

베니마루도 씁쓸한 표정으로 동의했다.

그러나 이로 인해, 고부타는 이 일에 끌어들일 수 없게 된 셈이다.

이 소사슴의 머리는 결국 우리가 어떻게든 처리해야만 하게 된 것이다.

내 얼굴을 슬쩍 보고, 베니마루는 뜻을 굳혔는지 고부조의 어깨에 손을 얹었다.

그리고——,

"리무루 님도 시온의 요리를 기대하고 있지. 그리고 리무루 님께선 오늘은 야채수프를 드시고 싶다고 하신다. 알겠지? 시온에게 그렇게 전해다오."

시키지도 않은 말을 멋대로 내뱉었다.

"이 자식, 베니마루! 나는 관계없잖아?!"

"그런 말씀으로 절 저버리지는 말아주십시오!"

"날 끌어들이지 마! 애초에 네가 나를 함정에 빠트리려고 한 거잖아!!"

"그건 맞습니다만, 반성했단 말입니다. 하지만 저건 너무 심하지 않습니까?!"

베니마루가 말하는 저것, 그건 물론 소사슴의 머리다.

"뭐, 그렇긴 하지. 저건 정말 아니야."

"그렇죠?"

나와 베니마루는 서로 얼굴을 바라보면서 고개를 끄덕였다.

"고부조, 그건 돌려주고 와라."

"네?! 그러면 제가 시온 님에게 꾸지람을 듣는다. 저는 시온 님의 신설 부대 멤버로 뽑혔으니, 명령을 거역하고 싶지는 않습니다……."

베니마루가 명령을 해도 고부조는 납득하지 않았다.

확실히 고부조는 베니마루의 직할 부하가 아니니 명령에 대한 거부권이 있다.

아무리 그래도 내 측근의 직접 명령을 거부하다니, 이렇게 보여도 고부조도 제법 간이 커진 것 같다.

그건 좋은 일이지만, 지금은 너무나 상황이 안 좋다.

어쩔 수 없군. 지금은 나도 도와야겠어.

"아아, 잠깐만. 고부조 군, 그건 돌려주고 오게. 베니마루가 말한 대로 지금은 야채수프가 먹고 싶은 기분이거든. 시온에겐 그렇게 전해주게. 그리고 심부름한 답례로 이걸 주지."

베니마루가 불쌍해진 나는 타이르듯이 고부조를 설득했다.

그리고 재미있을 것 같아서 쿠로베의 공방에서 가져온 사슬낫

을 꺼내 고부조의 손에 쥐어주었다.

"이, 이건?"

"사슬낫이라는 무기라네, 고부조. 다루기가 어렵지만 엑스트라 스킬인 '완전기억'과 '자기재생'을 얻은 고부조라면 분명 잘 다룰 수 있을 거야."

나는 그렇게 말하면서 고부조에게 사슬낫을 건네줬다.

완전히 감격한 모습의 고부조.

"알았슴다! 리무루 님의 부탁이라면 이 고부조, 오직 따를 뿐 임다!"

"음. 이해해준 것 같아서 기쁘군. 그걸 잘 다룰 수 있게 되면 쿠로베에게 부탁해서 본격적으로 사슬낫을 만들어주도록 할 테니 정진하도록 하게!"

"알겠슴다!"

고부조는 기쁜 표정으로 소사슴의 머리를 들고 반품하러 사라 졌다.

위기는 넘겼다.

이리하여 베니마루에게 빚을 하나 만들어준 셈이지만, 그 후에 나도 시온이 직접 만든 요리를 먹게 될 줄은 생각도 못 했다.

——'남에게 인정을 베풀면 내게 돌아온다.'——

정말, 세상은 어떻게 돌아갈지 모르는 법이다.

그렇기에 더더욱 재미있는 것이지만.

참고로.

우리와 헤어진 후, 고부조는 시온을 설득하는 데 성공했다고

한다.

베니마루가 말한 대로 '리무루 님께서 오늘은 야채수프를 드시고 싶어 하신다'라는 것이 결정타가 된 것 같지만, 그 결과가 그렇게 나왔단 말이지 하고 납득했다.

그건 좋지만, 고부조에 관해서 언급할 얘기가 하나 있다.

'리무루 님의 정보를 알아오다니 아주 잘했습니다, 고부조!'

그렇게 말하면서 시온은 기뻐했고, 고부조에게 어드바이스를 하나 해줬다고 한다.

그것은 바로, 내성 : '통각무효'의 획득 방법이다.

고부조가 사슬낫을 다루려면 그 능력은 필수적이다. 손재주가 별로 없는 고부조라면 스스로를 다치게 하고 말 테니까.

시온이 가르쳐준 방법이야말로 엑스트라 스킬 '완전기억'과 '자기재생'이 없다면 성립하지 않는 무시무시한 수단이었다.

자신을 고통스럽게 만들면서 고통에 대한 내성을 얻는 것——군이 말하자면 바로 그것이다.

'전 시온 님께 맞으면 기분이 좋아짐다!'

'그게 정답입니다, 고부조. 좀 저 정진하세요.'

그런 대화가 있었는지 아닌지는 불분명하지만, 고부조는 그날 스스로 자신의 머리에 나이프를 꽂고 있었다.

뭘 하고 있는 거야, 저 바보가?! 그렇게 생각했지만, 정말로 바보였던 모양이다.

바보인 것은 틀림없지만, 고부조는 정말로 '통각무효'를 획득하고 말았다.

이 사건이 계기가 되어, 이 수법에 도전하는 자가 늘어난 것은

사실이다.

아무리 그래도 이건 너무 위험하다.

그러므로 나는 이 수법을 금지하며 언급조차 하지 말 것을 결정했다.

——나중에 고부조와 다른 홉고블린들에게 '통각무효'를 얻은 방법을 알고 싶어 하는 자가 찾아왔지만, 아무도 그걸 알 수 없었다.

세상에는 모르는 게 더 좋은 사실도 있는 것이다.

고부조가 떠난 후, 삼수사를 소개받았다.

베니마루가 호출하여 데려온 삼수사가 내게 인사한다.

예전에 만났던 것 이상으로 상당히 정중한 태도로 날 대했다.

"베니마루 님과 시온 씨 같은 강력한 마인을 부하로 부리실 정도시니 리무루 님의 실력을 의심하는 자는 없을 것입니다."

알비스가 그렇게 말했지만, 정작 그 베니마루는 시온의 요리가 두려워서 얼굴이 창백해져 있는데 말이지.

그런 모습을 봤다면 평가가 바뀌었을까?

흥미가 살짝 생겼지만, 그 말을 하는 건 참기로 했다. 나도 무서우니까. 베니마루만 웃음거리로 삼을 수는 없다.

그런 뒤에 베니마루와 삼수사의 안내를 받아 수인들이 머무르는 곳을 돌아보기로 했다.

텐트를 치거나 물자를 배분하고 있는 자들을 격려하기 위해서다.

그리고 수인들의 모습을 보고 사이좋게 지낼 수 있을지를 확인하려는 목적도 있다.

지하에 피난 장소를 건설할 예정이었던 공터에는 수인들을 위해 텐트가 설치되고 있었다.

게루도의 지휘하에 움직일 수 있는 자가 모두 협력하여 작업을 하고 있었다.

밤에는 연회가 있을 예정이라, 낮 동안에 잘 곳의 준비를 마칠 필요가 있었던 것이다.

그러나 몇 명 정도는 이제 막 새로 상처를 입은 자가 있다는 것 같은데…….

"저자들은 말을 듣지 않아서 주먹으로 잠깐 이야기를 나누었습니다."

쉽게 말해서 명령을 따르도록 만들기 위해서 때렸다, 라는 것이 게루도의 말이었다.

코끼리 수인이나 곰 수인 같은 덩치가 큰 남자들이 지금은 게루도의 수족이 되어 일하고 있다. 그 덕분에 텐트 설치는 생각했던 것보다 별지장 없이 진행되고 있었다.

"모든 걸 우리가 처리하는 게 더 빠르지만, 저자들도 방법을 익히지 않으면 아무리 시간이 지나도 해결이 안 될 테니까요. 잠깐 교육을 시켰습니다."

아주 당연하다는 듯이 게루도가 말했다.

"수왕전사단 중에서도 강하기로 소문난 조루랑 타로스가, 여기 있는 게루도 씨에게 전혀 상대가 못 되더군요."

"하지만 주먹이 더 얘기가 빨라. 우리는 강한 자의 말에는 따르는 성격이거든."

알비스랑 스피어가 말하기로는, 수인의 세계는 완전한 종적사회(縱的社會)라고 한다.

그렇기 때문에 이번 같은 경우에 힘이 모든 것을 해결하는 것이다.

칼리온이 행방불명되었다는 불안 때문에 수인들도 흉포해진 상태였다. 그러나 상위자가 철저히 두들겨 맞아서인지 이성을 되찾았다고 한다.

그리고 종적사회이기에 한번 따르기로 정하면 그 뒤로는 별문제 없이 따른다고 한다.

거기에 게루도의 훌륭한 통솔력이 더해졌다.

눈 깜짝할 사이에 수인의 특성을 파악하고 부대를 편성했다. 효율 좋게 작업할 수 있도록 자신의 부하를 감독하고 있다.

역시 대단하다.

이런 부대 운용술은 늘 공사에 관여하고 있는 게루도이기에 가능한 것이다.

"훌륭하다, 게루도. 이런 속도라면 밤이 오기 전에 끝낼 수 있겠군."

"넷! 밤이 오기 전에 끝내도록 하겠습니다."

정말로 믿음직스럽다.

그리고 믿음직스러운 자라면 한 사람이 더 있다.

부상을 입은 수인에게 회복약을 나눠 주면서 돌아다니는 자들이 있었다.

그자들에게 지시를 내리는 인물, 바로 가비루이다.

가비루는 의외의 곳에서 배려를 할 줄 한다.

어떤 종족과도 친해질 수 있는 것은 일종의 재능이라 하겠다.

"가비루, 좋은 판단을 내렸구나. 약은 충분한가?"

"이, 이런, 리무루 님! 괜찮습니다. 최근에는 생산량도 늘어나서 재고에는 여유가 있습니다."

"그런가. 수고했다! 앞으로도 잘 부탁하마."

"네넷———! 분골쇄신하여 일하도록 하겠습니다!!"

가비루는 거의 엎드려 절을 할 것 같은 기세로 그렇게 대답했다.

최근에는 금세 우쭐해지는 일도 많이 줄었으니, 슬슬 간부 자리에 임명해도 괜찮을 것 같다.

그리고———

"나중에 잠시 휴가를 주마. 그러니까 가비루, 아버지가 계신 곳에 한번 들러서 근황을 보고하고 와라."

"그, 그렇지만…… 저는 그, 절연을 당한 몸이라……."

"신경 쓰지 마라. 내가 보낸 사자라는 명목으로 소우카를 데리고 가면 된다."

"오, 오오……!! 깊은 배려에 감사드립니다. 그 역할을 부디 제게 맡겨주십시오!!"

가비루는 기쁜 표정으로 받아들인 뒤에, 다시 작업을 하기 위해 돌아갔다.

그리고 삼수사도 밤에 열릴 연회를 기대하고 있다는 말을 남기고 그 자리를 떠났다.

시찰을 끝내고, 방으로 돌아왔다.

돌아오는 길에 베니마루와 이야기를 나눴다.

"슬슬 가비루를 간부로 임명할까 한다."

"네, 저도 그게 좋을 것 같습니다. 실력도 부족함이 없고 저 녀석, 저래 보여도 인망이 있으니까요."

베니마루도 이견은 없는 것 같았다.

그럼 결정됐다.

그렇게 하기로 했으면 가비루의 의절 문제도 해결할 필요가 있다.

"음. 날 모시는 간부가 된 이상 마물의 씨족을 다스리는 족장과 사이가 틀어진 채로 놔두는 건 체면이 서지 않겠지. 아비루에게 말해서 가비루와 의절한 사이를 회복할 수 있게 권유해봐야겠군."

"역시 그게 목적이었습니까. 확실히 그 말씀은 맞습니다. 우리 나라의 간부와 사이가 좋지 않다는 게 주변에 알려지면 리저드맨의 입장도 불리해질 테니까요."

베니마루도 내 의도를 알아차린 것 같았다. 내 말을 빨리 이해해주니 역시 편하다.

가비루도 진심으로는 분명 아버지와 화해하고 싶을 것이다. 게다가 언제까지나 의절한 상태로 있다면 서로가 불편한 점도 있다.

리저드맨의 족장인 아비루의 입장에서도, 자신의 자식이 마왕의 간부라는 직함을 얻게 된다면 의절을 취소할 이유로 삼을 수 있겠지.

그리고 문제가 되는 것은, 가비루나 아비루가 고집쟁이라는 점이다.

소우카에게 중간에서 중재를 좀 해보라고 부탁하지 않으면 또 싸움이 일어날지도 모른다.

사전에 연락을 해서 이야기가 잘 풀릴 수 있게 준비해두자.

소우에이에게 부탁해볼까.

소우에이라면 아비루와도 면식이 있으니까, 그 녀석에게 부탁하면 잘못될 일은 없겠지.

그런 생각을 하면서 나와 베니마루는 그 자리를 떠났다.

*

본문의 일부를 발췌해봤다.

기록 내용은 아직 더 이어지지만, 시간에 한계가 있다.

아쉽지만 소개는 여기까지 하겠다.

지금 내 이야기를 듣고 흥미가 생긴다면, 부디 사본판《리무루의 수기》를 구입해주길 바란다.

그걸 읽으면 당신도 대마왕 리무루가 자기 부하들을 얼마나 소중하게 여겼는지 잘 이해할 수 있게 되지 않을까.

대마왕인 그로부터 지배를 받는 입장인 부하들이나 백성들에게 있어서, 대마왕 리무루는 공포의 상징이 아니라 아버지라고 부를 수 있는 존재였을 것이다.

그건 당시도, 지금도 다르지 않다.

· 부하인 시온이 요리를 잘 못한다는 걸 알고 심복인 베니마루와 협력하여 시식에 어울려줬다.

· 새로운 무기 구상에 고민하는 쿠로베에게 그 풍부한 발상을 통해 다양한 아이디어를 전해줬다.

· 고부타를 시작으로, 부하들과 낚시를 즐겼다.

· 나중에 무예자가 되는—— '사슬낫의 고부조'를 발굴해냈다.

· 곤란에 처해 있던 수인들을 도와주었고, 대가를 바라지 않은 채 도움의 손길을 내밀어주었다.

그 결과, 영구적인 불가침조약을 체결하기에 이른다.

· 부하들의 고민을 듣고 해결에 큰 도움을 주었다.

등등, 열거하자면 끝이 없다.

그의 대마왕으로서의 행적을 보고, 인간됨을 알면 알수록 친밀감을 느끼는 자가 늘어나는 것도 납득이 된다.

특히 시온의 요리를 시식한다는 건 좀처럼 할 수 있는 일이 아니라고!

앗차, 실례. 나도 모르게 그만 너무 흥분하고 말았군.

하던 이야기를 다시 하지.

반대로, 그렇게 친해지기 쉬운 점마저도 대마왕 리무루에 의한 전략적인 선전활동이라는 말도 도는 모양인데…….

그걸 어떻게 느끼는지는 당신에게 달렸다.

먼저 이걸 한번 읽어본 뒤에 판단해주길 바란다.

정말로 인간을 속이려는 것일까, 그게 아니면 진심으로 융화를 바라고 있는 것일까?

이 책을 읽고, 조금이라도 대마왕의 속마음을 접해주면 좋겠다.

그러면 당신에게도 대마왕 리무루가 진정으로 원하는 것이 보일지도 모른다.

그리고 어느 날, 그런 논의에 종지부가 찍힐 날이 오기를 바란다.

인간들의 마음이 의심에서 해방되기를 바라면서, 이 책을 널리 알려보자.

《대마왕 리무루를 깊이 이해하기를 바라는 자로부터──.》

확실하다.

이 정도로만 선전해도 틀림없이 대히트할 것이다.

베스트셀러가 되어서, 내가 '작가 선생님'으로 불릴 날도 멀지 않았군.

이 자리에 모인 기자들에게도 분명 내 마음이 전해졌을 것이다.

그렇게 생각하고 있었는데…….

내가 거기까지 기사 소개를 마쳤을 때, 발표회에 보인 기자들이 이상하다는 표정으로 의문의 목소리를 높이기 시작했다.

"저기, 죄송합니다. 얘기 내용과 기록된 내용이 다른 것 같은데요……."

뭐? 기록된 내용이 다르다고……?

기자의 얘기를 듣고 준비한 기사를 다시 바라보니, 그곳에는 분명히 내 행동이 정확하게 묘사되어 있었다.

그래, 정확하게.

"아니, 왜 정확하게 적혀 있는 거지?!"

나도 모르게 속마음을 그대로 내뱉고야 말았다.

분명히 각색을 해서 기록했을 텐데, 어찌 된 건지 정확한 행동이 적여 있었던 것이다.

　내가 소리를 친 것도 무리가 아니었다.

《기록 내용에 차이가 있었기 때문에 수정해두었습니다.》

　잠깐, 네가 범인이었냐!!

　무슨 짓을, 무슨 짓을 한 거야?!

　"저기, 정확하게라고요? 그럼 기재되어 있는 쪽이 맞는 거란 말인가요?"

　"아, 아니, 그건 말이지……."

　위험하다.

　아주 위험하다.

　땀이 나오지 않는 몸인데, 식은땀이 멈추지 않는 것 같은 착각이 들 정도다.

　"그리고 그런 책의 존재는 알려져 있지 않은데, 어디서 그걸 열람할 수 있었던 겁니까?"

　뭐, 그걸 묻는 거야?

　그 책의 존재가 알려져 있지 않다. 그야 그렇지.

　왜냐하면 지금부터 보급하려고 했으니까.

　그 원고는 내 '위장'에 숨겨져 있으니 열람할 수 있는 자는 제한되어 있다.

　대놓고 말해서, 나 혼자뿐이다.

　그걸 어떻게 변명할지 생각하고 있으려니 다른 기자들까지 떠

들어대기 시작했다.

아무래도 좋게 얼버무리는 건 어려울 것 같군.

내 이미지를 높임과 동시에 용돈벌이를 좀 해볼까 생각했는데, 아무래도 포기할 수밖에 없는 상황인 것 같다.

어쩔 수 없군. 이렇게 되면 전략적 후퇴다.

모처럼 나에게 친밀감을 가지도록 고안한 계획이었는데, 생각 지도 못한 곳에서 방해자가 나타났다.

보고, 연락, 상담을 게을리한 나의 실수다.

"후, 후하하하하! 들켜버렸으니 어쩔 수 없지. 다시 보자, 제군 들!!"

나는 적당히 얼버무리면서, 나눠 주려고 쌓아놓았던 견본을 황 급히 회수했다.

그리고 그 자리에서 홀연히 '전이'로 도망쳤다.

이리하여 《리무루의 수기》 판매 계획'은 실패로 끝난 것이다.

··················.

···············.

·········.

그리고 그 자리에는 내가 미처 회수하지 못한 한 권의 견본이 남겨졌다.

그 견본이 바로 그야말로 후세에 돌게 되는 사본——《리무루의 수기》의 원본으로 불리게 되지만, 그때의 나는 그 사실을 알 도 리가 없었다.

미식가의 길

가르도 묘르마일은 대상인이다.

그뿐만이 아니라 블루문드 왕국의 뒷거리를 지배하고 있는 대표 격인 인물── 비합법조직의 돈(두목)이기도 했다.

금전이 될 만한 것을 감정하는 데에 날카로우며, 비록 상대가 귀족이라고 해도 환심을 사려고 드는 일이 없는, 참으로 그릇이 큰 남자──라는 평가가 그가 사는 곳인 블루문드 왕국뿐만 아니라 잉그라시아 왕국에까지 널리 퍼져 있다.

그렇다고 해도 실제로 묘르마일은 그렇게까지 악독하지는 않다.

의외로 정이 두터우며 남을 돌봐주길 좋아하는 것이다.

가난한 사람과 고아에게 일거리를 줘서 먹고살 수 있게 될 때까지 뒤를 돌봐주기도 한다.

빌려준 돈을 회수하기 위해서 돈을 벌 수 있게 만들어준다──는 것이, 묘르마일이 늘 대는 핑계였다.

말하자면 자유조합에도 소속될 수 없는 부랑자들을 돌보는 역할을 묘르마일이 맡고 있는 셈이다.

그런 묘르마일이기에 더더욱 블루문드 왕국의 상층부와도 친분을 유지하고 있다.

일을 하청 받는 관계 이상으로, 각 관계부처에 이미 인맥을 다 깔아둔 것이다.

돈을 빌려준 귀족에게 중개를 부탁하면, 너무나 간단하게 자신이 바라는 대로 이뤄진다

묘르마일은 그렇게 하여 지반을 다지고 착실하게 힘을 쌓았다고 한다.

그래서 특히 눈에 띄는 산업도 없는 블루문드 왕국에서 그 나름대로의 발언권이 있는 자리에까지 이르게 된 것이다.

그런 묘르마일을 방문하기 위해, 나는 블루문드 왕국에 왔다.

이번 목적은 두 가지.

숙소의 운영을 본격적으로 진행하기 위해 쓸 만한 인재를 소개받는 것.

그리고 또 하나가 식재료의 조달이었다.

인재 쪽은 금전 관리를 할 수 있는 자를 고용하고 싶다.

내 부하인 홉고블린들도, 베스터의 지도 덕분에 접객은 그런대로 모양을 갖추게 되었다. 에라루도 공작이나 가젤 왕도 만족한 반응을 보여준 것 같으니, 그 퀄리티는 높다고 할 수 있다.

그러나 금전 관리를 할 수 있는 사람이 압도적으로 부족했던 것이다.

초등학생 레벨의 산수를 가르치는 것만으로도 한두 달로는 불가능하다.

그것만 공부하고 있을 수 있는 여유도 없거니와, 시간이 나는 대로 배우는 것만으로는 무리가 있다. 지금까지 공부라고는 해본 적조차 없는 마물들이므로, 어떤 의미에선 당연하다고 할 수 있다.

몸으로 기억하는 기술과는 달리, 두뇌노동은 적성이 맞느냐 아니냐 하는 문제도 있고 말이다.

할 수 있는 자는 센스만으로도 할 수 있다.

할 수 없는 자는 노력을 하여, 사회경험부터 시작해서 천천히 배울 수밖에 없다.

실패도 당연히 따르는 것이니, 그걸 커버하면서 서포트 해줄 수 있는 자가 필요한 것이다.

그런고로, 금품 감정을 특기로 하는 상인이면서 발이 넓은 묘르마일 군을 찾아온 것이었다.

사실을 말하자면, 또 하나의 목적인 식재료의 조달도 부가적인 문제다.

진짜 목적은 그런 식재료를 이용한 신상품의 개발이었다.

예를 들면 얼마 전에 있었던 회의 중에 떠올린 라면.

컵라면이 아니라 본격적인 것을 재현해보고 싶다고 생각하고 있다.

이 세계에도 케이크는 있었으니, 찾아보면 어딘가에 라면도 있을지 모른다. 그런 걸 찾아보도록 시킬 것이다.

없다면 없는 대로, 그때는 라파엘(지혜지왕, 智惠之王) 선생이 등장하실 차례다.

《알림. 식품명 : 라면의 해석은 완료된 상태입니다. 필요한 것으로 예상되는 식재료는——.》

훗훗후, 역시 대단하군. 역시 라파엘 선생이야.

내 머릿속에 이 세계의 식재료명이 줄줄 표시되고 있다.

번역기능도 완벽하고, 필요한 것으로 보이는 식재료가 어느 지방에 있는지도 판명되어 있었다.

이제 남은 것은 모으는 것뿐이다.

하지만 이 단계에서 문제가 발생한다.

우리 나라의 주민들은 그 지방으로 들어갈 수 있는 입국허가증이 없다.

모험가인 나는 그렇다 치더라도, 다른 사람은 심부름을 보낼 수가 없는 것이다.

그러나 그것보다도 상당히 중요한 문제가 있었다.

그게 바로 오늘, 묘르마일 군에게 상담을 하고 싶은 용건인 것이다.

그런고로 나는 재빨리 블루문드 왕국에 있는 묘르마일의 가게에 발을 들였다.

"묘르마일 군, 놀러 왔네~!"

입구의 가림막을 통과한 후, 약간은 화려한 디자인의 문을 열면서 나는 가볍게 그의 이름을 불렀다.

그러나 바로 그때——.

"이봐, 꼬맹이, 어딜 당당하게 안으로 들어오려고 하는 거냐?"

그렇게 소리치면서 야쿠자 같이 험악하게 생긴 가게를 지키는 남자에게 어깨를 붙잡히고 말았다.

더구나 그 목소리를 듣고 안에서 몇 명이나 줄줄이 튀어나오질 않나.

어라, 이상하네?

묘르마일한테서 "언제든지 놀러 오십시오, 리무루 나리!"라는 말을 들었기 때문에 나는 사양하지 않고 여길 들른 것인데…….

"뭐가 묘르마일 군이냐! 이 꼬맹이, 묘르마일 씨를 함부로 불러 대다니!"

"그러게, 그런 건방진 태도로 까분다면 아픈 맛을 좀 봐야겠지?"

"울어도 용서하지 않을 테다, 이 자식!"

운운하며 험악한 얼굴로 나를 보면서 으름장을 놓기 시작한다. 어디의 똘마니들이람, 그렇게 한마디 쏘아주고 싶다.

"야아, 이거 미안하군. 언제든지 놀러오라고 말했——.

"이 멍청한 자식! 묘르마일 씨가 너 같은 애송이를 상대할 리가 없잖아!!"

"헷헤헤, 뭐, 얼굴은 귀여우니까 묘르마일 씨를 속이려고 드는 지도 모르지."

"안됐구먼. 그분은 나올 곳은 빵빵히 나오고 들어갈 곳은 잘록 히 들어간 여자가 취향이라고! 너 같이 얼굴만 변변해선 상대조 차 안 해주실걸."

"속이려고 들어도 그렇겐 안 되지. 하지만 뭐, 내가 상대를 해 줄 수도 있는데 말이야."

내 말을 가로막고 가게를 지키는 사내들이 차례로 말한다.

그중에는 나를 기분 나쁜 눈으로 보는 녀석도 있어서, 슬슬 부 아가 나기 시작했다.

"저기 말이야, 자네들, 나는 묘르마일 군이랑 친구 사이야! 그 리고 말이지, 나는 여자가 아니라 남자라고. 딱히 속일 생각도 없어!"

그렇게 가슴을 당당히 펴면서 힘주어 말했다. 아주 약간 돈을 융통받고 싶다는 속셈은 있지만…….

하지만 이건 그에게도 아주 좋은 이야기이다.

묘르마일이 회복약의 매상으로 큰 이익을 얻고 있는 것 같으니, 그 이익을 쓸 만한 곳을 제시해줄까 하고 생각한 것이다.

각국에 회복약을 팔아치우고, 그렇게 얻은 자금으로 그 지방의 특산품을 구입하도록 한다.

그걸 이용해서 새로운 신제품을 개발하려고 하는 것이다.

좋게 말하면 융자를 부탁하는 것이며, 나쁘게 말하면 등치기라고 하겠다.

나도 좋고 묘르마일도 좋다. 그런 관계를 노리면서 큰돈을 벌 수 있을 이야기를 제시하러 온 것이다.

대개는 남에게서 큰돈을 벌 수 있는 이야기를 듣는다면 조심해야 할 것이다.

나라면 거절한다.

틀림없이 큰돈을 벌 수 있다니까! 남이 그런 얘기를 하면 그건 100% 사기라고 생각해도 틀림없다.

하지만!

이번에 내가 제시하는 이야기는 진짜이다.

라파엘 선생도 틀림없이 성공한다고 말씀하고 계시니, 반드시 이익은 나올 것이다.

그걸 설득하여 납득하도록 만든다.

그러므로 결코 속이는 것도 아니며, 내 양심도 아프지 않은 것이다.

그렇게 생각하여 당당하게 대꾸했지만——.

"입 닥쳐! 그 말을 누가 믿는단 말이야!"

"말로 해서 안 된다면, 이 녀석으로 이해를 시켜줘야 알아들겠냐?"

그런 식으로 남의 말은 들을 생각도 하지 않고, 심지어는 허리에 찬 칼을 보여주기까지 하는 지경이다.

이거 참, 나는 속으로 한숨을 쉬었다.

묘르마일의 부하들과 다투고 싶지는 않지만, 이렇게 된 이상은 어쩔 수가 없다.

실력행사로 나설 수밖에 없을 것 같다. ──내가 그렇게 반쯤은 포기했던 바로 그때, 낯이 익은 남자가 가게 안에서 얼굴을 내밀었다.

"이봐, 너희들. 가게 앞에서 무슨 소란을 피우고 있는 거야?"

그 목소리가 들린 쪽으로 시선을 돌리자, 그곳에는 그리운 얼굴── 비드가 있었다.

카발 일행과 블루문드 왕국에서 만났던, 그 사기꾼이었던 사내이다.

그 후에 묘르마일의 호위 일을 맡았다고 하며, 잉그라시아 왕국에서도 재회한 적이 있는데…… 아무래도 그때의 인연으로 그 후에 정식으로 고용이 된 모양이다.

"여, 비드잖아! 잘 지냈나?"

"앗?! 리, 리무루 님 아니십니까! 헉, 덕분에 나는, 아니, 저는 잘 지내고 있습니다! 리무루 님도 잘 지내시는 것 같아 정말 다행입니다!!"

나를 보자마자 비드는 차렷 자세를 취하더니 직각으로 인사를 했다.

참으로 거동이 허풍스러운 녀석이다.

"잘 지낸다니 다행이군. 그런데 말이지, 이자들이 가게로 들어가는 걸 방해해서 난감하던 참이야. 너라도 나와 묘르마일 군이 친구 사이라는 걸 말 좀 해주면 좋겠는데."

비드는 분명 D 랭크의 모험가——나중에 듣기로는 C 랭크가 되었다고 한다——였으니, 이 불량배들한테도 말귀가 통할 것이다. 그렇게 생각해서 부탁해봤는데, 생각했던 것 이상으로 이야기가 잘 풀렸다.

"너, 너희들, 가게를 작살내고 싶은 거냐?! 이분은 그 리무루 님이시란 말이다!!"

비드가 그렇게 성난 목소리로 소리친 것만으로도, 내게 으름장을 놓으면서 따지고 들었던 자들이 벌벌 떨기 시작했다.

그대로 비드처럼 차렷 자세를 취하더니 내게 사죄를 하는 일동.

"""죄, 죄송합니다!! 부디 용서해주십시오——."""

그렇게 일심불란하게 고개를 숙인 것이다.

전부 눈물을 글썽이면서 덩치 큰 사내들이 공포로 떨고 있다.

그렇게 비드가 무서웠나 하고 생각했더니, 아무래도 내 정체를 안 것이 원인인 모양이다.

그렇게까지 떨 것 없다고 생각했지만, 나는 일단 마왕인 것이다.

묘르마일이라면 그 사실을 알고 있으니, 이 녀석들도 얘기를 들었겠지.

그렇다면 내 이름을 듣고 벌벌 떨어도 이상할 건 없겠군.

이럴 줄 알았으면, 처음부터 이름을 댈 걸 그랬다. 그들도 내가 이름을 댔으면 가뿐하게 통과시켜주었을지도 모르는데.

"이 녀석들은 제가 단단히 교육을 시켜놓을 테니, 부디 용서해주십시오."

그렇게 말하면서 비드가 머리를 숙이는 바람에, 이 자리는 흔쾌히 용서해주기로 했다.

다음에 만날 때에 순순히 통과시켜준다면 그걸로 충분하니까.

나는 빙긋이 웃으면서 용서했지만, 끌려가는 그들의 얼굴에는 비장감이 떠올라 있었다.

"이, 이분이 마왕——."

"묘르마일 씨가 걸어놨던 그림과는 전혀 다르잖아!"

"이거 거짓말이지? 거짓말이라고 말해줘……."

"우리, 이제 죽는 거 아냐……?"

——등등.

의미 불명의 발언과 우는 소리가 들려왔지만, 그건 가볍게 넘어가기로 했다.

＊

"이런, 이런, 리무루 님! 정말 잘 오셨습니다!"

"뭘 그렇게 격식을 차리나, 묘르마일 군. 우리 사이에 이럴 건 없지 않은가!"

내가 웃으면서 그렇게 말하자, 묘르마일도 기쁜 표정으로 웃었다.

부의 상징이라 할 수 있을 그 비대한 거구를 즐거운 표정으로 흔들어대고 있다.

그러나 역시 일류의 상인.

"하하하, 그렇게 말해주시니 기쁩니다만. 그래서 나리, 오늘은 무슨 용건으로 오신 겁니까?"

그렇게 곧바로 긴장한 표정을 지으면서 내게 되물었다.

그때 나는 씨익 웃으면서 교섭을 시도한다.

"실은 말이야, 자네에게 돈벌이가 될 만한 얘기를 가지고 왔다네!"

"호오? 그건 어떤 내용입니까?"

"그건 말이지——."

묘르마일 가게의 여종업원이 내준 홍차를 마시면서, 나는 용건을 성의껏 설명한다.

신상품의 개발계획까지 얘기해서 들려주자, 묘르마일은 복잡한 표정을 지으면서 입을 다물었다.

"늘 신세를 지고 있는 나리의 요청이니, 신용할 수 있는 인재를 선출하고말고요. 식재료의 조달도 기쁘게 받아들이고 싶습니다. 하지만 개발에 돌릴 수 있을만한 인재가 저희 쪽에는……."

묘르마일은 상인이므로, 새로운 요리를 창작한다는 발상은 하지 못하는 것 같다.

기존의 물품이나 새롭게 만들어진 것을 유통시키는 것은 잘해도, 상품을 개발하는 것은 자기의 분야가 아니라고 생각한 모양이다.

하지만 내 목적은 식재료의 조달까지이다.

그 뒤의 일은 우리 쪽이 맡을 것이다.

"아니, 아니, 그건 우리가 할 생각이네. 묘르마일 군은 우리 도

시까지 식재료를 운반해줬으면 좋겠군. 그리고 완성이 되면 블루
문드 왕국과 이어진 도로 위의 숙소에서 제공할 예정이야. 그러
므로 정기적으로 식재료 쪽의 일거리도 부탁하고 싶다고 생각하
고 있네."

"과연……. 즉, 나리의 계획이 성공하면, 저희가 취급하는 상품
도 늘어난다는 뜻이 되는 겁니까?"

"그렇게 되겠지. 신상품이 인기 메뉴가 된다면 자네가 운영하
는 계열의 가게에 내놓아도 좋을 테고 말이야!"

"뭐라고요! 하지만 그러면 리무루 님 혼자서 이익을 독점할 수
없게 될 것 같습니다만……."

"자네, 그 점은 아까 말했듯이 투자니까 당연한 것이지. 자네가
먼저 돈을 내놓게 하는 것이니 그 보답으로 이익을 공유하는 건
당연하지 않은가!"

성공하면 빌린 돈을 갚는 것으로 끝이라는 식으로 마무리하고
싶지 않다.

그런 내용을 성심성의껏 설명한다.

묘르마일은 흥미가 생겼는지, 우후, 우후 하고 말하면서 내 얘
기를 들어주었다.

"과연, 그거 재미있군요! 그런 거라면 부디 저도 참가하게 해주
십시오!!"

묘르마일은 그렇게 말하면서, 내 계획에 출자하겠다고 약속해
주었다.

생각했던 것보다 얘기가 쉽게 마무리되었다.

훗훗후.

묘르마일 녀석, 참으로 쉽게 넘어가는 사내라니까.

볼일을 끝냈을 때, 하나 마음에 걸리던 일을 물어보기로 했다.

"그런데, 아까부터 마음에 걸리던 게 있는데……."

내가 내민 계약서를 확인하고 있는 묘르마일에게 말을 걸자, 묘르마일은 일단 보던 걸 멈추고 내 쪽을 봤다.

"뭡니까?"

"아니, 그게. 저 이맛돌에 걸린 그림 말인데, 저게 나인가?"

벼락부자 취향의 호화로운 가구가 놓여 있는 응접실 안에서, 그 그림이 장식된 부분만이 이채로운 분위기를 띠고 있다.

그 그림에는 아름다운 여성이 용과 대치하고 있는 모습이 그려져 있는데, 그건 아무리 봐도 어른이 된 내 외모와 닮은 것처럼 느껴진 것이다.

"우후후후, 바로 그렇습니다! 그때 잉그라시아 왕국에서 제 목숨을 구해주셨던 때의 모습을, 고명한 화가에게 의뢰해서 그리게 한 것이죠!"

그렇게 묘르마일은 이상한 스위치라도 들어간 것처럼 역설하기 시작했다.

아무래도 그때의 감동을 잊을 수가 없었는지, 마법으로 기억을 되살리기까지 하면서 이미지를 재현했다고 한다.

아니, 그런 것 치고는 너무 미화했는데.

뭐, 확실히 내 외모라곤 해도 그건 시즈 씨의 것이 바탕이 되어 있다.

그래서 미인이라는 건 부정하지 않겠지만, 이건 대체 어디 사

는 여신이냐는 말이 나올 정도로 신성함마저 느껴지는 초상화로 그려져 있다.

"아니. 그렇지만 조금 과장되게 그려지지 않았나?"

"터무니없는 말씀을! 이것도 한참 부족할 정도입니다."

내 지적은 부정당했으며, 졸지에 묘르마일의 열띤 감상을 들어야 할 상황이 되어버렸다.

홍차를 더 갖다 준 여종업원은 이미 익숙해진 반응인 걸 보면, 이건 꽤나 일상적으로 볼 수 있는 광경인가 보다.

그렇다면, 그 가게를 지키는 불량배들한테 내 이름을 댔어도 내가 리무루라는 걸 알아보지 못했을지도 모르겠다.

애초에 그 그림에 그려진 어른 버전의 내 모습이 눈에 익은 상태라면, 지금의 어린아이 같은 내 모습을 봐도 본인이라곤 생각도 하지 못할 테니까.

뭐, 됐다. 이제 와서 따져봤자 소용없는 일이고.

다음부터는 나를 봐도 못 알아보는 일이 없도록 지금의 모습도 주지시키자고 생각했다.

＊

묘르마일은 약속대로, 각국에서 대량의 식재료를 사들여주었다.

역시 예상대로 할까, 라면 같은 요리는 지방에도 전혀 비슷한 게 없었다고 한다.

그렇다면 예정대로 새로이 개발하자고 생각한다.

속속 반입되는 진귀한 식재료들.

그걸 다루게 될 장소와 사람들은 새로운 주방과 내 손발이 되어 움직일 요리사들이다.

그 대표는 초기 무렵부터 슈나 밑에서 수행을 쌓고 있었던 고부이치라는 홉고블린이다.

시온에게 주방을 파괴당해 탄식하고 있었기 때문에, 새로운 주방을 마련해주는 것을 조건으로 내 계획에 끌어들인 것이다.

슈나에게 부탁하는 쪽이 이런 요리를 재현하는 것은 더 간단하다.

하지만 그랬다간 앞으로도 계속 슈나에게만 의존할 수밖에 없게 될 것이며, 그녀의 부담이 너무 커진다.

그래서 이번에는 내 지휘하에 개발팀을 꾸려본 것이다.

이익을 슬쩍 착복하려는, 그런 생각을 하고 있는 건 절대 아니다.

"그래서 리무루 님, 대체 어떤 요리를 만들려고 하십니까?"

그렇게 묻는 고부이치에게 나는 씨익 웃으면서 상품을 내민다.

내 '위장' 안에서 완성된, 이제 막 만들어진 따끈따끈한 라면을.

"이, 이건?!"

고부이치는 침을 꿀꺽 삼키면서, 라면을 본다.

"한번 먹어보게."

"네, 그럼 실례를 무릅쓰고……."

그렇게 말하면서 고부이치는 라면을 먹는다.

내가 쓰는 걸 보고 배운 것인지, 젓가락을 다루는 것도 익숙하다.

그런 고부이치는 한입 천천히 맛본 후에, 나를 보면서 힘차게 고개를 끄덕였다.

"훌륭합니다, 리무루 님! 이건 틀림없이 모두의 마음을 확 휘어잡을 겁니다!"

희색이 만면해서 흥분한 표정으로 소리친 것이다.

"그렇지? 맛있지?"

"엄청 맛있습니다! 그런데, 이건 어떤 식으로 요리하는 겁니까?"

"핫핫하, 그걸 연구하는 것이 자네가 할 일이네!"

"――예?!"

웃는 얼굴로 그렇게 밝히자, 고부이치는 난감한 표정으로 굳어버리고 말았다.

내가 한 말의 뜻을 이해하지 못했는지 눈을 깜박거리고 있다.

하지만 나는 그 반응을 신경 쓰지 않는다.

자신의 스킬로 쉽게 만들어봤자 의미가 없으니, 제대로 된 요리 방법을 찾을 필요가 있다. 그러기 위해서 고부이치를 부른 것이니, 그가 놀라는 반응을 보여도 어쩔 수가 없다.

"잘 듣게, 고부이치. 이 주방은 마음대로 써도 되네. 여기 모인 열 명도 자네의 제자로 마음대로 부려도 돼. 그러니까 말이지, 이 견본을 참고로 해서 이 요리를 누구라도 만들 수 있도록 연구해 줬으면 하는 바이네!"

그렇게 말하면서 나는, 내가 아는 한 자세하게 라면을 만드는 방법을 고부이치에게 전달했다.

면을 만드는 법, 국물을 내는 법, 그 외의 대략적인 라면에 관한 지식 전체를.

자세한 건 모르기 때문에, 남은 건 고부이치와 제자들의 노력

에 달려 있다.

"……즉, 리무루 님도 잘 모르신다──는 게 아니라, 제가 원하는 대로 좋다는 뜻입니까?"

"바로 그거야. 완성된 건 만들 수 있으니까, 그걸 참고로 연구를 해주게!"

속으론 조금 무모한 요구가 아닐까 하고 생각했지만, 나는 당당한 태도를 굽히지 않고 말했다.

왜냐하면 이게 이번 계획의 가장 핵심이니까, 아무리 무모한 짓이라도 해볼 수밖에 없는 것이다.

그 외에도, 재현하고 싶다는 생각을 하고 있는 저쪽 세계의 요리는 많이 있다.

첫 시작으로 라면을 선택했다는 것만으로 여기서 좌절하고 있을 상황이 아닌 것이다.

고부이치도 분위기를 파악했는지 내가 바라는 답을 해주었다.

"알겠습니다. 리무루 님의 부탁이니 어떻게든 해보겠습니다!"

"오오, 믿음직스럽군. 열심히 해주게, 자네라면 할 수 있을 거야!"

고부이치는 흔쾌히 내 부탁을 받아들여주었다.

게루도를 시켜 준비한 주방 하나로, 내 취미와 실익──이 아니라, 새로운 사업을 도와줄 마음을 먹은 것이다.

정말 고맙네, 고부이치!

앞으로도 열심히 노력해달라고 생각하면서, 나는 성과가 나오기를 기대하며 기다리기로 했다.

＊

그 뒤로는 생각했던 것보다 순조로웠다.

남에게 일을 맡기는 것에 통달하다시피 한 나는 묘르마일에게 식재료를 조달하게 하고, 고부이치에게 그걸 요리하도록 시키고 있다.

묘르마일의 돈을 아낌없이 쓰게 했으며, 고부이치가 자는 시간도 아쉬워하면서 노력해주었다.

나?

내가 맡은 일은 응원이다.

묘르마일의 살찐 배를 콕콕 찌르면서 애원을 하거나, 지칠 대로 지친 고부이치의 옆에서 응원가를 불러주기도 했다.

그것만으로도 다들 빙긋 웃으면서 흔쾌히 돈을 내거나, 또한 일해 주었다.

그리고 드디어, 미소(된장 국물), 쇼유(간장 국물), 톤코츠(돼지뼈 국물)의 세 가지 라면을, 진한 맛과 담백한 맛으로 나눠서 재현하는 데 성공한 것이다.

그 외에도 니보시(멸치 국물)와 토리바이탄(닭 국물) 같은 것도 상품개발에 성공했다.

"훌륭해! 역시 고부이치야!"

"음, 확실히 맛있군요. 역시 나리가 추천할 만큼 훌륭한 요리입니다."

나는 만족하여 합격 판정을 내렸다. 이 정도라면 신상품으로 만들어내도 문제없을 거라고 생각한다.

시식에 초대한 묘르마일도 상당히 만족한 모양이다. 크게 칭찬하면서 맛있게 먹고 있다.

"감사합니다! 라면에 관해선 상당히 자신감이 붙었습니다!"

"응응. 앞으로도 이렇게 계속 부탁하겠네!"

"네! 어라? 라면 개발은 이걸로 일단락 된 게 아닙니까?"

"그렇습니다, 나리. 이렇게나 종류가 많이 갖춰졌다면 가게도 세울 수 있을 텐데요?"

이것으로 끝이라고 생각했던 것으로 보이는 두 사람이 동시에 의문이 담긴 목소리로 묻고 있다.

안일하군.

내 야망은 이 정도로 끝나지 않는다.

"훗훗후, 안일하군, 제군들. 이걸로 끝이라고 누가 말했나?"

"네?"

"그렇지만──."

놀라는 두 사람을 손을 내밀어 막으면서, 나는 내 야망이 담긴 다음 음식을 제시한다.

패스트푸드의 왕이자, 누구라도 아는 메뉴── 햄버거를.

"이, 이건!"

고부이치는 새로운 요리를 보고, 다시 의욕을 불태우고 있는 것 같다.

"후후후, 고부이치여. 이건 말이지, 그렇게 어려운 요리가 아니라네. 하지만 누구든지 같은 맛을 재현할 수 있다는 점이 바로 지극히 어려운 이유라고 하겠지."

"그 말씀은 곧……?"

"자네의 밑에서 수행을 쌓은 자들이 누구라도 같은 맛으로 만들 수 있도록 해주게! 그리고 그것을 기본으로 하여, 가게마다 특

징이 있는 베리에이션을 개발하게 할 것이야."

"과연! 즉, 제자들로 하여금 가게를 가지게 한 뒤에, 각 점포를 경쟁시키겠다는 것이군요?"

고부이치의 말에, 나는 씨익 웃어 보인다.

"내 뜻을 알아차린 것 같군, 고부이치. 이걸 만들 수 있는 사람을 늘려서 점점 체인점을 늘려갈 생각이라네."

"알겠습니다! 이 고부이치에게 맡겨주십시오——!!"

나는 음 하고 고개를 끄덕인다.

고부이치는 내 의도를 정확하게 이해하면서, 자신의 가게를 가질 수도 있다는 야망에 가슴이 한껏 부풀어 있는 것 같았다.

그때, 그런 우리의 대화를 듣고 있던 묘르마일에 대해서 말하자면…….

"그 말은 즉, 자금도 아직 더 필요하다는 뜻이 되는 것입니까……."

그렇게 말하면서 필요한 예산이 늘어날 것을 깨달았는지, 얼굴이 새파랗게 질려 있었다.

하지만 걱정할 것은 없다.

"훗훗후, 묘르마일 군. 안심하게! 이 완성한 라면 말인데, 이미 매상이 나오기 시작하고 있다네. 우리나라 안에서뿐만 아니라, 교역용 도로에 있는 숙소에서도 평가가 아주 좋아. 블루문드 왕국에서도 슬슬 선을 보일까 생각하고 있지."

"그, 그럼?!"

"음. 슬슬 투자금을 회수할 시기가 왔다, 그렇게 말할 수 있겠지."

"오오오, 역시 대단하십니다. 정말 대단하십니다, 리무루 님!"

"음음."

"우후후후, 나리에게 맡기기만 하면 안심이라는 뜻이겠지요? 알겠습니다. 다음에 나올 햄버거라는 것을 판매할 가게에 대한 것도 이 묘르마일에게 맡겨주십시오!"

내 말 한마디에 묘르마일의 불안도 완전히 사라진 모양이다.

이리하여 나는 묘르마일이 이익을 회수하기보다도 먼저, 다음 투자 약속을 받아내는 데에 성공한 것이다.

그 후에도 우리는 묘르마일의 돈을 물 쓰듯이 써가면서 새로운 상품을 척척 개발하고 있었다.

도중에 베루도라에게도 들키는 바람에, 철판구이를 가르쳐줘야 하는 입장에 처하기도 했지만, 그것도 또한 귀여운 소동이라 할 수 있었다.

손실도 나왔지만 결국은 묘르마일의 돈이다.

그러므로 나는 실패를 두려워하지도 않았고, 반성도 하지 않은 채로 계획에 매진하고 있었다…….

그 결과, 상당히 풍부한 메뉴의 개발에 성공했다.

각 숙소에서도 음식 솜씨를 서로 겨루게 되면서 그 매상도 비례하여 올라갔다. 묘르마일이 입은 손실 따윈 그 매상만으로 간단히 메울 수 있었던 것이다.

"우후후후후, 참을 수가 없군요. 계속 돈이 벌리는 걸 어찌해야 좋을지 모르겠습니다!"

"그렇지, 묘르마일 군?! 모든 것은 내 계획대로라네!"

"앞으로도 잘 부탁드리겠습니다, 나리."

"물론이고말고. 그 대신, 알고 있겠지?"

"물론입니다. 절대 다른 사람에게는 발설하지 않고, 이렇게 확실히 준비했으니까요."

"음, 알고 있는 것 같군. 앞으로도 자네 뒤를 계속 돌봐주겠네."

"네에, 네에. 앞으로도 무슨 일이든 제게 의논해주십시오!"

나는 묘르마일이 내민 작은 주머니를 품안에 넣으면서, 웃는 얼굴로 고개를 끄덕인다.

안에 든 것은 볼 것도 없이, 누구나 다 예상하는 그것이다.

"핫핫하!"

"웃웃후!"

나와 묘르마일은 서로의 얼굴을 바라보면서 웃는다.

그 옆에선 고부이치가 기쁜 표정으로 새로운 요기기구를 닦고 있었다.

그에게 주는 포상으로, 묘르마일을 시켜서 준비한 것이다.

나는 맛있는 것을 먹을 수 있게 되고, 주머니도 두둑해졌다.

묘르마일은 새로운 거래처가 생겼고, 새로운 사업도 순조롭게 진행될 것 같다.

그리고 고부이치도 세계 각지의 진귀한 식재료와 요리조구에 둘러싸여 행복한 표정을 짓고 있다.

계획대로, 모두가 행복해진 것이다.

*

이렇게 만들어진 요리들은 블루문드와 템페스트를 잇는 도로 위에 있는 숙소에서 제공된다.

　그뿐만이 아니라, 드워프 왕국으로 가는 도로 위에서도 본격적으로 제공되었고, 어느샌가 그 요리를 먹기 위해 여행하는 사람까지 생겨나기 시작할 지경에 이르렀다.

　그리고 각 도로에는 소문을 듣고 찾아온 여러 나라의 요리사들이 모여들면서, 다채로운 요리들로 넘쳐나게 되었다.

　――후세에, 구르메 로드(미식가의 길)라고 불리게 되는 도로.

　그것은 이런 식으로 태어나게 되지만, 지금의 내가 그 사실을 알 리는 없었던 것이다.

성기사들의 패배

템페스트(미국연방)의 수도 리무루를 눈앞에 두고 사태가 급변했다.

갑자기 대규모의 전투가 벌어진 기척을 느낀 것이다.

게다가 그 한쪽은 잘 알고 있는 기척. 히나타가 부재중인 상황에 대비해 본국에 남아 있어야 할 크루세이더즈(성기사단)의 부단장 레나도의 것이었다.

최근 몇 주 동안의 여행을 거쳐, 마왕 리무루와 싸우지 않고 넘어갈 수 있겠다는 희망이 솟아났었던 만큼 성기사들의 놀라움은 상당했다.

어쨌든 무슨 일이 일어났는지 확인하는 것이 먼저다.

"간다!"

히나타가 그렇게 외치며 뛰쳐나가자, 성기사들도 그녀를 쫓아 전장을 향해 전속력으로 달려 나갔다.

그곳에는 전쟁터라고 불러야 할 정도로 참상이 벌어지고 있었다.

그리고 그 앞에는 압도적인 힘을 지닌 다섯 명의 상위마인이 있었다.

그중에서도 격이 다른 것은 월백색의 머리카락을 지닌, 소녀처럼 보이는 마인이었다.

그 마인이야말로 그들의 목적인 인물.

바로 템페스트의 맹주이자 새로운 마왕——리무루, 그자임이

틀림없었다.

그 증거로, 성기사들이 신봉해 마지않는 히나타가 그 마인에게 시선을 고정시킨 채 움직이지 않았다. 뒤에서 벌어지는 처절한 전투를 무시하면서까지 최선을 다해 경계하지 않으면 안 되는 상대이므로.

그 사실을, 성기사들은 통렬하게 실감하고 있었다.

*

먼저 입을 연 것은 리무루였다.

"결국 일을 저질렀구나, 히나타. 말할 것도 없겠지만, 이곳은 내 영토다. 무단으로 군사행동을 벌인 시점에서 너희들에게 위해를 가할 뜻을 가졌다는 건 판단할 수 있다. 선제공격을 허용할 정도로 나는 만만하지 않아."

그건 오해다──라고, 성기사 중의 한 명인 아루노는 생각했지만 여기서 그걸 증명할 방법은 없다.

히나타도 그걸 알지만 어떻게든 대화로 해결하려고 노력하고 있다.

하지만 상황은 그리 녹록치 않았다.

등 뒤에선 레나도가 이끄는 부대가 전투를 계속 벌이고 있으며, 이대로 가다간 싸우는 것 외에는 다른 방법이 없어질 것이다.

자, 어떻게 해야 하나?

아루노는 히나타가 교섭하기 위해 애쓰는 걸 들으면서도, 이 난국을 타개하기 위해 필사적으로 방법을 생각하기 시작했다.

경계해야 할 것은 마왕 리무루뿐만이 아니다. 아루노는 그렇게 생각했다.

남은 네 명의 마인들.

한 명 한 명이 엄청나다고 할 수 밖에 없는 강자의 품격을 띠고 있다.

히나타는 특A급의 위험도라고 말했지만, 그건 말로 얼버무리는 것에 지나지 않는다. 왜냐하면 그 이상의 위험도로 분류되는 것은 마왕이나 용종밖에 없기 때문이다.

구체적으로 말하자면, 마왕에 필적 혹은 상회한다고 여겨지는 캘러미티 몬스터(재액 급 마물)──카리브디스(폭풍대요와)라고 해도 특A급에 해당된다. 그 이상의 분류가 존재하지 않기 때문에, 그렇게 호칭하는 것에 지나지 않는 셈이다.

또한 동료인 리티스는 특A급의 상위정령인 운디네(물의 성녀)를 사역한다. 그렇다고 해서 카리브디스과 싸울 수 있느냐고 묻는다면, 그건 불가능하다는 게 대답이 될 것이다.

같은 분류에 속한다고 해도 그 강함에는 차이가 존재하는 것이다.

그리고 눈앞에 있는 마인들을 말하자면…….

보기만 해도 그 강함이 느껴질 정도이니 웃고 넘길 수 있는 일이 아니다.

현존하는 마왕이나 카리브디스 등과 동격까지는 아니겠지만, 결코 낙관할 수 있는 상대가 아니라는 것은 명백했다.

전(前) 마왕, 수왕 칼리온의 심복인 '삼수사'가 두 명.

용맹하기로 이름을 떨치는 수왕전사단 중에서도 최강으로 이름이 높은 마인들인 이상, 그 실력은 얕볼 수 있는 게 아니었다.

그리고 히나타가 오니(妖鬼)로 판단한 그 두 명의 마인.

토착신으로 숭배되기도 하는 강대한 마물인데, 그중에서 특히 붉은 머리 쪽은 아주 강하다. 이 네 명 중에서도 격이 다른 오라(요기)를 내뿜고 있다.

아루노의 눈으로 봐도 저들의 진정한 실력을 다 파악해낼 수 없을 정도였다.

(──번거롭게 됐군. 이 정도나 되는 마인들을, 우리 힘만으로 물리친다고? 그건 무리인데…….)

마침 양쪽의 수(數)는 같다.

상위마인의 실력을 알아보고자 한다면 실제로 싸워보지 않는 한 알 수 없다. 운이 좋으면 이길 것이고, 운이 나쁘면 진다.

그건 성기사라면 누구라도 각오하고 있는 일이며, 이제 와서 새삼 각오할 얘기도 아니었다.

하지만 이번에는 굳이 승리할 필요는 없을 것이다.

히나타는 '이 이상, 마왕 리무루와 적대할 의미가 없다'고 말했었다.

지금의 상황에선 오해를 푸는 것은 어렵겠지만, 그래도 히나타라면…….

히나타라면 분명 마왕 리무루를 설득할 수 있을 것이다──.
아루노는 우직스럽게 히나타를 믿어보기로 했다.

그렇다면 자신의 역할은 뭔가?

그건 시간을 버는 것이리라.

아루노 쪽의 멤버는 네 명.

상대인 마인들도 같은 수이다.

한 명이 한 명을 상대한다면 조금은 시간을 벌 수 있을 것이다.

히나타와 리무루의 대화에 끼어들려고 아루노가 움직이기 시작했다.

"무슨 말을 하는 거냐! 이 상황에서 우리 쪽의 전력을 되돌렸다간 히나타 님은 어떡하라고? 히나타 님을 이리 오도록 부른 네놈이 아무 짓도 하지 않는다고 누가 보증할 수 있나?!"

이유는 어찌 되든 좋았다.

자신들이 일방적으로 말도 안 되는 얘기를 하고 있다고 생각하면서도, 아루노는 그렇게 소리쳤다.

그러자 예상대로 마왕 리무루의 부하 중 한 명이 반응했다.

그것도 딱 아루노가 가장 위험하다고 판단한 붉은 머리다.

(마침 잘됐군. 넌 내 상대를 해줘야겠다!)

히나타 다음으로 강한 실력자인 아루노 자신이야말로, 이 마인을 상대하기에 적합하다.

반대로 말하면, 다른 자가 상대했다간 시간조차 벌지 못하고 패배할 것이라고 판단한 것이다.

검을 뽑으며 붉은 머리에게 공격을 가하는 아루노.

"살기는 없단 말인가. 올바른 판단이다. 만약 네가 나를 죽일 생각이었다면, 지금쯤 너는 여기 널브러져 있었을 테니까."

당연하다.

아루노에겐 이 붉은 머리를 죽일 생각은 처음부터 없었다. 이

마인을 히나타로부터 떼어놓으려고 한 것에 지나지 않았다.

그러나 그 말투에 강한 불만을 느꼈다.

확실히 붉은 머리는 강하다. 아루노도 그건 인정하지만, 자신을 격이 낮게 얕보는 발언을 들으니 귀에 거슬렸다.

그건 실제로 싸워보지 않으면 모른다고 생각했다.

"히나타 님의 교섭을 방해하고 싶지는 않으니까 말이지. 약간 위협을 가할 생각이었지만, 설마 이 공격에 반응할 줄이야. 하지만 이대로 내 실력을 착각하는 것도 달갑지는 않군."

그러므로 아루노는 그렇게 대꾸하면서 붉은 머리의 반응을 살폈다

그러나 붉은 머리는 진심으로 아루노를 중요한 인물로 보는 것 같지 않았다.

"착각하고 있는 건 네 쪽이다."

그렇게 말하면서, 아루노를 제대로 보지도 않았던 것이다.

그 반응에 아루노는 부아가 치밀었다.

실력이 비슷하다면 승부는 시간의 운에 달렸다──. 아루노는 그렇게 생각한다.

비록 상대가 더 강하다고 해도 적을 얕보고 달려드는 자에겐 질 리가 없다.

"후후, 조금 떨어진 장소에서 대화를 나눠볼까."

"좋겠지."

이 붉은 머리와 일대일로 싸우는 것이니, 목적이 달라도 결과는 같을 것이다.

그렇게 생각한 아루노는 조금 진지하게 붉은 머리와 싸워보기

로 했다.

＊

아루노가 떠났다.

그걸 보면서, 그다음으로 움직인 것은 '삼수사'의 두 사람이다.

"자, 당신들도 지루하겠죠? 리무루 님의 방해가 되지 않도록, 잠시 저희가 상대해드릴 수도 있는데 말이죠?"

"그러게 말이지. '십대성인'의 실력은 나도 한번 시험해보고 싶었거든!"

도발하듯이 맹랑한 웃음을 지으면서, 후릿츠를 향해 시선을 보내며 그렇게 말한 것이다.

(이것 참, 아루노의 생각이 뭔지는 잘 알았어. 히나타 님이 마왕 리무루에게 집중할 수 있도록 나머지 마인들을 떼 놓자는 작전인 게로군──.)

'땅'의 박카스는 아루노의 생각을 올바르게 해석하고 있었다.

동료인 후릿츠도 박카스와 같은 결론에 도달한 모양이다.

"그럼 내가……."

박카스가 삼수사의 제안에 응하자, "어쩔 수 없지. 어울려줄까" 라고 말하면서 후릿츠도 앞으로 나선 것이다.

(역시 대단하군, 후릿츠. 평소에는 멍청한 발언만 하지만 이럴 때는 믿음직스럽단 말이지.)

속으로 그렇게 생각하는 박카스.

그러나 다음 순간, 후릿츠의 발언을 듣고 아연실색하고야 만다.

"이봐, 이봐, 누님. 말도 안 되게 예쁘잖아. 진짜 내 타입인데. 아, 내 이름은 후릿츠라고 하는데 이름이 어떻게 돼? 이름 있지? 가르쳐주지 않을래?"

놀랍게도 후릿츠는 거리에서 여자애를 헌팅하는 것처럼 삼수사에게 농을 건 것이다.

(이, 이 바보가!! 이 무슨 부끄러운 짓을…… 아니, 잠깐?)

동료의 너무나도 경박한 태도에 박카스는 어이가 없었지만, 그때 문득 다른 생각이 들었다.

자신들은 상대를 삼수라라고 믿고 있지만, 아직 상대는 이름을 밝히지 않았다.

(아주 자연스럽게 상대의 정체를 파헤친단 말이지. 과연! 후릿츠, 너도 꽤 만만치 않은 남자로구나.)

아마도 그건 착각이겠지만, 박카스는 그걸 깨닫지 못했다. 박카스는 후릿츠를 약간 다시 보고는, 그 분위기에 따르기로 했다.

"아가씨들, 내 동료가 무례한 말을 하고 말았소. 소개가 늦었지만 내 이름은 박카스라고 하오. 예상했겠지만 '십대성인' 중의 한 명이며 크루세이더즈(성기사단)의 대장을 맡고 있는 자요. 한 수 겨루기를 희망하는 바이지만, 싸우기 전에 '이름'을 가르쳐줄 수 있겠소?"

박카스는 후릿츠의 말을 자연스럽게 이으면서 상대에게 이름을 물었다.

그 말에 반응한 것은 윤기 있는 백발을 스트레이트로 길렀으며 고양이의 눈동자를 한 미인이었다.

"후훗, 재미있군! 내 이름은 스피어. '백호조'의 스피어다! 예상

하고 있는 것 같은데, '삼수사' 중의 한 명이지. 재미있게 해달라고, '십대성인'의 박카스!!"

날씬한 몸을 박카스의 정면으로 돌리면서 스피어가 그렇게 선언했다.

호랑이가 상대를 노려본다.

박카스는 그런 시선을 느끼면서 마법의 힘이 담긴 홀리 메이스를 움켜쥐었다.

"기대에 부응할 수 있으면 좋겠군."

"헤헷, 겸손 떨지 말라고. 나를 즐겁게 해주면 목숨까지는 빼앗지 않겠어. 그러니 당신의 진짜 실력을 보여달라고."

"잘도 지껄이는군. 인류의 수호자인 우리 크루세이더즈의 실력을 이참에 깨닫는 게 좋을 거다!"

박카스가 큰 소리로 울부짖었다.

그리고 동시에——.

(역시 히나타 님이 파악한 대로인가. 마왕 리무루 쪽은 우리에게 해를 끼칠 의사는 없는 것 같군.)

그렇게 깨달았다.

기묘한 안도감을 맛봄과 동시에, 홀리 나이트(성기사)로서의 의지가 고개를 든다.

시간을 버는 것이 목적인 이상, 목숨을 건 싸움까지 벌일 생각은 없다.

하지만 그렇기에 더더욱,

지금 이때, 전력을 다해서 싸워야 한다고,

박카스는 생각했다.

"서방성교회 소속 크루세이더즈── '땅'의 박카스, 당신과 상대하겠소!"

"덤벼라!!"

그리고 박카스는 삼수사 중의 한 명인 스피어를 상대로 싸움에 몸을 던졌다──.

*

후릿츠는 마음속에 생겨난 공포와 싸우고 있었다.

(위험해. 위험해위험해위험해. 위험하다니까, 저 녀석은 진짜 위험해!!)

박카스가 싸우기 시작했기 때문에 어쩔 수 없이 그 자리를 벗어났지만, 사실은 히나타의 곁에서 떨어져선 안 되는 것 아닌가 하고 후릿츠는 생각하고 있었다.

마왕 리무루를 보고 후릿츠가 느낀 것은 '공포'였다.

저건 무리라고, 어쩌다 보니 그냥 강자로 분류된 것뿐이라는 것을 깨닫고 만 것이다.

아루노는 강철 같은 의지가 시키는 대로 히나타의 승리를 믿고 있을 터였다.

당연히 후릿츠도 믿고 있다. 하지만 그 이상으로, 저 마왕과 싸운다면 히나타가 무사할 리 없다고 후릿츠의 본능이 그렇게 외치고 있었다.

근거는 없다.

하지만 이런 때의 후릿츠의 감은 잘 들어맞는다.

아루노의 생각은 알 수 있다.

그리고 박카스도 싸움에 응한 지금, 후릿츠는 자신이 취해야 할 길도 정해져 있음을 안다.

삼수사의 한쪽을 상대로 하면서 시간을 버는 것뿐.

마왕 리무루를 제외하고 가장 번거로울 것 같은 붉은 머리는 아루노가 상대해줄 것이다.

그렇다면…….

남은 마인들만 놓고 따진다면 '십대성인'인 후릿츠의 동료들과 호각일 것이다.

저 존재감이 흐릿한 푸른 머리의 마인도 마음에 걸렸지만, 그나마 여기 있는 자들 중에서 가장 에너지(마력요소)양이 적었다.

그러니까 괜찮다. 엘레멘탈러(정령사역자)인 리티스라면 운디네(물의 성녀)를 소환해서 유리하게 싸울 수 있을 것이다.

적어도 지지는 않으리라.

후릿츠와 박카스라면 삼수사를 상대해도 무승부까지는 이끌어 낼 수 있을 것이다.

남은 문제는 아루노인데——.

(아니, 생각해봤자 어쩔 수 없겠지. 아루노는 나보다 강한 데다, 걱정해봤자 소용없는 일이야. 지금은 내가 이 위기를 타개할 방법을 생각해야 해…….)

후릿츠는 필사적으로 생각했다.

동료를 믿고, 우선은 자신의 승리를 최우선해야 한다고.

그때 문득 하늘의 계시 같은 생각이 하나 후릿츠의 머릿속에 떠올랐다.

망설이고 있을 때가 아니었다.

후릿츠는 각오를 굳히고, 경박한 말투로 삼수사 한 명에게 말을 걸었다.

"이봐, 이봐, 누님. 말도 안 되게 예쁘잖아. 진짜 내 타입인데. 아, 내 이름은 후릿츠라고 하는데 이름이 어떻게 돼? 이름 있지? 가르쳐주지 않을래?"

후릿츠가 생각한 작전—— 그건 상대를 어이없게 만드는 것. 그렇게 방심을 유도한 뒤에, 첫 공격을 유리하게 이끌 생각이었던 것이다.

비겁하다는 말을 들어도 이기면 그만이다. 후릿츠는 후릿츠 나름대로 실력 이외의 여러 요소까지 참고해가며 자신이 유리해질 수 있는 방향으로 상황을 만들어내는 데 전념했던 것이다.

박카스가 지레짐작했던 것처럼, 상대의 정체를 파헤칠 마음은 눈곱만큼도 없었다. 겉으로 보기에는 경박해 보여도 후릿츠에게 그런 여유는 전혀 없었던 것이다.

하지만 그런 걸 전혀 모르는 박카스는 후릿츠가 벌인 일의 뒤처리라도 하듯이 얘기를 적절하게 유도해주었다.

(미안하군, 아저씨. 하지만 이걸로 내가 훨씬 더 바보처럼 보였으려나?)

의도한 것은 아니었지만, 후릿츠의 작전의 성공 확률이 높아진 것이다.

그리고 박카스 쪽은 진지하게 싸울 것이다.

마치 정정당당하게 싸운다는 성기사의 신조의 견본처럼.

이런 상황이니, 상대는 후릿츠도 마찬가지로 싸움에 나설 것이

라고 생각할 것이다.

"알비스예요. '황사각'의 알비스. 안됐지만, 당신은 제 취향이 아니군요."

"헤엣, 그거 아쉽군. 그래서 어쩔 거지? 이대로 시작할까?"

그렇게 말하면서 후릿츠는 알비스를 봤다.

금색과 검은색이 뒤섞인 머리카락을 나부끼는 요염한 미녀.

그 눈동자는 보석처럼 아름답지만, 뱀과 같은 눈동자 안쪽에는 끝없는 심연이 펼쳐져 있는 것 같았다.

후릿츠는 상대의 반응을 살폈지만, 아쉽게도 알비스에게서 방심하는 기색은 찾아볼 수가 없었다. 알비스가 띠고 있는 냉혹하며 얼어붙을 것 같은 분위기는 후릿츠의 말에도 전혀 흐트러짐이 없었다.

(하긴, 수왕전사단을 이끌 정도의 괴물이 쉽게 방심할 리가 없겠지…….)

계책이 하나 어그러졌지만, 딱히 문제는 없다.

상대의 방심을 유도하는 계책은 하나가 아닌 데다, 다음 계책으로 이어가기 위해서라도 이대로 작전을――. 거기까지 후릿츠가 생각했을 때, 말도 안 되는 마력의 상승이 느껴졌다.

눈을 크게 뜨고 진원지로 시선을 돌리는 후릿츠. 그리고 그 직후, 대기가 흔들리는 것 같은 충격을 느꼈다.

"아아, 저건 시온 씨로군요. 여전히 터무니없다니까……."

어이없다는 알비스의 목소리가 들렸지만, 후릿츠는 그 말에 신경 쓸 때가 아니었다.

"마, 말도 안 돼!! 저건 갸루도의 '인페르노 플레임(극염옥패

기)'——!!"

후릿츠의 '마력감지'가 동료의 최대 공격마법인 '인페르노 플레임'의 발동을 감지해냈다. 그러나 놀랍게도 그 공격을 시온이라는 이름의 마인이 막아낸 것이다.

막아냈다기보다, 베어버렸다.

너무나도 비상식적인 광경에, 후릿츠는 놀라서 굳어버렸다.

전술 급의 핵격마법 : 뉴클리어 캐논(열수속포)마저도 능가하는, 인간이 구사할 수 있는 마법 중에서도 최대 위력에 속할 궁극의 정령마법을…….

그것을 마왕도 아닌 부하 마인 한 사람이 태연하게 막아냈다.

후릿츠의 상식으로는 생각할 수 없는 비정상적인 사태였다.

그리고 비현실적인 광경은 더 이어졌다.

격렬하게 날이 부딪치는 소리가 울려 퍼졌고, 강렬한 검풍이 주위의 나무들을 베어버렸다.

크루세이더즈 중에서도 히나타 다음으로 강한 실력자인 아루노. 그의 검기가 붉은 머리의 마인을 압도하고 있었다.

압도, 하고 있을 것이 틀림없다.

"아아, 역시 베니마루 님은 대단하셔. 저자의 검기도 배워서 익히려고 하시다니, 늘 향상심을 잊지 않으신다니까."

"뭐?"

후릿츠 앞에 있는 요염한 미녀 알비스가 중얼거렸다.

후릿츠는 무슨 말을 들은 건지 이해가 되지 않았다.

눈으로도 따라잡지 못할 만큼 유려한 검격의 소나기를 앞에 두고, 붉은 머리의 마인——베니마루는 지금 어쩔 수 없이 방어만

하고 있는 것이 분명했다. 그런데 알비스는 황홀한 표정으로 베니마루는 보면서, 그의 승리를 의심하지 않고 있는 것이다.

"무슨 소리를 하는 거야? 저건 아무리 봐도 아루노가 일방적으로 공격하고 있는 거잖아?"

검기를 배운다니, 그런 여유가 있을 리 없다.

천하의 아루노를 앞에 두고 그렇게 상대를 얕보는 짓을 하다가는 무사할 리가 없는 것이다.

분명히 그럴 것이다.

그런데도 후릿츠의 질문에 알비스는 동의하지 않았다. 그 차가운 시선으로 슬쩍 후릿츠를 한번 쳐다볼 뿐이다.

반복되는 검과 태도의 교차.

날을 휘두를 때마다 빛이 번쩍이고, 날이 부딪칠 때마다 불꽃이 튀면서 흩어진다.

그 모습을 알비스는 묵묵히 바라보고 있었다.

후릿츠는 두 손으로 검을 잡았지만, 알비스가 시선을 돌리지 않아서 움직이지 못했다.

얼핏 보면 빈틈투성이인 것처럼 보인다. 그러나 그것은 위험한 유혹이라고, 후릿츠의 감이 속삭인다.

시간 벌이가 되니까 서둘러서 공격할 필요도 없다. 그렇게 생각한 후릿츠는 그대로 알비스와 어울리기로 했다.

알비스는 한참 동안 베니마루의 싸움을 바라보고 있었지만, 흥미를 잃었는지 그제야 겨우 후릿츠 쪽으로 시선을 돌렸다.

"승부는 났네요. 역시 저자는 베니마루 님의 적이 되지 못했어요."

"아니, 그러니까 아루노가 우세하게——."

승부는 아루노가 밀어붙이고 있다. 그런데 알비스는 베니마루의 승리가 정해졌다는 듯이 선언했다.

그 모습에 반발심을 느낀 후릿츠는 속으로 분노를 억누르면서 알비스의 말에 반론하려고 했다.

그러나 알비스가 한 손을 들어 제지한다.

"아니요, 그렇게 보일 뿐이죠. 싸움은 곧 끝이 날 거예요. 당신도 이대로는 납득되지 않겠죠. 기왕이면 저와 같이 베니마루 님의 싸움을 지켜보도록 해요."

후릿츠는 납득이 되지 않았지만, 그 제안은 바라마지 않던 것이었다. 그래도 시키는 대로만 하는 것은 짜증이 나니까, 조금은 상대의 약을 올려보고자 가볍게 대꾸했다.

"어차피 아루노가 이길걸? 그렇게 되면 누님이 불리해질 텐데, 그래도 괜찮겠어?"

후릿츠가 도발하듯이 말했지만, 알비스는 코웃음만 칠 뿐이다.

그리고——

"베니마루 님은 말이죠, 원래는 불꽃으로 모든 것을 태워버리시는 분이랍니다. 지금은 당신들을 죽이지 않도록, 힘을 빼고 상대하기 쉽다는 이유로 검만 갖고 싸우고 있는 것에 지나지 않아요. 원래대로라면 당신의 친구인 아루노 씨는 지금쯤이면 불에 타서 이 세상에서 사라졌을 거예요."

업신여기는 것이 아니라 불쌍하다는 투로 후릿츠에게 그렇게 말했다.

후릿츠에겐 그 말이 진실처럼 들렸다.

등줄기에 차가운 땀이 흘러내리는 것 같은 착각.

누군가가 심장을 붙잡고 있는 것 같은 공포.

(허풍이야. 내가 자주 쓰는 수법이라고. 냉정함을 잃게 만들고 전력을 다 하지 못하게 하는…… '황사각'의 알비스는 머리가 좋은 책사라고 들었어. 그렇다면 심리적으로 동요하게 만드는 것도 이상한 일이 아냐…….)

그녀의 말은 거짓말이라고, 후릿츠는 애써 자신을 다독거렸다.

최강인 자신들 크루세이더즈를 상대하면서 죽이지 않도록 힘을 빼고 싸운다니──그런 건 절대로 인정할 수 없다고 후릿츠는 생각했다.

그러나 무정하게도 승부의 결말이 날 때가 찾아왔다──.

베니마루라는 마인이 정말로 염술(炎術)이 특기인지는 알 수 없었지만, 적어도 그 검술 실력은 아루노와 호각인 것 같았다.

일방적으로 격렬하게 공격하고 있던 아루노의 검격을, 태도로 모두 흘려서 받아낸 것이다.

"후, 후후후, 이렇게까지 내 공격을 막아낼 줄이야. 모두 흘려 버리는 걸 보니 마치 물을 베고 있는 것 같은 느낌이로군."

"그렇겠지. 내 검술 스승이 말하길, 검의 극의는 '흐름'에 있다고 하더군. 검의 목소리에 귀를 기울이고 검과 일체가 되는 것으로 그 흐름을 읽을 수 있게 되는 모양이야. 나는 아직 그 영역까지 도달하진 못했지만, 너의 검의 움직임은 '보였다'고나 할까?"

"이거 참 무섭군. 허풍이 아닌 모양이야. 받아보겠나, 내가 최강의 성기사로 불리는 이유를──."

후릿츠와 알비스가 지켜보는 가운데, 아루노와 베니마루의 싸

움은 최종 국면으로 들어갔다.

아루노가 숨겨둔 기술이 뭔지 후릿츠는 알고 있다. 그러나 실제로 본 적은 없었다.

수많은 마물을 단칼에 베어 죽였다고 하는 필살의 비검.

히나타 다음가는 실력자이며, 다섯 가지 속성의 정령에게 사랑을 받는 아루노이기에 해낼 수 있는 최강의 검기라고 했다.

그 이름은——.

"그 몸으로 직접 받아보시지, 마를 정화시키는 정령의 광채를. 받아라, 에테르 브레이크(오색정령검, 五色精靈劍)——!!"

아루노의 애검이 다섯 가지 색의 광채를 뿜었다.

땅, 물, 불, 바람, 하늘의 다섯 가지 속성의 빛의 정령. 그걸 하나로 묶어서 발사하는 필살의 일격은 어떤 방어 수단으로도 막는 것이 불가능하다.

눈부신 섬광이 베니마루를 덮쳤다.

(저게 아루노의 필살기인가. 절대 남들 앞에선 보이지 않았는데, 상당히 몰리고 있었나 보군…….)

후릿츠는 그런 생각을 하면서 친구의 승리를 확신했다.

그러나.

"어설프군——. 오보로(朧) 류수참!!"

베니마루라는 마인은 놀라지도 않고 느긋하게 태도를 한 번 휘둘렀다.

그 결과, 섬광처럼 번뜩인 아루노의 일격이 베니마루의 태도에 부드럽게 감기면서 얽히고 말았다.

날카로운 소리를 내면서 하늘로 날아가 버리는 검.

무슨 일이 일어났는지 후릿츠에게는 보이지 않았지만, 추측을 하는 것은 가능했다.

즉, 베니마루의 검기로 아루노의 검의 위력을 죽이면서 그 충격의 흐름을 역류시킨 뒤에 아루노 쪽으로 다시 보낸 것이다. 그로 인해 손잡이를 파괴당할 것이라고 미리 꿰뚫어본 아루노가 황급히 칼을 놓았으리라.

그것 말고는 생각할 수 없었지만, 후릿츠에게도 믿기 어려운 사실이다.

(그 말은 곧, 저 베니마루라는 자식은 검술 실력도 아루노를 압도하고 있다는 말이잖아?!)

아무리 농담이래도 웃기지도 않는다.

후릿츠의 입장에선 이건 악몽이 아닐까 하는 생각이 들 정도였다……. 그러나 이게 현실이었다.

"말했잖아, 네 검의 움직임이 보였다고. 너의 검 실력은 아직 모자란다. 위력만 따지면 모자랄 게 없지만 맞히지 못한다면 의미가 없다는 걸 깨닫도록 해."

베니마루가 아루노에게 그렇게 말하고는 태도를 칼집에 집어넣었다.

"내가…… 졌다……."

아루노는 패배를 인정하고, 그 자리에 무릎을 털썩 꿇었다.

승부의 결과를 지켜보다가, 알비스가 후릿츠 쪽을 돌아봤다.

"자, 내가 말한 대로죠? 베니마루 님의 승리는 의심할 것도 없었다고. 당신 친구도 꽤나 열심히 싸웠네요. 그래서 당신은 어떡

할 건가요?"

그 고혹적인 눈동자가 흥미의 빛을 띠더니, 후릿츠의 반응을 살피면서 알비스가 묻는다.

그에 비해 후릿츠는――.

(아루노가 지고 말았다니……. 이건 상상 이상으로 위험한데. 히나타 님과 마왕 리무루의 승부에 달렸지만, 나도 각오를 단단히 하는 게 좋을 것 같군. 하지만 역시 뭔가 이상해. 이 녀석들에게 우리를 죽이려는 낌새가 없단 말이지. 하지만 레나도 쪽이 먼저 싸움을 시작한 이상, 이제 와서 우호적으로 얘기를 진행하는 것도 무리야. 그렇지만 내가 싸울 의미도 없어 보이는데…….)

동요하면서도 주위의 상황을 '마력감지'로 확인해봤다.

아루노의 패배는 방금 봤던 대로이다.

레나도 쪽의 싸움도 열세가 확정적이었으며, 차례차례 성기사들이 쓰러지고 있었다. 완전한 패배였다.

박카스는 삼수사인 스피어와 호각의 싸움을 벌이고 있다.

그리고 리티스는――,

무슨 이유인지 묶인 채로 볼을 붉게 물들이고 있었다.

그 옆에는 푸른 머리의 마인이 있었다. 아무래도 싸움의 여파로부터 리티스를 지켜주고 있는 것 같았다.

싸우고 있는 것은 푸른 머리의 마인과 운디네(물의 성녀)였다.

(저건 '분신체'인가? 그렇다면 존재감이 흐릿한 것도 납득이 가는군…….)

놀랍게도 푸른 머리의 마인의 '분신체'는 운디네(물의 성녀)를 압도하고 있었다.

물리공격이 통하지 않는 상위정령이 상대라고 해도, 마력요소로 몸을 구성하고 있는 '분신체'라면 그 공격이 통할 것이다.

즉, 본체는 그 이상으로 강하다는 뜻이 된다.

아무래도 후릿츠는 '분신체'의 에너지(마력요소)양만을 보고 푸른 머리의 마인은 위험도가 낮다고 오인했던 모양이다.

그렇다는 것은, 처음부터 마인으로서의 그의 실력을 잘못 계산했다는 뜻이다. 그건 더할 나위없는 후릿츠와 동료들의 실수였다.

(리티스도 패배 확정인가. 박카스 아저씨는 잘해봤자 무승부겠군. 남은 건 히나타 님——.)

히나타와 마왕 리무루의 싸움은 후릿츠의 인식 범위 밖에서 벌어지고 있었다.

일반인은 눈으로 볼 수 없는 속도로——'마력감지'조차도 의미가 없는, 뇌의 처리 속도도 상회하는 초고속 영역에서——전투가 벌어지고 있기 때문에 후릿츠가 걱정해도 소용이 없는 것이었다.

완전히 실력 부족.

히나타를 도와주기는커녕, 방해밖에 되지 않을 것이다.

그렇다면 후릿츠가 할 일은 하나였다.

답을 기다리는 알비스를 보면서, 후릿츠가 마침내 입을 열었다.

"이제 와서 싸울 의미는 없다는 없다고 생각하지만, 잠시 어울려주겠어? 안 그러면 나중에 동료들을 볼 낯이 없을 테니까."

후릿츠에게도 고집은 있다.

승리나 패배에 의미가 없다고 해도, 싸우는 것에는 의미가 있다고 후릿츠는 생각한다.

──그런 점 때문에 바보라는 소리를 듣는 거야, 후릿츠──

히나타라면 그렇게 말하겠지.

아아, 확실히 그 말이 맞아──. 후릿츠는 그렇게 생각했다.

하지만 그런 자신을, 후릿츠는 싫어하지 않는다.

"후후후, 좋아요. 조금은 다시 봤답니다, 성기사 후릿츠 공."

"그거 고맙군. 그럼 상대해주시길 부탁드립니다, 삼수사──'황사각'의 알비스 공."

그리고 후릿츠는 입가에 작은 미소를 지으면서, 알비스와의 싸움에 몸을 내던졌다.

전생했더니 슬라임이었던 건에 대하여

작가 후세 인터뷰

공식 설정 자료집 기념! 후세 작가님과 《전생 슬라임》의 지금까지를 돌아보고 이야기해보는 스페셜 롱 인터뷰. 본 작품이 태어난 경위에서 집필 중의 제작 비화는 물론, 후세 작가님의 사생활까지 살짝 접근해보는, 팬 필독의 코너로 만들었습니다!!

(인터뷰어 & 구성 TRAP)

▉《전생 슬라임》이 '소설가가 되자'에서 태어난 이유

—우선은 본 작품인 《전생했더니 슬라임이었던 건에 대하여》(이하 《전생 슬라임》)이 어떤 식으로 태어났는지, 물어보려고 합니다. '소설가가 되자'에 처음 투고한 것이 2013년 2월 20일입니다만 구상을 시작한 시기, 쓰기 시작한 시기는 언제입니까?

후세 순서대로 얘기하자면, 2011년쯤에 회사에서 업무가 바뀌는 바람에 일에 여유가 생긴 저는 빈 시간 동안 원고를 쓰면서 '전격소설대상'(※1)에 응모하려고 생각하고 있었습니다.

—대개 갑작스런 심경의 변화로 라이트노벨 공모전에 응모하겠다고 생각하진 않죠. 예전에도 소설을 쓴 적이 있습니까?

후세 네. 실은 대학 시절에도 투고하려고 생각한 적이 있었습니다. 하지만 완성하기 직전에 바빠지면서 좌절하고 말았죠. 그걸 떠올리고, 기왕이면 한 번 더 도전해보자고 생각했습니다. 하지만 정작 해보니, 10년 이상이

'전생 슬라임'은 일주일 정도의 시간을 들여서 리무루가 마왕이 되는 부분까지의 큰 줄거리를 생각한 뒤에 쓰기 시작한 작품.

나 다른 분야에서 일을 하고 있었기에 집필 의욕이 도저히 유지되지 않아서 원고용지로 70장 분량까지 써놓고는 좀처럼 진행을 못 하고 있었죠. 그때 알게 된 게 '소설가가 되자'였습니다.

—라이트노벨을 쓰기 위해서 여러 모로 조사를 하거나 글을 읽다 보니 자연스럽게 '소설가가 되자'에 다다르게 된 것이라 할 수 있을까요?

후세 그렇다고 할 수 있겠군요. 그때 맨 처음에 읽은 것이 《마법과고교의 열등생》(※2)이었습니다. 분명 2012년 봄 무렵이라고 생각하는데, 인터넷에서 화제였기에 흥미가 생겨서 '소설가가 되자' 웹사이트에 자연스럽게 끌리게 된 것으로 기억하고 있습니다. 그 뒤로도 여러 작품을 탐독하다가 어느 날 문득 이런 생각이 들더군요. "그래! 원고를 응모하는 것은 귀찮지만 매일 쓰는 거라면 간단하지 않을까?"라고요(웃음). 그렇게 생각한 것이 2013년 2월쯤 무렵인 것 같습니다.

—그렇다면 거의 첫 연재를 하기 직전의 시기가 아닙니까!

후세 실은 《전생 슬라임》은 일주일 정도 시간을 들여서 리무루가 마왕이 되는 부분까지의 큰 줄거리를 생각했고, 그런 뒤에 쓰기 시작한 작품입니다. 당시에 플롯이란 게 있다는 건 알았지만, 전혀 상세하게 만들지 않았죠. 그런 상황에서 대충 시작했지만, 이렇게까지 오래 계속될 줄은 그때는 전혀 생각지도 못했어요.

※1 전격소설대상
일본 라이트노벨계의 대형 레이블인 '전격문고'를 거느린 KADOKAWA / 아스키 미디어웍스가 주최하는 소설 신인상 공모전.

※2 《마법과고교의 열등생》
사토 츠토무의 이능력 배틀×학원물인 라이트노벨. 원래는 2008년부터 '소설가가 되자'에 연재하던 인터넷 소설. 전격문고에서 서적으로 발간됨. 만화 및 애니메이션으로도 만들어진 인기 작품.

—《전생 슬라임》 같은 내용이 만들어진 것은 어째서입니까?

후세 계기는 역시 '소설가가 되자'에 연재되는 많은 작품들이라고 하겠군요.

—수많은 작품을 읽었다고 하셨는데, '이세계에서 마왕으로 전생'한다는 공통점이 있는 인기 작품이라면, '소설가가 되자'의 후세 씨의 페이지에도 북마크가 되어 있는 《오버로드》(※3)가 있죠.

후세 네, 《오버로드》 같은 작품에서도 상당히 많은 영향을 받았다고 생각합니다. 《오버로드》를 읽었을 때의 충격은 정말 대단했어요. 무료로 읽을 수 있는 소설인데 그렇게 재미있을 줄은……. 말로 다 표현 못 할 정도였습니다. 사실 제가 당초 전격소설대상에 응모하려고 했던 작품은 현대가 배경인 이능력물 장르였습니다. 이세계에서 침략해온 엄청 강한 소녀가 주인공의 방을 침략 거점으로 삼는다—— 거기서 시작되는 얘기, 그런 느낌의 작품이었죠. 하지만 '소설가가 되자'에 연재되는 《오버로드》를 비롯한 수많은 작품을 읽고 보니, 게임을 통해 친숙하게 느끼고 이해하기도 쉬운 세계관의 이야기라면 제가 좀 더 쉽게 쓸 수 있는 작품이 되지 않을까 하는 생각이 들더군요.

—과연, 《오버로드》의 영향이 컸다는 말이군요.

후세 저는 MMORPG(※4)를 좋아해서, 일이 바빠도 매일 게임할 정도로 열중했던 때가 있습니다. 20대 후반 때의 이야기인데, 대학생 때 MMO에 빠졌다면 틀림없이 유급했을 거라는 생각이 들 만큼 재미있었습니다. 일을 해야 해서 시간을 정해놓고 로그인을 했을 정도였으니까요……. 그 당시 제가 반쯤 장난삼아 생각했던 것이 '만약 지금 과로로 죽는다면 게임 캐릭터로 다시 태어나고 싶은데~'라는 것이었습니다. 그런 제 망상을 구체적으로 적은 작품과 '소설가가 되자'가 서로 만나게 된 셈인데, 이게 바로 《전생 슬라임》을 쓰게 된 계기가 아닐까, 생각합니다.

▓규격 외 슬라임의 폭발적인 탄생!

외모는 귀여운 슬라임으로 잡고,
쉽게 얕보이지만 실은 강하다는
콘셉트로 쓰기 시작했죠.

—《전생 슬라임》은 그런 망상을 살린 작품이란 말이군요. 그런데, 〈드래곤 퀘스트〉(※5)의 영향으로 '슬라임은 가장 약한 몬스터'라는 인상을 가진 사람들이 많은데도 불구하고 굳이 주인공을 슬라임으로 만든 것은 재미있는 시작이라고 할 수 있겠군요.

후세 〈드래곤 퀘스트〉의 슬라임이 너무나도 유명하지만, 제 안의 슬라임의 이미지는 테이블 토크 RPG(이하 TRPG)(※6) 등에 등장하는, 위험한 능력을 지녔으며 상대하기 번거로운 마물입니다. 슬라임은 실제로 싸우게 되면 상당히 강하거든요. 그래서 그 두 가지를 합쳐보자고 생각했습니다. 외모는 귀여운 슬라임으로 잡고, 쉽게 얕보이지만 실은 강하다는 콘셉트로 쓰기 시작했죠.

—후세 씨는 TRPG의 플레이 경험도 있단 말입니까?

후세 네, 학생 시절에 TRPG의 게임 마스터를 했던 적이 있어서, 적으로 등장시키는 마물에 대해서 상당히 고심했던 경험이 있습니다. 플레이 스타일을 언급하자면, 스토리를 중시하고 룰을 무시한 적이 많았죠. 점점 자신만

※3 〈오버로드〉
마루야마 쿠가네가 쓴 라이트노벨 작품. MMORPG의 세계에 자신의 캐릭터인 마왕으로 남겨지게 된 주인공의 활약을 그린다. 2012년부터 '소설가가 되자'에서 연재. KADOKAWA 엔터브레인에서 서적으로 발간. 만화 및 애니메이션도 만들어졌다.

※4 MMORPG
Massively Multiplayer Online Role-Playing Game의 약칭. 대규모 다인수 동시 참가형 온라인 RPG라는 뜻이다.

※5 〈드래곤 퀘스트〉
국민적인 RPG. 슬라임은 게임 초반에 등장하는 가장 약한 몬스터이면서 귀엽다는 이미지를 갖게 된 것은 이 작품의 영향이 크다.

※6 테이블 토크 RPG
진행을 맡은 자(게임 마스터)와 플레이어 여러 명의 대화로 진행되는 RPG.

의 룰을 추가해서 놀았던 TRPG의 경험이 작품에도 강하게 영향을 주고 있다고 생각합니다.

―확실히 《전생 슬라임》에는 다양한 TRPG적인 요소도 곳곳에 포함된 느낌이 듭니다. 더 자세히 말해서, 참고로 한 게임은요?

후세 주로 〈소드 월드〉(※7)이나 〈위저드리 RPG〉(※8), 그리고 〈겁스〉(※9)예요. 전투를 상당히 자유롭게 즐길 수 있도록 다양한 룰을 도입한 게임이죠. 《전생 슬라임》에서도 그 경험을 살려서 가능한 것은 뭐든 도입하는 방향으로 마물들의 설정을 생각했죠. 주인공인 리무로도 그런 식으로 태어났습니다만, 당초에 생각했던 것보다도 훨씬 더 도를 넘어서 강해졌다고 할까. 아니, 너무 지나치게 도를 넘어서(?) 강해졌을지도 모르겠네요(웃음).

―그 점이 《전생 슬라임》의 재미있는 점이고 독자에게 지지를 받는 포인트도 된다고 생각합니다.
단, 소위 '치트', 먼치킨 같은 요소가 두드러진 작품은 하렘 전개같이 남자 주인공에게 여러모로 유리한 이야기가 벌어지는 경우도 많고, 그런 요소를 판매 전략으로 이용하는 작품도 많죠. 《전생 슬라임》은 코미디 분위기의 섹시 코드가 나오는데, 일부러 하렘 방향으로 가지 않도록 의식하면서 만듭니까?

후세 당초에는 좀 더 야한 이야기도 써볼까, 하는 생각도 있었어요. 하지만 저는 어중간한 걸 싫어하거든요. 할 거라면 철저하게, 그런 생각으로 글을 쓰고 있어서 어중간하게 야한 소재를 집어넣었다간 '소설가가 되자'에서 틀림없이 아웃될 거라는 위기감을 느꼈습니다. 그래서 그런 방면으로 손대는 것은 자중하고 있습니다.

―그렇군요. 그랬다간 다른 레이블로 나왔을 테니까요(웃음). 참고로 '치트계', '이세계 전생물'이라는 카테고리는 현재 라이트노벨 장르에서 확실히 자리가 잡힌 상태입니다만, 《전생 슬라임》을 발표하기 시작했을 무렵, 후세 씨는 어떻게 인식하고 있었나요?

후세 치트라는 말은 예전부터 존재했다고 생각합니다. 제가 틀렸을지도 모르지만 〈소드 아트 온라인〉(※10)으로 단번에 유명해지지 않았습니까? 제가 《전생 슬라임》을 연재하기 시작했을 때 이미 치트라는 말은 '비겁할 정도로 강하다'라는 의미로 쓰이고 있었죠. '사실은 그런 의미가 아니지만 이해하기 쉬우니까 괜찮지 않나'라고 생각했고, 저도 제 작품의 태그에 치트를 넣었습니다(웃음).

—이전 인터뷰 기사에서 "리무루 같은 강한 캐릭터를 고전하게 만드는 것은 어렵다"라고 말하신 적이 있습니다……. 이건 치트물에 흔하게 있는 일일까요(웃음).

후세 고전하게 만들려면 이유가 필요하니까요(웃음). 그에 관한 묘사를 쓰게 되면 내용이 길어지면서 호흡이 늘어지기에, 인터넷 연재에는 어울리지 않는다고 생각합니다. 반대로 책에선 좀 더 호흡을 길게 가지며 묘사할 수 있으니, 그때는 기합을 넣어서 깊이 고민해보고 싶습니다. 최종보스가 바뀔 수도 있는 이유가 되겠군요(웃음).

▓서적으로 발간되다

—인터넷 연재판을 발표했을 당시 독자의 반응은 어땠습니까?

후세 일주일이 지날 때까지 반응은 전혀 없었어요. 그래도 착실히 유니크

※7 〈소드 월드〉
검과 마법의 세계 포세리아를 무대로 한 전형적인 판타지 TRPG. 일본산 TRPG로서 가장 많이 보급된 작품.

※8 〈위저드리 RPG〉
컴퓨터 RPG 〈위저드리〉를 원작으로 한 일본산 TRPG. 전형적인 던전 탐색에 맞춘 시스템이 특징.

※9 〈겁스〉
GURPS. 미국에서 만들어진 범용 TRPG 시스템으로, 복잡함과 자유도가 특징. 일본에서도 각 회사의 다양한 장르 및 세계관의 작품이 발매되어 있다.

※10 〈소드 아트 온라인〉
카와하라 레키가 쓰는 라이트노벨 작품. 로그아웃할 수 없게 된 MMORPG의 세계에서 벌어지는 사투를 그린다. 원래는 인터넷 공개 소설이었고, 전격문고에서 서적으로 발간되었다. 여러 번 애니메이션으로 만들어지는 등 미디어 전개로도 대히트를 했다.

결국에는 마음을 고쳐먹고
'인터넷 연재판은 플롯이다'라고
생각하게 되었습니다(웃음).

PV가 늘어가는 것이 즐거웠고, 매일 제게 격려가 되어주었습니다. 독자들이 감상을 남겨주었을 때는 너무나 기뻤고, 응모용 원고를 썼을 때보다 몇 배의 속도로 글을 쓸 수 있었습니다. 지금도 감상과 유니크 PV 쪽을 지표로 삼고 중요하게 여기고 있습니다.

—서적으로 발간하자는 제안은 언제, 어떤 식으로 받으셨나요?

후세 서적으로 발간하자는 제안이 온 것은 2013년 11월입니다. 당시에 '소설가가 되자 콘테스트'(※11)에 응모를 했는데, 설마 그런 제안이 올 줄은 생각지도 못했습니다.

—인터넷 연재판인 본편이 완결된 것이 2014년 7월 14일이니까, 한창 인터넷 연재 중에 제안을 받으신 거군요. 역시 놀라셨습니까? 그렇지 않으면 '드디어 왔구나!'라고 생각하셨나요?

후세 솔직히 말해, '소설가가 되자'의 평가 포인트만 보자면 서적으로 나올 수도 있지 않을까, 하는 생각을 안 해본 것은 아니었습니다만, 내용만 보면 어렵겠다고 생각했었죠. 인터넷 연재는 자유도가 높기 때문에 포인트는 그다지 참고가 되지 않는다고 생각했거든요. 일러스트로 그려서 표현하는 것도 어렵고, 헤로인이 없는 것 등 꽤나 문제점이 많았으니까요. 제 입장에서 《전생 슬라임》은 어디까지나 연습 삼아 쓴 것이었거든요(웃음).

—하지만 공모전에 응모한 뒤에 데뷔하는 과정과는 다르지만, 동경했던 소설가 데뷔의 길이 열린 것은 기쁘지 않았습니까?

※11 '소설가가 되자 콘테스트'
'소설가가 되자'가 여러 출판사와 협력해 2012년부터 개최하고 있는 국내 최대급의 라이트노벨 공모전. 현재는 '인터넷소설대상'으로 개칭되었다.

후세 물론 기뻤죠. 그랬기에 출판사 쪽에서 제안을 해온다면 거절할 이유가 없다고 생각해서 그 이야기를 받아들인 겁니다. 이런 말을 화면 화내실지 모르겠는데, 출판에 관한 조건은 솔직히 대충 흘려듣고 넘겼습니다. 의심했던 부분은 '이건 사기가 아닐까'하는 것뿐이었죠(웃음).

―실물로 나온 1권을 보았을 때 기분이 어땠나요?

후세 으―음, 정말로 책으로 나왔네?! 그런 느낌이었고 뭐라고 할까, 말로 표현하기가 어려웠습니다. 아직도 프로가 됐다는 자각이 잘 들지 않는 것 같습니다.

―객관적으로 봤을 때 '소설가가 되자'의 첫 투고에서 랭킹 상위, 서적화, 지금까지 아주 순조롭게 진행되고 있는데요.

후세 그런 과정에 일일이 신경 쓰기 시작하면 굉장한 압박감이 느껴집니다. 스트레스로 위가 아플 정도라, 평소에는 되도록 그런 생각을 하지 않으려고 합니다(웃음).

▓인터넷 연재에서 서적으로, 집필의 고뇌

―서적판 작업을 해보니, 인터넷 연재판과는 어떤 차이가 있는지요?

후세 1권을 쓸 때는 아무런 경험도 없는 상태여서 그저 원고 수정 작업만 했습니다. 인터넷 연재판이 가로쓰기 방식인데 세로쓰기 방식으로 바꾸었고, 오자와 탈자도 수정했죠. 그리고 독자로부터 읽기 어렵다고 지적받은 점을 조금 수정했습니다. 그 뒤에는 약간 내용을 덧붙이고 이야기의 형식을 정리하는 정도로 끝냈습니다. 그 작업이 일주일쯤 걸렸는데, 의외로 쉽게 끝났다고 생각했습니다. 하지만 그 뒤에 편집자에게서 수많은 지적 사항들이 돌아왔습니다. 시점이 알기 어렵다거나, 흐름을 잘 모르겠다거나, 그 외 기타 등등. 그야말로 초보였던 저는 그런 관점을 공부하면서 다시 원고를 수정하게 되었습니다. 전혀 쉽지 않았어요.

—상업 출판의 세례를 받았다는 뜻인지…….

후세 네. 그리고 2권은 1권에서 반성했던 점을 기반 삼아 쓰기 시작했습니다. 저 나름대로 전개를 바꿔보고 싶다고 생각했던 부분도 있어서, 원고 수정에 한 달 이상 걸렸죠. 1권에서 받았던 지적을 염두에 두고 2권의 내용을 다시 읽어보니, 대폭적인 수정이 필요하겠더라고요. 여러 장면을 정리해서 전개를 개선하기도 하는 등, 인터넷 연재판을 베이스로 수정하는 것뿐이었는데도 아예 새로 쓰는 것보다 더 힘들었습니다.

—확실히 큰 줄거리는 인터넷 연재판과 같지만, 상당히 많은 내용이 첨가되거나 수정되었지요.

후세 그런 식으로 후속권이 나올 때마다 손을 댄 결과, 수정한 부분과 인터넷 연재판과의 간격이 좁혀질 수 없을 정도가 돼버렸죠. 결국에는 마음을 고쳐먹고 '인터넷 연재판은 플롯이다'라고 생각하게 되었습니다(웃음).

—그 플롯 말인데요, 본 작품의 집필 스타일을 말하자면 미리 상세한 플롯을 세운 뒤에 적습니까? 아니면 의외로 그때그때 분위기와 기세에 따라서 적는 방식입니까?

후세 전부 머릿속에서 생각해둔 상태에서 적기 시작했습니다. 지금은 후회하고 있습니다(웃음).

— 《전생 슬라임》은 등장 캐릭터가 아주 많죠. 어떤 캐릭터를 어떤 식으로 활약하게 만들고 싶은지 구성하고 관리하는 것도 아주 큰일일 것 같아요. 책으로 나왔을 때도 히나타의 설정을 비롯하여 많은 점이 변경되었습니다. 그런 설정을 변경할 때 지침 같은 게 있을까요?

후세 인터넷에서 연재했을 때에 감상을 많이 받았는데, 그런 의견을 서적판에 반영하자고 생각했습니다. 전부 다 반영한 건 아니지만, 제가 납득한 점에 대해선 고려를 하고 있습니다. 이런 건 먼저 발표를 할 수 있는 인터

넷 소설의 강점이 아닐까, 생각합니다.

▓일러스트를 통해 늘어나는 캐릭터의 매력

—서적화가 되면서 밋츠바 씨가 그린 삽화랑 컬러 일러스트 등이 비주얼 요소로 《전생 슬라임》에 추가되었죠. 삽화를 담당하는 일러스트레이터의 선정에 대해서 희망사항이나 의견을 내기도 하셨습니까?

후세 그 부분은 편집부에 전부 다 맡겼습니다. 깊은 맛이 느껴지는 그림이라, 좋은 그림과 만났다고 생각하고 있습니다.

—밋츠바 씨가 그린 《전생 슬라임》의 첫 그림을 보셨을 때 감상은요?

후세 리무루의 슬라임 버전은 '바로 이거다'라고 생각했지만, 이미지를 잡지 않았던 캐릭터들도 몇 개 있었습니다. 저와 담당인 I 씨는 의견이 일치했지만 밋츠바 씨와는 일치가 안 되는 부분도 있어서, 의견 차이로 꽤 많이 싸우기도 했다고 하더군요(웃음).

—후세 씨가 특히 마음에 드는 것은요?

후세 역시 슬라임 형태의 리무루랑 인간 형태의 리무루는 상상했던 이미지대로 나왔습니다. 고부타도 지금은 이미지에 맞고, 베니마루랑 소우에이도 멋지다고 생각합니다. 단역인 마왕 프레이나 모험가인 에렌같이, 제 쪽에서 이미지를 지정하지 않은 캐릭터일수록 좋은 일러스트가 나오는 것 같습니다(웃음).

—매 권마다 삽화나 표지 등의 일러스트에 대해서 주문이나 의견은 어느 정도로 내시는지요?

후세 캐릭터의 상세한 사항을 정리해서 보내지만, 나머지는 담당인 I 씨에게 맡깁니다.

—그건 그렇고, 본 작품은 꽤나 여성 독자의 반응도 좋다는 인상을 받았습니다. 밋츠바 씨의 그림의 힘도 한몫했다고 생각합니다만, 실제로 후세 씨의 입장에선 어떻게 의식하며 쓰고 있습니까?

후세 여성 독자에게 반응이 있다는 것은 솔직히 의외였습니다. 그렇지만 담당인 I 씨의 말을 들어보면 의도한 결과인 모양이더군요.

—참고로 6권의 후기에서 여성 캐릭터의 가슴 사이즈를 두고 담당자와 밋츠바 씨 사이에 논쟁(?)이 있었다고 하던데, 자신은 관계가 없다는 식으로 말씀하셨습니다만 후세 씨는 그 점에서 구애받지 않는 편입니까? 사실은 어떻죠?(웃음)

후세 제 입장에선 "모든 것은 담당인 I 씨의 독단입니다!"라고 말해두는 게 무난하겠네요. 그 논쟁에 대한 얘기를 들었을 때 "좀 더 열심히 밋츠바 씨를 설득해주십시오!"라고 말했던 것은 비밀입니다(웃음).

—담당자를 신뢰하고 있다는 말씀이군요! 역시 담당자분의 제안 등으로 이래저래 변하는 부분도 많이 있을까요? 예를 들어, 밀림의 디자인은 롤리타 계열의 패션에서 야하고 귀여운 비키니 아머로 바뀌기도 했잖습니까.

후세 큰 부분을 말하자면 역시 밀림의 변경이라 하겠네요. 나머지는 악마들의 머리카락 색을, 설정을 깊게 고려한 결과에 맞춰서 변경했습니다. 인터넷 연재판에 붉은 머리가 너무 많았던 게 원인입니다. 강한 캐릭터=붉은 머리로 잡혀 있었거든요(웃음).

—자신의 힘만으로 쓰는 인터넷 소설과는 달리, 역시 담당 편집자의 존재가 크다고 할 수 있겠군요. 그건 그렇고, 6권 후기에 서적판으로 원고 수정을 할 때 처음에는 삭제한 신이 있었다고 적혀 있었는데, 어느 부분인가요? 담당자분이 "그 장면은 반드시 들어가야 됩니다!"라고 주장해서 부활되었다고 하던데요.

후세 슈나의 전투신 말이군요. 보고만 하고 끝냈더니 그건 안 돼! 라는 소

리를 들었습니다(웃음).

—그러고 보니 이번에 이 책을 위해서 새로 쓴 단편 〈성기사들의 패배〉…….
분명 한 번 쓴 원고가 전부 퇴짜를 맞았다고 했는데, 그 퇴짜 맞은 원고가 '소
설가가 되자' 쪽에 공개되어 있지요?

후세 그렇습니다. 원고 전체를 퇴짜 맞은 것은 처음 경험해봤어요(웃음).
'템페스트 소개'라는 주제로 쓰기 시작했습니다만, 히나타 일행이 출연하는
것만으로 끝난 것이 '소설가가 되자'에 공개된 외전 소설입니다. 뭐, 〈성기
사들의 패배〉도 베니마루의 활약이 메인이 되어버렸지만 말이죠. 그 자리
에서 싸웠던 템페스트의 멤버는 베니마루와 소우에이뿐이었다는 마무리가
되어버렸네요. 소우에이 쪽은 여러 모로 자세히 묘사를 했다가는 NG를 받
을 것 같았기 때문에 꺼이꺼이 울면서 자중했던 참입니다.

—그런 제작비화가 있었군요.

후세 그래도 담당인 I 씨와의 배틀은 손꼽아 셀 수 있을 정도밖에 없습니
다. 더구나 저 자신의 의견을 끝까지 밀어붙인 기억은 상당히 적군요. 뭐,
끝까지 밀어붙였다기보다 납득이 될 때까지 서로 의견을 계속 말했다는
것에 가깝다고 할까요? 제가 단지 잊어버린 것뿐인지도 모르겠지만요(웃
음).

—그런 식으로 본 작품이 8권까지 출간되었습니다. 지금까지 스토리상에
서 특히 마음에 드는 장면이나 에피소드는요?

후세 역시 리무루가 마왕으로 각성하는 장면이겠죠. 그 장면만큼은 사전에
깊게 생각해둔 바가 있어서, 상당히 집중해서 집필할 수 있었습니다.

—작가의 입장에선 어려운 질문이 될지도 모르겠습니다만, 딱 잘라 말해서
가장 좋아하는 캐릭터는요?

후세 가장 좋아하는 캐릭터라…… 어렵네요. 역시 리무루라고 할까요?

읽기 쉽게, 이해하기 쉽게 쓸 것.
한 번 읽기만 해도 이해할 수 있도록 문장
하나하나를 쓸 때마다 주의하고 있습니다.

—과연. 하지만 거짓말이 아니라고 해도 일단 주인공이라는 이유 때문에 배려해서 대답한 것이기도 하지 않습니까? 작품 내용이나 지금까지의 후기에서 나온 발언을 보면 아무래도……

후세 히나타는 아주 좋아합니다.

—그렇겠지요(웃음). 하나 더 묻자면 독자에게 인기가 있는 캐릭터는 누구인가요?

후세 제 입장에선 의외로 주인공인 리무루의 인기가 높습니다. 그다음은 디아블로가 아닐까요? 어디까지나 제가 그렇게 느낄 뿐이고, 실제 결과는 다를지도 모르겠습니다만.

—인기투표 결과를 보고 싶은 마음도 드는군요!

▮작가 후세의 프로필과 집필 스타일

—모처럼 마련된 자리이니, 후세 씨 개인에 대해서도 약간 언급해보고자 합니다. 본업은 샐러리맨으로 알고 있습니다. 어떤 일을 하고 있는지 물어봐도 될는지요?

후세 대학을 나와서 중견 급의 종합 건설회사의 자회사에 취직했습니다. 포장공사의 현장감독을 하고 있었습니다. 10년 차가 되었을 때 그 회사를 그만두고 제 친가가 운영하는 포장회사에 복귀했습니다.

—그렇군요. 듣고 보니 납득이 가는 경력이라는 생각이 듭니다. 나이를 물

어봐도 괜찮을까요?

후세 1975년생, 토끼띠입니다.

—창작활동은 언제부터 시작하셨습니까? 역시 예전부터 그런 걸 좋아하셨나요?

후세 소설가가 되는 것은 어릴 적부터의 꿈이었습니다. 꿈이 이루어지지 않아도 괜찮지만, 적어도 원고를 응모해보자는 생각은 하고 있었습니다.

—코미케(코믹마켓) 등의 동인활동은요?

후세 없습니다. 하지만 처음에 얘기했던 대로, 대학생 시절에 공모전에 응모하려고 소설을 쓴 적은 있습니다. 완성 직전까지 갔지만, 바빠지면서 단념했죠. 그 데이터를 분실한 것이 정말 안타까워요. 지금도 원고를 응모한 경험은 없으므로, 한 번쯤은 경험해보고 싶기도 합니다. '소설가가 되자'에 투고를 시작한 이유 중의 하나도 원래 그걸 위해 경험을 쌓으려고 한 것이었거든요.

—작품을 발표할 곳과 그 형식에 관한 선택지는 다양하게 존재한다고 생각합니다만, 그중에서 인터넷 소설로 '소설가가 되자'에서 발표해보자고 생각했던 이유는요?

후세 역시 간단하고 편했으니까요. 그리고 가장 중요한 것은, 감상을 직접 들을 수 있기 때문이라고 하겠습니다.

—《전생 슬라임》뿐만 아니라 일반적으로 소설을 집필할 때 염두에 두는 것이 있습니까?

후세 읽기 쉽게, 이해하기 쉽게 쓸 것. 한 번 읽기만 해도 이해할 수 있도록 문장 하나하나를 쓸 때마다 주의하고 있습니다.

—작품의 아이디어 같은 것은 어디서 얻으시나요? 자주 참고하는 것이 있습니까?

후세 아이디어는 갑자기 떠오르는 영감에서 얻는다고 해야겠군요. 역시 어릴 적부터 지금까지 읽은 만화나 소설 등이 기반이 되어 있다고 생각합니다.

—좋아하는 작가와 작품은요?

후세 너무 많아서 다 열거할 수가 없습니다(웃음).

—게임을 좋아한다고 하셨는데, 특히 좋아하는 게임 제목을 몇 개 정도 알려주실 수 있을까요?

후세 맨 처음 한 MMO가 〈애플파이 온라인〉이었습니다. 개발회사가 야반도주를 하는 바람에 서비스가 종료되었죠(웃음). MMO 난민을 거쳐서, 〈ROHAN〉으로 이동했습니다. 그런 뒤에 〈아이온〉으로 옮겼습니다만, 계정을 해킹당하는 바람에……. 운영진에 신고했지만, 개인정보가 유출되는 것을 꺼려서 회원정보를 대충 입력해놓았기 때문에 복귀할 수가 없었습니다. 그때쯤부터 한국산 게임에 불신을 가지게 되었고, 일본산 MMO를 찾아다녔지만 좋은 작품을 만날 수 없었습니다. 어쩔 수 없이 〈TERA〉를 시작했습니다만, 제 실력이 치명적일 만큼 하수였던지라 그렇게 열중하지 못하고 소원해졌죠. 참고로 현재는 OTP를 바꾸지 않고 아이폰으로 기종을 변경하는 바람에 접속할 수 없게 되어버렸습니다.

—최근에는 어떤 게임을 플레이하고 계신가요?

후세 전에 취재 목적으로 〈FF14〉를 시작했습니다만, 담당인 I 씨로부터 "현실로 돌아오지 못하게 되니까 그만하세요"라는 말을 듣고 말았습니다. 저도 깊이 납득했던 바입니다(웃음).

—독자의 입장에선 '담당자님, 잘했어요'라고 해야겠군요.

후세 오프라인 게임으로는 슈퍼패미컴용 시뮬레이션 RPG〈택틱스 오우거〉가 최고라고 지금도 생각합니다.

—그건 그렇고, 만사를 대충 처리하는 것 같지만 세세한 부분도 꽤나 생각하며 남을 돌보길 좋아하는 주인공 리무루(미카미 사토루)의 성격은 후세 씨 자신의 퍼스널리티가 반영되어 있는 걸로 봐도 될까요?

후세 약간은 반영되어 있을지도 모르겠군요. 대충대충 넘어가려는 점이나 잘난 체하는 점 등은, 그럴 의도가 없었다고 해도 영향을 끼치고 있을지도 모르겠습니다(웃음).

—후세 씨는 리무루의 전생과 마찬가지로 건축 관계의 일을 하시고 계시죠. 역시 그 분야에 대한 지식이나 경험도 창작에 반영이 되어 있을까요?

후세 실제로 현장에서 일하고 있었으므로, 그런 경험을 통해 도로 정비 같은 내용이 상당히 자세하게 묘사된 것 같습니다.

—소설가로 데뷔해보니, 생활이나 그 외의 면에서 뭔가 바뀐 것은 있습니까?

후세 딱히 큰 변화는 없습니다.

—집필 환경은 어떤지요?

후세 회사에서 쓰고 있습니다. 회사라고 해도 가업이고, 저 한 사람만 직장에 있으니까요. 그리고 예전과 다르게, 제가 하는 작업은 거의 사라진 상태거든요. 집에 돌아온 뒤로도 집필을 하고 있기 때문에, 회사에서도 집에서도 하는 일은 마찬가지인 셈이죠(웃음).

—집필 페이스가 꽤 빠르다는 인상을 받는데, 실제로 하루에 얼마 정도를 적으시나요?

후세 최근에 담당인 I 씨로부터 "예전엔 더 빨리 완성해 줬는데……"라는 비아냥거림을 들었습니다. ……하지만 잠깐만요. 한 권의 글자 수가 20만 자 가까이 되지만 집필 기간은 3개월이 채 안 됩니다. 인터넷 연재판의 내용을 그대로 쓰는 것도 아니며, 볼일이 있는 날도 있는 걸 고려하면 시간이 걸리는 건 어쩔 수 없는 일 아닌가, 하고 생각합니다만.

—회사 일도 동시에 하면서 쓰시는 건데 말이죠.

후세 뭐, 늦어지는 건 사실이라고 생각하지만요……. 솔직히 말해서 인터넷에서 내키는 대로 적었을 때는 하루에 텍스트로 12킬로바이트, 약 6천자 정도 썼습니다. 하지만 지금은 하루에 3천자 정도밖에 쓰지 못합니다. 이것만큼은 무료인 작품과 돈이 발생하는 작품의 차이점, 이라고 생각하기 때문에 어떤 의미로는 어쩔 수 없는 것이라고 생각하고 있습니다.

—쉴 때나 휴일에는 무얼 하시나요?

후세 소설을 쓰는 것이 쉴 때 하는 것이었습니다만, 직업이 된 뒤로는 도저히 쉬는 것으로 인식하지 못하겠더군요. 스트레스 해소를 위해서 아이폰 게임의 가챠를 돌리면서 돈을 날리고 있습니다. 상당한 과금 폐인이라서 스스로도 멍청하다고 생각하고 있습니다.

—직업이 되어버리면 아무래도 즐겁다는 것만으로는 넘어갈 수가 없게 되죠. 서적판 《전생 슬라임》이 완결된 후에도 계속 프로작가로 활동을 이어 갈 생각이신지요……?

후세 쓰고 싶은 얘기는 아직 더 있기 때문에, 그게 책으로 나올지 아닐지는 일단 차치해두고라도, 글은 계속 쓸 생각입니다. 한 번쯤은 응모를 경험해보고 싶군요(웃음).

▓앞으로의 《전생 슬라임》은……?

—코단샤의 월간지 《소년 시리우스》에서 연재 중인 가와카미 타이키 작가

최종보스가 바뀔 수도 있다는 기분으로
서적판을 기다려주셨으면 합니다.

님이 그리시는 만화판도 호평을 받으며 큰 인기를 얻고 있죠. 앞으로 만화판에서만 볼 수 있는 새로운 전개 같은 것도 있을까요?

후세 기본적으로 만화판은 서적판의 내용을 근거로 그려집니다. 새로운 전개에 대해선 글쎄요, 어떻게 될까요?
그런 게 필요하다면 내용에 추가로 넣을 생각은 있지만, 현재는 그럴 예정은 없습니다.

―감수는 어떤 식으로 이뤄지고 있습니까?

후세 뜻이 달라지지 않게 대사를 고친다거나 절대로 빼면 안 되는 에피소드 등, 콘티를 본 뒤에 주문을 넣는 식이라고 할 수 있겠군요. 어디까지나 큰 줄거리를 지킨다는 전제가 있지만, 약간 전개가 바뀌어도 새삼스러울 게 없으니(웃음) 문제가 없다고 생각하기에, 카와카미 작가님께는 "자유롭게 콘티를 만들어주십시오"라고 부탁드리고 있습니다.

―코믹 라이드에서 스핀오프 만화인 《마물의 나라를 즐기는 법(가제)》 '원작자 감수의 완전 오리지널 스토리'라고 하는데, 후세 씨도 아이디어를 내고 계시는 건가요?

후세 잘난 체하는 것 같아서 죄송합니다(웃음). 약간 어드바이스를 하는 정도입니다. 이런 전개라거나, 이런 장면이라면 이 캐릭터 쪽이 더 좋지 않을까 하는 논의에 응하는 정도죠. 여유가 생긴다면 스토리를 적어보고 싶다고 생각하고 있습니다.

―그것도 기대되는군요.

후세 제가 멋대로 뱉은 발언이므로, 실현될 가능성은 낮습니다(웃음).

―《전생 슬라임》의 향후 미디어믹스는 어떻게 전개될 예정입니까? 또 이런 걸 해보고 싶다는 야망이 있는지요?

후세 만화판 제작 외에는 아직 다른 예정을 듣지는 못했지만, 드라마 CD를 만들어보고 싶다고 담당인 I 씨로부터 들은 기억은 있습니다. 하지만 구체적인 얘기는 전혀 진행되지 않은 상황입니다. 하지만 만화판 제작만으로도 꿈같은 얘기였으니, 지금 있는 작품들을 소중히 여기고 싶습니다.

―본편에 대해서도 9권 이후의 스토리 전개나 후세 씨 입장에서 기대해주길 바라는 포인트 등, 지장이 없는 범위 안에서 가르쳐주실 수 있겠습니까?

후세 최종보스가 바뀔 수도 있다는 기분으로 서적판을 기다려주셨으면 합니다. ……아니, 그게 말이죠. 이제 대부분은 아실 거라고 생각하지만 히나타의 설정도 크게 바뀌었으니까요. 그렇죠? 가능한 한 인터넷 연재판의 에피소드를 남겨두자고 생각하지만, 이야기 자체로 봤을 때는 다른 것이 만들어지지 않을까, 하는 생각입니다.

―다른 것이라고요?!

후세 예정은 예정일 뿐입니다. 양해해주십시오!

―현 상태에서 예정을 생각해보셨을 때 몇 권까지 계속될 것 같습니까?

후세 가볍게 생각해서 15권은 가지 않을까, 생각하고 있습니다. 누구라고는 말하지 않겠지만, 점점 내용이 덧붙여지면서 당초 예정을 대폭 초과한 권수가 나올 것 같거든요. 솔직히 말해서 "미완으로 끝나는 것만큼은 무슨 수를 써서라도 피하고 싶어!!"라는 것이 제 본심이기도 합니다. 팬 여러분, 부디 저버리지 마시고 마지막까지 함께해주십시오, 잘 부탁드리겠습니다.

—하나 더 질문을 드리자면, '소설가가 되자'에 실린 장편의 번외편을 서적 판에 실을 예정은 있습니까?

후세 현재 저는 완결을 우선하고 있습니다. 번외편에 대해선 팬 여러분의 반응을 본 뒤에 담당인 I 씨와 상담하는 과정이 필요하지 않을까요?

—기대하고 있겠습니다! 밋츠바 씨랑 담당자분에 대해서도 뭔가 코멘트나 바라시는 게 있습니까?

후세 앞으로도 열심히 노력해나가고 싶으니, 잘 부탁드립니다!

—마지막으로 독자 여러분께 보내는 메시지를 부탁드립니다!

후세 여러분의 응원은 제게 있어서 무엇보다 큰 격려가 됩니다. 팬분들의 지지가 있기 때문에 작품이 크게 성장하는 게 아닐까요? 앞으로도 《전생 했더니 슬라임이었던 건에 대하여》를 잘 부탁드리겠습니다!!

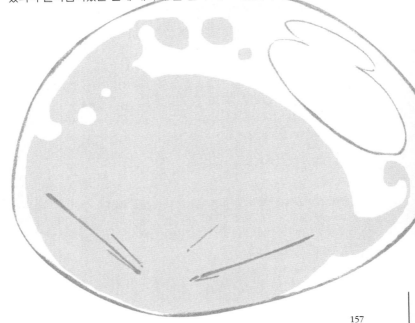

전생했더니 슬라임이었던 건에 대하여

일러스트 담당

밋츠바
인터뷰

본 책의 출간 기념 스페셜 인터뷰 제2탄은 일러스트 담당인 밋츠바 작가님! 《전생 슬라임》과의 만남부터 리무루를 비롯한 캐릭터 디자인이나 작화상의 고생담 및 비화가 잔뜩 실려 있습니다. 그림의 길에 뜻을 둔 경위나 일러스트 레이터로서 자신이 가장 중요하다고 생각하는 부분까지, 솔직히 이야기해주셨습니다! (인터뷰어 & 구성 TRAP)

▇《전생 슬라임》과의 만남

―우선 《전생했더니 슬라임이었던 건에 대하여》(이하 《전생 슬라임》)의 일러스트 담당이 되신 경위를 알려주십시오.

밋츠바 담당 편집자분으로부터 메일로 제안을 받으면서, '힘이 되어드릴 수 있다면'라는 느낌으로 흔쾌히 승낙했습니다. 소설 연재 사이트에서 이미 널리 인기를 얻고 있었던 작품이었지만, 제겐 이 순간이 《전생 슬라임》과의 첫 만남이 됩니다.

―처음 읽어본 후의 감상은 어떠하셨나요?

밋츠바 억지로 그러는 것이 아니라, 정말로 자연스럽게 순식간에 이 세계로 빠지게 해주는 캐릭터와 파워가 있는 작품이라고 느꼈습니다. 다 읽은 뒤에, 게임의 한 챕터를 리무루와 같이 클리어한 것 같은 느낌을 받았던 것으로 기억하고 있습니다.

―일러스트를 발주받은 후부터 완성에 이르기까지, 그 흐름을 간단히 가르쳐주실 수 있을까요?

밋츠바 우선은 담당자분과 후세 씨가 만들어낸 이미지, 그리고 그림으로 표현했을 때 드러나는 작가로서의 제 개성을 고려한 내용들이 제게 전해집니다.
그 후 러프를 제출 → 밑그림 제출 → 완성. 기본적으로는 이런 흐름으로 이뤄진다고 하겠습니다.

―디자인이나 작화하실 때 가장 중요하다고 생각하는 부분이 있다면 무엇인지요?

밋츠바 일단 '그림체'라는 것이 가장 중요하다고 생각합니다. 독자의 마을을 끌어들이는 그림체란 어떤 것인가 하는 것. 이에 대해 철저하게 자신감을 갖고 자신의 선택이 최상이라는 마음가짐으로 그리는 것이 가장 중요하다고 생각합니다! 옳은가 옳지 않은가가 아니라 '최상'이라는 점이 중요합니다(웃음).

―근본적인 마음가짐을 중요하게 여기시는군요.

밋츠바 네. 그래도 주의해야 할 것이 있습니다. 이 작업은 원작이 있기에 존재하는 것이므로, 물러날 때는 물러날 수 있도록, 마음의 여유 공간만큼은 항상 비워두고 있어야 한다고 생각합니다.

―구체적으로는 어떤 것이 있을까요?

밋츠바 세세한 디자인에 대해 이야기하자면 가능한 한 심플하게, 장식은 최소한으로 줄이자, 라고 늘 염두에 두고 있습니다. 그리고 아날로그 작화의 폐해라고 하겠는데, 작은 그림의 경우 캐릭터의 얼굴이 짓뭉개질 수도 있어서 그렇게 되지 않도록 잘 처리하는 점도 중요하고요.

―본 작품은 캐릭터가 많아서 구별할 수 있게 그리는 게 큰일이겠죠?

이거야말로 왕도적이고
매력이 뛰어난 것이라는 기개로
임하고 있습니다!

밋츠바 캐릭터를 잘 구별하도록 그리는 것에 대해선, 주의를 해도 아직 능숙해졌다고 말하기 어렵습니다. 그래서 늘 정진하고 있습니다!

—본 작품은 이세계 판타지물입니다. 밋츠바 씨가 평소에 그리는 일러스트는 게임이나 영화 같은 데서 잘 나오는, 소위 서양 중세풍의 판타지 분위기가 나는 그림과는 약간 느낌이 다르다고 할 수 있는데요.

밋츠바 가끔 그런 감상을 받습니다만, 저는 〈드래곤 퀘스트〉 토리야마 아키라(※1) 작가님과 후지와라 카무이(※2) 작가님에게서 많은 영향을 받았습니다. 그래서 그런 풍의 일러스트도 분명 꽤나 많이 그렸을 거라고 생각하는데 말이죠오(웃음).

—〈드래곤 퀘스트〉는 중세 유럽풍이긴 하지만, 토리야마 아키라 씨의 디자인에서도 잘 알 수 있듯이 만화적인 비주얼이라 하겠죠. 다른 인터뷰 기사에서 후세 씨가 "자신이 상상하는 이미지의 장비는 판타지 계열 MMORPG 같은 데 나오는, 덕지덕지 붙은 게 많으면서도 멋지고 보기 좋은 갑옷 같은 느낌이다"라는 말을 하셨습니다. 후세 씨가 가지고 있는 판타지에 대한 세계관은 예를 들면 〈위저드리〉나 〈반지의 제왕〉 같은 묵직한 작품 쪽으로 치우친 게 아닌가, 생각합니다만······.

밋츠바 그렇군요. 그런 덕지덕지 붙은 장식이나 장비로 장식된 중세풍 판타지 게임이나 영화와 비교했을 경우······ 그런 건 이런 만화풍의 그림이나 작품과는 상성이 너무나 좋지 않다고 늘 느끼고 있기 때문에, 굳이 조정하지 않고 이거야말로 왕도적이고 매력이 뛰어난 것이라는 기개로 임하고 있습니다!

—당당하게 대답해주셔서 감사합니다(웃음). 그런 기개를 가지고 디자인하시는 것들 중에 특히 고생하신 캐릭터가 있습니까?

밋츠바 결정될 때까지 자문자답한 걸 생각해보면, 말 그대로 슬라임 형태의 리무루 때문에 가장 많이 고생했습니다. 슬라임이라고 하면 현재 상황에선 역시 〈드래곤 퀘스트〉의 그 슬라임의 이미지가 너무너무 높은 허들로 딱 가로막고 있으니까요. 그걸 피하면서도 납득할 수 있는 디자인이라는 건 과연 어떤 것인가에 대해 엄청나게 고민했었죠(웃음).

—그럼 마음에 드시는 캐릭터는요?

밋츠바 고뇌가 그대로 애정으로 이어지기도 하니까, 그리는 사람의 시선으로 볼 때는 슬라임 형태의 리무루를 가장 좋아합니다. 독자의 입장에선 칼리온이 마음에 듭니다. 적으로서의 호쾌함이랑 위압감에 더하여 기사도가 몸에 딱 배인 멋진 캐릭터라고 생각합니다.

—그림으로 등장하지 않은 캐릭터도 많습니다만, 개인적으로 그려보고 싶은 캐릭터는요?

밋츠바 아주 살짝 뒷모습만 한 번 그려본 적은 있지만, 새롭게 디자인을 끝내놓은 여자 용사를 기대하고 있습니다. 주인공과는 다르게 역시 '용사'는 그려보고 싶다는 생각이 들게 만드는 캐릭터입니다!

—지금까지 커버에 삽화 등등 많은 그림을 그렸습니다만, 특히 마음에 드는 그림이 있다면 가르쳐주십시오.

밋츠바 원래부터 다른 작품에서도 판타지물에서 마왕군이 도열해 있는 그림을 좋아했기 때문에, 그런 걸 그려보고 싶다고 생각했습니다. 그런 의미

※1 토리야마 아키라
주간 《소년 점프》에서 인기가 높은 만화가인 토리야마 아키라는 〈드래곤 퀘스트〉 시리즈의 캐릭터 디자인을 첫 번째 작품부터 담당한 것으로도 알려져 있다.

※2 후지와라 카무이
후지와라 카무이는 같은 시리즈의 발매원이기도 한 에닉스가 발행하는 주간 《소년 간간》에서 〈드래곤 퀘스트 열전, 로토의 문장〉을 연재하여 많은 인기를 얻었다.

에서 6권의 권두 컬러 일러스트(뒷부분)가 정말 제 마음에 듭니다!

—작화 작업 이외의 부분에서, 기억에 남는 게 있습니까?

밋츠바 원래 그런 자리는 없을 것 같아서 그다지 기대하지 않았는데, 《전생 슬라임》에 관여한 사람들끼리 모여서 결기대회라는 이름으로 술자리를 한 적이 있습니다. 거기 참가한 게 즐겁고 좋은 기억으로 남아 있습니다!

▨밋츠바의 그림의 길

—그림을 그리기 시작했을 시기, 또 프로를 목표로 삼기 시작했던 때는 언제입니까?

밋츠바 여러 일이 생기는 바람에 인생의 기로에 서긴 했지만, 단순히 고등학교 2학년을 마치고 진학할 곳을 생각하다가 나온 결과입니다. 무슨 이유에선지 전혀 그림을 그려본 적도 없는데 "나는 만화가가 되겠어!"라는 결론에 도달했거든요. 그림의 길이라고 크게 나눈다면 그때가 그림을 시작한 순간이며, 프로를 목표로 삼기 시작한 순간이기도 합니다.

—평소에는 어떤 활동을 하시고 계십니까?

밋츠바 트위터나 pixiv에서 오리지널 작품을 발표하면서 서적용 커버 일러스트나 삽화 등을 주로 하고 있습니다!

—취향이나 잘 그리는 그림의 장르는요?

밋츠바 모티브가 소년, 청년인 그림을 좋아합니다.

—제가 멋대로 느낀 감상입니다만, pixiv의 작품을 보면 어딘가 날카로운 느낌이 드는 펑크풍의 세계관을 좋아하시는 게 아닐까 하는 느낌이 들었습니다만…… 비주얼 락 같은 음악을 하고 있을 것 같은 분위기라고 할까요.

밋츠바 객관적인 이미지로 '음악을 할 것 같은 분위기'라고 생각해주신 건 아주 기쁘네요. 하지만 음악적 요소를 직접적으로 표현하는 것은 거의 의식하지 않으며, 실제로 그런 그림을 그린 것도 많지 않을 거라고 생각합니다. 제가 그리는 그림은 어떤 장르에서도 펑크와 락의 분위기를 쉽게 띠기 때문에, 즉 그런 정신적인 면이 포함되었다는 의미에서 말한다면 '락 분위기의 그림'을 잘 그립니다! 까다로워서 죄송합니다!!

—이전의 인터뷰 기사에서 "현재 미소녀 그림이 주류가 된 상황에서 내가 집착하는 건 '남자 캐릭터를 그리는' 것"이라고 말하셨습니다. 지금도 변함이 없습니까?

밋츠바 네, 그건 변함없습니다. 계속 테마로 삼고 있습니다. 어쨌든 멋진 그림을 그리는 것에 주력하고 있지만, 그걸 수준 높게 표현하려면 기본적으로 '남자 캐릭터가 아니면 불가능'하다고 생각할 정도입니다. 예를 들어, '귀여워'라는 감각은 '멋지다'라는 감각의 순도를 낮춘 표현이라고 생각하고 있기에, 작품이 그렇게 되지 않도록 의식하면서 그리고 있습니다.

—과연, 아주 잘 납득이 됐습니다. 그럼 반대로 여성 캐릭터, 미소녀를 그릴 때에 제일 중요하게 생각하는 부분은 무엇입니까?

밋츠바 패션입니다! 실컷 남자가 어떻고 멋진 것이 어떻고 말했지만요, 사실 여자아이의 옷을 생각하는 걸 아주 좋아합니다(웃음). 이 그림은 여자아이를 그리는 거지만 멋지게! 가 아니라, 어쨌든 우선 제가 귀엽다고 생각할 수 있도록 신경 쓰고 있습니다.

—특별히 좋아하는 작가가 있으면 가르쳐주십시오.

밋츠바 너무 많아서 끝이 없지만, 만화가라면 후지와라 카무이 작가님, 오다 에이치로(※3) 작가님, 키시모토 마사시(※4) 작가님을 들 수 있을 것 같습니다! 이분들의 작품은 남녀노소를 가리지 않고 모든 캐릭터에 매력을

※3 오다 에이치로
만화가. 대표작인 'ONE PIECE'는 해적이 된 소년 루피와 동료들의 활약을 그린 해양모험 로망극. 주간 소년 점프의 인기 연재작이자, TV나 극장용 애니메이션도 유명하다.

담으실 수 있는 분이 아닐까, 생각합니다. 이건 정말로 어려운 일이라고 생각합니다. 일러스트레이터라면 아마노 요시타카(※5) 씨를 아주 좋아합니다. 저 자신은 도저히 길이 보이지 않는, 여성 캐릭터이면서 귀여움과 아름다움을 겸비한 것도 모자라서 최상급의 '멋지다'가 표현되어 있는 그림이라고 생각합니다.

—역시, 그런 작가분들에서 영향을 받고 있다고 생각하십니까?

밋츠바 그렇겠지요. 저도 이렇게 되고 싶다고 생각하기 때문에, 좋아하는 이유가 그대로 영향을 주면서 제 목표가 되어 있습니다.

—작화작업 환경이 어떤지 가르쳐주십시오.

밋츠바 선화까지는 샤프펜슬로 아날로그 작업을 합니다. 컬러는 포토샵으로 했습니다만, 최근에는 클립 스튜디오로 옮길까 말까 하는 타이밍에 걸쳐 있습니다!

—일러스트나 만화를 그리는 것 외에 최근에 빠진 게 있나요? 휴식을 취할 때는 어떻게 하시는지요?

밋츠바 사는지 안 사는지는 일단 제쳐두고, 좋아하는 브랜드의 옷을 인터넷에서 체크한다거나 친구들과 구제 옷을 파는 가게를 돌아다니는 것이 꽤 효과가 있는 휴식 방법입니다!

—덧붙여 질문을 드리자면 평소에 라이트노벨을 읽으십니까?

밋츠바 솔직히 말하자면 전혀 읽지 않았던 인생이었고, 지금도 제가 관계

※4 키시모토 마사시
만화가. 대표작인 《NARUTO -나루토-》는 주간 《소년 점프》의 인기 연재만화(2014년 연재 종료)이다. 닌자끼리 능력을 구사하며 싸움을 벌이는 배틀 액션물. 애니메이션으로 만들어졌으며, 닌자라는 소재 때문에 해외에서도 인기가 높다.

※5 아마노 요시타카
《타임 보칸》 시리즈 등 70~80년대 애니메이션 캐릭터 디자인에 참여했으며, 그 뒤에 판타지 소설의 일러스트나 RPG 《파이널 판타지》 시리즈의 캐릭터 디자인 등으로 활약 중인 인기 일러스트레이터.

어떤 장르에서도 펑크와 락의 분위기를
띠기 쉬운 정신적인 면이 포함되었다는 의미로
말하자면 '락 분위기의 그림'을 잘 그립니다!

있는 작품 이외에는 좀처럼 자발적으로 잘 구입하지 않는…… 그런 느낌입니다!

—그럼 《전생 슬라임》은 독서 경험으로 따져봐도 귀중한 것이 되겠군요. 한 명의 독자로서 감상을 묻고 싶습니다. 8권까지의 내용 중에서 특히 마음에 드는 장면이나 에피소드는 무엇입니까?

밋츠바 크게 보자면 클레이만을 토벌하기까지의 흐름이라 하겠는데, 특히 전쟁이 벌어지는 전날 밤 부분에서 '준비는 다 갖춰놓았다'는 느낌이 아주 좋습니다. 카타르시스는 호쾌하지만, 클레이만 자체는 캐릭터로서 좋아하는 마음도 있으니 복잡한 감정이 드는 에피소드이긴 합니다(웃음).

▨▨앞으로의 기대

—앞으로의 《전생 슬라임》에 대해서, 이렇게 되면 좋겠다는 식의 기대나 요망 같은 게 있습니까?

밋츠바 이야기 면에서는, 리무루가 명확하게 세계와 나라는 이런 식으로 존재하면 좋겠다고 거론했으니, 그 말대로 이루어지면 좋겠다는 정도. 같이 모험을 하면서 그 과정을 지켜보고 싶다고 생각합니다. 기본적으로 해피엔드가 좋으니까요! 그리고 나중에 언젠가 애니메이션으로 만들어진다면, 당연히 엄청 흥분될 테니까 기대가 됩니다!

—그걸 위한 포석이라고 생각하면 정말 대단한 일입니다만, 월간 《소년 시리우스》에서 연재되는 만화판에 대해선 어떻게 생각하십니까?

밋츠바 일단은 너무나 잘된 일이라고 생각합니다. 더 많은 사람들에게 이 작품을 접할 수 있게 해주는 전개이므로, 그게 무엇보다 기쁩니다.

―밋츠바 씨는 캐릭터 원안자의 입장에 있습니다만, 구체적으로는 어떤 식 으로 관여하고 계신지요?

밋츠바 이미 디자인해둔 캐릭터는 그대로 사용되고 있으며, 원작에는 그 림이 없어서 만화 속에서 새로이 캐릭터의 디자인이 필요해지면 그때 만 화용으로 캐릭터 디자인을 그리는 작업을 맡고 있습니다. 이름이 없는 엑 스트라 캐릭터에 대해선 만화를 맡은 카와카미 타이키 작가님께 맡기고 있습니다.

―앞으로 밋츠바 씨가 해보고 싶은 것은요?

밋츠바 코미케(코믹마켓) 같은 이벤트에 책을 내보고 싶습니다! 저 자신이 노출될 일이 전혀 없는 활동을 해왔기 때문에, 실제로 그런 자리에 나가보 고 싶은 마음이 아주 강해졌습니다.

―그렇게 되면 팬의 입장에서도 기대가 크겠군요! 마지막 질문이 되겠습니다. 독자 여러분에게 메 시지를 한마디 부탁드립니다.

밋츠바 어찌 됐든 제가 그린 그 림을 봐주신다는 것이 저 개인 으로서는 제일 기쁜 일이며 안 심이 되는 일입니다. 현재 저를 응원해주시고 계시는 분들, 또한 앞으로 새롭게 만나 제 마음의 지주가 되어주실 분들에게 진심 으로 감사드리겠습니다.

고부루

리무루가 이름을 지어줄 때 왠지 자신과 비슷하게 생겼다는 이유로 영예로운 '루'를 손에 넣은 운이 좋은 고블린. 그러나 그게 그의 파란만장한 인생의 시작이었다…….

GC 노벨즈 편집부 공식 트위터 기획으로 공개된 오리지널 캐릭터들. 고부에몬, 고부큐, 가자토도 이 기획에서 탄생한 캐릭터이므로 장래에는 본편에 등장할지도 모른다?!

고부나

온화하고 둥글둥글한 성격이지만, 우수한 사냥꾼. 초기에는 사냥감을 잡아서 식량 사정을 개선하는 데 힘썼다. 홉고블린으로 진화했는데 가슴이 성장하지 않은 것을 은근히 신경 쓰고 있다.

오크스

웃음의 신에게 사랑받은 남자(오크). 템페스트의 개그맨으로, 중재 역할을 맡고 있다. 어떤 과격한 싸움이 벌어져도 그가 나서면 한 번에 해결이 된다.

반죠

게루도의 심복 중 한 명. 괴력은 따를 자가 없으며, 다종다양한 마인들을 부린다. 그러나 그 정체는 '슈나' 팬클럽의 말단 회원이다. 매일 벌어지는 시온파와의 항쟁 때문에 상처가 끊이지 않는다.

바야시

템페스트에서 키우는 애완동물. 스파크 팬서(뇌표, 雷豹)의 새끼지만 자신을 람아랑이라고 믿고 있다. 상당히 강하다. 고부조가 주인으로서 돌봐주고 있다.

고부야와 고부유

섬세하고 손재주가 좋은 오빠 고부야와 작지만 힘세고 강한 여동생인 고부유. 평소에는 오빠인 고부야가 고부유를 지켜주지만, 오빠가 다치면 흉포하게 변한다.

◀ 이 특별편은
제본 방식의 차이로
맨 뒤 페이지부터
읽어주시기 바랍니다.